Un torse
dans les rochers

Du même auteur
aux Éditions J'ai lu

LE DIABLE DE VERRE
N° 9934

HELENE
TURSTEN

Un torse dans les rochers

Traduit du suédois
par Hélène Hervieu

J'AI LU

Titre original :

TATUERAD TORSO

Avant-propos

L'auteur tient à préciser que ce livre ne peut en aucune façon servir de guide touristique, que ce soit à Copenhague ou à Göteborg. Les références aux rues, ruelles, places et autres lieux sont tout à fait fantaisistes. De même, tous les personnages sont fictifs du moins dans les limites de sa conscience.

Sammy tient aussi à souligner qu'il n'a jamais participé au croisement de chiens. Il est le fier papa de neuf chiots garantis pure race.

Helene TURSTEN

Prologue

Rien dans l'atmosphère ne laissait présager ce qui allait suivre. Bien au contraire, pour un début de mois de mai, l'air du large chargé d'embruns était étonnamment doux. L'eau scintillait sous le soleil, dont les reflets jouaient sur les crêtes douces des vagues, comme pour nous faire croire que l'été était déjà là. C'était une de ces journées inespérées qui surgissent au printemps comme un cadeau et disparaissent aussi vite qu'elles sont venues.

Une femme et son labrador noir se promenaient seuls au bord de la mer. Le chien faisait tout ce qu'il pouvait pour titiller une mouette sur la rive. Elle s'élevait à quelques mètres au-dessus de la surface de l'eau, décrivait un petit arc de cercle et poussait son cri caractéristique.

Finalement, il trouva sur la grève une grosse branche qu'il saisit entre ses crocs. Elle mesurait plus d'un mètre et se révéla difficile à tenir en équilibre dans sa gueule. En zigzaguant légèrement, le chien se dirigea vers sa maîtresse. Le regard plein d'attente, il déposa à ses pieds le bout de bois blanchi par le soleil et l'eau de mer. Elle se pencha et essaya de le casser en deux pour le jeter au loin, mais dut renoncer. Ce fut donc un lancer bien maladroit et de portée modeste, mais le chien partit malgré tout comme une flèche. Fièrement, il rapporta la branche à sa maîtresse, reçut encouragements et caresses, lâcha son beau jouet et attendit avec impatience qu'elle le lance de nouveau. Tout son corps noir vibrait d'énergie contenue. À l'instant même où elle lançait la branche, le chien se précipitait pour la rattraper.

C'était un jeu très amusant, et le chien ne s'en lassait pas. Cependant, le bras de la maîtresse commença à donner des signes de faiblesse. Elle finit par aller s'asseoir sur une pierre plate. D'une voix claire, elle s'écria :

— Non, Allan. Ça suffit, maintenant. Ta maîtresse a besoin de se reposer un peu.

Toute la joie du chien mourut. Sa queue qui s'agitait si gaiement pointait désormais vers le sable. Il lui tapota légèrement les mains de son museau, mais elle les fourra dans les poches de sa veste, tourna son visage vers le soleil et ferma les yeux. Elle resta ainsi immobile un bon moment.

Quand elle rouvrit les yeux, elle ne vit plus trace du chien sur la plage déserte. Inquiète, elle se leva et regarda dans toutes les directions. Elle éclata de rire quand elle aperçut soudain sa queue qui dépassait d'un gros récif, au loin, dans l'eau.

L'été, les enfants avaient l'habitude de jouer entre trois rochers assez hauts qui formaient un petit bassin triangulaire. L'un des angles pointait vers l'ouest. Son ouverture était très resserrée, à peine un demi-mètre. Les enfants hurlaient de joie quand les masses d'eau qui se brisaient sur les blocs leur retombaient dessus. Il n'y avait pas beaucoup de place, mais serrés les uns contre les autres, une bonne dizaine de gamins pouvaient tenir entre les roches.

La marée était particulièrement basse, voilà pourquoi Allan avait pu atteindre ce récif. Il s'était frayé un chemin entre les blocs et ne bougeait pas.

— Allan ! Viens ici !

La femme avait beau crier, il semblait ne rien entendre et disparut soudain derrière la pierraille. En maugréant, elle s'approcha du rivage pour le faire revenir, mais hésita à s'avancer davantage et resta en retrait, car l'eau était glacée.

— Allan ! Viens ici, allez, viens !

Mais quels que soient les termes ou le ton, le chien ne se manifestait pas. Elle savait seulement qu'il se trouvait là-bas, au milieu des rochers.

Très contrariée, elle enleva aussi vite qu'elle put ses chaussures et ses collants, remonta le bas de son pantalon et se mit à patauger dans la mer vraiment glaciale. Heureusement, elle n'avait de l'eau que jusqu'aux chevilles.

L'amas rocheux se trouvait à environ dix mètres du rivage. À quelques pas à peine, elle fut surprise par une odeur écœurante et indéfinissable. La colère fit qu'elle n'y prêta guère attention avant de se retrouver, non sans mal, au milieu des rochers.

À l'intérieur du bassin flottait un sac noir en plastique sur lequel les mouettes s'étaient acharnées, y faisant un gros trou. Allan avait la tête fourrée dans le trou. La femme rejoignit vite le chien en criant :

— Non ! Allan, ça suffit !

Elle saisit fermement le chien par la peau du cou, mais ce dernier, furieux, refusait de lâcher prise. Rassemblant ses forces, elle parvint à lui soulever l'arrière-train et à le retourner sur le dos comme une crêpe, les pattes pointant vers le ciel bleu.

Alors seulement il desserra les dents. Poussant des gémissements, il se débattait dans l'eau dont seule émergeait sa gueule. Lui appliquant promptement une main forte sur le cou, elle le saisit énergiquement par une des pattes de devant en le regardant fixement. Il étouffait des grognements plaintifs. Furieux, les yeux rouges, il soutint son regard, puis finit par se taire et se rendre. Elle relâcha alors son étreinte et le laissa se remettre sur ses pattes.

Les doigts engourdis par le froid, elle lui remit sa laisse. Alors, enfin, elle jeta un coup d'œil par le trou du sac.

Elle crut tout d'abord qu'il s'agissait d'un marquage pour l'abattoir, puis comprit que c'était un tatouage.

1

Ce soir-là dans les bureaux du commissaire de police ne se trouvaient que le commissaire Sven Andersson lui-même, l'inspecteur de la brigade criminelle Irene Huss et son collègue Jonny Blom. Il était presque 19 h 30. Le commissaire n'avait pas jugé bon de convoquer tous les inspecteurs. Il s'était contenté de ces deux-là, qui s'étaient rendus sur le lieu du crime. Il serait toujours temps d'informer les autres le lendemain matin.

Ils s'installèrent autour de la table avec leurs tasses de café fumantes. Sven Andersson entra immédiatement dans le vif du sujet :

— Bon, qu'est-ce que vous avez trouvé ?

— On nous a prévenus vers l'heure du déjeuner. Une bonne femme promenait son chien au bord de la mer...

Le commissaire coupa aussitôt la parole à Jonny :

— Où ça, au bord de la mer ?

— Près de Stora Amundön. Ou un peu plus bas, juste avant Grundsö. Une jolie petite plage de sable du nom de Killevik. Il y a là quelques gros rochers qui forment un triangle. À l'intérieur, le chien de la vieille a déniché un sac noir en plastique et...

— Excuse-moi si je t'interromps, mais je te fais remarquer que la vieille dont tu parles a juste deux ans de plus que moi, qui en ai trois de plus que toi, et qu'elle s'appelle Eva Melander. Elle habite dans la Klyfteråsvägen à Skintebo. Non loin de Killevik, précisa Irene Huss.

— Elle ne doit pas travailler si elle a du temps au milieu de la semaine, fit remarquer Andersson.

— Si, elle est infirmière pour enfants, mais elle était de garde le week-end. Apparemment, elle ne travaillait ni hier ni aujourd'hui. Le vent a soufflé très fort hier soir, alors elle n'est pas allée sur la plage avec son chien, mais aujourd'hui il a fait un temps radieux. La dernière fois, c'était à Pâques. Il faisait beau alors, mais depuis on n'a vraiment pas été gâtés avec ce temps pourri, rien que du vent et de la pluie.

— Et si on arrêtait de parler du temps pour revenir à ce qui nous intéresse ? lança Jonny d'un ton tranchant.

Avant que les autres ne répondent, il reprit là où on l'avait interrompu :

— Le sac est percé d'un grand trou, sans doute fait par des oiseaux. Le chien y a visiblement fourré sa tête et mordu dans le corps. On distingue clairement la trace d'une morsure, et au bout du moignon il y a un bout de chair arrachée. Cela m'a tout l'air de la partie supérieure d'un corps. Les bras ont été coupés à environ dix centimètres des épaules. Sur l'épaule droite, qu'on apercevait par l'ouverture du sac, on peut distinguer un tatouage de différentes couleurs. C'est tout ce qu'on a pu discerner. On attend que le médecin légiste nous apporte d'autres informations sur cette partie du corps.

— Vous n'avez pas retrouvé le bas ?

— Non. A priori, le corps a été coupé à la taille.

— Vous ne savez donc pas si c'est un homme ou une femme ?

Irene et Jonny se regardèrent avant que Jonny ne réponde, avec une pointe d'hésitation dans la voix :

— Non. On en a parlé, mais on n'est pas sûrs. Irene et moi, nous avons hésité parce qu'il y avait comme une grosse plaie là où aurait dû se trouver la poitrine. Mais ce n'est pas facile à discerner... les oiseaux ont très bien pu y donner des coups de bec, le corps était dans un état de décomposition avancé.

— Ablation de la poitrine. Le crime sexuel, c'est vraiment parmi ce qu'il y a de pire. Dire qu'il va falloir retrouver les autres parties du corps ! ajouta le commissaire d'une voix sombre.

Il se leva et se dirigea vers la grande carte détaillée accrochée au mur. Elle couvrait Göteborg et ses environs, de Kungälv, au nord, jusqu'à Kungsbacka, au sud. De l'index, il suivit le littoral de l'entrée du port jusqu'en bas, à Killevik, et avec le plus grand soin, ficha une épingle à bout rond en plastique rouge sur le lieu de découverte du corps.

Il recula d'un pas pour examiner la carte un moment. Puis il se tourna vers les inspecteurs :

— Il faudra se renseigner pour connaître la direction et la force des courants. Il faudra aussi tenir compte du temps qu'il a fait récemment. S'il y a eu des tempêtes, enfin, ce genre de choses.

— Des tempêtes ? On ne va pas se remettre à parler du temps ? s'écria Jonny.

— Si, parce qu'un cadavre dans l'état où tu me l'as décrit ne peut pas de lui-même venir s'allonger entre des rochers pour se reposer dans l'eau.

Andersson adressa à Jonny un regard aussi sec que l'était le ton de sa voix avant de continuer :

— Cette partie du corps a pu arriver là de différentes manières. Elle a pu être déposée là dès le début. Auquel cas on est en droit de se demander pourquoi les autres parties ne se trouvent pas au même endroit. On les a peut-être dispersées le long de la côte, mais dans ce cas, on aurait dû en retrouver quelques-unes.

— À l'ouest et au sud-ouest de Killevik, il y a toute une série d'îles inhabitées, intervint Irene.

— Justement. Demain il faudra toutes les passer au peigne fin. Sans oublier les plages au sud et au nord par rapport au lieu du crime. Une autre possibilité, c'est que le sac ait été entraîné très loin à cause des gaz qui se sont formés à l'intérieur pendant la décomposition de la chair...

Le commissaire s'interrompit, et Irene vit ses traits s'altérer brièvement. Il déglutit avant de poursuivre :

— Comme je l'ai dit, le sac peut fort bien avoir dérivé puis avoir été projeté au-dessus de ces rochers lors d'une tempête. Les grosses vagues, à mon avis, passent facilement par-dessus si le vent s'y met. Peut-être qu'il a craqué en se heurtant aux rochers, de sorte qu'il n'a pas pu repartir aussi facilement avec les flots. C'est pourquoi il importe de savoir très précisément quand il y a eu des tempêtes ces derniers temps. Ça nous indiquera au moins approximativement depuis combien de temps ce sac a traîné là-bas.

Il se tut et réfléchit à cette hypothèse. La question suivante, naturellement, était de savoir où se trouvaient les autres parties du cadavre.

— Et qui est la victime ?

— Quand je parlerai aux journalistes ce soir, je leur annoncerai seulement que nous avons trouvé le tronc d'un cadavre. Je dirai que nous ne sommes pas en mesure de leur communiquer d'autres informations tant que le médecin légiste n'a pas procédé à divers examens.

Irene et Jonny acquiescèrent. À ce stade de l'enquête, ils n'avaient guère de pistes. Ils ne connaissaient pas le sexe de la victime. Ils n'avaient ni la tête ni le bas du corps, ni les bras ni les jambes. Et aucune cause de décès.

2

« Le corps de la victime d'un meurtre a été retrouvé démembré près d'un lieu de baignade. » Tel était le titre de la rubrique dans le *Göteborgs-Posten*. Irene Huss lut l'article les yeux encore ensommeillés. Elle n'était pas du matin. Elle essayait de réveiller ses neurones en buvant une deuxième tasse de café.

Krister vint s'asseoir à la table du petit déjeuner. Un bruit de cavalcade dans l'escalier annonça l'arrivée des jumelles.

— « La victime d'un meurtre... » Personne ne sait encore s'il s'agit vraiment d'un meurtre, marmonna Irene.

— Ça paraît un peu difficile de parler de suicide, répliqua son mari d'une voix faussement douce.

Il savait mieux que quiconque que sa femme était de mauvaise humeur le matin. Il fallait la prendre avec des pincettes avant qu'elle n'ait pris sa première tasse de café, et faire attention à ne pas aller trop loin ; sinon, toute la journée était gâchée, et pour tout le monde.

— Si, ça peut très bien être le cas ! rétorqua Irene.

— Ah bon ? Adieu, monde affreux ! Maintenant, je vais me couper les bras et la tête pour être sûr de ne pas me rater !

Krister fit un geste théâtral, mit un bras devant ses yeux et leva l'autre avec le poing fermé pour défier les forces célestes.

D'un ton revêche, Irene ajouta :

— Ça existe, les nécrophiles. Ils volent des cadavres...

Elle s'interrompit à la vue de ses filles sur le seuil de la porte.

— C'est pas vraiment gai comme discussion pour le petit déjeuner, constata Katarina sèchement.

— T'as vraiment un boulot merdique, maman.

Le commentaire de Jenny toucha Irene de plein fouet. Elle aimait son travail et n'avait jamais voulu autre chose que faire partie de la police. Et surtout, elle avait toujours pensé que ce travail avait du sens. Bien sûr, certains aspects dans ce métier étaient moins drôles que d'autres, mais il fallait bien que quelqu'un s'en charge. C'était difficile à expliquer à deux adolescentes qui voulaient devenir, l'une, chanteuse dans un groupe comme les Cardigans, et l'autre, chef d'expéditions de survie dans des coins reculés de la jungle ou des montagnes. Katarina, d'ailleurs, se voyait déjà sillonner les destinations exotiques ou lointaines dans le cadre d'un programme de télévision.

Irene but une grande gorgée du café extra-fort pour reprendre des forces avant d'attaquer la journée.

Lors de la réunion matinale, le commissaire Andersson fit part à tous des rares éléments d'enquête dont il disposait à propos du cadavre découvert près de Killevik. Aucune autre partie du corps n'était réapparue depuis, et on n'avait toujours aucune piste. Andersson attendait avec impatience les conclusions du médecin légiste. La patience n'était pas à proprement parler le point fort du commissaire.

En dehors d'Irene et de Jonny, l'équipe était constituée de trois autres inspecteurs.

Birgitta Moberg était l'autre femme du groupe. Blonde gracile aux yeux bruns et vifs, elle semblait plus jeune que son âge (trente ans, en réalité). Beaucoup d'hommes voyaient en elle une créature sans défense, mais c'était une fille à la peau plus dure qu'il n'y paraissait.

À côté d'elle était assis Hannu Rauhala. Ses cheveux mi-longs étaient blond clair, presque blancs. Le plus souvent, il parlait peu et à voix basse, mais tous savaient qu'Hannu était d'une incroyable efficacité quand il s'agissait de retrouver des personnes ou pour procéder à toutes sortes de recherches.

Le troisième inspecteur se nommait Fredrik Stridh. Malgré ses vingt-huit ans, dont trois à la brigade anticriminalité, on continuait à le considérer comme un « petit jeune ». Mais c'était plus par plaisanterie, car ses collègues l'appréciaient pour sa bonne humeur, que rien ne semblait pouvoir entamer, et ses qualités de fin limier. Il ne rebroussait jamais chemin quand il était sur une piste, si mince fût-elle.

Le seul qui manquât à l'appel, c'était Tommy Persson, le collègue d'Irene, son meilleur ami depuis l'École supérieure de police à Ulriksdal. Ce matin-là, il se trouvait au bloc opératoire de l'hôpital du quartier est, pour se faire opérer d'une hernie abdominale. Il serait absent une semaine au moins. Irene avait téléphoné la veille au soir et parlé avec sa femme, Agneta. Sur le ton de la confidence, celle-ci avait avoué à Irene : « Tommy n'est pas du tout inquiet. Cela dit, il a quand même rédigé son testament. » Irene avait entendu en arrière-fond les vives protestations de Tommy qui la menaçait de représailles abominables si elle persistait dans ses mensonges. Agneta était infirmière en chef de la clinique de Ålingsås, et probablement la meilleure camarade d'Irene. Mais c'était Tommy son meilleur ami, et il lui manquait déjà.

— La police maritime va obtenir des renforts et poursuivre ses recherches près des îles et des archipels au large de Killevik, et la marine met ses plongeurs à notre disposition. On va commencer par sonder les fonds à Killevik avant de poursuivre, en élargissant chaque fois le cercle dans le Askimsfjord.

La voix du commissaire tira Irene de ses pensées. Debout devant la carte du littoral, il décrivait des cercles au-dessus de l'eau bleu clair. Le regard d'Andersson survola le groupe avant de s'arrêter sur Hannu Rauhala.

— Tu prendras contact avec le médecin légiste vers midi et tu essaieras de savoir à quand remonte la mort. Puis tu pourras commencer à consulter la liste des personnes déclarées disparues au moment où le cadavre était encore frais.

Hannu acquiesça.

Le commissaire se tourna vers les autres :

— Tous, à l'exception d'Irene, vous irez à Skintebo et vous frapperez à toutes les portes. Nous voulons avoir le maximum d'indices possibles concernant la découverte du corps. Est-ce que quelqu'un a vu d'autres sacs noirs du même genre, ou des personnes portant des sacs noirs à des heures étranges ? Bref, la routine, quoi...

Il s'interrompit et prit une profonde inspiration avant de poursuivre :

— Irene et moi, on va essayer de rassembler les dernières pistes du meurtre d'Angered. Tous ont été entendus, et les voyous ont reconnu les faits, mais on va maintenant rencontrer le procureur dans la matinée pour passer toute l'affaire en revue.

Irene avait beaucoup d'admiration pour Inez Collin. Elles avaient à peu près le même âge. Le commissaire Andersson avait toujours eu du mal avec ce procureur. Irene savait qu'au fond son seul défaut était d'être une femme, de surcroît mignonne, et juriste de formation.

Inez Collin était, comme d'habitude, éblouissante. Elle portait aujourd'hui une robe claire couleur gris pigeon et des chaussures assorties. Par-dessus, une veste stricte, d'une nuance plus foncée que la robe droite. Elle avait attaché ses cheveux blonds en une queue de cheval avec une grosse barrette d'argent. Ses lèvres et ses ongles étaient d'un beau rouge franc.

Comme toujours, c'était agréable de travailler avec elle, et tout se passa pour le mieux : ils terminèrent juste avant le déjeuner. Andersson sortit aussitôt de la pièce. Peut-être craignait-il qu'Inez ne lui propose de déjeuner ensemble, pensa Irene.

La vérité, c'est qu'Andersson voulait savoir si les pathologistes avaient rendu leur diagnostic. Il n'eut pas la patience d'attendre l'ascenseur et commença à monter l'escalier. En chemin, il regretta sa présomption. Une fois arrivé à l'étage de la brigade anticriminalité, il avait le visage tout rouge et soufflait comme un bœuf asthmatique. Lentement il traversa le couloir, en essayant de calmer les pulsations de son cœur et de reprendre haleine.

Hannu sortit de son bureau mais s'arrêta en voyant son chef à bout de souffle. Il observa les taches rouges sur le cou et les joues d'Andersson, mais comme d'habitude se garda de tout commentaire. Embarrassé, le commissaire tenta de plaisanter :

— Se mettre au sport quand on a presque soixante ans n'est peut-être pas la meilleure chose à faire.

Hannu esquissa un sourire, mais une ombre d'inquiétude passa dans les yeux bleu glacier du commissaire.

— As-tu pris contact avec le médecin légiste ? s'enquit Andersson.

— Oui. Le professeur Stridner dit qu'ils n'auront pas fini avant deux heures.

Le visage d'Andersson s'assombrit.

— Deux heures ! Quoi, ce bout-là leur prend plus de temps qu'il n'en faut pour disséquer un corps entier !

Hannu se contenta de hausser les épaules sans dire un mot. Andersson prit quelques inspirations profondes avant de demander :

— Est-ce que tu sais si on a trouvé autre chose à Killevik ?

Il n'eut pour toute réponse qu'un signe de tête négatif. Le commissaire décocha à Hannu un regard irrité et disparut dans son bureau.

Irene arrivait dans le couloir, elle entendit les dernières répliques. Elle sourit à Hannu et lui confia à voix basse :

— Il n'est pas dans son assiette, aujourd'hui. Inez Collin ce matin, puis rester à attendre le compte rendu de Yvonne Stridner... C'est simplement trop pour lui.

Hannu eut un petit rire discret. Si le commissaire se sentait mal à l'aise avec le procureur, cette femme à la fois élégante et décontractée, il éprouvait quasiment une phobie envers le professeur en pathologie Yvonne Stridner. Une femme haute en couleur et qui faisait le poids, dans tous les sens du terme... Tous s'accordaient à reconnaître en elle un des meilleurs médecins légistes de Scandinavie. Tous le savaient, elle y compris.

— Bon, dans ce cas, il ne nous reste plus qu'à aller manger en attendant, dit Irene.

— Ça tombe mal, j'ai un rendez-vous.

Un soupçon de rouge lui monta aux joues, jusqu'à ses pommettes hautes. Eh bien, dis donc ! C'était la première fois pendant ces deux années où Hannu avait travaillé chez eux qu'il montrait un semblant de vie affective. L'imagination d'Irene lui suggéra aussitôt un déjeuner romantique avec une femme secrète. À moins que ce soit avec un homme ? Au fond, elle ne savait même pas si Hannu vivait avec un homme, une femme, ou s'il était célibataire.

Elle était follement curieuse, mais elle savait bien qu'elle n'en tirerait jamais la moindre information. Fallait-il faire une enquête en interne ? Impensable, mais ô combien tentant ! Sans rien trahir de ses émotions, Irene dit simplement :

— C'est dommage. Pour moi. Alors on se voit à 14 heures.

Tout avait presque été trop simple. Irene entendit Hannu fermer sa porte et sortir. Elle se mit à la fenêtre pour l'épier de là-haut. Hannu sortit du bureau de police et se dirigea vers le parking. Sachant parfaitement où il allait, il marcha droit vers une petite Golf Volkswagen jaune. Il ouvrit la portière côté passager et monta dans la voiture.

Cette voiture, Irene la reconnaissait. Il en restait peu d'exemplaires des années 1980 qui circulaient encore, mais l'inspecteur de la brigade criminelle Birgitta Moberg en avait un. Elle bichonnait sa voiture et ne l'aurait jamais prêtée à quiconque. On pouvait donc affirmer avec certitude que Birgitta se tenait en personne au volant.

— Mais qu'est-ce qu'elle fout, bon sang ! C'est pas encore prêt ? Il est déjà 14 heures ! Et dire qu'elle a eu toute la journée pour le faire !

Le commissaire Andersson commençait à s'impatienter sérieusement quand le médecin légiste donna de ses nouvelles. C'est Irene qui avait pris la communication et laissé un message à son chef. Il lui jeta un regard furieux et accusateur. Elle ne le prit pas pour elle, car elle savait que ces regards visaient en réalité le professeur Stridner.

Andersson se dirigea vers la fenêtre et, à travers la vitre sale, parcourut du regard la place Ernst-Fontell. À l'entendre marmonner, Irene comprit qu'il réfléchissait. Il finit par se retourner en disant :

— Nous allons monter voir la pathologiste. Stridner peut quand même bien nous dire quelque chose ! Ensuite, nous irons à Killevik. Je veux voir le lieu où le corps a été trouvé.

Comme chaque fois qu'il franchissait le seuil de la médecine légiste, Andersson ressentit un profond malaise. Irene savait ce qu'il éprouvait – il suffisait de le regarder –, mais n'en laissa rien paraître. Que le gardien, un blond bodybuildé, annonce que le professeur se trouvait en salle de travail n'arrangeait rien. Il connaissait l'aversion du commissaire pour les autopsies et lui fit un sourire charmeur – mais irritant. Ses dents blanches ressortaient sur sa peau bronzée. Sans parler de sa belle queue de cheval qui renforçait l'impression que cet homme éclatant de santé n'était pas à sa place dans un tel milieu, alors qu'il travaillait depuis des années dans la médecine légiste. Irene connaissait seulement son prénom, écrit sur son badge : Sebastian.

L'odeur était ce qu'il y avait de pire. Peut-être finissait-on par s'y habituer quand on travaillait là tous les jours, se dit Irene. Mais quand on ne venait que de temps en temps, comme elle et le commissaire, cette odeur prenait chaque fois à la gorge.

Andersson s'arrêta sur le seuil de la porte, et Irene eut la surprise de constater qu'il la poussait en avant. Il ne restait plus qu'à s'avancer jusqu'à la table en acier. Yvonne Stridner était en train de disséquer la cage thoracique qu'ils avaient découverte.

Elle regarda par-dessus ses loupes oculaires et fronça les sourcils en signe de mécontentement.

— Qu'est-ce que vous faites ici ? demanda-t-elle sèchement.

Comme le commissaire ne disait rien, Irene fut obligée de répondre.

— On se demandait juste si tu n'avais pas quand même trouvé... quelque chose qu'on puisse utiliser...

Stridner renifla bruyamment.

— Je vous contacterai quand j'aurai terminé.

— Tu ne sais pas si c'est un homme ou une femme ?

— Non. Mais le *pectoralis major*, c'est-à-dire le muscle thoracique, est presque entièrement retiré, des deux côtés. Il y a quelque chose qui ne colle pas.

— Qu'est-ce qui ne colle pas ? hasarda Andersson.

— La mutilation d'une poitrine de femme se limite d'habitude aux glandes et à la masse graisseuse de la poitrine. Mais ici, on est allé très profond et on a retiré le muscle. Par conséquent, je ne peux pas dire s'il s'agit d'un homme ou d'une femme. La découpe est en forme d'ellipse, soit environ onze centimètres sur dix-sept. Il pourrait s'agir de deux seins que l'on a retirés. Mais je dois encore procéder à un examen plus approfondi...

— Quelle est la cause de la mort ?

— Impossible à dire. Trouvez la tête et vous aurez une piste. Dans ce genre de cas, la mort par strangulation est la plus fréquente.

— Il n'y a pas de marques autour du cou ?

— Il faudrait déjà qu'il y ait un cou pour voir éventuellement des marques. La tête a été coupée au-dessus de la septième vertèbre. Tous les organes intérieurs ont été retirés. Pas de poumons, pas de cœur, pas d'abdomen. La cage thoracique est ouverte jusqu'à la base du cou. Tout le sternum a été scié en deux.

— Combien de temps le corps... ou cette partie du corps a-t-elle passé dans le sac ?

— Difficile à déterminer exactement. Vu l'état de décomposition, je dirais entre deux et quatre mois. Il a fait très froid pendant tout février et mars, ce qui a son importance. En avril et jusqu'à aujourd'hui, il n'y a pas eu de longues périodes de chaleur. Mais nous avons procédé aux examens habituels et aux tests de toxicologie. Nous aurons la réponse dans quelques jours et nous vous tiendrons informés.

Irene entendit que le commissaire, placé derrière elle, commençait à regagner la sortie. Fébrilement, elle se creusa le cerveau pour trouver une question importante à poser. Puis cela lui revint :

— Le tatouage. Est-ce qu'on peut voir ce qu'il représente ? demanda-t-elle.

— Oui. On dirait comme un mince « y » à l'envers, avec un trait en travers à l'endroit de la fourche et un autre en travers un peu plus haut sur le manche. On dirait un caractère chinois. Autour du signe s'enroule un dragon qui se mord la queue.

Un très beau tatouage. Une véritable œuvre d'art de différentes couleurs. Juges-en par toi-même.

Stridner retourna la cage thoracique informe d'un gris verdâtre pour qu'Irene puisse admirer le tatouage. Il était peut-être très beau, mais Irene commençait à se sentir mal. Elle fit semblant de regarder attentivement l'œuvre d'art avant de remercier Stridner et de sortir précipitamment de la salle d'autopsie. Andersson était déjà de l'autre côté de la porte.

Ils empruntèrent la route 158 de Järnbrottsmotet à Särö. Quand ils eurent bifurqué à Brottkärsmotet et pris la direction de Skintebo, Irene rompit le silence :

— Je trouve qu'on a eu pas mal d'éléments.

Le commissaire marmonna une vague réponse. Irene crut entendre quelque chose comme « beaucoup trop », mais elle n'en était pas certaine.

— Est-ce que nous faisons un point ce soir ? demanda-t-elle, pour changer de sujet de conversation.

— Non, rien ne presse. Nous ferons ça demain matin.

Irene passa devant le parc de Billdal et tourna bientôt pour prendre le petit chemin qui descendait jusqu'à Killevik. De là, ils virent le bateau d'où sautaient les plongeurs de la marine. Il se balançait légèrement sur la mer, non loin de petits récifs, à quelques centaines de mètres de la plage. Des fanions bleus et blancs délimitaient la zone de recherche. Au loin, ils pouvaient entendre le bruit du bateau de police qui inspectait les moindres rochers et îlots de l'archipel.

— Où sont tous nos hommes ? s'étonna Andersson.

— Sans doute occupés à frapper aux portes, répondit Irene.

Andersson marmonna quelque chose d'inaudible. Il sortit son téléphone mobile et se mit à fouiller dans ses poches. Il finit apparemment par trouver ce qu'il cherchait, car ses grognements parurent moins contrariés quand il en extirpa un bout de papier froissé. Irene parvint à lire les mots « Police maritime » écrits au feutre rouge. Dessous, il y avait un numéro de téléphone. Andersson le composa.

— Salut. Ici Andersson. Vous avez trouvé quelque chose ?

Son visage s'assombrit quand la personne au bout du fil répondit.

— Ah bon. Les plongeurs non plus ? Bon, très bien.

Il avait du mal à dissimuler sa déception.

— Prévenez-moi dès que vous serez remontés... Je veux dire... si vous trouvez quelque chose. Très bien. Merci beaucoup.

Il fit de son mieux pour prendre une voix normale au moment de clore l'entretien, mais Irene connaissait trop bien son chef pour s'y laisser prendre.

Andersson s'appuya contre le pare-brise et jeta un regard sombre vers les trois blocs rocheux. Il resta un long moment à fixer les pierres dans l'eau en silence. De fines traînées grises voilaient le soleil, mais la lumière passait à travers et faisait scintiller les vagues de ses reflets d'argent. Les mouettes tournoyaient au-dessus de la surface de l'eau et renvoyaient la lumière, tel un éclat blanc argenté. Andersson ne voyait pas la beauté de la scène, il restait plongé dans ses pensées. Irene ne dit rien et attendit qu'il rompe le silence.

— Comment ce putain de sac a-t-il pu arriver ici ?

— Je crois à ta théorie : il a été apporté ici entre les rochers pendant une tempête. Sinon, on en aurait retrouvé d'autres au même endroit ou à proximité.

— Il venait d'où ?

Irene haussa les épaules.

— Aucune idée. Peut-être d'une de ces îles.

— Hum. Styrsö se trouve en face. Et Donsö, aussi. Mais je ne sais pas comment est le courant par ici. Il venait peut-être de Vrångö. Il faudra vérifier ça avec les courants. Mais ça fait une longue dérive pour un sac.

Irene acquiesça.

— Je vais vérifier.

Il lui vint une idée :

— Je vais demander à Birgitta si elle a une carte marine. Elle part souvent faire de la voile.

— Il est bientôt 6 h 40. Je te ramène chez toi. À moins que tu n'aies la voiture au bureau ? demanda Andersson.

— Non. Aujourd'hui, c'est Krister qui a pris la voiture. Il n'aura pas terminé avant minuit.

Ils n'avaient pas les moyens d'avoir deux voitures, mais leur système d'alternance fonctionnait parfaitement. La voiture était toujours sur le parking du commissariat, qui se trouvait à cinq minutes à pied seulement du pub Glady's Corner où Krister travaillait comme chef cuisinier. Celui qui commençait le plus tôt – Irene le plus souvent – prenait la voiture le matin. S'ils pouvaient partir ensemble, ils le faisaient. Celui qui terminait le dernier ramenait la voiture. Pour Irene, c'était facile de rentrer à la maison grâce à un bus direct de Drottningtorget. Elle accepta volontiers l'offre d'être ramenée chez elle et d'échapper ainsi au bus bondé.

Ils reprirent la 158 en traversant une nature vert tendre. Malgré la présence de nombreux pavillons et de lotissements dans les environs, il restait encore des coins vraiment idylliques. Irene ne trouva pas utile de le faire remarquer, vu le peu d'intérêt que portait son chef aux paysages, si beaux soient-ils.

— Ce cas est inhabituel. Ça va faire vingt-cinq ans que je suis commissaire à la Criminelle, et nous avons eu jusqu'ici trois ou quatre affaires de ce genre. Moi-même, je n'ai résolu qu'un seul de ces cas. Ce sera le deuxième, lança-t-il soudain.

— Qui était la victime dans le premier ?

— Une prostituée toxicomane. C'est à elles qu'il arrive ce genre de choses. Elles attirent les types les plus louches. On peut appeler ça un risque du métier. Si on est charmeur de serpent, il faut bien s'attendre un jour ou l'autre à se faire mordre.

— Elles sont particulièrement exposées, ces filles-là.

Andersson se contenta de grommeler une vague réponse. Irene poursuivit ses questions :

— Est-ce que le corps était aussi mutilé et éviscéré ?

— Non, non ! C'était un détraqué qui l'avait tuée chez lui au cours d'un jeu sexuel particulièrement violent. Il avait paniqué parce qu'il ne savait pas quoi faire du corps. Alors il l'avait découpée en morceaux dans sa baignoire et avait fourré tout ça dans trois sacs de voyage. Puis il avait balancé les sacs dans un grand conteneur au pied d'un immeuble du coin.

— Ça a pris du temps avant de le coincer ?

— Quatre jours. Il avait bu comme un trou après le meurtre et avait pété les plombs. Il n'arrêtait pas de hurler sur son balcon : « C'est moi qui l'ai découpée en morceaux ! C'est moi qui l'ai fait ! » Au bout d'une heure, les voisins en ont eu marre de l'entendre et ont appelé la police. Il n'y avait plus qu'à le cueillir. Il n'avait même pas nettoyé la salle de bains, les vêtements de la pute traînaient encore sur le sol !

Andersson fit la moue.

— Mais ça, c'est autre chose. C'est bien pire, dit-il en prenant une mine grave.

— Qu'est-ce que tu veux dire ?

— Tuer un être humain et dépecer le corps morceau par morceau comme un... vulgaire poulet. C'est vraiment monstrueux !

— Je suis bien d'accord avec toi. Mais nous ne savons pas encore ce qui s'est passé au juste. S'il s'agit d'un meurtre ou d'un nécrophile qui a trouvé un corps et l'a découpé en morceaux simplement par pur plaisir...

Irene s'interrompit quand elle se rendit compte qu'Andersson jurait :

— Putain ! Quelle histoire !

Irene hocha la tête et décida de laisser tomber le sujet. Même après avoir travaillé pendant des années sur des meurtres, certaines choses, pour elle et son chef, restaient pires que d'autres.

Par le plus grand des hasards, Irene était tombée sur la petite annonce dans le *Göteborgs-Posten* quelques semaines plus tôt : « Bienvenue au salon de coiffure de Frölunda Torg ! Nous sommes à présent ouverts jusqu'à 20 heures le mercredi et le jeudi ! » Irene s'était jetée sur le téléphone pour prendre rendez-vous. Enfin un coiffeur qui avait compris quand les gens avaient le temps de s'occuper de leurs cheveux ! Le rendez-vous était fixé pour 18 h 30, ce qui lui convenait. Elle aurait ainsi le temps de repasser à la maison et de faire un tour avec Sammy.

Les jumelles devaient partir s'entraîner juste après la fin des cours. Jenny était très musicienne et jouait à la fois de la guitare et de la flûte. Et elle chantait dans deux chorales. Aujourd'hui, elle avait son cours de flûte. Katarina semblait bien partie pour remporter encore une fois le championnat junior de jiu-jitsu, qu'elle avait déjà gagné l'année passée. Irene avait été championne d'Europe presque vingt ans plus tôt. Elle était alors la seule femme en Scandinavie à être ceinture noire, troisième dan.

Assis derrière la porte, Sammy l'attendait et l'accueillit en sautant de joie. *C'est l'avantage avec un chien*, pensa Irene, *il te fait toujours la fête, quelle que soit l'heure à laquelle tu rentres*.

Elle eut à peine le temps d'enlever sa veste que le téléphone sonna.

— Allô ?

— Salut, Irene. C'est Monika Lind. Tu te souviens de moi ?

Il fallut un peu de temps à Irene pour retrouver dans ses archives mentales qui était cette Monika Lind, mais elle finit par mettre un visage sur ce nom.

— Bien sûr. Nous avons été voisines pendant quelques années, mais ça fait bien quatre ou cinq ans que vous avez déménagé... à Trollhättan ?

— À Vänersborg. Ça va faire cinq ans.

Isabell, la fille de Monika Lind, avait juste un an de plus que les jumelles. Les filles avaient beaucoup joué ensemble, mais quand la famille Lind avait déménagé à Vänersborg, les contacts s'étaient raréfiés avant de cesser tout à fait. Irene se demanda ce qu'elle lui voulait.

— Il s'agit d'Isabell. La police n'en a rien à faire. Il faut que je parle à un policier pas trop idiot !

En disant ces derniers mots, la voix de Monika se brisa. À sa grande surprise, Irene l'entendit se mettre à pleurer. Elle essaya de prendre un ton apaisant :

— Qu'est-ce qui s'est passé ? Est-ce qu'Isabell a des ennuis avec la police ?

— Non, mais elle a disparu ! Je l'ai cherchée partout... mais tout le monde s'en fout !

De nouveau, on entendit de gros sanglots.

— Écoute, Monika, essaie de reprendre depuis le début.

Il y eut un moment de silence. Irene comprit que Monika faisait un effort pour se calmer. D'une voix tremblante, elle se mit à raconter.

— Isabell est entrée en seconde au lycée du quartier, cet automne. Mais elle ne s'y est pas plu. Elle a toujours eu du mal à se sentir bien dans un lycée. Avant l'été, elle a remporté un concours de beauté, et après ça elle n'a eu qu'une chose en tête : devenir mannequin. Un photographe du coin a pris d'elle de splendides photos qui ont coûté une fortune... mais elle en avait tellement envie !

Monika Lind se tut. Irene pouvait l'entendre reprendre son souffle à l'autre bout du fil, elle comprit qu'il lui en coûtait beaucoup de parler.

— À Noël, sa décision était prise. Elle ne voulait plus continuer au lycée. Elle a dit qu'elle s'était trompée d'orientation et qu'elle allait prendre la section médias à l'automne. Et elle a contacté une agence de mannequins à Copenhague.

— Comment a-t-elle obtenu le numéro de l'agence ? intervint Irene.

— Par des petites annonces. Ils cherchaient des jeunes filles suédoises qui voulaient bien travailler à Copenhague.

— Comment s'appelait l'agence ?

— Scandinavian Models. Elle a parlé avec une photographe nommée Jytte Pedersen. Je l'ai eue moi-même deux fois au téléphone avant que Bell ne parte. L'agence s'occupait du voyage, de l'appartement et...

La voix de Monika se brisa encore. Elle sanglota, effondrée.

— Est-ce qu'elle a eu son propre appartement à Copenhague ?

— Non, elle en partageait un avec deux autres filles. Une d'Oslo, Linn, et une de Malmö, Petra.

— Où se trouve l'appartement ? Dans quel quartier de Copenhague ?

Irene était allée à Copenhague une seule fois. Pendant sa dernière année au lycée. C'étaient des souvenirs un peu lointains, sans doute à cause de la bonne bière danoise, moins chère que la suédoise, et de l'absence de surveillance des parents.

— Il se trouve tout près de Frihamnen. Dans la rue Østbanegade.

— Tu ne lui as jamais rendu visite ?

— Non. Enfin, si. Pas à elle... Je voulais aller lui dire bonjour pendant les vacances de février. L'inconvénient, quand on est professeur, c'est qu'on est en congé seulement pendant les vacances scolaires. Mon mari avait promis de s'occuper d'Elin... Tu te rappelles peut-être que j'étais enceinte quand on a déménagé pour Vänersborg. Isabell a une petite sœur qui va sur ses cinq ans. Plus exactement une demi-sœur. Mais Bell n'a pas voulu que je vienne, sous prétexte qu'ils étaient en train de rénover l'appartement. Ensuite, j'ai voulu venir à Pâques, mais elle m'a dit qu'elle avait trop de travail. Elle devait aller à Londres pour faire des photos, et que sais-je encore. J'ai... j'ai fini par comprendre qu'elle ne tenait pas à ce que je vienne. Les jeunes filles n'avaient pas le téléphone dans l'appartement, c'était toujours Bell qui nous appelait. Je lui écrivais au moins une lettre par semaine.

— Elle t'appelait souvent ?

— En général, une fois par semaine. Mais il pouvait se passer dix jours entre deux appels.

— Quand l'as-tu eue au téléphone pour la dernière fois ?

— Elle a appelé un soir, vers la mi-mars. C'est Janne qui a répondu parce que j'avais une réunion de parents.

— Qu'est-ce qu'elle a dit ?

— Pas grand-chose. Comme je te l'ai dit, c'est Janne qui a pris le téléphone.

— Comment ça se passe entre Isabell et ton mari ?

Il y eut un gros soupir à l'autre bout du fil.

— Tu sais bien, on avait déjà un problème quand on habitait à Fiskebäck. Quand Janne et moi on s'est rencontrés, Bell avait déjà onze ans. Comme le divorce s'est mal passé, elle n'a pratiquement pas revu son père ces cinq dernières années. Puis Janne est arrivé et s'est mis entre elle et moi. Tu te rappelles toutes les fois où elle est venue se réfugier chez vous et où vous n'aviez pas le droit de dire où elle était ? Elle voulait simplement que je m'inquiète.

— Et tu penses que c'est la même chose maintenant ? Elle se tiendrait à l'écart pour que tu t'inquiètes ?

— C'est du moins ce que veut me faire croire la police en Suède et au Danemark. Ils refusent d'admettre qu'elle a disparu !

— Disparu ? Qu'est-ce que tu entends par là ?

— Elle n'est plus à Copenhague ! Elle ne m'a pas donné de nouvelles de tout le mois d'avril. Le jeudi, la veille de la Nuit de Walpurgis, j'ai pu me libérer et je suis partie à Copenhague. Je me suis d'abord rendue à l'adresse que Bell m'avait donnée. Si tu avais vu le taudis ! C'était un grand immeuble sale, près de Søndre Frihavn. Je suis allée voir où Bell était censée habiter, mais il n'y avait aucun appartement avec trois jeunes filles. Évidemment, j'ai frappé aux portes et demandé aux locataires qui se trouvait chez eux. Personne n'avait jamais vu trois jeunes filles, ni même n'en avait entendu parler.

Monika marqua une courte pause.

— Je me suis procuré un annuaire téléphonique et j'ai cherché les agences de mannequins et les photographes. Il n'existe aucune agence du nom de Scandinavian Models, ni aucune photographe nommée Jytte Pedersen. Alors je suis allée voir les photographes et les agences que j'ai pu trouver et je leur ai montré une photo de Bell que j'avais emportée avec moi. Aucun des photographes ne l'avait vue. Puis le week-end est arrivé, et j'ai dû rentrer à la maison. Mais avant, je suis allée à la police danoise pour signaler la disparition de Bell.

Monika éclata de nouveau en sanglots, et Irene dut attendre qu'elle se calme. Elle en profita pour griffonner quelques mots sur le bloc-notes accroché près du téléphone mural.

Quand Monika eut cessé de pleurer, elle poursuivit d'une voix mal assurée :

— Ils étaient... méprisants ! Ils ne voyaient aucune raison de s'inquiéter si une fille de dix-sept ans disparaissait à Copenhague. Ça arrive tous les jours, selon eux. Des jeunes filles qui fuguent de chez elles pour venir à la capitale et connaître le grand frisson, c'est apparemment banal ! Ils ont dit que tout ce qu'ils pouvaient faire, c'était lancer un avis de recherche et voir si Isabell n'était pas liée à une autre affaire. Ils m'ont avoué qu'ils ne comptaient rien faire d'autre !

Mais que veux-tu qu'ils fassent ? Envoyer des patrouilles pour retrouver une certaine Isabell de Vänersborg ? pensa Irene. Mais c'eût été singulièrement manquer de psychologie que de faire part à Monika d'une telle pensée, aussi se contenta-t-elle de demander :

— As-tu contacté la police suédoise ?

— Oui. Le 2 mai, autrement dit dimanche dernier. Ils ont eu la même attitude que leurs collègues danois.

Irene réfléchit rapidement avant de demander :

— Tu dis qu'Isabell téléphonait. Elle ne t'a jamais envoyé de carte postale ou de lettre ?

— Non. Elle n'a jamais aimé écrire.

— Essaie de te rappeler ce qu'elle disait. Sur l'appartement. Sur les deux autres jeunes filles. Sur son travail de mannequin... tout !

— Elle ne mentionnait les deux autres filles que par leurs prénoms, Linn et Petra. Elle me parlait surtout de tous ses nouveaux amis. Il y avait des personnes du monde entier, comme un Anglais, Steven, et un Américain, Robin. Les filles sortaient toujours ensemble et elles rencontraient visiblement beaucoup de monde. Bien sûr, d'autres mannequins aussi. Une de ses copines s'appelait Heidi. Plus tard, elle a dit que c'était amusant de se faire photographier, mais assez fatigant.

— Tu ne connais pas les noms de famille des personnes qu'elle a mentionnées ?

— Non. Elle racontait qu'elle achetait des tas de fringues. Elle et ses copines allaient souvent en ville faire les magasins. Elle a toujours aimé bien s'habiller, et maintenant elle gagne pas mal d'argent. À mon avis, elle devait tout dépenser en vêtements et en maquillage.

— Que disait-elle sur l'appartement et la maison ?

— Que c'était très beau, très agréable.
— Mais ça ne correspond pas à la réalité ?
— Non.
— As-tu découvert autre chose qui se soit aussi révélé être un mensonge ?
— Non, rien qui me revienne.

Irene choisit soigneusement ses mots avant de dire :

— La situation est malheureusement telle que l'ont décrite mes collègues danois et suédois. La police ne peut pas faire grand-chose tant qu'il n'y a pas le moindre soupçon de crime ou avant qu'Isabell ne paraisse liée d'une quelconque manière à une enquête policière. Mais tu peux toujours engager un détective privé.

— C'est trop cher, mais je vais peut-être le faire malgré tout. À ton avis, qu'est-ce qui a bien pu lui arriver ?

— C'est difficile à dire. Soit elle t'évite, pour je ne sais quelle raison, soit elle n'est plus à Copenhague. Tu ne penses pas qu'elle se serait enfuie en Angleterre ?

— Mais elle aurait donné de ses nouvelles !

— Oui. C'est ça qui est inquiétant, effectivement. Je crois que tu dois demander à la police que tu as contactée ici en Suède de lancer un avis de recherche via Interpol.

Monika resta longtemps silencieuse. Irene sentit qu'elle n'avait plus rien à lui dire, mais qu'elle attendait la suite des événements.

— Dis, tu m'appelles si tu trouves quelque chose ?

— Évidemment. Donne-moi ton numéro à la maison et au travail.

Irene nota vite ses numéros sur le bloc du téléphone. Elle ne se faisait pas trop d'illusions et voyait mal à quelle occasion elle pourrait être amenée à appeler Monika. Il n'y avait pas grand-chose à faire en pareil cas pour un inspecteur de police criminelle en poste à Göteborg.

La coiffeuse en avait trop coupé. Le commentaire de son mari, quand il vit le résultat, confirma ses craintes.

Cela faisait dix-sept ans que Krister avait un regard exercé et critique sur les cheveux d'Irene. Il leva la main en guise de salut et lança :

— À votre service !

Bien sûr, elle fut dépitée, mais elle reconnut qu'elle aurait dû interrompre le massacre avant la fin. Irene préféra décréter que c'était la faute de la coiffeuse qui lui avait mis sous le nez la photo d'une nouvelle coupe de cheveux en disant :

— Regarde, c'est tout à fait ton style. Décontracté tout en restant féminin. Un côté rétro années soixante. Le genre Twiggy, si tu vois ce que je veux dire. Facile à entretenir. Et on te fait une coloration auburn foncé.

Si Irene se rappelait Twiggy... l'idéal de toutes les filles, à la fin des années soixante. Elle devait avoir neuf ou dix ans. Sans rien dire à sa mère, elle avait pris rendez-vous chez la coiffeuse de Gulhedstorget. Cette femme aux formes généreuses, qui sentait bon le parfum et qui portait un rouge à lèvres rose vif, s'était étonnée qu'Irene veuille vraiment couper ses longs cheveux. Déterminée, Irene lui avait dit qu'elle était décidée à le faire, parce qu'elle voulait ressembler à Twiggy.

Il est possible que la coiffure ait ressemblé à celle de Twiggy, mais pas le reste d'Irene. Personne ne les confondrait, pas plus hier qu'aujourd'hui.

Et voilà qu'elle avait refait la même bêtise.

En poussant un soupir, l'inspecteur Irene Huss se regarda dans le miroir de l'entrée, examinant son reflet d'un œil critique. Elle vit une grande femme élancée, portant un pantalon noir et un débardeur en coton bleu pâle avec un col en V. Ses cheveux étaient certes coupés très court, mais la couleur était jolie, car son brun foncé naturel offrait à présent de beaux reflets auburn qui dissimulaient tous ses cheveux gris. Sous l'éclairage de l'entrée, elle ne faisait pas ses quarante ans. À condition, toutefois, de ne pas s'approcher trop près du miroir.

Brusquement, la porte d'entrée s'ouvrit, et les jumelles se chamaillèrent pour passer la première ! Quand elles eurent cessé de se disputer pour savoir laquelle aurait le dernier cintre de l'entrée, elles se tournèrent vers leur mère.

— On est allées les voir. C'est lui tout craché, dit Jenny.

— Il n'y a aucun doute, renchérit Katarina.

En troupe bien rangée, la mère et les filles pénétrèrent dans la cuisine où se trouvaient les deux membres masculins de la famille. Comme Krister était chef cuisinier et que la cuisine était à la fois son métier et sa passion, il avait déjà entrepris de préparer le repas. À ses côtés, Sammy attendait, assis, guettant les moindres faits et gestes de son maître. Qui sait si un bon morceau n'allait pas tomber par terre ?

— Katarina et Jenny sont allées les voir. Il semblerait bien qu'ils soient l'œuvre de Sammy, fit Irene.

— Donc, cette folle furieuse avait raison quand elle nous a insultés au téléphone, constata Krister.

— Pas étonnant qu'elle ait été aussi contrariée. Sa chienne, un caniche pur race, a batifolé avec un terrier ! Mais elle n'a qu'à s'en prendre à elle-même. On ne laisse pas une chienne en chaleur dans un terrain vague au milieu d'un lotissement ! Surtout avec notre barrière si basse ! D'ailleurs, elle m'a dit que sa chienne était une championne internationale, annonça Irene.

— Eh bien, Sammy ! Alors, comme ça, tu as flirté avec une championne ! complimenta Krister, le sourire aux lèvres.

Si on avait été dans un dessin animé, on eût vu un point d'interrogation au-dessus de la tête de Sammy. Il regarda les uns et les autres à tour de rôle avant de s'arrêter pour considérer ce point d'interrogation. Jenny craqua la première et pouffa de rire, vite imitée par le restant de la famille. Bientôt, tous riaient aux larmes. Mais cela n'était pas du goût de Sammy. S'il y a bien une chose qu'un chien avec un semblant de dignité déteste, c'est d'être tourné en ridicule et faire l'objet de la risée générale. La queue basse, il quitta la cuisine et monta se réfugier au premier étage. Là, il entra dans la chambre de Jenny et se faufila sous le lit.

Irene et Krister repartirent d'un grand éclat de rire, mais Jenny les interrompit :

— Il sont trois. Adorables ! Deux femelles et un mâle. Ils ressemblent comme deux gouttes d'eau à Sammy quand il était chiot. Encore qu'ils sont beaucoup plus petits, vu qu'ils n'ont que trois semaines, et beaucoup plus foncés...

— C'est normal, étant donné que la mère a le pelage noir, intervint Katarina.

— Je ne suis pas idiote à ce point ! Mais cette foldingue a menacé de tuer les chiots si on ne l'aide pas à s'en débarrasser.

— Le croisement entre un caniche et un terrier ne promet pas d'être réussi... Extérieurement, ça peut donner quelque chose de très mignon. Mais pour ce qui est du caractère, je ne sais pas..., glissa Irene, pensive.

— Mais qu'est-ce que tu as fait à tes cheveux ? s'écria tout à coup Katarina.

Elle venait seulement de remarquer la nouvelle coiffure de sa mère.

— C'est la dernière coupe à la mode, avec les cheveux raides comme des baguettes, répondit Irene avec un parfait aplomb.

— Quand je pense que vous m'avez fait tout un cinéma quand j'ai coupé les miens, dit Jenny.

— Coupé ! Toi, tu t'étais tondue, nuance ! lui rappela Katarina.

Jenny ne voulut pas argumenter sur sa coiffure archicourte, quelques années auparavant. Les deux filles se turent et détaillèrent la nouvelle tête de leur mère. Irene regarda elle aussi ses filles. Des jumelles, et pourtant si différentes que les gens dans la rue ne les prenaient même pas pour des sœurs...

Katarina était sa copie conforme au même âge. Déjà un mètre quatre-vingts, mince, avec un corps d'athlète. Comme Irene, elle avait les cheveux bruns, les yeux bleu foncé et une peau qui bronzait facilement.

Jenny, quant à elle, ressemblait à son père, ou peut-être surtout à ses tantes. À sa grande déception, avec son mètre soixante-treize, elle était la plus petite de la famille. Maintenant qu'elles avaient seize ans, les deux filles ne grandiraient plus guère. Jenny avait des cheveux d'un blond doré, des yeux bleu clair et une peau fragile, très sensible au soleil. Elle se plaignait souvent de l'injustice du sort quand elle comparait son physique à celui de sa sœur. En vérité, Jenny était fort belle, mais elle ne le savait pas.

Pour rompre le regard scrutateur et critique de ses filles, Irene demanda :

— Que mange-t-on ce soir ?

— On est mercredi. Cuisine végétarienne. Je prépare un plat de légumes thaïlandais avec du lait de coco, répondit Krister.

Irene soupira. Cela faisait maintenant deux ans qu'ils mangeaient végétarien trois fois par semaine, et elle avait toujours autant de mal à s'habituer à cette nourriture. Jenny avait décidé de devenir végétarienne, et Krister avait jugé qu'il avait au moins vingt kilos à perdre, alors la famille avait changé ses habitudes alimentaires. Jenny mangeait les autres jours de la semaine les restes des plats végétariens, tandis que les autres se régalaient enfin avec de la volaille, du poisson et de la viande. Si Krister n'avait pas perdu vingt kilos, il était du moins passé sous la barre des cent kilos. Compte tenu de sa haute taille, il ne donnait pas l'impression d'être gros, mais fort et imposant. Irene savait toutefois que les genoux de son mari avaient protesté contre tous ces kilos supplémentaires. Voilà pourquoi il ne faisait pas avec Sammy les longues balades qu'il aurait aimé faire. En revanche, il nageait au moins deux kilomètres par semaine dans la piscine du centre culturel de Frölunda. Cet automne, il allait fêter ses cinquante ans. Irene avait abandonné tout espoir de le voir plus mince et plus en forme, elle se contentait des améliorations sur le plan alimentaire et sportif introduites ces dernières années.

3

Le champ d'investigation avait été élargi au fil des heures, et le rayon d'action autour de Killevik n'avait cessé de s'étendre. Mais les recherches n'avaient toujours rien donné.

Le commissaire Andersson essaya de joindre le service de médecine légale. Le professeur Stridner lui envoya un message pour dire qu'elle le contacterait dès qu'elle aurait un moment. Hannu passait en revue la liste des personnes disparues depuis le nouvel an, mais pour l'instant aucune piste non plus de ce côté-là. Rien de tout cela n'allait améliorer l'état d'esprit du commissaire.

— On est là, à se tourner les pouces. Quelqu'un a bien dû remarquer la disparition de cette personne ! s'emporta-t-il.

Irene essaya de le calmer.

— Cela fait à peine deux jours que nous avons trouvé le sac, et personne n'est au courant du tatouage, alors que cela pourrait nous donner une indication sur la victime.

Andersson réfléchit en se balançant d'avant en arrière. Finalement, il s'éclaircit la voix avec difficulté :

— Le tatouage... Mon champ de vision était obstrué, et je n'ai pas bien vu. Qu'est-ce qu'il représentait déjà ?

À partir du moment où il s'était trouvé à plusieurs mètres de la table d'autopsie, il était compréhensible qu'il n'ait pas vu le tatouage. Avec tact, Irene se garda de lui en faire la remarque et se tourna vers ses autres collègues dans la pièce.

— Stridner pense qu'il s'agit d'un caractère chinois entouré d'un dragon qui se mord la queue. Ce n'était pas facile à déterminer, étant donné que le chien avait planté ses crocs juste dessus et que le corps était en pleine décomposition... si vous voyez ce que je veux dire. Mais elle a décrit ce caractère comme étant un « y » à l'envers avec deux traits sur le manche – l'un à la fourche et l'autre un peu plus haut. Le dragon est tatoué dans différentes couleurs, et selon les dires de Stridner, c'est une véritable œuvre d'art.

— À mon avis, il ne s'agit pas d'un tatouage ordinaire. Par conséquent, ce ne peut être le fait de n'importe quel tatoueur, conclut Birgitta.

— Il faut trouver le tatoueur pour avoir une piste qui mènera à la victime, suggéra Fredrik Stridh.

— Le mieux aurait été d'avoir une photo du tatouage proprement dit, afin que nous puissions le montrer aux différents tatoueurs de Göteborg, dit Jonny.

— Si tu avais vu le tatouage dans l'état où il est maintenant, crois-moi, tu n'aurais pas envie de l'avoir en photo ! lui assura Irene.

Elle réfléchit un court instant avant de demander :

— Et si on avait un dessin à la place de la photo ? Ce serait beaucoup plus clair.

Le visage d'Andersson s'éclaira, et il acquiesça.

— C'est une bonne idée. Je vais faire en sorte d'arranger cela.

Il se tourna vers Fredrik.

— Comment ça va avec l'assassinat à coups de couteau de la nuit dernière ?

— La victime est identifiée comme étant Lennart Kvist, connu dans le milieu des toxicomanes sous le nom de Laban. Il a trempé dans pas mal d'affaires et il avait beaucoup de came sur la conscience. Sans doute une histoire de trafic qui a mal tourné. Un témoin a entendu un appel à l'aide en provenance du parc derrière la colline de Flora, et il a appelé la police sur son mobile. Une patrouille a retrouvé le cadavre de Laban à l'intérieur du parc, avec sur le sol, sous son corps, un sac plein de doses d'héroïne déjà coupées et destinées à la vente. L'explication la plus plausible, c'est que l'assassin soit un client qui n'a pas obtenu le crédit qu'il espérait.

— Est-ce que le témoin a vu quelqu'un s'enfuir en courant ? demanda Andersson.

— Non. Le meurtrier a dû disparaître vers le Grand Théâtre en traversant le parc. Il s'est probablement faufilé le long du canal.

— Bon. Toi et Birgitta, vous poursuivez l'enquête. Prenez contact avec les stups si vous ne l'avez pas déjà fait. Irene, Jonny et Hannu, vous restez sur l'affaire du torse. On se retrouve tous cet après-midi vers 17 heures.

Dans les Pages Jaunes, sept tatoueurs offraient leurs services. On pouvait aussi obtenir un piercing chez certains d'entre eux. *Des traitements douloureux auxquels des personnes se soumettent volontairement*, se dit Irene, qui n'avait même pas osé se faire percer les oreilles.

— Ça n'a pas de sens d'aller faire la tournée des tatoueurs tant que nous n'avons pas de dessin à leur montrer, dit Jonny.

— Je vais demander à Andersson s'il a pu mettre la main sur un dessinateur et si Stridner a rappelé.

Irene sentit qu'elle avait besoin de se dégourdir les jambes. Elle et Jonny n'avaient aucune idée pour poursuivre leur enquête. Il leur fallait une piste pour découvrir l'identité de la victime.

En se rendant au bureau d'Andersson, elle croisa Hannu. Il lui tint galamment la porte, et elle le remercia, un peu gênée, en franchissant le seuil.

— T'as vraiment besoin de faire toutes ces courbettes pour passer une porte ? lui lança sèchement le commissaire.

Visiblement, l'affaire était au point mort. Irene se hâta de poser sa question.

— Non. Toujours pas de dessinateur. Quant à Stridner, elle n'a pas...

Il fut interrompu par la sonnerie du téléphone. Il saisit aussitôt le combiné.

— Ici le commissaire Andersson. Oui. Ah bon ? Hum...

Andersson écoutait attentivement la voix dans le combiné. À l'expression tendue de son visage et à sa voix mécanique, les deux collègues comprirent qu'il parlait à Stridner en personne. Son visage bougon laissa place à une expression de surprise. Il grommela des sons incompréhensibles avant d'interrompre la voix de son interlocuteur.

— Nous avons un petit problème. On aurait besoin d'un dessin du tatouage... Non, de préférence pas de photo... Un dessin, oui... ce sera plus clair. Ah vraiment ? Tant mieux !

En disant ces mots, il se redressa et jeta un coup d'œil triomphal à ses deux inspecteurs.

— Merci beaucoup.

Il reposa le combiné et se frotta les mains de satisfaction.

— Stridner va s'occuper du dessin. Un des techniciens de salle d'autopsie suit une formation artistique. Il est là aujourd'hui. Ils m'apporteront le dessin dès qu'il sera terminé.

— Est-ce qu'ils savent si la victime est un homme ou une femme ? hasarda Hannu.

— Un homme. Ils ont un fait un test chromosomique.

Sans se départir de son calme, Hannu enleva les premières pages de la pile qu'il tenait et où figurait la liste des personnes disparues.

— Il en reste trois, constata-t-il.

— Stridner a procédé à divers examens sur le squelette. Il s'agirait d'un homme large d'épaules, entre vingt-cinq et trente-cinq ans. Il devait mesurer entre un mètre soixante-quinze et un mètre quatre-vingt-cinq. Les poils qui lui restaient sur la poitrine étaient assez foncés. Il devait avoir des cheveux foncés mais, selon Stridner, pas noirs.

— Un étranger ? suggéra Irene.

— Peut-être. Mais il n'avait ni la peau mate ni les cheveux noirs. Plutôt châtain foncé ou bruns.

Hannu feuilleta à nouveau ses papiers et en prit un tout en bas de la pile.

— Il n'en reste plus que deux, dit-il d'un ton placide.

Irene ne put retenir sa curiosité et demanda :

— C'est un homme que tu viens d'éliminer ?

Hannu acquiesça :

— Soixante-douze ans. Cheveux blancs. Corpulent. Un mètre soixante-six. Porté disparu à Hindås en janvier. Ce n'est pas lui.

— Effectivement. Bon, alors il nous reste qui ? interrompit Andersson, impatient.

— Steffo Torberg. Trente-deux ans. Disparu au cours d'une permission à Kumla le 13 mars. Il a passé sept ans derrière les barreaux pour braquage de banque et meurtre. Il ne lui restait plus qu'un an à tirer. Toutes ses permissions s'étaient déroulées jusqu'ici de manière exemplaire. On sait qu'il a pris le train pour Göteborg pour aller voir sa famille. Il a deux enfants là-bas avec son ancienne compagne. À partir de la gare centrale, plus aucune trace.

— Est-ce qu'il avait des contacts avec le gang des motards ?

— The Brotherhood ?

— Oui, mieux vaut ne pas avoir de problèmes avec ces types-là. Alors ?

— Pas que nous sachions.

— Signalement ?

— Un mètre quatre-vingt-trois, à peu près cent kilos. En bonne forme physique. Des cheveux épais et foncés jusqu'aux épaules. Pas noirs. Brun foncé.

— Des tatouages ?

— Oui, en grand nombre. Sur tout le corps, en fait.

Le commissaire soupira.

— Je vois bien le genre ! Une vraie bande dessinée.

— Sans doute.

À la surprise d'Irene, Hannu lui adressa un clin d'œil entendu. Faisait-il marcher leur chef ? Elle n'aurait su dire, car il reprit aussitôt d'un ton neutre :

— L'autre a encore davantage de tatouages et des piercings.

— Des piercings ! En plus ! s'exclama Andersson.

— Il est trop jeune. Vingt-deux ans. Pierre Bardi. Il a vécu trois ans en Suède. Tout le temps à Stockholm. Disparu le 26 mars, après une dispute avec sa compagne. Pierre a fait son sac en annonçant qu'il repartait pour Paris. Il a pris son passeport, deux sacs de voyage, et il est parti. Depuis, personne ne l'a revu. Ni à Stockholm ni à Paris.

— Signalement ?

— Un mètre soixante-treize, en bonne condition physique. Cheveux brun foncé avec des reflets blonds. Un grand tatouage sur l'omoplate gauche, sur l'épaule gauche et sur le téton gauche. Mais aucun dragon. Des piercings dans les tétons, au pénis, au sourcil droit et sur la langue. Plusieurs anneaux d'or dans les oreilles.

Andersson, concentré, haussa les sourcils avant de secouer la tête.

— Non, ce n'est aucun d'eux. Notre bout de corps n'a qu'un tatouage. Il peut fort bien avoir eu des piercings aux tétons. On n'en sait rien, puisqu'ils ont été arrachés, ainsi que les muscles de la poitrine. Mais il n'a aucun tatouage sur l'épaule.

Hannu fit un signe d'acquiescement.

— Qui est la victime ? C'est peut-être un étranger qui n'a pas d'attaches ? Un marin ?

— Aucun marin n'a été porté disparu ces six derniers mois, rétorqua Hannu calmement.

— Quoi qu'il en soit, personne n'a déclaré de disparition, constata Andersson.

— Il faudrait peut-être publier la photo du tatouage dans les journaux, suggéra Irene.

Andersson marmonna un moment avant de répondre :

— C'est possible. On va attendre une journée de plus pour voir si on retrouve d'autres parties de la victime.

Deux autres sacs furent retrouvés dans l'après-midi. Une patrouille avec un chien les découvrit en inspectant le littoral au sud de Killevik. Dans une petite baie envahie par les herbes, une barque au bois entièrement sec était retournée sur le rivage, à quelques mètres de l'eau. Le chien fonça droit sur le bateau et essaya de se faufiler par-dessous. Les deux policiers retournèrent doucement la barque. En apercevant les sacs, ils appelèrent des renforts : le service technique et la brigade criminelle.

Les techniciens étaient en plein travail quand Irene et Jonny arrivèrent. Svante Malm arrêta de prendre des photos pour venir les saluer.

— On dirait bien que ça appartient au corps retrouvé avant-hier, dit-il.

— Qu'y a-t-il dans les sacs ? demanda Irene.

— La partie inférieure d'un abdomen dans l'un, et des cuisses dans l'autre.

Sur ce, le technicien reprit son travail avec son appareil photo.

Irene et Jonny firent le tour du site. Ils devaient faire attention aux endroits où ils mettaient les pieds, en raison des pierres et des rochers glissants. C'était un après-midi gris et couvert, et les nuages bas promettaient de la pluie pour la soirée. Une lumière sombre s'étendait sur l'océan comme sur les policiers sur la plage. De grosses touffes d'herbe poussaient autour de la barque.

— Une bonne cachette, fit remarquer Jonny.

— Oui. Personne ne vient se baigner par ici. La végétation est bien trop envahissante, renchérit Irene.

— Est-ce que le sac avec le torse a aussi été posé là ?

Ils regardèrent autour d'eux, tentant de répondre à cette question. Irene finit par dire :

— Non. Il n'a pas pu être sous la barque. Dans ce cas, il aurait été impossible que la marée l'entraîne au loin comme elle l'a fait.

— Ça veut dire qu'il y a d'autres cachettes.

— Oui, mais dans le coin, sûrement. On est à quelle distance de Killevik ?

— À vol d'oiseau, je dirais quelque quatre cents mètres.

— C'est facile de se déplacer en voiture par ici...

Ils levèrent les yeux vers le sentier en graviers qui longeait le littoral du nord au sud.

— On peut aller jusqu'à Kungsbacka sur ces sentiers-là, dit Jonny.

— Bon, il ne nous reste plus qu'à chercher le long de la côte et à inspecter tous ces petits chemins.

— Il est plus de 18 heures. Allez, rentrez chez vous. Vous êtes libres ce week-end. Fredrik et moi, on est de service, lança Birgitta.

— Mais vous avez déjà le meurtre derrière la colline de Flora, rétorqua Irene.

— On vient justement d'avoir un tuyau que Fredrik est en train de vérifier. Il pourrait s'agir d'un crime passionnel. Ce n'est pas tout à fait le genre de crime qu'on attendait avec Laban. Apparemment, il aurait réussi à draguer une fille assez jeune. Comme elle est toxicomane et qu'il était dealer, disons qu'ils avaient pas mal en commun. Il semblerait que l'ancien petit ami de la fille ait raconté un peu partout dans le milieu ce qu'il ferait à Laban s'il lui mettait la main dessus. Le meurtre à l'arme blanche était la version la plus soft. Nous connaissons seulement son prénom : Robert. Il serait aussi le souteneur de la fille.

— Est-ce que Fredrik est parti pour parler directement à ce Robert ? demanda Irene.

— Non. Il doit juste le localiser. Plus tard, on le convoquera pour un interrogatoire. Avec un peu de chance, on pourra le faire venir pendant le week-end. L'enquête sur le meurtre de Laban est donc en bonne voie. Mais je ne pense pas qu'il se passera grand-chose avec l'affaire du corps mutilé dans les prochains jours. Le médecin légiste va examiner les morceaux, ça prendra un moment. Est-ce que les recherches avec les chiens vont se poursuivre durant le week-end ?

— Oui, et la police maritime continue à fouiller la côte. Hannu a consulté le registre des personnes disparues, mais personne ne correspond au signalement de la victime. Dans l'état actuel des choses, nous sommes un peu coincés.

Irene déverrouilla la porte de sa vieille Saab 99. La voiture avait douze ans, et on la choyait dans la famille Huss. Ils savaient qu'à n'importe quel moment ils pourraient être amenés à acheter un nouveau véhicule. Chaque jour qui permettait de repousser ce projet était un jour de gagné. Malgré la pluie, Irene se sentit le cœur léger. Krister était en congé ce vendredi, et elle savait qu'un bon repas et du bon vin l'attendaient à la maison. Cela compenserait le fait de travailler tout le week-end. Voilà ce que c'était que d'être mariée à un homme travaillant dans la restauration ! Et inversement, d'être marié avec quelqu'un de la police...

— Tu peux sortir le chien, chérie ? Le repas n'est pas tout à fait prêt, lança Krister de la cuisine.

Les bonnes odeurs lui mettaient déjà l'eau à la bouche. Irene se rendit soudain compte qu'elle mourait de faim. Sammy descendit calmement l'escalier. Il avait fait sa petite sieste avant le dîner, et pour une fois il avait dormi si profondément qu'il n'avait pas entendu sa maîtresse rentrer. Mais les mots « sortir » et « Sammy » lui firent dresser l'oreille. Il comprit que c'était l'heure de la promenade.

Irene enfila son imperméable, car il pleuvait des cordes. Sammy ne s'en souciait guère. Il aimait tous les temps, du moment qu'il pouvait être dehors.

L'avantage du printemps, c'était que même quand il pleuvait à torrent, il ne faisait jamais sombre. Malgré cela, Irene ne remarqua la femme et son chien que lorsqu'ils furent tout près. Elle perçut soudain un mouvement dans le coin de son champ de vision. Avant de pouvoir détourner la tête, elle entendit une voix perçante :

— Alors, t'as réussi à placer les chiots ?

Sammy fut ravi et se jeta sur sa petite copine noire. Elle était réservée, mais aucune comparaison avec sa maîtresse : on aurait dit que cette dernière venait d'avaler une bouteille de vinaigre.

Furieuse, Irene ne fit aucun effort pour paraître aimable.

— Non, j'ai travaillé tard tous les soirs de cette semaine. Les policiers n'ont généralement pas le temps d'avoir un chien, et ceux que je rencontre dans le cadre de mon travail ne sont pas autorisés à en avoir. Ils sont interdits en garde à vue et dans les prisons.

Elle mentait à cette grosse femme, visiblement plus âgée. Avant que celle-ci n'ait le temps de répondre, Irene s'empressa d'ajouter :

— D'ailleurs, il faut être deux pour faire des enfants. Ça vaut aussi pour les chiens. Naturellement, nous prendrons contact si nous entendons parler de quelqu'un qui désire un chien, mais tu dois y mettre du tien. En faisant passer une annonce, par exemple.

— Ça coûte de l'argent. Si tu savais tout ce que j'ai déjà payé pour le vétérinaire et la nourriture...

— Même si ce sont des bâtards, tu recevras de l'argent pour eux. Nous ne ferons pas payer de taxe pour le pedigree. Un chiot de races mélangées, en parfaite santé, coûte 500 couronnes.

La grimace sur le visage de la voisine parut s'atténuer.

— Autant que ça ?

— Oui. Un terrier irlandais à poils doux pure race en coûte environ 7 000.

— Autant que ça ?

C'était vraiment quelqu'un de pathétique. Irene sentit qu'elle devait arrêter là la conversation si elle ne voulait pas gâcher son vendredi soir.

— Excuse-moi, mais j'ai un plat au four. On se reparlera dès qu'on aura trouvé quelqu'un d'intéressé, fit Irene.

La nourriture était délicieuse. Des filets de saumon cuits au four sur une couche de gros sel, avec une sauce au safran, des petits pois gourmands à peine cuits et une salade verte, ce qui permit à Irene de retrouver sa bonne humeur. Krister avait acheté un nouveau vin qu'ils goûtèrent.

– Somerton. Un vin australien. Existe aussi en rouge, dit-il.

— Magnifique avec le saumon.

Irene n'était pas une experte, mais elle avait appris un certain nombre de choses depuis qu'elle vivait avec Krister.

— Où sont les filles ? demanda-t-elle.

— Jenny devait faire des essais de chant pour un groupe. Katarina est sortie avec ce Micke, tu sais, il est venu la chercher avec la voiture de son père, qu'apparemment il a réussi à emprunter.

— Du moment qu'il est prudent sur la route. Ils allaient où ?

— À une fête, à Askim. Un camarade de classe de Micke fête son anniversaire.

— Est-ce que Jenny voulait qu'on vienne la prendre quelque part ?

— Non. Les parents de Pia doivent la ramener.

— Bon. Dans ce cas, on peut ouvrir une autre bouteille.

Le téléphone sonna juste avant 3 heures. À moitié endormie, Irene entendit Krister répondre. Soudain, il se redressa sur le lit et fit pivoter ses jambes sur le bord du lit.

— Je comprends. J'arrive le plus vite possible.

Encore ensommeillée, Irene murmura :

— Qu'est-ce que c'était ?

— C'était l'hôpital Sahlgren. Katarina et Micke ont eu un accident. Ils ne sont pas gravement blessés mais ont été amenés aux urgences. C'est Katarina elle-même qui vient de m'appeler. Elle veut que je vienne la chercher. Micke va rester en observation cette nuit. Il semblerait qu'il ait eu un léger choc à la tête.

Lentement, Irene sortit de son sommeil, alourdi par la soirée arrosée. Sa fille était blessée et se trouvait à l'hôpital ! Vite, elle se leva mais retomba aussitôt en arrière quand le sol se mit à tanguer sous ses pieds. Elle avait bien dû boire une bouteille et demie de vin à elle toute seule. C'était beaucoup trop quand on est déjà fatigué.

Krister comprit et lui dit :

— Reste ici, j'y vais, moi. Elle ne va pas si mal, puisqu'elle a pu m'appeler elle-même. Il n'y a aucune raison de réveiller Jenny. Elle se réveillera peut-être d'elle-même quand nous rentrerons à la maison.

Il lui caressa la joue et s'habilla en vitesse. Irene se recoucha, mais elle était à présent complètement réveillée. *C'est le cauchemar de tous les parents, qu'il arrive quelque chose à leurs adolescents, quand ils sortent par leurs propres moyens*, songea-t-elle. Elle repensa à Monika Lind et Isabell qui avait disparu à Copenhague.

Elle était trop inquiète pour rester couchée, alors elle enfila sa robe de chambre et descendit dans la cuisine. En poussant un profond ronflement, Sammy roula dans le creux du lit tout chaud laissé par le corps de sa maîtresse.

Autant prendre une tasse de café instantané. Irene fit chauffer l'eau au micro-ondes, le temps de chercher un paquet de vieux biscuits au riz. Le café prêt, elle s'assit à la table de la cuisine et en grignota un machinalement.

Jenny était satisfaite de son audition de la soirée. Le groupe s'était montré bien meilleur qu'elle ne le pensait. Il lui avait demandé de revenir répéter avec eux. Elle était folle de joie et débordait d'enthousiasme quand elle s'était assise sur le bord de leur lit pour leur parler du groupe. Leur nom était quelque chose comme Polo. Oui, Irene était sûre que Jenny avait dit Polo.

Elle se remémorait la scène lorsque Jenny descendit l'escalier.

— Qu'est-ce qui est arrivé à Katarina ? demanda-t-elle en bâillant.

Comment pouvait-elle savoir pour sa sœur ? Était-ce là un exemple de télépathie qu'on suppose pouvoir exister entre des jumeaux dans certaines situations ? *Mais cela n'était-il pas avéré seulement pour les jumeaux d'un même œuf ?* se demanda Irene.

— J'ai rêvé que Katarina était triste. Elle disait qu'elle avait mal. Et elle avait un bandage sur le visage, continua Jenny.

Irene tenta de dissimuler sa stupéfaction en répondant :

— Papa est parti la chercher aux urgences. Elle et Micke ont eu un accident. Ce ne doit pas être bien grave pour elle, puisqu'elle a le droit de rentrer à la maison.

Cette dernière phrase était surtout destinée à la consoler elle-même. Jenny prit un verre de jus de pomme et se prépara une tartine avec du Crackpain.

Toutes deux sursautèrent et se précipitèrent dans l'entrée quand elles entendirent des pas au-dehors. Krister ouvrit la porte et laissa entrer Katarina. Au-dessus du sourcil droit, elle avait une grande compresse.

Krister fit un large sourire.

— Il n'y a rien de grave. Elle a une épaule endolorie et deux points de suture à l'arcade sourcilière.

Ce samedi matin, la famille Huss prit un petit déjeuner tardif. L'atmosphère autour de la table n'était pas des plus gaies. Katarina se plaignait de douleurs à l'épaule et à la nuque, mais à part ça, elle se sentait plutôt bien.

— Comment s'est produit l'accident ? demanda Irene.

— Nous étions à un carrefour, et le feu était au vert. Un imbécile est carrément rentré de côté dans la voiture de Micke. Ou plus exactement, la voiture du père de Micke. Dire qu'elle était presque toute neuve. Son père va péter les plombs !

— Est-ce que Micke avait bu à la fête ?

Katarina voulut secouer énergiquement la tête, mais elle poussa un petit gémissement et se tint la nuque.

— Non. Il n'avait bu que du Coca, parce qu'il a une peur bleue de perdre son permis de conduire tout récent. Et la voiture...

— Qu'en est-il du chauffeur de l'autre voiture ? Il était sobre ?

— Aucune idée. Je regardais par la fenêtre de mon côté et je ne l'ai pas vu nous rentrer dedans. Il y a juste eu un bruit de tôle froissée du côté de Micke. Après, j'étais sous le choc... et un peu sonnée. Je ne me souviens même plus de la tête du chauffeur, mais il était seul dans la voiture. Il saignait au front comme un porc. Il a dû heurter le pare-brise. Je crois qu'il n'avait pas mis sa ceinture de sécurité.

— Qui a prévenu les secours ?

— Moi. Micke avait son mobile sur lui, et j'ai appelé.

— À quelle heure l'accident s'est produit ?

— Un peu avant 1 heure du matin.

— L'infirmière des urgences disait qu'il faudrait prendre rendez-vous à l'hôpital et faire examiner le cou et l'épaule de Katarina. Il y a un risque de coup du lapin dans ce type d'accidents, dit Krister.

— Et je fais quoi avec mon entraînement pour le championnat national ? s'écria Katarina.

Irene était la mieux placée pour savoir ce que ressentait Katarina, mais elle savait aussi que les douleurs pourraient persister si elle reprenait l'entraînement trop tôt.

— Tu ne pourras pas t'entraîner avant que les douleurs au cou et à la nuque disparaissent, déclara-t-elle d'un ton ferme.

— Alors autant dire *bye bye* au championnat, conclut tristement sa fille.

4

— Stridner ne nous donnera rien de plus avant demain, et on ne connaît toujours pas l'identité de la victime, déclara le commissaire Andersson le lundi matin.

Tous les agents étaient présents, à l'exception de Birgitta Moberg et Fredrik Stridh qui interrogeaient Robert Larsson à propos du meurtre de Lennart Kvist. Avant d'entrer dans la salle d'interrogatoire, Birgitta avait prévenu Irene :

— Les stups disent que c'est une belle ordure, cela fait sept ans qu'ils essaient de le coincer. Il avait déjà été suspecté pour recel et vente de drogue, puis il a aussi été mis en examen pour coups et blessures, mais on n'a jamais rien pu prouver, le seul témoin s'étant muré dans le silence. Il possède un club de strip-tease du coté de Masthuggskajen, le Wonder Bar. Ces dernières années, il a étendu son domaine d'activité à la prostitution, et il fait en ce moment l'objet d'une enquête pour proxénétisme. Il ne sait pas que c'est une des filles qui l'a balancé. Eh oui, ce n'est pas une bonne idée de tabasser sa source de revenus. C'est probablement la fille avec qui Laban sortait, mais ce ne sont là que spéculations de ma part. Je ne peux rien affirmer.

— Est-ce que Robert a abusé d'elle ?

— Oui, et pas qu'un peu. Mais la drogue la tient. On est en train de coordonner nos efforts, mais ça va prendre un peu de temps.

Irene se glissa dans la salle d'interrogatoire, et un simple coup d'œil au suspect lui fit comprendre qu'il n'était pas du genre à craquer. Il avait la trentaine, mesurait plus d'un mètre quatre-vingt-cinq, pesait dans les cent kilos, tout en muscles, avec des cheveux très blonds et bien coupés. De longs poils dorés couvraient ses bras puissants jusqu'à ses doigts. Il portait une élégante chemise, ouverte de manière nonchalante au col, révélant une épaisse toison de poils qui poussaient sur sa poitrine et jusqu'au départ de son cou. Une lourde chaîne en or brillait dans l'échancrure. On aurait facilement pu le qualifier de gorille albinos. Mais son visage, qui aurait été parfait dans une publicité pour des lames de rasoir, chassait rapidement la comparaison.

Ses yeux étaient bleu glacier, et ses sourcils épais présentaient une légère courbure qui s'harmonisait bien avec son nez droit. Il avait une fossette sur le bout du menton qui était couvert d'une barbe cuivrée de plusieurs jours. Son sourire était détendu et charmeur.

Birgitta et Fredrik se relayaient pour questionner Robert. Appuyé contre le dossier de la chaise qui craquait, il souriait imperceptiblement et disait d'une voix qu'il savait moduler :

— Pourquoi vous me demandez ça ? Je veux parler à mon avocat.

Il jeta un regard distrait à sa Rolex, histoire de montrer qu'il commençait à s'ennuyer ferme pendant ce bavardage qui lui faisait perdre son temps précieux.

Irene referma la porte et retourna travailler sur sa propre enquête.

Elle en était toujours au point mort. Ils n'avaient pas trouvé d'autre sac, ils ne tenaient aucun élément nouveau qui aurait pu les aider à découvrir l'identité de la victime, et il n'y avait toujours pas le moindre témoignage, parmi les personnes habitant autour de Killevik, sur un quelconque événement qui aurait pu être lié au torse retrouvé. Il ne se passa rien de la matinée.

Irene effectua toutes sortes de tâches administratives qui s'accumulaient. Rester autant de temps devant l'ordinateur lui endolorissait la nuque et les épaules. Aussi marquait-elle de courtes pauses, et elle en profitait pour discuter avec ses collègues. En réalité, elle se sentait seule dans le bureau qu'elle avait l'habitude de partager avec Tommy Persson. Elle l'appela chez lui pour prendre de ses nouvelles.

— Ça va, merci. Je me sens bien tant que je n'essaie pas de faire de grands sauts, répondit-il.

— Tu pourrais peut-être passer au boulot, alors ? demanda Irene, pleine d'espoir.

— Euh... je ne pense pas pouvoir tenir ton rythme pour l'instant. L'hernie était plutôt grosse, ils m'ont bien charcuté.

— Ils ne t'ont pas enlevé l'appendice pendant qu'ils y étaient ? le taquina Irene.

— Non, le chirurgien était sobre.

Après avoir déjeuné d'une saucisse peu ragoûtante à la cafétéria du personnel de la Caisse d'assurance, Irene ne tenait pas en place. Même si ce n'était pas une idée particulièrement réjouissante, elle pensa se rendre à la médecine légale. Le professeur Stridner n'en serait sûrement pas ravie, mais elle laisserait peut-être filtrer quelques autres informations sur la victime. Voilà ce qui était si frustrant dans cette affaire, le manque de données.

Yvonne Stridner était en train d'étudier les dernières trouvailles de vendredi. L'odeur était aussi écœurante que lors de la précédente visite d'Irene, mais elle s'accrocha. D'un pas déterminé, elle s'avança jusqu'à la table d'autopsie. Quand elle vit ce qui y était posé, elle regretta sa témérité... mais c'était trop tard. Le professeur Stridner avait déjà levé la tête.

— C'est encore toi ? dit-elle.

Irene tenta d'assurer sa voix pour répondre :

— Oui, je fais partie des inspecteurs chargés de cette enquête.

Stridner hocha la tête sans répondre. Elle découpa un morceau de chair grisâtre et le plaça dans un tube numéroté.

— Au cas où..., marmonna-t-elle pour elle-même.

Irene regarda la partie inférieure de l'abdomen qui reposait sur la surface métallique brillante. L'appareil génital avait été enlevé dans son intégralité. On ne pouvait voir aucune entraille dans l'abdomen ouvert, aussi vide que la moitié supérieure du corps. Les fessiers avaient été coupés environ dix centimètres en-dessous de l'aine. Ils avaient été tranchés de biais.

Stridner leva les yeux de son travail.

— J'ai presque fini, tu peux aller m'attendre dans mon bureau.

Soulagée, Irene obéit.

— J'ai rarement vu quelque chose d'aussi malade et effrayant. C'est le genre de meurtrier à vous donner la chair de poule. Probablement un nécrophile sadique, constata Stridner.

Elles étaient assises dans son bureau, un étage au-dessus. Le professeur trônait dans un coûteux fauteuil en cuir, alors qu'Irene avait droit à un fauteuil défoncé et inconfortable, orné de galons et destiné aux visiteurs. Mais elle s'en fichait, le principal était que le médecin légiste veuille bien lui parler.

— Comme tu as pu le constater, tous les organes internes manquent. Les muscles de la poitrine et des fesses ont été découpés des deux côtés, et aussi bien les organes sexuels que l'anus ont été enlevés. L'os pubien montre des signes de fractures et divers traumatismes. Les bras et les jambes ont probablement été découpés avec une scie circulaire ou un outil du même genre. La quantité d'éclats d'os au niveau des membres sectionnés l'attestent. La tête a été enlevée entre la septième et la sixième vertèbre. Là aussi, c'est une scie circulaire qui a été utilisée. La section des différents membres a été faite sans connaissance anatomique : ils ont juste été tranchés. Maintenant, nous en arrivons à l'ablation des organes internes.

Stridner s'interrompit et regarda rêveusement son écran d'ordinateur éteint. Un court moment, elle parut perdue dans ses pensées.

— L'incision est une incision standard d'autopsie : elle part de la partie supérieure de la cage thoracique et descend jusqu'à l'os pubien. Le nombril n'a pas été coupé en deux, mais l'incision décrit un petit cercle autour de lui. Ce découpage est ce qui se pratique habituellement lors d'une autopsie. Ce qui me trouble aussi, c'est l'ablation totale des organes devant et derrière le péritoine et l'ablation des organes pelviens, car c'est précisément le protocole dans le cadre d'autopsies complètes.

De nouveau, elle marqua une pause avant de regarder Irene droit dans les yeux et de lui dire d'un ton tranchant :

— En revanche, l'ablation de la musculature extérieure et des organes sexuels ne fait pas partie du protocole !

— Tu penses donc que le meurtrier a l'habitude des autopsies ?

— Oui. Ou bien c'est un chasseur passé maître dans l'art de dépecer. Les organes ont été retirés de manière hautement professionnelle.

— Mais la tête, les bras et les jambes, eux, n'ont pas été tranchés de manière professionnelle, c'est ça ?

— Oui. N'importe qui aurait pu le faire avec une bonne scie circulaire.

Elle s'arrêta et prit une profonde respiration.

— Mais ce meurtier n'est pas n'importe qui.

— C'est-à-dire ?

— C'est quelqu'un d'ignoble. Ce qu'il veut, c'est un corps mort. Pour l'obtenir, il faut d'abord qu'il tue. Et c'est ce qu'il fait.

— Tu dis « il ». Ça ne peut pas être une femme ?

— J'ai consulté la littérature actuelle sur le sujet.

Stridner se leva et s'approcha de la bibliothèque qui couvrait le mur derrière elle. Elle prit une pile de livres qu'elle déposa à grand bruit sur le bureau :

— Voilà ce que j'ai consulté pendant ce week-end.

Irene parcourut les titres : *Der nekrotope Mensch* et *Sexual Homicide Patterns and Motives.*

— Tu m'as demandé si l'assassin pouvait être une femme. La réponse est, selon toute probabilité, négative. Dans la littérature spécialisée, on décrit des centaines d'études de démembrements et de nécrophilie sadique, et dans aucun de ces cas l'agresseur n'a été une femme. Tout au plus ont-elles été des assistantes, même si ça reste extrêmement rare.

Stridner se tut tandis qu'elle remontait ses lunettes à la monture verte sur la fine arête de son nez.

— Rien qu'en examinant la partie supérieure de l'abdomen, j'ai soupçonné qu'on avait affaire à un nécrophile sadique. Il y a deux types de meurtriers qui démembrent leurs victimes. Le premier veut se débarrasser du corps et effacer toute trace relative au meurtre et à l'identité de la victime. Le second désire avoir un corps mort pour se satisfaire sexuellement pendant le démembrement, puisqu'il atteint la jouissance en profanant le corps mort. Il n'y aucune similitude entre ces deux types de meurtriers.

Elle tapota d'un air entendu la pile de livres et marqua une pause théâtrale avant de continuer :

— Il y a dans cette affaire quelque chose d'inhabituel : la victime est un homme. C'est très rare. Les victimes sont presque toujours de sexe féminin. J'ai trouvé une exception : deux frères aux États-Unis ont assassiné plus de trente jeunes hommes. Nécrophiles et sadiques, ils avaient démembré leurs victimes avant d'enterrer les corps dans leur ranch. Ils avaient apparemment enlevé la musculature externe. Dans leur congélateur, on a retrouvé des parties de corps parfaitement conservées. Surtout les fesses. Le cannibalisme va souvent de pair avec ce type de meurtrier.

— On dirait un film d'horreur américain, glissa Irene.

La nausée qui lui levait le cœur depuis qu'elle était entrée dans le service de médecine légale semblait ne pas vouloir s'atténuer, bien au contraire.

Stridner poursuivit :

— Cela m'inquiète beaucoup qu'une victime de ce type ait été trouvée dans notre pays. Ce type de meurtre est, heureusement, tout à fait inhabituel.

Mais quand un tel meurtrier a commencé à tuer, il risque fort de recommencer.

— Il ne se contente pas d'une victime ?

— Non. Le démembrement et la profanation du corps apaisent un temps ses délires et son angoisse. Il se sent mieux après son crime et il n'aura de cesse de retrouver cette sensation.

— A-t-il pleinement conscience de ce qu'il a fait ?

— Oui. Il en a conscience, comme il a conscience qu'il recommencera. N'importe quand.

Irene commença à comprendre pourquoi elle se sentait si mal à l'aise avec ce cas depuis le début. Instinctivement, elle avait senti la présence d'un meurtrier impitoyable. Un genre d'affaire dont elle n'avait pas l'habitude. À dire vrai, ni elle ni aucu membre de la brigade criminelle.

— Est-ce un malade mental ?

Stridner fronça les sourcils et fixa Irene tandis qu'elle réfléchissait.

— Pas au sens propre du terme : il est difficile de poser un diagnostic psychiatrique. Le plus souvent, ces meurtriers se comportent par ailleurs assez normalement. J'ai dit « assez », car si on les examine d'un peu plus près, on peut dégager certains traits de personnalité. Ce sont le plus souvent des personnes solitaires, d'un naturel enjoué et agréable quand on leur parle, mais qui ne donnent pas envie de les connaître davantage. Ils manifestent rarement leur violence, elle reste enfouie au plus profond d'eux-mêmes. Leur vie imaginaire est d'une incroyable richesse, alimentée par des images violentes provenant de films et de livres. Généralement, ils commencent leur parcours en se livrant à des actes sadiques sur des animaux. Leur vie sexuelle est souvent atypique. Ils sont impuissants pour la plupart, mais parviennent à jouir en se masturbant au cours du rituel qu'ils pratiquent avec le corps mort.

Irene se concentra pour ne pas laisser passer une question importante.

— Si j'ai bien compris, notre meurtrier est un homosexuel ?

Stridner secoua la tête.

— Pas nécessairement. Ils sont souvent ambivalents sur le plan sexuel. Comme je l'ai dit, leur sexualité est souvent atypique. De l'extérieur, ils peuvent presque paraître asexuels. Les nécrophiles peuvent être attirés par les homosexuels, mais ils sont surtout adeptes du fétichisme et, par exemple, du transvestisme. Ce sont des demandeurs sexuels. Il faut qu'ils commencent leur rituel avec des corps morts pour réussir à jouir et à se sentir bien. Vis-à-vis d'un corps mort, ils sont dans la toute-puissance. Personne n'est aussi totalement livré à eux qu'une personne morte.

— Puis-je te demander un grand service ? demanda Irene.

— Ça dépend. De quoi s'agit-il ?

— Pourrais-tu venir demain matin à la Crim' ? Nous avons une réunion de travail à 8 heures. Cela aiderait mes collègues s'ils pouvaient entendre ce que tu viens de me dire.

— Tu ne peux pas leur répéter ?

— Non. J'en oublierai la moitié et je ne saurai pas répondre aux questions qu'ils ne manqueront pas de me poser. Nous n'avons aucune expérience de ce genre de meurtrier. Et toi, tu en connais un rayon là-dessus.

— Bon, puisqu'il s'agit d'un cas un peu exceptionnel... Je viendrai demain à 8 heures.

Irene la remercia et se leva. Au moment de franchir la porte, elle fut arrêtée par la voix de Stridner :

— Je pourrai certainement apporter demain le dessin du tatouage. Il devrait être terminé aujourd'hui.

À 8 heures précises, ce mardi matin, le professeur Stridner fit son exposé. Tous les inspecteurs diligentés par le commissaire Andersson étaient présents, et lui aussi. Que Stridner en personne ait accepté de se déplacer dans les locaux de la police montrait qu'elle prenait l'affaire très au sérieux. Tous écoutèrent en silence et avec un malaise grandissant le rapport du médecin légiste. Le portrait du meurtrier commençait à se dessiner plus clairement, mais personne ne voyait encore bien qui pouvait être l'individu terrifiant décrit par Stridner.

Pour finir, elle demanda :

— Y a-t-il des questions ?

Birgitta leva la main.

— Pourquoi le meurtrier a-t-il découpé les seins en faisant deux cercles ? Exactement comme si c'était des seins de femme ?

— Deux ellipses. Cela relève de l'ambivalence sexuelle du meurtrier. Nous ne savons pas exactement ce qui lui passe par la tête pendant le processus du démembrement, sauf que ça lui permet d'évacuer ses pulsions et ses fantasmes les plus profonds. De manière objective, on peut juste constater que la profanation concerne la poitrine, le rectum et les parties génitales. Toujours.

— Pourquoi ?

— C'est une histoire de puissance. La puissance d'effacer le sexe. La toute-puissance d'annihiler le caractère humain de la victime.

— Oh, punaise ! s'écria Andersson à haute voix.

Stridner lui décocha un regard sévère mais ne fit aucun commentaire.

Irene demanda :

— Que sait-on de la victime ? Y a-t-il un certain type de personne plus particulièrement visée par ce genre de pratiques ?

— Les victimes sont le plus souvent des femmes. Il existe des exceptions. Hier, je t'ai parlé des deux frères aux États-Unis qui ont assassiné et démembré plus d'une trentaine de jeunes hommes avant de les enterrer dans leur ranch. Quand on a réussi à identifier les victimes, il s'est révélé que la plupart d'entre elles étaient des prostitués homosexuels. Même parmi les victimes femmes, la plupart sont des prostituées. N'en déduisons pas que les meurtriers nécrophiles et sadiques sont attirés par les prostituées. De fait, ils ne sont attirés par aucun type en particulier. Ce qu'ils veulent, c'est un corps mort. Le plus simple consiste donc à acheter les services d'un ou d'une prostituée puis de l'entraîner dans un endroit à l'écart. Là, l'assassin peut faire ce qui l'intéresse, à savoir tuer puis démembrer.

Fredrik Stridh commença à s'éventer de la main.

— On rencontre souvent ce type de meurtrier ?

— Non, assez rarement. En Suède, nous avons eu quelques cas seulement au XXe siècle. Le meurtre avec mutilation en tant que phénomène est plus courant. Ces trente dernières années, on en a recensé une dizaine. Mais la mutilation s'explique par la tentative de se débarrasser du corps. On ne le profane pas avec la même violence. C'est pour des raisons pratiques qu'on tranche les membres et la tête, pour pouvoir fourrer les parties dans des sacs poubelle ou des sacs de voyage. C'est pour éliminer plus facilement le corps et empêcher l'identification de la victime.

— Effectivement, c'est pratique... Je me sens pas bien, murmura Birgitta à Irene.

Irene fit un signe de tête plein d'empathie.

Andersson avait l'air songeur, mais c'est Stridner qui rompit le silence.

— Je pars demain pour Londres, pour assister à un grand symposium de médecine légale. Je vais me renseigner auprès de mes collègues pour savoir s'ils connaissent des cas similaires.

— Ce... ce serait bien, bégaya Andersson.

— N'est-ce pas ? dit Stridner en se levant.

Elle ouvrit son élégant porte-documents et en sortit une grande enveloppe.

— Tenez, voici la reproduction du tatouage, dit-elle en la remettant à Andersson.

— Merci beaucoup, réussit-il à articuler.

Mais c'était trop tard. Le bruit des talons de Stridner résonnait déjà dans le couloir.

La gueule du dragon était grande ouverte, et sa propre queue s'enroulait entre ses longues dents acérées comme des lames de rasoir. Ses yeux scintillaient comme des émeraudes au fond d'un magma en fusion. Les griffes étaient sorties et prêtes à se jeter sur les intestins du premier venu. Le corps tout entier, souple et puissant, était recouvert d'écailles rouges, bleues et vertes. Le dragon encerclait dans un geste protecteur le signe mystérieux.

Un « y » à l'envers, comme l'avait décrit Stridner. Ou plutôt une fourche à l'envers, avec deux traits transversaux sur le manche, l'un à l'intersection même de la fourche et l'autre au milieu. L'ensemble des enquêteurs s'accordait à dire qu'il s'agissait probablement d'un caractère chinois. Pour s'en assurer, Hannu fut chargé de contacter l'université de Göteborg, afin de trouver une personne connaissant le chinois, ou de consulter l'ambassade de Chine.

— Vous autres, faites des photocopies couleur. Puis allez voir les tatoueurs en ville. Mais ne revenez pas avec un anneau dans la narine ! plaisanta Andersson.

Personne ne trouva cela particulièrement drôle, mais chacun esquissa un sourire poli en l'assurant qu'il ne céderait pas à la tentation.

Birgitta et Fredrik travaillaient toujours sur le meurtre de Laban et poursuivaient leurs interrogatoires. C'était plus difficile depuis que Robert avait fourni un alibi. Deux des filles qui travaillaient pour lui au Wonder Bar assuraient qu'elles avaient pris un Jacuzzi avec leur patron précisément au moment du décès de Laban. Puisque aucun témoin n'était venu les contredire, il serait difficile de retenir Larsson.

Jonny, Irene et Hannu se partagèrent les sept tatoueurs de Göteborg. Pour Irene, ce serait Tattoo Tim, dans la Nordenskiöldsgatan, et MC Tattoo, dans la Sprängkullsgatan.

Comme MC Tattoo était plus proche, Irene décida de commencer par là. Elle trouva une place pour se garer près de Hvitfeldtsplats. Sans se dépêcher, elle traversa le pont au-dessus de Rosenlundskanal. Les grosses fleurs des marronniers jaillissaient des branches comme des bougies de Noël qu'on n'aurait pas encore allumées. Une brassée de fleurs colorées jonchait le sol sous l'arbre. Elle se rendit soudain compte qu'elle se trouvait tout près de la colline de Flora. Laban avait trouvé la mort au moment même où la nature autour du canal était à son apogée. Mais Irene douta que cela lui fût du moindre réconfort.

Elle, en revanche, aurait bien eu besoin de réconfort tandis qu'elle se rapprochait de MC Tattoo. Devant la vitrine étaient garées deux grosses cylindrées. Elle souffrait d'une sorte de phobie paranoïaque qu'elle développait au fil du temps.

Non sans raison, d'ailleurs, puisqu'elle avait eu une confrontation très pénible avec les Hell's Angels quelques années auparavant. Elle avait dû être hospitalisée, et cela l'avait beaucoup marquée psychologiquement. Elle pensait avoir surmonté sa peur, mais en voyant les engins rutilants devant l'atelier de tatouage, elle n'eut qu'une envie : tourner les talons et prendre ses jambes à son cou. Il lui fallut beaucoup de courage pour pousser la porte et entrer.

Une vibration hostile transperçait l'air. Un personnage mince à la tête rasée était occupé à marquer, avec une petite fraise de couleur, l'épaule d'un homme torse nu. La vibration cessa à l'instant même où la porte se refermait derrière Irene.

— Salut. Tu veux une petite rose sur tes fesses ou un papillon sur ton nichon ? fit le maigre.

Cela le fit rire, ainsi que son ami installé dans la chaise pour les clients en attente. Comme la surface de travail d'un tatoueur est éclairée par une forte lampe et que le reste de la pièce est pour ainsi dire plongé dans la pénombre, Irene n'avait pas remarqué l'homme dans le coin en entrant. Mais en entendant son rire, elle scruta l'obscurité et considéra le personnage. Elle sentit sa bouche toute desséchée.

Les deux individus, par leur seul aspect, auraient intéressé n'importe quel inspecteur un tant soit peu expérimenté. Ils étaient corpulents, à la limite de l'obésité. Mais sous la graisse, on devinait des heures de travail en salle de musculation avec des barres et des poids.

L'homme qui se faisait tatouer avait relevé ses longs cheveux en queue de cheval, sans doute pour ne pas gêner le tatoueur. Son épaule devait être la dernière surface de son corps à ne pas être recouverte, pensa Irene, que ce soit sur les doigts, les bras, tout le haut du corps, partout. On aurait dit une carte très contrastée allant des graffitis à des dessins plus sophistiqués de différentes couleurs. Les motifs les plus recherchés intéressèrent Irene, elle essaya de se contrôler pour prendre un ton officiel.

— Non merci. Je ne suis pas venue me faire tatouer.

Elle sortit sa carte de police et la glissa sous le nez du tatoueur.

— Irene Huss, inspecteur de la brigade criminelle.

Elle crut avoir un arrêt cardiaque quand le colosse sur l'autre chaise dit :

— Ce nom me dit quelque chose... mais je ne serais pas foutu de dire d'où ça vient.

— Je ne pense pas que nous nous soyons déjà rencontrés, se borna-t-elle à dire.

Son pouls battait si fort que ses oreilles bourdonnaient. Elle se hâta d'ajouter :

— Je suis venue demander un service. Il s'agit du meurtre avec mutilation à Killevik. Nous ne savons pas qui est la victime. Mais il porte ce tatouage sur l'épaule droite. Avez-vous une idée de la personne capable de réaliser ça ? Et de l'identité de cet homme ?

Les trois hommes ne quittaient pas Irene des yeux. Elle tendit au tatoueur le dessin avec le dragon. Il l'attrapa délicatement. Irene remarqua seulement à cet instant qu'il portait des gants fins en caoutchouc. Il examina longuement la copie couleur sans rien dire. Les deux autres tendaient le cou pour essayer de l'apercevoir. Nerveuse, Irene parcourut du regard les murs tapissés de divers motifs de tatouage. À première vue, il s'agissait principalement d'aigles, de têtes de mort et de drapeaux américains.

— C'est un maître qui a réalisé ça, finit par dire le tatoueur. Une sacrée œuvre d'art !

Sa voix exprimait une admiration sincère.

— Qui peut avoir fait ça ? reprit Irene.

— Aucune idée. Je ne crois pas que cela ait été fait en Suède.

— Qu'est-ce qui vous fait dire ça ?

— Le motif. Le signe au milieu. Ça n'a pas l'air suédois. Le dragon est si... asiatique. Le type est un Asiatique ?

Il fallut un instant à Irene avant de comprendre qu'il parlait de la victime.

— Non. Un Européen aux cheveux bruns, répondit-elle.

Le tatoueur regarda une dernière fois attentivement le dessin avant de le lui rendre en secouant la tête :

— *Sorry*. Tout ce que je peux dire, c'est que ça prend du temps pour faire un truc pareil. Ça ne se fait pas le temps d'une pause café.

— Tu veux dire, comme la merde que tu es en train de me tatouer ? lança son client.

Tous les trois partirent d'un grand éclat de rire. Irene profita de l'occasion pour ranger la photocopie et s'en aller. Au moment où elle ouvrait la porte, elle entendit l'homme assis dans la chaise de l'entrée s'exclamer :

— Bordel, ça me revient ! Je sais qui c'est, cette poulette ! Tu te rappelles la bagarre là-bas à Billdal, il y a...

Irene referma la porte rapidement et se hâta de rejoindre sa voiture.

Tattoo Tim était fermé. Le salon n'ouvrait jamais avant 13 heures si l'on en croyait le carton scotché sur la vitre de la porte d'entrée. D'un autre côté, il ne fermait pas avant 21 heures. Irene décida donc d'aller déjeuner avant de rencontrer ce Tim.

Linnégatan était remplie de petits restaurants accueillants et pour tous les goûts. Irene opta pour un petit bar italien. En attendant qu'on la serve directement à sa table près de la fenêtre, elle regarda la circulation intense dans la rue et admira les nouveaux immeubles construits dans le style Art nouveau de l'autre côté de la rue. Les rez-de-chaussée abritaient des boutiques élégantes.

Son plat de pâtes avec du bacon et une sauce au fromage sentait délicieusement bon. Une salade craquante et une bière light glacée complétaient son repas. Elle avait décliné l'offre du serveur de prendre une grappa en apéritif, le bon pasteur Luther, par dessus son épaule droite, lui ayant soufflé à l'oreille que l'alcool n'était pas conseillé pour le déjeuner. Rien que pour ça, elle se sentit très tentée d'en boire. Mais Luther avait raison : pour un enquêteur, mieux vaut ne pas empester l'alcool pour aller interroger des gens. Ça n'inspire pas confiance.

Elle but plusieurs cafés en prenant son temps, de sorte qu'il était presque 13 h 30 lorsqu'elle retourna au salon de tatouage de Tim.

Une très jeune adolescente trônait déjà dans le fauteuil, la bouche grande ouverte. Un jeune homme avec des cheveux teints en noir jusqu'à la taille lui tirait sur la langue qu'il avait enveloppée dans un bout de tissu. Avec un grand outil en forme de pince, il y fit un trou.

— Aie ! cria la jeune fille.

L'homme lâcha prise et lui tendit un petit miroir. Elle le plaça devant sa bouche et tira la langue. Elle y vit une jolie bille d'argent sur le milieu, un peu plus haut.

— Chai schuper ! parvint à dire la fille, apparemment enchantée.

— Cool... approuva le jeune homme.

Après un bref échange de billets, l'adolescente sortit, quelque peu chancelante. Tim remarqua alors la présence d'Irene. Mais celle-ci l'observait, fascinée, depuis un bon moment.

C'était un homme plutôt petit et frêle. Il portait aux pieds de grosses bottes qui lui permettaient sans aucun doute de gagner quelques centimètres. Un pantalon noir en cuir, maintenu à la taille par une large ceinture, recouvrait ses cuisses malingres. Heureusement que le pantalon était moulant, sinon il aurait été entraîné vers le bas sous le poids de la ceinture. Celle-ci était décorée de gros rivets pointus avec une tête de mort en guise de boucle. Sa veste, de cuir elle aussi, était truffée de rivets en métal. En dessous, il portait un tee-shirt sale avec l'inscription « Fuck you ». Ses bras étaient couverts de tatouages. Même ce qu'on pouvait deviner du cou était recouvert de dessins non figuratifs. Son front affichait le motif d'un bandeau indien rouge et noir. Chacune de ses oreilles était percée d'une bonne dizaine d'anneaux de différentes tailles. Son arcade sourcilière était traversée de plusieurs épingles en argent retenues par de petites boules de l'autre côté du trou percé dans la peau. Mais Irene eut le souffle coupé en voyant le contour de sa bouche. On eût dit qu'il avait une bouche supplémentaire toute de pointes hérissées sous sa vraie bouche. Toute personne tentée de l'embrasser y réfléchirait à deux fois.

— C'est pour quoi ? demanda-t-il.

— Je suis l'inspecteur Huss. J'aimerais vous demander quelque chose.

Elle commença à sortir l'image du dragon avec le caractère au centre quand la voix rauque de l'homme se mua soudain en une voix de fausset qui la fit s'arrêter net :

— Disparais ! C'est chez moi, ici. Dehors !

— Mais pourquoi ? Je veux juste un petit renseignement.

Pour éveiller sa curiosité, elle ajouta :

— Il s'agit d'un crime.

Il la fixa sans rien dire.

Irene s'enhardit :

— Vous avez dû entendre parler des parties d'un cadavre qu'on a retrouvées du côté de Killevik. Nous ne savons pas qui est la victime, mais c'est un homme et il portait ce tatouage-là à l'épaule droite.

Elle tendit la reproduction au jeune homme, qui la prit à contrecœur. Irene le vit tressaillir en voyant le dessin. Après l'avoir longtemps examiné, il dit :

— C'est super beau.

— Est-ce que quelqu'un à Göteborg peut avoir fait ça ?

Il secoua la tête :

— Difficilement.

— J'ai parlé avec le propriétaire du MC Tattoo. Ce tatouage lui semble asiatique. Est-ce aussi votre opinion ?

— Oui. Japonais.

Irene fut surprise.

— Pas chinois ?

— Non. C'est japonais.

Il lui rendit le papier et lui fit comprendre que l'audience était terminée.

— Le tatouage est inhabituel et très bien réalisé. Ce genre-là demande plusieurs jours de travail, et selon toute probabilité, il n'a pas été fait en Suède. Le thème est asiatique, et l'un des types a même dit qu'il devait être japonais. Ai-je oublié quelque chose ? résuma le commissaire Andersson.

Le commissaire, Irene, Jonny et Hannu se trouvaient dans le bureau d'Andersson. Il n'était pas tout à fait 17 heures et ils faisaient le bilan de la journée.

— C'est un caractère japonais, dit Hannu.

— Tu en es sûr ? demanda Jonny.

Les autres lui lancèrent un regard désapprobateur. Il n'y avait que lui pour oser mettre en doute une information de Hannu. Si Hannu disait que le caractère était japonais, c'est qu'il l'était, un point c'est tout.

— Oui, c'est le signe signifiant « homme ».

— Homme, répéta le commissaire, songeur.

— Pourquoi tatouer un caractère qui veut dire homme ? demanda Irene.

— Il était peut-être tellement efféminé qu'il y a été forcé. À titre d'information sur la nature du produit. Du moins pour les Japonais, glissa Jonny, ravi d'en placer une.

Cela faisait longtemps qu'Irene ne prêtait plus attention aux plaisanteries débiles de Jonny. Elle ignora sa remarque et poursuivit :

— Mais le dragon est spécial et parfaitement exécuté. Il devrait nous donner plus d'informations.

Elle se sentait pleine d'espoir. Le tatouage était une piste qui devrait les aider à trouver l'identité de la victime. À moins que... Elle n'en était plus si sûre tout à coup. Ils ne savaient pas qui était l'homme, ni quelle était sa nationalité. Ils ne savaient pas non plus où le tatouage avait été réalisé, ni où et comment l'homme avait trouvé la mort. L'espace d'une seconde, la pensée la traversa qu'au fond elle aurait préféré ne pas le savoir. Mais bien sûr, qu'elle voulait le savoir. N'était-elle pas inspecteur de police ?

— Un de ceux chez qui je suis allé m'a dit que le dragon pourrait avoir été réalisé à Copenhague ou à Londres, dit Jonny.

— Ou alors il a été fait quelque part en Asie, constata le commissaire d'une voix sombre.

— Mais nous savons que l'homme n'était pas un Asiatique. Cela voudrait dire que le tatouage n'a pas été fait en Asie, objecta Irene.

— Étant donné que les gens voyagent et partent à tout bout de champ, nous ne pouvons rien exclure, dit Jonny.

Andersson réfléchit un instant avant de dire :

— Je crois qu'il est temps de communiquer le dessin du tatouage à la presse. Ils l'auront ce soir, et ça paraîtra dans l'édition de demain. Quelqu'un devrait le reconnaître, s'il est si inhabituel que ça.

— C'est quand même bizarre que personne n'ait signalé la disparition de cet homme. Un homme jeune dans ses plus belles années..., remarqua Irene.

— Il ne doit pas être suédois, ajouta Jonny.

— Ce n'est pas bête ce que tu dis là. Nous devrions peut-être envoyer le dragon à Interpol. La disparition de la victime peut très bien avoir été signalée dans un autre pays, fit Andersson. Je contacterai Interpol demain après-midi, si nous n'avons rien de nouveau après la parution dans les journaux.

Avant de rentrer chez elle, Irene passa un coup de fil à Tommy pour voir comment il allait. C'est sa fille de dix ans qui décrocha :

— Bonjour, Sara Persson à l'appareil.

— Salut Sara. C'est Irene. Est-ce que ton papa est à la maison ?

— Non. Il fait le tour du pâté de maisons pour s'entraîner.

— Est-ce qu'il a du mal à marcher ?

— Oui, ça tire. Eh ! c'est vrai que Sammy est devenu papa ?

Irene faillit dire « Ah bon ? », mais elle se souvint tout à coup que c'était vraiment le cas.

— Oui. Il a eu trois petits. Un garçon et deux filles.

— Waouh ! Ils ont quel âge ?

Irene dut se concentrer un instant. Une pensée commençait à prendre forme.

— Les chiots ont bientôt cinq semaines. Ils sont adorables, si tu savais ! lança-t-elle joyeusement.

— Je pourrais venir les voir ? Allez, dis oui !

— Bien sûr. Viens les voir quand tu veux avec ton papa, puisqu'il n'a pas encore repris le travail. Mais passe un coup de fil d'abord. Les chiots sont avec leur mère, donc il faut appeler sa famille pour savoir s'il y a quelqu'un à la maison.

Elles se dirent au revoir et raccrochèrent. Irene avait vaguement mauvaise conscience, car Tommy était son meilleur ami. Mais il fallait bien qu'elle trouve de bonnes familles d'accueil pour les chiots, se défendit-elle.

— Je crois que Lenny va prendre un des chiots, dit Krister.

Il était tard, ce soir-là, et ils étaient déjà couchés. Lenny était cuisinier dans le restaurant où Krister était chef.

— Est-ce que Lenny n'a pas déjà un chien ? Un fox-terrier, se souvint Irene.

— Si. Ou plutôt non. Il est mort il y a un mois. Les enfants sont très affectés, Lenny et sa femme aussi. Ils ont décidé d'acheter un nouveau chien, alors j'ai proposé un des chiots de Sammy. Cela a l'air de les intéresser, et ce n'est pas un problème qu'il soit bâtard.

Irene hésitait à raconter comment elle avait forcé un peu la main à Tommy. Elle se résolut malgré tout à l'avouer.

— Moi aussi je crois que j'ai réussi à en placer un.

— Vraiment ? Chez qui ?

— Sara. La fille de Tommy, tu sais, la deuxième.

— Lui qui disait toujours qu'il ne voulait pas de chien ! Il va être fou furieux.

— Attends qu'il les ait vus. Ils sont tellement mignons !

— Comme tous les chiots, quoi.

— Exactement. C'est pourquoi il faut qu'ils viennent le plus vite possible voir les petits.

Krister éclata de rire et se rapprocha de sa femme.

5

Le motif du tatouage s'affichait en première page de tous les journaux. À chaque sonnerie du téléphone, le pouls d'Irene s'emballait. Allaient-ils enfin découvrir l'identité de l'homme coupé en morceaux ?

Mais à la fin de la journée, le bilan était mauvais. Pas une seule information utilisable. Juste le sempiternel défilé de crétins qui se manifestent dès que la police sollicite de l'aide à travers les médias : « C'est moi qui ai dépecé ce type. Ah, vous voyez qui je suis ? Bien sûr, c'est moi qui ai assassiné Olaf Palme ! » Ou bien : « C'est mon voisin qui a tué ce pauvre gars. Il se saoule avec ses potes la moitié de la nuit et empêche tout le monde de dormir dans l'immeuble ! Des fois, ça dégénère en bagarres. C'est lui qui a coupé en morceaux un de ses compagnons de beuverie. Vous pouvez me croire. Sur quoi je me fonde pour dire ça ? Je trouve qu'il a une sale gueule ! »

À la longue, c'était vraiment pénible d'avoir à écouter ces élucubrations, mais tout doit être consigné et vérifié...

Les autres membres de l'équipe se heurtaient à un genre de problèmes supplémentaire. Le témoin qui avait rapporté les propos de Robert Larsson s'était désisté. À présent, voilà que la jeune femme ne l'avait plus entendu proférer de menaces envers Laban. Ses propres blessures étaient dues « à une chute dans les escaliers ». C'était d'ailleurs ce qu'elle avait dit en arrivant aux urgences. Et quant à sa déclaration selon laquelle Robert lui confisquait la plus grande partie de ce qu'elle gagnait en se prostituant, c'était une pure invention de sa part. Elle voulait juste le punir parce qu'elle était furieuse contre lui et jalouse qu'il fréquente d'autres filles.

On eut beau faire pression sur elle au cours de l'interrogatoire, elle ne voulut pas en démordre. Il était évident que, malgré les efforts de la police pour la protéger, elle avait reçu des menaces. On lui avait fait passer un message, et il était clair.

Le dossier contre Robert Larsson se dégonflait comme un ballon crevé. Sans témoins, on ne pouvait rien entreprendre contre lui. Et aucun nouveau témoin ne s'était manifesté concernant la soirée où Laban avait été tué. Personne n'avait rien vu. À présent, Larsson était sorti de prison, et ils ne pouvaient plus enquêter ni sur lui ni sur ses affaires.

— Coincez-le comme on a coincé Capone, dit le commissaire Andersson.

— Al Capone ? demanda bêtement Fredrik.

— Bien sûr, Al Capone. Il s'est fait condamner pour fraude fiscale. C'est leur point faible, à ces barons de la drogue et du sexe. Leur business leur rapporte trop d'argent pour qu'ils puissent le blanchir entièrement.

– Aux États-Unis, l'industrie du sexe rapporte plus d'argent que la drogue, et en plus on risque moins de finir en taule, fit remarquer Birgitta.

— Et pourquoi ça ? demanda Irene.

— Personne ne veut fourrer son nez là-dedans. Il y a trop de gens impliqués avec de vilains petits secrets, et vous savez comment sont les Américains pour tout ce qui touche au sexe. Au moindre scandale sexuel, si dérisoire soit-il, mettant en cause un politicien ou une personnalité, les gens disjonctent et poussent des cris d'orfraie, expliqua Birgitta.

— Bref, tout reste propre et lisse en surface, et on fait semblant de ne pas savoir ce qui se passe en dessous, résuma Irene.

Fredrik, qui était resté tout ce temps renversé en arrière sur sa chaise à regarder le plafond, se redressa brusquement et déclara avec sa fougue habituelle :

— Je vais aller revoir Annika Nilzén chez les stups. On pourrait peut-être obtenir des infos de la brigade financière, s'ils ont cette limace visqueuse de Robert à l'œil. Il utilise le club pour blanchir l'argent.

— Bonne idée, approuva Andersson.

Assis à son bureau, il pliait machinalement un bout de papier pour en faire une hirondelle. Irene nota que le papier lui servant d'origami était l'une des photocopies du tatouage.

— On contacte Interpol ? demanda-t-elle.

Andersson acquiesça. Il essaya d'aplatir le papier, mais les pliures étaient trop marquées. Heureusement, ce n'était pas la seule copie.

— Je vais lancer une recherche sur ce tatouage. Il ne nous restera plus qu'à attendre.

— Demain, c'est férié pour l'Ascension. Personne n'appellera. Vendredi, la plupart de nos collègues étrangers doivent faire le pont. Puis il y a le week-end. Donc rien ne bougera d'ici lundi, conclut Birgitta.

Elle avait vu juste. Rien ne se produisit avant le lundi suivant. Mais ce jour-là, tout se précipita.

On ne trouva pas d'autres sacs le long de la côte. On poursuivit les recherches deux jours encore avant de renoncer. Cela ferait en tout deux semaines de recherches. La matinée du lundi suivant l'Ascension, Andersson n'avait rien appris de nouveau et il renvoya chacun à ses tâches en cours.

Irene se réjouissait que Tommy ait pu reprendre son travail, même si sa démarche était encore un peu raide. Quand il entra dans le bureau qu'ils partageaient, elle lui dit :

— Apparemment, Sara t'a parlé au sujet des chiots de Sammy ?

Elle s'efforçait de prendre un ton innocent.

— Elle m'a demandé si c'était vrai que Sammy était papa et...

— Et tu l'as immédiatement invitée à venir les voir.

Irene ne répondit rien. Il la connaissait trop bien.

— On a tenu un conseil de famille à ce sujet. À quatre voix contre une, les Persson ont décidé de venir jeter un coup d'œil à ces chiots.

Irene n'en croyait pas ses oreilles. Quoi, Tommy avait accepté de venir voir les chiots ! À quatre voix contre une, les Persson étaient pratiquement d'ores et déjà les propriétaires d'un chien ! Elle s'efforça de cacher sa joie et demanda d'un ton neutre :

— Quand voulez-vous passer les voir ?

— Demain soir.

— Je vais contacter la propriétaire et voir avec elle. Il y a aussi un collègue de Krister qui serait intéressé.

— Je tiens à souligner que ton collègue ici présent n'est pas intéressé. C'est la pression exercée sur lui par de jeunes enfants qui a impliqué la famille dans cette histoire. Ça fait une grande différence.

Eh bien, il n'avait décidément pas l'air ravi, et à juste titre, il fallait bien l'admettre. Irene fut sauvée par la sonnerie du téléphone.

Elle avait à peine soulevé le combiné que la voix aiguë d'Yvonne Stridner lui résonna dans les oreilles.

— Ici le professeur Stridner à l'appareil. J'ai obtenu une information importante à Londres.

Irene mit quelques secondes à se souvenir que Stridner avait mentionné un symposium à Londres lors de leur dernier entretien.

— Tant mieux. Ici, il n'y a rien de nouveau.

— Je sais. Mais je tiens quelque chose d'intéressant. J'ai fait une présentation au symposium portant sur les éléments qui permettent, dans le cas d'une mort suspecte, de trancher entre meurtre et suicide. Ma présentation a attiré un large auditoire, et elle a été extrêmement bien reçue... Quoi qu'il en soit, j'ai demandé aux participants s'ils voulaient bien m'accorder un peu de leur temps pour que je leur expose le traitement auquel a été soumis notre torse. La plupart de mes collègues avaient évidemment déjà entendu parler de ce type de crime, mais très peu d'entre eux avaient vu une extraction des organes aussi totale et une telle profanation du corps. Tout le monde a trouvé ce cas très intéressant. À la fin de mon exposé, un de mes confrères, un vieil ami, est venu me trouver. Son nom est Svend Blokk, et il a une chaire de médecine légale. Il travaille à l'hôpital public de Copenhague.

Stridner dut s'interrompre pour reprendre son souffle, et Irene en profita pour glisser une question.

— Excusez-moi, mais qu'est-ce qu'un torse, précisément ?

— Tu ne le sais pas ? C'est un corps sans bras ni jambes ni tête. Juste le tronc. Quoi qu'il en soit, Svend m'a dit qu'ils ont eu un cas similaire, il y a deux ans. Une seule différence : la victime était une prostituée. Une femme.

— A-t-il dit si le mode de démembrement était le même ?

— Oui, identique.

Irene réfléchit à toute vitesse.

— Ont-ils retrouvé toutes les parties du corps ?

— Non. Svend est resté assez vague sur ce sujet. Il n'était pas chargé de l'enquête. Il a aussi précisé que, malgré des recherches intensives, ils n'ont jamais retrouvé le meurtrier.

Stridner donna l'adresse et le téléphone de Blokk à Irene.

Après avoir raccroché, Irene résuma la conversation à Tommy, mais celui-ci l'arrêta.

— Garde ça pour les autres. Andersson m'a mis sur Jack l'Éventreur. Il a recommencé. Une quatrième victime, au centre de Göteborg. Une femme, jeune elle aussi. Elle se rendait chez ses parents après une fête. L'agression s'est produite dans la cage d'escalier menant à leur appartement, dans Vasagatan.

— Je ne savais pas. Quand était-ce ?

— Samedi, vers 2 heures du matin.

— Est-ce que la victime a pu fournir un signalement ?

— Oui, assez proche des trois précédents. Un homme de taille moyenne, parlant suédois, avec un bas en Nylon sur le visage. Deux des femmes disent qu'il était assez mince, et les deux autres d'une corpulence normale.

— Même mode opératoire ?

— Oui. Viol sous la menace d'un couteau. Après, il balafre la femme à l'estomac et sur les cuisses. Il ne profère aucune menace de mort, mais elles ont la trouille d'y passer.

— Pourquoi n'y a-t-il pas eu d'articles dans les journaux ? interrogea Irene.

— Le psychologue pense que c'est là sa motivation. Il fait ça pour attirer l'attention.

— Mais s'ils n'écrivent rien sur lui, il risque de devenir plus violent et de tuer sa prochaine victime. Je pense que nous devrions prévenir les femmes qui peuvent se retrouver dehors à Vasastan le week-end, aux alentours de minuit.

— Nos supérieurs planchent sur la question. En attendant, je vais m'atteler à la tâche.

— Tu crois qu'il serait capable d'un truc comme le meurtre avec mutilation, là-bas, à Killevik ?

Tommy réfléchit un moment.

— Je crois qu'un blocage l'empêche de tuer ses victimes. Il veut juste les faire souffrir et les marquer. S'il les tuait, elles ne pourraient pas raconter les horreurs qu'il leur a fait subir.

Irene leva les yeux au ciel. Juste les faire souffrir...

Le torse tatoué ne pouvait parler, mais il témoignait qu'un meurtrier d'une espèce rare, dangereux et macabre, attendait son heure pour frapper à nouveau. Un message on ne peut plus clair.

La journée se déclina en tâches routinières. Irene put contacter la maîtresse des chiots et convenir avec elle d'une visite autour de 18 heures, le lendemain.

Elle enfilait son manteau quand le commissaire fit irruption dans son bureau, rouge d'excitation. « Copenhague vient de nous appeler ! », s'exclama-t-il, hors d'haleine.

— Est-ce que l'ami universitaire de Stridner a du nouveau ? demanda Irene.

— Non, pas le professeur. Ce sont nos collègues de la police !

— Qu'est-ce qu'ils ont dit ?

— Le dragon n'est pas un tatouage, c'est une enseigne !

Irene considéra son chef. Il avait l'air plutôt égaré.

Andersson fit un effort pour se ressaisir.

— Voilà. La commissaire de la Criminelle, Beate Bentsen, a téléphoné de Copenhague. Elle dit qu'elle a reconnu l'image qu'on lui a envoyée. C'est l'enseigne d'une boutique.

Irene ressentit une pointe d'excitation. Maintenant, ça ressemblait à un début de piste.

— Quel genre de boutique ? Un magasin d'alimentation asiatique ?

Andersson rougit de confusion.

— Je... je ne sais pas. J'ai toujours un peu de mal à comprendre le danois au téléphone, mais c'est ce que j'ai compris.

Il réfléchit un moment.

— Il faut aller à Copenhague. On doit parler avec Bentsen et avec le coroner qui s'est occupé de la prostituée démembrée. Et, bien sûr, examiner l'enseigne. Cela nous aidera peut-être à identifier notre victime.

Irene acquiesça et murmura :

— Oui, il faudrait faire ça.

— Bien. Dans ce cas, tu pars demain.

— Demain ! Mais...

— Tu n'as pas besoin de passeport pour le Danemark. Pourquoi ne passes-tu pas un coup de fil à Bentsen ?

Andesson sortit un bout de papier chiffonné d'une de ses poches de pantalon et le tendit à Irene.

Elle le prit avec le sentiment de s'être fait piéger.

À l'autre bout de la ligne, Beate Bentsen semblait pleine de bonne volonté, mais un peu stressée.

Elle commença par s'excuser, disant qu'elle serait prise jusqu'à la fin de la semaine par un stage d'officiers supérieurs de police. Les cours finissaient à 16 heures. Elle pourrait donc voir Irene après, ce qui lui convenait parfaitement. Elle-même avait des choses à faire avant de partir.

D'abord, elle appela Monika Lind à Vänersborg.

— Bonjour, Monika. Irene Huss à l'appareil.

— Tu as découvert quelque chose ?

— Non. On ne l'a pas retrouvée. Mais je dois aller à Copenhague demain pour une autre affaire. Je me suis dit que je pourrais en profiter pour en savoir un peu plus. Tu n'aurais pas une photo récente d'Isabell, par hasard ?

— J'en ai plusieurs. Mais elles datent déjà de six mois.

— Est-ce que Janne travaille toujours dans son centre d'informatique ?

— Oui.

— Tu peux m'envoyer une photo ?

— Pas de problème.

Irene devrait attendre une heure et demie avant de la récupérer. Ça lui laissait le temps de passer plusieurs coups de fil et de régler deux ou trois détails. Elle imprima une carte de Copenhague et réserva sur Internet une chambre à l'hôtel Alex. Celui-ci se trouvait justement sur H. C. Andersen Boulevard, non loin de Vesterbro, où travaillait la commissaire Bentsen.

Elle avait fini ses préparatifs quand elle reçut la photo de Vänersborg. Un portrait réalisé en studio dans des teintes douces. Les cheveux d'Isabell lui arrivaient aux épaules, épais et plus blonds que dans le souvenir d'Irene. Ses yeux et sa bouche boudeuse étaient trop maquillés. Elle avait des traits réguliers avec un nez légèrement retroussé. Isabell était mignonne dans le genre poupée Barbie. Irene imprima la photo. La définition et la qualité de la reproduction lui semblèrent étonnamment excellentes. Un bref message de Monika accompagnait le portrait.

« Bell est née le 7 février 1982. Elle mesure un mètre soixante-douze et pèse cinquante-six kilos. Elle portait un appareil dentaire quand nous avons déménagé à Vänersborg. C'est pourquoi elle n'a plus cet espace entre ses dents de devant. La photo a été prise à la veille de Noël. Je pense qu'elle est tout à fait ressemblante. Retrouve-la, s'il te plaît, Irene !

Amitiés chaleureuses.

Monika L. »

Irene eut un petit pincement de cœur. Elle n'avait pas voulu donner de faux espoirs à Monika. Mais elle ferait de son mieux pour retrouver Isabell.

— À Copenhague ? Bon, je m'occuperai des gens qui viendront voir les chiots, soupira Krister.

Ils avaient fini de dîner et prenaient le café dans le salon. Irene s'était pelotonnée, les jambes repliées, à un bout du divan. Elle avait déjà préparé tout ce dont elle aurait besoin pour la nuit. Ses affaires tenaient sans problème dans son sac de police bleu marine.

— Comment tu y vas ? demanda son mari.

— Je prends une des voitures de service jusqu'à Helsingborg. Puis le ferry pour Helsingör. Je devrais être à Copenhague en quatre heures. Peut être cinq, si je suis obligée d'attendre au ferry.

— Tu y vas seule ? Tu pourras tout faire ?

— Oui. Je vais juste discuter avec les collègues danois et le médecin légiste. C'est la première piste concrète qu'on a jusqu'ici pour identifier la victime. Et, qui sait, du même coup, le meurtrier.

— L'un des deux serait danois ? Ou les deux ?

— Je n'en sais rien. C'est possible.

— À propos des chiots... Je vais voir avec Lenny si sa famille peut venir les voir demain aussi. Ce serait plus pratique, étant donné le sale caractère de la propriétaire. Bon, à la décharge de Sammy, il faut reconnaître qu'on ne choisit pas sa belle-famille. C'est la beauté de jais du caniche qui lui a tapé dans l'œil, et non sa maîtresse.

— À propos de belle-famille ! Ça me fait penser que je n'ai pas appelé ta mère depuis une semaine...

Irene bondit du divan pour réparer cette négligence filiale.

Belle-maman Gerd ne décrocha pas. Irene laissa le téléphone sonner une dizaine de fois avant de renoncer. Elle revint vers Krister, l'air soucieux.

— Ta mère ne répond pas. Tu ne penses pas qu'il lui est arrivé quelque chose ? Elle va sur ses soixante-treize ans...

Krister réfléchit un instant.

— Au fait, ce n'est pas cette semaine qu'elle devait aller avec Sture faire une dégustation de vins dans la vallée de la Moselle ?

Irene avait complètement oublié. Maman et son cher compagnon avaient préparé tout l'hiver cette excursion en compagnie d'un groupe de retraités de leur association.

Peut-être qu'elle aussi, un jour, aurait l'occasion de parcourir le monde avec d'autres retraités ?

En attendant, elle devrait se contenter d'aller à Copenhague. Pour le travail.

6

Un soleil pâle s'efforçait bravement de percer les nuages, mais quand Irene arriva à la hauteur de Varberg il y renonça. Après ça, il pleuvota tout le long du chemin jusqu'à Helsingborg. Le printemps avait été frais et pluvieux, mais plus elle descendait vers le sud, plus la campagne devenait verdoyante. À Helsingborg, les châtaigniers étaient couverts de fleurs splendides ; malheureusement, l'inspecteur de Göteborg ne pouvait profiter de ce spectacle, car elle devait se concentrer pour trouver son chemin. La ville était plus grande qu'elle ne l'avait pensé et, pour ajouter à sa perplexité, il lui fallait choisir entre plusieurs lignes de ferry. Elle opta au hasard pour les ferries HH. Elle acheta son billet et alla prendre sa place dans la file de voitures en attente. Le ferry venait d'accoster, et les véhicules commençaient déjà à en descendre. Dix minutes plus tard, Irene pouvait embarquer.

Elle fut heureuse de pouvoir se dégourdir les jambes et partit explorer le bateau. Il n'était pas très grand. Toutes les indications étaient en danois. Une compagnie danoise, donc.

Le bateau se détacha de l'appontement, et comme le temps était à la pluie, Irene décida de quitter le pont pour se réfugier à l'intérieur. Elle se retrouva dans la cafétéria où elle commanda un sandwich et une tasse de café.

Le sandwich était énorme. Sous toute cette épaisseur de rosbif et de cornichons devait se dissimuler, du moins l'espérait-elle, une tranche de pain. Elle eut une pensée compatissante pour ses pauvres collègues, obligés de manger des sandwichs deux fois plus petits à la cantine du personnel. C'était bien la preuve qu'elle était en route pour un autre pays.

Quand elle se rendit aux toilettes, son sentiment de dépaysement s'accentua davantage. Une bassine de plastique jaune était suspendue près du miroir au-dessus du lavabo, avec une étiquette indiquant « Seringues usagées ». Pratique... Au moins, ça évitait d'avoir à marcher dessus quand on se promenait sur le bateau, se dit Irene avec dérision.

Vingt minutes plus tard, ils accostaient à Helsingör. Il était 13 heures et quelques quand elle descendit la rampe du ferry, en priant intérieurement que celle-ci soit plus solide qu'elle n'en avait l'air, puis elle prit la direction de Copenhague. Elle se fraya un chemin dans les embouteillages jusqu'à l'autoroute qui, elle, était relativement dégagée. Elle parcourut les quarante premiers kilomètres sans problème, mais aux abords de Copenhague, la situation se compliqua. La circulation était moins fluide, les panneaux de signalisation trop petits et moins faciles à localiser, les noms de rue ne semblaient pas répondre à un système logique, et des cyclistes surgissaient de toute part comme une volée de projectiles. Elle n'avait jamais conduit au Danemark auparavant et n'était pas habituée à la circulation des grandes villes. Finalement, elle décida de s'arrêter à une station d'essence pour acheter une vraie carte.

Elle prit aussi une glace. Tout en la dégustant, elle s'efforça de mémoriser le trajet le plus commode. Descendre la rue Østerbrogade jusqu'à Sortedams Sø, puis prendre à droite et continuer le long de la berge sur Øster Søgade qui donnait dans Nørre Søgade. Au bout, elle devait prendre à gauche et déboucher sur H. C. Andersen Boulevard.

Sur le plan, cela ne paraissait pas trop compliqué. Dans la réalité, c'était une autre paire de manches. Son chemisier était trempé de sueur quand elle s'arrêta enfin devant l'hôtel Alex, où on ne pouvait stationner que cinq minutes. Elle entra et demanda à la réception où elle pouvait se garer. Une jeune femme tout sourire lui expliqua qu'en général on se garait quand on trouvait un espace libre. Elle lui conseilla d'essayer une rue à angle droit après l'hôtel, Studiestræde.

Irene contourna le bâtiment et s'engagea dans la rue en question. Il n'y avait qu'une place de libre, pratiquement en face de l'entrée d'un bar nommé Wild Strip. Une enseigne en anglais annonçait un *Nude Show* et, en danois, des « danses des plus dénudées ». Du moment qu'elle avait trouvé où se garer...

Elle attrapa son sac et retourna à la réception prendre sa clef. La réceptionniste, toujours souriante, lui tendit un message de Beate Bentsen dont Irene remit la lecture à plus tard.

La chambre, propre, avait été rénovée depuis peu. La fenêtre donnait justement sur Studiestræde, et en se penchant un peu, elle pouvait voir sa voiture. Elle n'aurait pas à craindre le bruit de la circulation la nuit. L'isolation phonique était remarquable, et seul un bruit très assourdi filtrait à travers les fenêtres. Elle ne résista pas à la tentation de s'allonger sur le lit. Quel bonheur de pouvoir enfin s'étirer ! Ses muscles étaient noués après ce long trajet en voiture. Elle résolut de marcher jusqu'à la gare centrale, près de Vesterbro. En consultant son plan de Copenhague, elle estima à quinze minutes de marche d'un bon pas le trajet de l'hôtel à Halmtorvet.

Elle mit un petit moment à déchiffrer le message de Beate Bentsen. Griffonné à la main, il était en danois. Elle finit par comprendre que, contrairement à ce qu'elle lui avait promis, la commissaire Bentsen n'aurait pas le temps de la voir dans l'après-midi. Cette dernière se répandait en excuses et espérait pouvoir l'emmener dîner vers 19 heures au restaurant Le Vésuvio. Il était facile à trouver, tout droit en sortant de l'hôtel puis à gauche. Mais Bentsen enverrait un inspecteur du nom de Peter Møller chercher Irene à l'hôtel à 15 heures précises. Il était au courant du dossier de l'enquête et connaissait le quartier de Vesterbro comme sa poche.

Irene jeta un coup d'œil au réveil. Peter Møller serait là dans vingt minutes. Elle se dit qu'il faudrait qu'elle se lève et aille se changer...

La sonnerie de téléphone la réveilla et elle se retrouva debout près du lit avant même d'être complètement réveillée. Une douce voix féminine lui dit en danois :

— Vous êtes bien Irene Huss ?

— Oui. Euh...

— Un certain Peter Møller, inspecteur, vous demande.

— Oh, mon dieu ! Dites-lui que je descends dans cinq minutes.

Avant même de raccrocher, elle s'était déshabillée. Elle prit une douche éclair bien chaude. Le jeans qu'elle venait de quitter resterait par terre. Elle sortit de son sac son nouveau pantalon en lin bleu foncé, des sous-vêtements propres et un polo bleu glacier. Elle troqua sa paire de tennis éculée pour des chaussures de sport noires. Sa tenue aurait été plus élégante avec un peu plus de talons pour mettre son nouveau pantalon en valeur, mais quand on fait un mètre quatre-vingts pieds nus, on ne porte pas de talons. D'ailleurs, Irene ne savait même pas marcher avec des talons hauts. Il lui faudrait se contenter, pour tout maquillage, d'une simple touche de rouge à lèvres. En descendant l'escalier, elle enfila une nouvelle veste genre trench, bleue comme ses yeux.

Un jeune homme mince l'attendait, appuyé contre le comptoir de la réception. Il avait des cheveux blonds coupés court. Il avait dû l'entendre descendre l'escalier, car il tourna la tête dans sa direction, et elle lut dans ses yeux bleu clair qu'il approuvait sa tenue. Il était plus vieux qu'il n'avait paru au premier abord, dans les trente-cinq ans au moins. Avec un sourire, il lui tendit la main en allant à sa rencontre.

— Irene Huss, *I presume*.

— *Yes*. Je veux dire... oui.

— Inspecteur Peter Møller.

Il lui serra la main et fit un geste vers l'entrée.

— La voiture nous attend.

Il lui tint la porte. Quand elle passa près de lui, elle sentit l'odeur agréable de son après-rasage, et nota qu'elle le dépassait d'un cheveu. Lui aussi était habillé en civil, avec une veste de daim fauve et un pantalon de coton beige. Peter Møller se dirigea vers une BMW couleur lie-de-vin, le modèle le plus récent dans les grandes gammes, et il ouvrit la portière à Irene.

Quand ils furent installés, Irene remarqua à haute voix :

— La police a de bien belles voitures chez vous.

— C'est mon véhicule personnel, répondit Møller.

Il y eut un bref silence, et Irene décida de changer de sujet.

— Je suis désolée de vous avoir fait attendre. Le ferry a mis du temps..., dit-elle sans finir sa phrase.

Møller se tourna vers elle avec un sourire désarmant :

— Je m'y attends toujours quand je vais chercher une dame.

Sachant que le printemps avait été aussi pluvieux au Danemark qu'en Suède, Irene pensa que son bronzage indiquait que Møller rentrait de vacances. Il aurait pu résulter de séances d'UV, mais quelque chose dans les manières de l'inspecteur indiquait que ce bronzage était le fruit d'un séjour à l'étranger. Voilà qui pourrait fournir un sujet de conversation.

— Vous avez eu beau temps au Danemark ? Vous êtes si bronzé...

Il rit doucement :

— Non. Je reviens d'un endroit où le soleil est garanti.

— Ah, quelle chance !

— Oui. Mais il y faisait un peu trop chaud. Êtes-vous déjà venue à Copenhague ?

— Il y a vingt ans.

— Alors il était temps pour vous de revenir, sourit Møller.

Il reprit rapidement son sérieux et demanda :

— Voulez-vous aller à Hellerup maintenant ou plus tard ?

— À Hellerup ?

— C'est là qu'on a trouvé les sacs avec les morceaux du corps de Carmen Østergaard.

— Quand cela ?

— En juin 1997. Il y presque deux ans.

Heureusement qu'il avait précisé que cela faisait presque deux ans. Prononcé à la danoise, le chiffre quatre-vingt-dix-sept était presque incompréhensible pour Irene.

— Je pense qu'on pourra y aller plus tard si c'est nécessaire. Il me semble plus important de voir d'abord l'enseigne avec le dragon.

— Vous l'apercevrez dans une seconde.

Ils descendirent une large rue qui, d'après les panneaux, s'appelait Bernstorffsgade. Puis Peter Møller s'engagea dans un parking derrière un triste bâtiment de brique brune en forme de cube. Il n'eut pas besoin de dire à Irene qu'ils se garaient derrière les locaux de la police. Tous les locaux de police construits dans les années soixante et soixante-dix semblaient avoir été l'œuvre d'un même architecte profondément dépressif.

— Venez. Allons jeter un coup d'œil à cette enseigne, dit Peter.

Ils quittèrent le parking et s'engagèrent dans une petite rue tranquille bordée de maisons moroses. Les façades sales, les portes pourries et les chambranles de fenêtre à la peinture écaillée donnaient une impression d'abandon. Le temps gris accentuait cette atmosphère de désolation.

Un peu plus bas, les façades disparaissaient derrière des échafaudages et des bâches en plastique. On entendait, sous la toile, le bourdonnement déplaisant d'un pistolet à peinture à haute pression.

— C'est bien, qu'ils rénovent les vieilles bâtisses, dit Irene.

— Ils essaient d'aseptiser ces baraques. Retaper les maisons et augmenter les loyers pour que la populace ne puisse plus loger par ici. Ces vieilles bâtisses se trouvent dans un quartier central très recherché.

— Ils ont fait quelque chose de ce genre chez nous, à Göteborg. Est-ce que ça marche ici ?

— Les pauvres, les drogués et les filles qui font le trottoir sont repoussés de plus en plus loin, en banlieue. Pour les autres, c'est plus difficile de s'en débarrasser. Ils ont beaucoup trop d'argent.

— Le sexe est un business qui rapporte, commenta Irene.

— Exactement. Vous connaissez un peu Versterbro ?

— Non.

— Actuellement, c'est là que se concentre le péché à Copenhague. Avant, c'était Nyhavn, mais maintenant il n'y a que les millionnaires et les artistes pour se permettre d'habiter là-bas. Ils ont ouvert des bars et des restaurants chic et chassé tous les trafics sexuels, sauf les plus discrets. Alors si vous voulez du sexe, vous trouverez ce qu'il vous faut à Vesterbro, surtout dans la zone autour d'Istedgade. Là, on trouve tout ce qu'on veut. Absolument tout !

Comme pour confirmer ses dires, une boutique porno surgit sous leurs yeux, proclamant : « Ici, vidéos à gogo ! Venez découvrir des vidéos que vous n'auriez jamais cru pouvoir exister ! » Peter continua à marcher comme s'il n'avait rien remarqué.

— Nous nous dirigeons vers Istedgade ? demanda Irene.

— Oui, vers une des rues perpendiculaires. Nous y sommes presque.

À l'angle de la rue, la vitrine d'un sex-shop arborait des sous-vêtements de gaze avec des trous judicieusement placés aux endroits stratégiques. En contrepoint, on trouvait des articles de cuir, apparemment eux aussi constitués d'un ensemble de trous et de lanières. Heureusement qu'ils étaient tous abondamment cloutés, sinon ils se seraient désagrégés. Pour agrémenter cet étalage, des fouets et des menottes pendaient du plafond. Des godemichets de toutes tailles et de toutes couleurs étaient disposés à plat dans la vitrine. L'un d'eux, en caoutchouc noir, était aussi long et épais que l'avant-bras d'Irene.

Cette mise en scène lui évoquait des images troubles : un homme fouettant une femme en sous-vêtements transparents, couleur écarlate, après l'avoir enchaînée à la tête du lit par des menottes, et se saisissant ensuite du godemichet noir...

Quel genre d'individus avait besoin de soumettre l'autre par la contrainte pour éprouver du plaisir ? Était-ce le pouvoir sur l'autre qui leur procurait une poussée d'adrénaline ? Les photos et les stimulations mécaniques à l'aide de jouets sexuels apportent une satisfaction immédiate. Il est plus difficile et plus long d'établir des relations affectives et sensuelles. Et surtout, il faut s'engager sur le plan émotionnel. Ce n'est pas compliqué de se masturber, alors que construire une relation à deux exige du temps et des efforts.

Irene réalisa soudain que Peter Møller lui parlait. Elle émergea avec un temps de retard de ses pensées.

— Excusez-moi. Vous disiez ?

— Vous voulez acheter quelque chose ? lui lança Peter en plaisantant.

Elle n'appréciait guère ce genre de plaisanterie, mais elle parvint à garder son calme pour lui répondre.

— Non. Il n'y a rien ici qui me convienne. Ça me déprime de voir ce genre de choses.

— Oh, c'est juste pour rire. Des jouets sexuels inoffensifs.

— Non. Je ne vois pas ce qu'il y a de drôle à se faire défoncer par cette énorme chose en caoutchouc ! Ça doit faire atrocement mal !

Elle s'interrompit et s'efforça de reprendre ses esprits. Møller la regardait, un peu décontenancé. En maîtrisant sa voix, elle dit :

— Vous ne pouvez pas comprendre, mais il n'y a pas de jouets sexuels inoffensifs dans cette vitrine.

Peter Møller ne répondit rien. Il ne semblait pas partager son point de vue, et il secoua légèrement la tête. Peut-être pensait-il que sa collègue de Suède était une sainte-nitouche ? Il pouvait croire ce qu'il voulait !

Ils traversèrent Istedgade et remontèrent tout un pâté de maisons dans cette fameuse rue du péché.

— C'est ici, dit Peter Møller.

Il s'arrêta au coin et désigna une rue perpendiculaire. La plaque de la rue indiquait Colbjørnsensgade. Irene s'avança de quelques pas et s'arrêta net.

L'enseigne, de presque trois mètres carrés, était fixée au mur au-dessus d'une boutique. Le caractère japonais pour « homme » y figurait, encerclé par un dragon terrifiant. Le fond bleu clair de l'enseigne mettait en valeur les écailles multicolores du dragon. La gueule monstrueuse s'ouvrait largement sur des dents aiguisées comme des lames de rasoir, et la bête semblait pulser d'une énergie contenue.

Mais l'enseigne ne surplombait pas un magasin de produits asiatiques. L'inscription sur la vitrine promettait d'être *The best gayplace in town*.

— Une boutique pour homos, dit Irene qui ne put s'empêcher de pousser un soupir.

Møller la regarda à la dérobée en silence. Ils se campèrent devant la vitrine.

Là aussi, des figurines étaient suspendues au plafond. Aux yeux d'Irene, elles ressemblaient toutes à Ken, le fiancé de Barbie ; mais quand ils s'approchèrent davantage, elle comprit son erreur. Ces poupées masculines n'étaient pas destinées à des petites filles. Elles étaient conçues pour des garçons et des hommes mûrs. Elles portaient différentes tenues, mais elles avaient toutes le pantalon baissé, de façon à montrer qu'elles étaient bien montées. Une poupée de taille humaine était posée sur le côté. Vêtue d'un uniforme de policier, elle tenait plusieurs paires de menottes entre ses mains. En face du mannequin en uniforme était suspendu un urinoir de porcelaine. Le bord était maculé d'un liquide blanchâtre censé évoquer une coulée de sperme. Des godemichets, des vidéos et des magazines jonchaient le sol. L'œil d'Irene fut attiré par l'une des couvertures. Le titre du magazine était *Fist*, « Poing ». La photo représentait deux mains d'homme écartant les fesses d'un autre homme.

— Il faut vraiment être malade, dit Irene à voix haute.

Møller haussa les épaules sans autre commentaire. Irene se tourna vers lui et chercha son regard.

— Avez-vous déjà, vous ou l'un de vos collègues, discuté avec le propriétaire de ce magasin du motif de son enseigne et de sa relation avec notre cadavre mutilé ?

— Non.

— Alors, il ne nous reste plus qu'à entrer et voir ce qu'il a à nous apprendre.

Møller soupira.

— Il faut bien. Vous allez donc faire connaissance avec Tom Tanaka.

— Qui est-ce ?

— Le propriétaire.

Il passa devant pour lui tenir la porte. Irene trouvait son attitude courtoise agréable et, selon elle, tout à fait inhabituelle. Elle ne se sentit pas tout à fait dans son assiette, en entrant dans la boutique.

Effectivement, tout ce qu'elle s'était attendue à voir était là. Des vêtements et des corsets de cuir, des scrotums, des fouets et des vêtements de latex étaient suspendus un peu partout. Il y avait aussi des étagères bien rangées avec des vidéos, des magazines et des jouets sexuels dont elle aurait été bien en peine de deviner l'usage. Deux hommes discutaient entre eux à propos d'un corset, mais ils s'interrompirent en la voyant entrer. L'apparition de Peter Møller sur ses talons ne les détendit pas davantage. Ils suivirent des yeux les inspecteurs de police qui s'avançaient vers le comptoir. C'était là que trônait Tom Tanaka.

Irene n'avait pas d'idée préconçue à propos du personnage, et elle fut abasourdie par la stature de cet homme. Il devait mesurer près de deux mètres et peser plus de deux cents kilos. Il avait l'air d'un lutteur sumo et arborait une coiffure de ce style. *Dieu merci*, pensa Irene, *il ne porte pas ces caleçons en forme de couches, comme le veut l'usage*. Son énorme corps était drapé dans un kimono de soie noire.

La surprise d'Irene devait être manifeste, car il se pencha en une mini-courbette et dit en anglais, avec un fort accent américain :

— Si vous êtes surprise de me voir ici, vous pouvez imaginer ma propre stupéfaction de voir quelqu'un comme vous dans ces lieux.

Sa voix était très grave, et son ton ironique. Irene ne put s'empêcher de sourire.

— Bonjour. Je m'appelle Irene Huss, je suis inspecteur de police à Göteborg, en Suède, et j'enquête sur... un crime. Puis-je vous poser quelques questions ? dit-elle dans un anglais hésitant.

Tom Tanaka la fixa de ses petits yeux noirs sans expression, enfouis dans les replis de graisse de son visage. Pour Irene, l'homme en face d'elle était tout sauf une montagne de lard inoffensive et handicapée par son poids. Combattre avec un lutteur de sumo équivalait à se jeter contre une locomotive lancée à toute vitesse.

Le Japonais acquiesça d'un signe. Sa basse profonde émit un grondement :

— Emil !

La porte derrière lui s'ouvrit brusquement : un jeune homme de grande taille et au teint rougeaud passa la tête dans l'ouverture et répondit dans un anglais au fort accent danois :

— J'ai presque fini de manger.

Il s'arrêta dès qu'il vit Irene et Peter. Son regard s'attarda une seconde sur Peter, puis il détourna les yeux. Irene pensa que son visage lui était familier. Emil déglutit à plusieurs reprises, sa pomme d'Adam montant et descendant comme un yoyo le long de son cou maigre.

— Garde la boutique, le temps que je discute avec ces policiers.

Emil se hâta de finir de mâcher et prit place derrière le comptoir, le plus loin possible des gardiens de la loi, en tiraillant nerveusement sur son bouc rougeâtre.

Tom Tanaka leur désigna la porte de sa main énorme. Irene et Peter traversèrent une petite arrière-boutique sans fenêtre, avec un éclairage feutré et deux fauteuils de cuir au dossier inclinable. Puis Tanaka se dirigea vers une porte massive qu'il déverrouilla. Elle donnait sur une immense cuisine ultra-moderne dans les tons blanc, noir et acier. Le sol était en cerisier poli. Une odeur de poisson frit flottait dans l'air. De l'autre côté de la cuisine, Irene aperçut une pièce de belles proportions ressemblant à un séjour. Elle perçut le son d'un téléviseur et le scintillement d'un écran.

— C'est ici que j'habite, dit simplement Tanaka.

— Comme ça, vous n'avez pas à aller bien loin pour travailler, tenta Irene sur le ton de la plaisanterie.

— C'est vrai, répliqua le Japonais.

Il les conduisit à travers la cuisine puis tourna à droite. Le plancher gémit sous son poids. Il ouvrit une porte et les précéda dans une autre pièce. Irene et Peter s'effacèrent devant lui. Ils n'auraient pu faire autrement, car il était impossible de passer en même temps.

— Mon bureau, dit Tanaka.

Cette pièce aussi était plutôt grande. Un parfum capiteux de bon cigare enveloppa les visiteurs. La pièce était meublée dans un style japonais. Un bureau de bois noir brillant, avec un fauteuil en cuir fabriqué sur mesure pour la stature colossale de Tanaka. Un petit meuble vitré occupait la largeur de la pièce, laissant apparaître un assortiment d'objets et de trophées de sumo.

— Vous devez être un bon sumotori, hasarda Irene.

Un coin de la bouche de Tanaka se releva en ce qu'elle interpréta comme un sourire amusé.

— J'étais un bon sumotori. J'ai pris ma retraite.

Irene lui lança un regard surpris. Il ne paraissait guère plus âgé qu'elle.

— Nous arrêtons à quarante ans.

Elle enchaîna, sans savoir pourquoi :

— J'ai fait autrefois un peu de lutte japonaise, du jiu-jitsu.

Tanaka ne releva pas. Il indiqua les deux chaises rembourrées disposées près du bureau.

— *Please,* dit il d'une voix sourde.

Irene et Peter prirent place. Irene se rendit compte que Møller n'avait pas prononcé un mot depuis qu'ils avaient mis le pied dans la boutique. Elle lui jeta un regard, mais il garda le silence. Elle se lança donc dans la description du cadavre de l'homme démembré qu'ils avaient retrouvé en Suède. Elle insista sur le fait que la piste concernant l'identité de la victime était le tatouage d'un dragon, et leva les yeux vers une peinture de soie derrière la tête de Tanaka, laquelle avait manifestement servi de modèle à la fois à l'enseigne et au tatouage. Avec une différence toutefois. Sur la peinture, à la place du caractère désignant l'« homme » se trouvait un pic montagneux. Irene reconnut la représentation d'une montagne, sans doute le mont Fuji, cette montagne sacrée du Japon. Elle en fit la remarque, et Tanaka acquiesça.

— Des collègues d'ici, à Copenhague, nous ont contactés quand on a fait circuler le motif du tatouage via Interpol. C'est pourquoi je suis venue. Avez-vous une idée de qui cet homme pourrait être ?

— Non, pas la moindre.

— Vous ne connaissez personne qui se soit fait faire un tatouage inspiré de votre enseigne ou de cette peinture ?

Tanaka secoua la tête.

— Il y a moins de deux ans que je tiens cette boutique. J'en ai hérité de mon cousin qui l'avait fondée il y a des années. Peut-être que le tatouage a été réalisé à son époque. C'est lui qui avait eu l'idée de l'enseigne avec le signe de l'homme à la place du mont Fuji, ajouta-t-il.

Irene réfléchit un instant puis demanda :

— Connaissez-vous un tatoueur particulièrement habile dans le coin ?

— Un maître ? Non.

Ils se levèrent en même temps, et Tanaka passa de nouveau devant pour les reconduire. Il s'arrêta devant la porte de la cuisine, une main sur la poignée, et se retourna vers Irene.

— *Keikoku. Uke. Wakatta* ? dit-il à voix basse.

Il lui disait de se méfier d'un ou de plusieurs ennemis et lui demandait si elle avait compris. Elle ne parlait pas japonais, mais ces mots étaient en usage dans les arts martiaux.

— *Hai,* répondit-elle d'une voix calme.

Tanaka les reconduisit à travers la boutique où se trouvait maintenant un bon nombre de clients. En disant *goodbye* d'une voix neutre, il referma la porte derrière eux.

— Qu'est-ce-qu'il a dit en japonais ? demanda Møller quand la porte se fut refermée sur eux.

Irene en conclut qu'il n'avait pas compris l'avertissement de Tanaka. Elle ne savait rien de lui, peut-être s'y connaissait-il aussi en arts martiaux japonais, mais elle décida de courir le risque.

— Il m'a demandé si je me souvenais de la terminologie du jiu-jitsu, dit elle d'un ton indifférent.

Ils regagnèrent les bureaux de la police en silence.

— Voici l'inspecteur Jens Metz, dit Peter Møller.

Il lui présenta un costaud aux cheveux blonds tirant sur le roux, dans un bureau qui sentait le tabac froid. Jens Metz avait l'air si typiquement danois qu'Irene faillit glousser en le voyant. Elle lui adressa un sourire amical, et sa main disparut entre des doigts aussi gros que des saucisses. Il n'avait pas encore le gabarit de Tanaka, mais il en prenait le chemin. Irene lui donna environ cinquante-cinq ans.

— Bienvenue à Copenhague. Même si c'est dans le cadre d'une affaire peu agréable, lança-t-il avec un sourire qui dévoilait des dents jaunies par la nicotine.

Il avait l'air amical et efficace. Il fit apparaître comme par magie trois tasses de café fumant sur le bureau. Un bonus aux yeux d'Irene, accro à la caféine. Même si celui-ci avait le goût d'une décoction à base de vinyle. *On doit finir par s'habituer au café danois*, se dit Irene sans trop de conviction.

Jens Metz tapota une pile de dossiers d'un doigt.

— Ce sont tous les documents relatifs au meurtre et à la mutilation de Carmen Østergaard. Vous avez rendez-vous avec le médecin légiste demain à 11 heures. On vous y conduira.

Il reprit rapidement les éléments de l'enquête concernant le corps rejeté sur la berge à Hellerup. On avait retrouvé les premiers sacs le 3 juin 1997. Deux autres sacs le lendemain. On n'avait jamais retrouvé ni la tête, ni les membres, ni les intestins. Les deux seins – y compris les muscles – et les fessiers avaient disparu, ainsi que les organes génitaux externes et l'anus. La victime présentait sur l'os pelvien des marques de coups portés avec une extrême brutalité.

— Elle était aussi vide qu'un caisson d'horloge, constata Metz.

— Le dépeçage rappelle celui de notre cadavre, observa Irene.

Le médecin légiste vous donnera de plus amples détails demain. Nous n'avions pas d'identification pour la victime, mais deux jours plus tard un homme du nom de Kurt Østergaard a signalé la disparition de sa femme, Carmen. Il ne l'avait pas revue depuis la dernière semaine du mois de mai. Il commençait à s'inquiéter, car c'est elle qui subvenait à ses besoins. Tous les deux étaient héroïnomanes. On peut rayer Kurt de la liste des suspects, il n'était pas en état de tenir un couteau. D'ailleurs, il a succombé l'hiver dernier à une overdose.

Metz reprit sa respiration, s'humecta l'index et tourna la page.

— À l'époque de sa mort, Carmen avait vingt-cinq ans. Elle se livrait à la prostitution depuis quatre ans, période pendant laquelle elle s'était mariée à Kurt et était devenue accro à l'héroïne. Sa mère était danoise, et son père espagnol. La fille était le fruit d'une virée en stop en Espagne. Beaucoup d'entre nous la connaissaient par ici, car elle vivait à Vesterbro. Le médecin légiste a établi qu'elle était séropositive. Elle l'ignorait sans doute, car elle ne s'était présentée nulle part pour faire le test. L'interrogatoire de Kurt n'a rien donné. Carmen ne lui parlait pas de ses clients, elle se contentait de lui donner l'argent.

Metz se replongea dans ses papiers.

— On a interrogé toutes les prostituées de Vesterbro. Beaucoup de femmes avaient été bousculées par leurs clients à cette époque, avec coups et tentatives d'étranglement. Mais rien dans leurs déclarations ne pouvait nous mettre, de près ou de loin, sur la piste de notre meurtrier. Carmen fréquentait deux autres prostituées. Elles bavardaient et mangeaient un morceau ensemble à l'occasion, entre deux clients. Carmen leur aurait parlé, dans un café, d'un officier de police qui l'aurait effrayée les jours précédant le meurtre. Un client qui payait bien, mais avec des exigences bizarres et qui travaillerait chez nous. Elle ne leur a pas dit précisément en quoi consistaient les exigences de ce policier, mais en quittant le café, elle aurait déclaré : « Le flic ou le toubib finiront par avoir ma peau. » Son amie lui a demandé si elle était obligée de les revoir et elle aurait répondu : « Oui. Pour le fric et la dope. »

— Est-ce que les autres prostituées avaient déjà entendu parler d'un policier ou d'un médecin de ce genre ?

— Une des filles a parlé d'un médecin bizarre, et une autre d'un policier. Mais elle était camée à Dieu sait quoi, et quand elle a émergé, elle a nié en bloc en disant qu'elle avait inventé toute l'histoire. On n'a jamais pu trouver la trace de ces deux personnes.

— Vous avez interrogé les filles dans les bordels ?

Møller et Metz eurent un sourire condescendant. Ce fut Metz qui répondit :

— Vous n'imaginez pas le nombre de night-clubs, de bars de strip-tease ou d'agences d'escort girls à Copenhague. Alors, s'il avait fallu interroger toutes les filles qui bossent dans ce genre d'endroit ! Sans parler des garçons...

Il s'interrompit avant de poursuivre :

— Comme Carmen n'avait jamais travaillé dans une boîte et qu'elle tapinait dans la rue, on a seulement interrogé les filles qui faisaient le trottoir. Les journaux ont largement couvert le meurtre. Si une fille d'un de ces clubs avait été terrorisée par un client, elle pouvait nous contacter. Or aucune ne l'a fait.

Elles n'auraient pas osé, de peur de perdre leur job, pensa Irene, mais elle garda le silence.

— Ce sont les prostituées qui se droguent qui sont victimes des violences les plus brutales. Les clubs, au moins, leur fournissent un minimum de protection, précisa Peter Møller.

— Hmm. On a travaillé tout l'été sur ce dossier, mais on a dû le refermer à l'automne. On n'avait pas avancé d'un pouce. Pas de nouveau témoin et, Dieu merci, pas de nouvelle victime.

— Jusqu'à maintenant. À Göteborg, glissa Irene.

— Oui. C'est curieux. Sans le tatouage, personne n'aurait fait le lien, même si le dépeçage est identique. Mais l'enseigne se trouve de facto ici, à Vesterbro. Tout le monde chez nous la connaît, dit Metz.

Møller entreprit de lui faire le compte rendu de leur visite à la boutique gay. Irene remarqua qu'il ne mentionnait pas les derniers mots de Tanaka en japonais. Elle espéra qu'il avait oublié. Il conclut sur sa propre théorie à propos du tatouage. La victime avait dû prendre l'enseigne en photo, car le motif du tatouage était celui de l'enseigne et non celui de la peinture dans le bureau de Tanaka.

Irene acquiesça.

— Ce n'est pas impossible. Il s'agit maintenant de retrouver le tatoueur, dit-elle.

— Mais si le tatouage a été fait à partir d'une photo souvenir, il a pu être fait n'importe où dans le monde, fit remarquer Metz.

— C'est vrai, mais il faut bien commencer quelque part, dit Irene. Alors je vais commencer ici, à Vesterbro.

Elle sortit la photo d'Isabell Lind et l'étala sur le bureau.

— En même temps, je dois aussi essayer de retrouver cette jeune femme. C'est la fille d'une amie.

Elle leur résuma brièvement l'histoire d'Isabell. Tandis qu'elle parlait, Møller et Metz examinèrent attentivement la photo. Puis Metz déclara :

— Je comprends pourquoi la mère n'a pas trouvé d'agence photo de mannequins qui la reconnaisse. Elle doit travailler dans un club. Ils appellent les filles qu'ils recrutent « hôtesses » ou « mannequins ».

— Scandinavian Models, je penche pour un service d'escort girls, déclara Peter.

Metz rendit la photo à Irene. Il s'étira et redressa sa colonne vertébrale avec un grand bâillement.

— Chers collègues, il est presque 18 heures, je vais rentrer dîner. On se revoit demain matin à 8 heures.

Peter et Irene sortirent dans le couloir. Peter marcha d'abord à ses côtés en silence, puis il lui demanda :

— Et vous ? Où comptez-vous dîner ?

— La commissaire Bentsen m'a invitée dans un restaurant près de l'hôtel.

— Bon. Sinon, je vous aurais proposé de dîner avec moi...

Sa voix trahissait son soulagement et, à vrai dire, Irene se sentait tout aussi soulagée que lui. Il y avait chez Peter Møller une forme de réserve qu'elle avait du mal à analyser. De toute façon, elle n'aurait guère de temps pour ce genre d'exercice pendant son séjour à Copenhague. D'autres personnes réclamaient son attention.

Møller la raccompagna en voiture à l'hôtel Alex. La circulation était très dense, mais il y était habitué et conduisait avec aisance. Il se gara rapidement devant l'entrée de l'hôtel. Avant qu'Irene ne descende, il proposa :

— Je peux passer vous prendre ici demain à 7 h 45.

— J'en serais ravie.

Ils prirent congé l'un de l'autre. Le reflet de l'élégante BMW disparut dans la vitre de la porte d'entrée, avalée par le flot des voitures. Quand Irene demanda la clef de sa chambre, la réceptionniste la surprit en lui tendant une enveloppe. C'était une enveloppe de papier blanc très épais, et elle était cachetée. Elle résista à l'envie de l'ouvrir dans l'ascenseur. Elle attendit d'être dans sa chambre pour en déchirer le rabat, avec un mélange de curiosité et d'impatience. Elle contenait un carton blanc avec ces simples mots :

Please come at 22.00. Important !
T.T.

Tom Tanaka. Il voulait la voir chez lui ce soir. C'était important. Son cœur s'emballa, et l'avertissement du Japonais lui revint en mémoire. *Keikoku. Uke. Wakatta ?*

À 19 heures précises, Irene entra dans le restaurant Le Vesuvio. Elle révisa sa première impression sur le fait de dîner dans une pizzeria. Le restaurant servait certes des pizzas, mais elles étaient aussi grandes que des roues de moulin et sentaient délicieusement bon. La salle était vaste et remplie de clients. Un jeune homme empressé, à la peau mate, lui demanda dans un danois hésitant s'il pouvait l'aider.

— J'ai rendez vous ici avec Beate Bentsen, dit Irene.

L'homme s'inclina et la conduisit dans une pièce plus petite qui ne comptait qu'une dizaine de tables. Les murs étaient décorés de photos en noir et blanc et d'affiches de films italiens. Beate Bentsen était assise sous une grande photo de Sophia Loren où l'actrice souriait avec coquetterie à l'objectif, les bras nus relevés et les mains jointes derrière la nuque. *Les canons de la beauté féminine varient avec le temps,* pensa Irene en remarquant les petites touffes de poils au creux des aisselles.

Le serveur lui avança galamment son siège, lui remit un menu et disparut.

Irene serra la main de la commissaire. Il faisait chaud dans la pièce, et elle fut surprise par la main fine et glacée de Beate Bentsen. Irene lui donna quelques années de plus qu'elle, mais la femme était grande, belle et en bonne santé. Elle avait ramassé ses cheveux cuivrés en un chignon, mais quelques mèches rebelles s'échappaient en boucles sur son front et sur ses oreilles. Son tailleur en lin était de couleur fauve avec, sous la veste, un haut de soie vert clair échancré de la couleur de ses yeux. La jupe assez courte donnait un aspect très jeune à l'ensemble. Beate portait des lunettes cerclées de noir.

— Pardonnez-moi si je n'ai pas pu vous voir cet après-midi. Je suppose que Peter et Jens ont bien pris soin de vous.

— Ils ont été parfaits.

— Bien. On devrait peut-être commander avant de parler de ce qui vous amène.

D'un signe discret de la tête, elle appela le serveur. Apparemment, c'était une habituée. Irene commanda de la *saltimbocca alla romana* et une grande bière, et la commissaire un plat de poisson avec un verre de vin blanc.

En attendant qu'arrivent les plats, Irene fit part à Beate de ce qu'elle avait appris au cours de la journée, sans toutefois faire mention de l'avertissement de Tanaka, ni du rendez-vous qu'il lui avait fixé dans la soirée. Assise en face d'elle, Beate l'observait en buvant son vin à petites gorgées. Elle hochait la tête de temps en temps, comme pour confirmer une idée qui lui était déjà venue.

Quand Irene eut fini de parler, elle dit :

— Il sera difficile de retrouver la personne qui a exécuté ce tatouage. Il n'a peut-être pas été fait à Copenhague. Mais les similitudes entre le démembrement de Carmen Østergaard et les restes masculins de Göteborg sont plus que troublantes. J'avais travaillé sur l'enquête en tant qu'inspectrice, à l'époque. Depuis, j'ai eu une promotion. Nous n'avons plus jamais été confrontés à quelque chose évoquant le traitement qu'on a fait subir à Carmen, ici à Copenhague.

— Alors, vous savez que, d'après les interrogatoires des témoins, Carmen avait évoqué un médecin et un policier ?

La commissaire répliqua :

— C'était dans tous les journaux. Quelqu'un a passé l'info aux médias contre une somme rondelette. Comme d'habitude.

— Un médecin aurait été en mesure de vider complètement le corps.

— Oui. Les anatomo-pathologistes sont arrivés à la même conclusion. Mais certains éléments compliquent les choses. Vous en saurez davantage en parlant avec Blokk demain. C'est quelqu'un de bien.

Irene se rappela que Svend Blokk était le nom du confrère et ami du professeur Stridner.

Leurs plats arrivèrent et leurs arômes vinrent rappeler à Irene qu'elle n'avait pas mangé depuis longtemps. Son veau avec jambon de Parme et ses pâtes agrémentées d'une sauce au vin blanc étaient délicieux. Les deux femmes dinèrent tranquillement. Alors qu'elles avaient presque terminé, Beate reprit :

— Demain, vous pourrez lire le dossier d'enquête sur Carmen. Et faire des photocopies de tout ce qui vous paraîtra important. Et le rapport d'autopsie aussi. Blokk vous le communiquera. Et vous...

Elle fut interrompue par les premières mesures de la *Marseillaise*. Irene mit quelques secondes à comprendre que la sonnerie de son mobile se déchaînait dans la pièce. Confuse, elle entreprit en rougissant de fouiller les poches de son manteau, suspendu au mur près de leur table.

— Irene à l'appareil.

— Salut, maman. C'est Jenny. La baby-sitter du chien a une grippe intestinale. Qui va s'occuper de Sammy demain ?

— Mon Dieu, je n'en sais rien, je suis en ce moment au restaurant, en train de dîner. Est-ce que je peux te rappeler dans une heure ? Tu seras à la maison ?

— Bien sûr.

— Parfait. À tout à l'heure alors, ma puce.

Elle raccrocha et murmura une excuse. Beate Bentsen l'arrêta :

— Je sais comment sont les enfants. Combien en avez-vous ?

— Deux. Deux jumelles de seize ans.

— J'ai un fils de vingt-deux ans.

Elles hochèrent la tête en signe de solidarité maternelle, levèrent leur verre et burent les dernières gouttes. Irene avait failli oublier Isabell. Elle alla chercher sa photo dans la poche de son manteau et la posa devant la commissaire. Elle relata brièvement l'histoire de la jeune fille disparue. Pour résumer, elle conclut :

— Peter et Jens pensent que Scandinavian Models pourrait être une agence d'escort girls et qu'Isabell travaillerait comme prostituée.

Beate étudia la photo un moment avant de répondre.

— Cela paraît malheureusement le plus probable. Copenhague attire des tas de jeunes filles dans ses filets, s'en repaît et les recrache au bout de quelques années sur un tas d'ordures. Elles débarquent ici avec le rêve de devenir top model ou de faire carrière au théâtre. La réalité n'a rien à voir avec ces rêves.

— Avez-vous entendu parler de Scandinavian Models ?

— Non. Il existe tellement d'endroits de ce genre. Généralement, ils disparaissent aussi rapidement qu'ils sont apparus ou passent de main en main. Il est impossible de répertorier tous ces établissements.

— Où pourrais-je trouver une liste des clubs pornos, des bars de strip-tease, des agences d'escort girls et autres boîtes du même genre ?

Beate eut un rire rauque. Elle s'alluma une cigarette à filtre extra-longue dont l'extrémité grésilla vers Irene et fit un geste de la main :

— Ça ne vous dérange pas ?

Irene fit non de la tête.

— Il parait que les Suédois ne sont pas trop adeptes de la cigarette. Vous fumez ?

Elle tendit son paquet à Irene qui refusa poliment.

La commissaire inhala goulûment une bouffée et observa Irene à travers la fumée.

— Une liste où trouver Scandinavian Models ? Je vous suggère de feuilleter la brochure touristique de votre hôtel. Ils ont généralement des publicités dans les dernières pages pour... à peu près tout. Les pires endroits n'ont pas le droit de faire de la réclame, mais les personnes intéressées trouvent toujours un moyen de les dénicher.

Ni l'une ni l'autre ne voulant de dessert, elles commandèrent un café. Il était près de 20 h 30 quand elles finirent leur tasse. Irene la pria de l'excuser, elle avait promis de rappeler ses enfants.

Beate resta assise à fumer une nouvelle cigarette tandis qu'Irene sortait dans la bruine.

— On a fini par trouver une solution. Mme Karlsson, la voisine d'en face, ira le promener vers midi. Ses enfants sont au lit avec la varicelle, dit Jenny.

— Elle pourra les laisser pour sortir Sammy ?

— Ça ira. Les enfants vont déjà mieux. Tu reviens quand à la maison ?

— Demain soir. Comment va Katarina ?

— Elle a le cou tout raide, et ça lui fait mal. Mais elle a rendez-vous demain chez le médecin.

— Bon. Je vais éteindre mon mobile ce soir. S'il y a une urgence, tu n'as qu'à m'appeler à l'hôtel.

Après avoir envoyé quelques bises et autres câlins, Irene raccrocha. Tant mieux si les choses s'étaient arrangées pour Sammy. Il était temps de passer à son propre agenda.

Copenhagen This Week. May 1999, annonçait la brochure touristique sur le bureau. Un joueur de badminton se détachait sur un fond vert vif en couverture. Sain et sportif. Irene passa rapidement sur les musées et les activités culturelles pour arriver aux annonces en fin d'ouvrage. Une page noire avec des étoiles et un croissant de lune affichait *Copenhagen after dark*.

Des publicités montraient des photos couleur de jeunes femmes nues pour appâter le touriste. Les boîtes s'appelaient go-go bars, night-clubs, saunas, escortes et autres euphémismes, mais il était clair que ces jeunes filles nues, ainsi que ces jeunes garçons, étaient à vendre. Aucune de ces filles ne semblait avoir plus de vingt-deux ans. Elles mettaient leur poitrine en avant et tournaient coquettement la hanche de côté, portant parfois un string... et parfois rien du tout.

Irene trouva la publicité pour Scandinavian Models à la dernière page. Une illustration en noir et blanc montrait un groupe de quatre filles se serrant dans les bras les unes les autres. Elles souriaient à l'objectif d'un air suggestif avec une moue boudeuse et portaient des strings et des mini-tee-shirts qui couvraient à peine leurs pointes de seins. Leurs noms figuraient au-dessus de leurs visages. Petra, Linn, Bell et Heidi. Bell était Isabell Lind.

This is an actual photo of our models that you are able to meet here in Copenhagen – guaranteed or money back ! (« Voici la vraie photo de nos mannequins qui vous attendent ici à Copenhague. Satisfaits ou remboursés ! »)

Irene sentit son estomac se nouer. Cette fille à la moue lascive sur la photo avait partagé les jeux de ses propres filles.

Elle s'obligea à poursuivre sa lecture. *We and our friends are always ready to visit you. Or alternatively you are welcome to visit us in a tour newbuilt, luxurious, 100 per cent safe and discreet studio. We are located in the beautiful central Nyhavn area of the city.* (« Nous sommes toujours prêtes à vous rendre visite. Ou si vous préférez, venez nous voir dans notre beau studio moderne, parfaitement sûr et discret, situé dans un quartier central, le magnifique quartier de Nyhavn. ») Suivait une adresse dans Store Kongensgade.

Après avoir longtemps scruté le petit plan de la ville figurant dans le guide, Irene finit par trouver la rue. Les lettres lui semblèrent peu nettes et minuscules. Devrait-elle se procurer des lunettes pour lire ? Non, c'était pour les vieilles dames. Mais Irene dut allumer la lampe du bureau et tenir la carte à bout de bras dans la lumière pour parvenir à se repérer.

Store Kongensgade se trouvait après Kongens Nytorv. En partant de l'hôtel, c'était à l'opposé de Vesterbro. Elle devrait d'abord aller voir

Tom Tanaka puis passer à l'agence Scandinavian Models. Difficile de dire quelle démarche serait la plus pénible.

Pour commencer, il lui fallait se déplacer de nuit à Copenhague sans attirer l'attention. Plus facile à dire qu'à faire quand on est une femme d'un mètre quatre-vingts.

Irene se démaquilla complètement et se passa plusieurs fois un peigne mouillé dans les cheveux pour se donner un look androgyne. Elle opta pour un jeans avec des tennis et troqua sa veste courte contre un trench, d'abord parce que c'est un vêtement unisexe, mais aussi pour se protéger de la pluie qui tombait toujours. Un temps idéal pour ses cheveux, qui devaient avoir l'air bêtement plats. Elle s'inspecta dans le miroir sur la porte du placard. Parfait, personne ne ferait attention à elle.

Elle quitta l'hôtel et disparut dans la nuit. C'était *Copenhagen after dark*.

Il avait cessé de pleuvoir. Un vent froid et coupant montait à présent de la mer. Irene regretta de ne pas avoir pris de gants, mais on a tendance à les oublier quand on fait ses bagages à la mi-mai. Elle enfonça ses mains dans ses poches et releva son col pour se protéger. Il y avait du monde autour de Tivoli Garden, le célèbre parc d'attractions. Les nombreux bars et restaurants étaient déjà très animés, aguichant les passants qui marchaient dehors sous la pluie.

Plus elle se rapprochait de Colbjørnsensgade, moins elle avait envie d'entrer dans un des établissements du quartier. Les enseignes proposaient à présent des go-go girls, des strip-teases et *the best sex show in town*. Irene n'était pas bégueule et avait souvent été confrontée aux produits d'appel de l'industrie du sexe. En près de vingt ans de métier, elle avait pratiquement tout vu, mais jamais tout à la fois. Voilà ce qui l'écœurait dans ce quartier. Sans parler du marketing agressif et du mépris affiché pour le genre humain.

Tous ces hommes à la face rougie qui entraient en fanfaronnant ou se glissaient furtivement à l'intérieur pour passer inaperçus, quelle image avaient-ils des femmes ? Quelle image ces femmes avaient-elles d'elles-mêmes ? Et cette exploitation rabaissait-elle l'image que toutes les femmes avaient d'elles-mêmes ? Et elle-même, en était-elle affectée ?

Elle s'arrêta pour réfléchir à cette dernière question. Oui, elle se sentait dégradée et humiliée en tant que femme. Ce sentiment l'étonna, mais c'était en effet ce qu'elle ressentait. Elle songea à ses propres filles, jolies et indépendantes. Était-ce là l'image à laquelle elles seraient réduites aux yeux de beaucoup d'hommes, des objets sexuels ?

Irene sentit la colère la gagner. Elle franchit les derniers mètres qui la séparaient de la boutique de Tanaka avec une énergie nouvelle.

Peut-être est-ce cette rage qui lui fit ouvrir la porte plus brusquement qu'elle ne l'aurait souhaité. Toutes les personnes présentes se retournèrent pour la regarder. Il y avait plus de clients dans la boutique que l'après-midi. Tom Tanaka se tenait derrière le comptoir avec Emil. Elle traversa le magasin pour les saluer. Le jeune homme détourna vivement les yeux. Il s'essuya nerveusement la bouche et la barbiche de sa manche. Il tenait un sandwich au jambon dans une main et une canette de Coca dans l'autre. Irene vit qu'il essayait de mâcher et d'avaler en même temps.

Irene et Tanaka traversèrent l'arrière-salle. Il ouvrit la porte de son appartement et l'invita à y entrer. Puis il continua jusqu'à son bureau sans dire un mot et la pria de s'asseoir sur une des chaises. L'odeur de son excellent cigare donnait à ces lieux une touche presque chaleureuse.

— Bière ou whisky ?

— Une bière, merci, répondit Irene après une hésitation.

Il se pencha et, à sa grande surprise, prit deux bières glacées dans un mini-bar intégré dans son bureau qui contenait aussi des verres. Il en remplit un et le lui tendit. Puis il leva sa canette décapsulée et trinqua, bouteille contre verre. La bière était merveilleusement fraîche, et Irene repensa au slogan qui proclame que chaque nouvelle Tuborg a meilleur goût que la précédente.

Tanaka reposa sa canette sur le bureau et la fixa de ses yeux noirs.

— Inspecteur, il faut que je puisse faire confiance à quelqu'un. Comme vous ne travaillez pas dans la police de Copenhague, j'ai décidé que ce serait vous.

Irene acquiesça d'un signe de tête mais sans souffler mot, car elle ne savait quoi répondre à cette déclaration.

— Je crois savoir qui est la victime de Göteborg. Il s'appelle Markus Tosscander.

Tanaka avait du mal à prononcer ce nom. Il lui tendit une carte de visite où s'inscrivait en lettres bleu foncé sur un carton blanc :

« Toscas Design
Markus Tosscander, designer »

Un peu plus bas figuraient l'adresse et le numéro de téléphone de Toscas Design.

— Kungsportsplatsen à Göteborg, lut-elle à voix haute.

Elle leva les yeux de la carte et rencontra le regard de Tanaka fixé sur elle.

— Qu'est-ce qui vous fait dire qu'il s'agit de lui ?

— Le tatouage. Je l'ai autorisé à emprunter la peinture et à l'apporter à l'artiste le plus doué de Copenhague, auprès de qui je l'ai recommandé.

— Il s'appelle comment ?

— Elle. C'est une femme. Woon Khien Chang. Son père est un tatoueur chinois renommé de Hong Kong. Woon a été formée par son père.

— Pouvez-vous me donner son adresse ?

— Bien sûr. Ce n'est pas un secret. Mais vous ne devez pas dire à vos collègues danois que c'est moi qui vous l'ai indiquée.

— Pourquoi pas ?

Tanaka hésita avant de se lancer dans son récit.

— Markus est venu pour la première fois dans ma boutique fin janvier. C'était comme si... je ne sais pas comment expliquer ça, c'était comme si elle s'était éclairée d'un coup. Il était si beau, et il irradiait de lui une sorte de chaleur... Il s'est avancé jusqu'à moi et m'a dit : « Bonjour, Tom Tanaka, je voudrais te parler. » Il connaissait mon nom avant d'entrer dans la boutique. Je n'y ai pas prêté attention, mais après votre visite d'hier avec l'inspecteur danois, j'ai commencé à réfléchir, et ça m'est revenu.

Tanaka marqua une pause tandis qu'Irene griffonnait sur son bloc défraîchi « Markus Tosscander ». Ils avaient enfin un nom pour le torse.

— J'étais à la fois heureux et étonné qu'il veuille me rencontrer. Nous sommes venus ici. On communiquait sans effort. Il m'a demandé dans un anglais parfait s'il pouvait emprunter ma peinture, car il voulait se faire faire un tatouage original en souvenir de son séjour à Copenhague. Apparemment, il avait vu l'enseigne à l'extérieur, et elle lui avait tapé dans l'œil. Je ne sais toujours pas pourquoi j'ai accepté de lui prêter la peinture, mais je l'ai fait. Et je lui ai donné l'adresse de Woon.

Tanaka s'interrompit de nouveau. Quand il reprit le fil de son récit, Irene perçut une nuance de chagrin dans sa voix.

— Après chacune de ses séances avec Woon, il venait me rapporter la peinture. Il a fallu deux semaines pour terminer le tatouage. Il ne pouvait pas y aller tous les jours, par manque de temps, car il avait plusieurs affaires importantes à régler à Copenhague. Son tatouage terminé, il est revenu me voir plusieurs fois. Il passait toujours par la porte de derrière. Je vous montrerai, parce que vous aussi vous passerez par là.

— Quand l'avez-vous vu pour la dernière fois ?

— Le 28 février. C'était un dimanche. On a dîné ici, dans ma cuisine, puis il m'a dit qu'il rentrait à Göteborg pour chercher ses vêtements d'été. Il avait l'air décidé à s'installer ici. Il a dit que c'était pour être près de moi...

Sa voix se brisa sur cette dernière phrase. Tanaka baissa sa tête massive pour cacher ses larmes et resta ainsi un long moment. Puis il releva la tête, et son regard brilla de colère quand il le posa sur Irene.

— Il est parti le lundi 1er mars, et je n'ai plus eu de nouvelles de lui. Maintenant je sais pourquoi. C'est pour ça que je vous ai demandé de venir. Vous êtes de la police suédoise, il faut que vous arrêtiez son meurtrier !

— Pourquoi ne pas en avoir parlé à la police danoise ?

— Markus est arrivé à Copenhague après le nouvel an. Il vivait avec... un ami. Cet ami était un officier de police. Markus parlait toujours de lui en disant « mon petit flic ». Le policier ne devait rien savoir à notre sujet tant que Markus habitait avec lui. J'ai eu comme l'impression qu'il avait peur de lui. Il disait souvent : « Il est presque pire que mon docteur à Göteborg. »

— Attendez ! Il a vraiment dit « pire que mon docteur à Göteborg » ?

— Oui. Textuellement. À plusieurs reprises. J'ai supposé que le policier et le docteur étaient jaloux. Peut-être l'un de l'autre. À moins que Markus n'ait voulu dire autre chose ?

Le flic et le médecin avaient fait leur réapparition. Mais Carmen Østergaard était une femme, et Markus un homme. S'agissait-il du même policier et du même docteur ? D'une simple coïncidence ? Quel était le lien entre tout ça ?

— Vous connaissez le nom de ce policier ? demanda Irene.

— Non. Il n'a pas voulu me le dire. « Tu serais étonné. Il vaut mieux que tu ne le saches pas », m'a-t-il dit quand je le lui ai demandé. Mais un jour, il a laissé entendre qu'il avait un lien avec Vesterbro. « Nous devons être prudents », a-t-il dit.

— Vous a-t-il donné l'impression que le policier était rattaché à ce quartier ?

Tanaka réfléchit.

— Je ne me souviens pas de la formulation exacte. Mais il avait un lien avec le quartier, ça oui.

— Savez-vous où vit ce policier ?

— Non. Juste que c'était près du Jardin botanique.

— Quel âge avait Markus ?

— Trente et un ans.

— Avez-vous des détails sur sa famille ou ses amis à Göteborg ?

— Non, rien. On a abordé presque tous les sujets, sauf ceux-là.

— De quoi parliez-vous ?

— On avait beaucoup de choses en commun. Les voyages, par exemple. Markus adorait voyager. On avait parlé d'aller au Japon, cet automne...

Tanaka se tut et se leva brusquement. Il dit :

— Voici mon numéro de mobile. Très peu de gens l'ont. Vous pouvez m'appeler jour et nuit. Faites-moi signe dès qu'il y a du nouveau.

Irene prit le bout de papier. Tanaka s'inclina devant elle et elle s'inclina en retour. Elle appréciait le respect et la confiance que Tanaka lui témoignait. Il la conduisit le long du couloir jusqu'à une immense chambre à coucher. Une odeur d'eau de Cologne de luxe pour homme l'accueillit. Un immense lit simplement recouvert de draps de soie noire dominait la pièce. Les murs étaient peints en blanc et décorés de deux grandes photos en noir en blanc de jeunes gens nus. Une porte s'ouvrait dans l'un des murs. Irene remarqua qu'elle était fermée par deux verrous dont un de sécurité anti-cambriolage. Tanaka les déverrouilla. La porte donnait sur un petit palier et une volée étroite de marches de pierre.

— Si vous voulez me voir, appelez-moi. Nous prendrons rendez-vous et je descendrai vous ouvrir.

Ils s'inclinèrent à nouveau l'un et l'autre. Irene pressa le bouton lumineux qui contrôlait l'éclairage de l'escalier et descendit les marches. Une porte donnait sur une petite cour sombre. L'odeur qui parvenait du restaurant de l'autre côté de la cour lui soulevait le cœur, ainsi que les remugles émanant des ordures entassées contre le mur. Des bruits divers et des gratouillis indiquaient que de petits pensionnaires trouvaient leur bonheur dans les amas d'ordure.

Quand Irene pressa le pas jusqu'à la porte donnant sur la rue, elle vit des cendres voleter vers le sol. Quelqu'un se tenait dans l'embrasure de la porte. Elle se retourna, mais la porte par où elle était entrée s'était refermée derrière elle. Le restaurant n'ayant pas d'issue donnant sur la cour, elle devrait affronter la personne tapie dans le noir. Elle ignorait si l'agresseur serait armé, mais il fallait supposer que oui. Elle se dirigea vers la sortie et entendit le bruit d'une respiration étouffée tout près d'elle, dans l'ombre. Au moment où elle allait déboucher dans la rue, un homme surgit devant elle, pour lui barrer le passage. La lumière de la rue accrocha la lame d'un couteau et fit briller brièvement la peau d'un crâne rasé. Un autre homme venait de l'extérieur, ils étaient donc deux. Sans se retourner, Irene lança son bras, vif comme l'éclair, vers la droite, là où elle savait que l'autre se tenait. Elle agrippa une veste épaisse et tira dessus si violemment que l'homme trébucha devant elle. La matraque frappa le mur d'un coup sourd, manquant sa tête. Elle changea rapidement sa prise et le saisit fermement au cou. Elle sentit sans le voir que lui aussi avait la tête rasée. Elle la cogna brutalement contre le mur, cela sonna creux, et l'homme s'effondra sur le sol en geignant doucement.

L'homme au couteau enjamba son complice. Il se tenait dans l'embrasure faiblement éclairée et lança un coup en direction de l'estomac d'Irene. Elle bloqua son attaque, lui saisit le poignet, lui tordit le bras et lui fit faire un demi-tour sur la droite. Puis, le bras armé du couteau pointant vers le ciel dans une poigne d'acier, elle lui décocha un coup de pied dans l'estomac. *Mae-geri*. Il se vida de son souffle. Avant qu'il n'ait le temps de le reprendre, elle encercla sa gorge de son bras gauche et tourna, maintenant toujours le bras droit en extension. Une fois l'homme à terre, ce fut un jeu d'enfant d'enfoncer son tibia dans sa gorge et de replier son coude en arrière contre sa cuisse. Ce devait être très douloureux, il lâcha le couteau.

Qui sait se battre connaît toutes les astuces. Pour qu'il ne retrouve pas le courage de l'attaquer de nouveau, elle lui lança un coup de pied dans les côtes, pas assez violent pour les fracturer, mais assez pour provoquer une douleur sérieuse. Son cri indiqua qu'il ne se lancerait pas à ses trousses de sitôt. Irene s'éloigna rapidement après avoir ramassé le couteau. Elle entendit l'un des deux hommes gémir avec un accent prononcé du sud de la Suède.

— La vache, lui, c'était pas un pédé !

— C'était quoi, alors ? couina son copain.

— Mais j'en sais rien, putain !

Apparemment, deux voyous qui avaient pris le ferry de Suède pour casser du gay, un sport très en vogue sous ces latitudes. Irene avait enquêté sur des cas semblables quelques années auparavant. Certaines victimes en avaient gardé de profondes cicatrices. Elle se sentait apaisée. Le couteau qu'elle avait pris au skinhead avait un cran d'arrêt. Sa lame glissa avec un déclic dans le manche. L'arme ne tenait pas de place au fond de sa poche.

Elle se dirigea vers Istedgade à petites foulées. Si elle voulait passer à Store Kongensgade et voir les filles de Scandinavian Models, elle devrait probablement prendre un taxi.

Elle en trouva un après quelques minutes, y monta et reprit son souffle.

Quand elle indiqua l'adresse au chauffeur, un homme âgé, il lui demanda :

— Toute une nuit en virée toute seule ?

Qu'il pense ce qu'il voulait. Elle se mit à regarder par la vitre en faisant semblant de ne pas avoir compris.

C'était épuisant d'avoir à faire des efforts incessants pour comprendre le danois, sans compter Tom Tanaka qui lui avait parlé en anglais. Pour l'instant, Irene ne s'en était pas trop mal sortie, mais ce n'était pas toujours évident, surtout quand ses interlocuteurs parlaient trop vite.

Mais Tom Tanaka parlait un excellent anglais, très clair. Peut-être s'appliquait-il quand il s'adressait à elle ? Comment se faisait-il que lui, un Japonais, parle si bien l'anglais ? Du moins, à ce qu'il lui semblait. Avait-il vécu aux États-Unis ? Elle aurait imaginé que quelqu'un comme lui serait resté au Japon où les lutteurs de sumo étaient considérés presque comme des dieux. Son départ avait-il quelque chose à voir avec son homosexualité ? Fort possible.

Ils avaient finalement un nom pour la pauvre victime de Killevik. Il s'agissait, selon toute vraisemblance, de Markus Tosscander, designer de trente et un ans. Irene se rendit compte qu'elle avait oublié de demander à Tanaka dans quel branche du design il travaillait ; maintenant qu'elle connaissait son identité, il serait facile de trouver la réponse.

Les deux types qui l'avaient agressée sous le porche pouvaient-ils avoir un rapport avec l'enquête ? En se posant la question au calme, confortablement installée à l'arrière du taxi, elle répondit par la négative. Ce n'était sans doute qu'une coïncidence.

Ils remontaient à présent de larges avenues aux maisons brillamment éclairées. Ses paupières se firent plus lourdes, et elle dut admettre qu'elle était épuisée.

Le taxi mit son clignotant et se rangea contre le trottoir.

— Voilà. La prochaine étape de la nouba, lança-t-il en riant.

— Ça vous dérangerait de m'attendre ? Je dois juste dire un mot à quelqu'un.

— D'accord, mais vous me réglez d'abord cette course.

Irene paya, et le chauffeur lui promit de l'attendre cinq minutes. Si elle n'était pas de retour d'ici là, il partirait. Elle ouvrit la porte et s'apprêtait à descendre quand elle s'arrêta net et recula dans l'obscurité de la voiture. Un homme se dirigeait d'un pas vif vers la porte du bâtiment où se trouvait le siège de Scandinavian Models. Il suivit de l'index la liste des locataires, trouvant apparemment le nom qu'il cherchait. Sans la moindre hésitation, l'inspecteur Jens Metz gravit les quelques marches menant à l'entrée, et son large dos disparut derrière la porte.

Irene attendit une bonne dizaine de minutes dans le taxi. Puis elle en eut assez des murmures entendus du chauffeur « Oh, oh, on a pris son mari volage en filature... C'était donc ça... »

Elle sortit du taxi et se dirigea vers l'entrée du bâtiment.

La liste des locataires indiquait que Scandinavian Models se trouvait au premier étage. Irene pressa le bouton de cuivre, et la lourde porte s'ouvrit avec un déclic.

La grosse porte en teck au premier étage était toute neuve. Au milieu de la porte, une plaque de cuivre bien astiquée souhaitait *Welcome to Scandinavian Models*. Si on ne faisait pas attention, on pouvait supposer que c'était la plaque d'un cabinet d'avocats. Au second coup de sonnette, une fille vint ouvrir à Irene, qui reconnut la dénommée Petra de la brochure touristique. Blonde et très maquillée, elle faisait à peine vingt ans. Elle ne portait pas de tee-shirt ultra-court mais un chemisier transparent qui dévoilait son anatomie. Sa minijupe de cuir noir était à peine plus large qu'une ceinture.

Elle sursauta en voyant Irene, et une lueur de crainte apparut dans ses yeux. Irene comprit qu'elle se demandait quelles exigences bizarres elle pourrait avoir. Avant qu'Irene n'ait eu le temps de se présenter, la jeune fille lui demanda d'un ton sec :

— Salut. Tu as pris rendez-vous ?

Elle avait l'accent populaire du sud de la Suède.

— Non. Je suis de la police suédoise et je cherche Isabell Lind. Ou Bell.

Petra pâlit sous son maquillage et pinça les lèvres. Son regard balaya l'escalier fraîchement repeint en une nuance de marbre gris, mais il n'y avait personne pour l'assister. Son regard revint se poser nerveusement sur Irene.

— Bell... Isabell n'est pas ici, dit elle enfin.

— Non ? Où est-elle ?

— Dehors. Avec un client.

Chez elle, à Göteborg, Irene aurait demandé à entrer pour fouiller les lieux. Mais elle était à Copenhague, en dehors de sa juridiction. Elle ne pouvait rien faire, alors que Jens Metz aurait pu. Il n'y avait pas trace de sa présence, mais il devait encore être là. Que faisait-il ici ? L'aidait-il à localiser Isabell Lind, ou avait-il décidé de se donner du bon temps ?

— Est-ce que tu sais quand Isabell doit revenir ?

Petra haussa les épaules. Irene décida d'insister.

— Je ne suis pas ici à titre officiel. Je suis une amie d'Isabell et de sa famille. Et sa famille a besoin de la contacter pour des raisons personnelles, c'est important, tu comprends ?

Elle baissa la voix sur cette dernière phrase et adressa un regard implorant à Petra. La fille avait vraiment l'air prise de court et ne savait quoi répondre. Irene prit une carte de visite dans son portefeuille et écrivit sous son nom :

« Salut Bell ! Contacte-moi à l'hôtel Alex ou sur mon mobile, le numéro est sur cette carte. Il faut absolument qu'on se parle.
Irene »

Elle tendit la carte à Petra, qui la prit de mauvaise grâce.
— Tu peux la donner à Isabell ?
Petra hocha la tête sans enthousiasme et referma la porte.
Irene recula dans l'ombre d'un camion garé le long du trottoir et resta une demi-heure à observer l'entrée.
Jens Metz ne réapparut pas.

7

La sonnerie du téléphone la tira de son profond sommeil. Tout d'abord, elle ne comprit pas qui pouvait bien l'appeler à une heure pareille. Comme il continuait à sonner de façon impérieuse, elle finit par tendre le bras et réussit à décrocher le combiné. Une douce voix de femme lui annonça en anglais qu'il était l'heure pour elle de se réveiller, il était déjà 6 h 30. En poussant un gémissement, Irene se laissa retomber sur le lit. Son corps était encore endolori par le voyage de la veille, sans parler de son combat contre les deux skinheads. Traîtreusement, le sommeil s'accrochait à ses cils et forçait ses paupières à se refermer. D'un mouvement brusque, elle se redressa. Mieux valait se lever aussitôt, sinon Peter Møller resterait encore une fois à la réception à l'attendre.

Après une bonne douche chaude, elle se sentit plus en forme. Elle enfila un tee-shirt jaune clair de marque Björn Borg et son pantalon bleu. Avec son trench bleu, elle aurait l'air d'un vrai drapeau suédois, mais elle n'avait pas d'autres vêtements propres.

Elle passa un coup de fil à son chef sur son mobile. Le commissaire Andersson venait apparemment lui aussi de se réveiller, mais il reprit vite ses esprits en reconnaissant la voix d'Irene.

— J'ai obtenu un vrai tuyau quant à l'identité de la victime. Il s'agirait d'un certain Markus Tosscander, trente et un ans, un designer aux bureaux situés à Kungsportsplatsen. Peu avant sa disparition, il a travaillé ici à Copenhague et il a exactement le tatouage que...

— Attends, je n'ai rien pour noter ! cria Andersson.

Elle l'entendit chercher partout un bout de papier pour écrire. Quand il en eut trouvé un, elle lui transmit tous les renseignements qu'elle avait sur Tosscander. Andersson était très satisfait, cela s'entendait au ton de sa voix, mais il le fut moins quand elle refusa de donner ses sources.

— Pourquoi tu ne peux pas m'en parler ? Est-ce que c'est une source fiable ?

Irene ne doutait pas un instant de la réaction de son chef si elle lui avait décrit son indicateur : un ancien sumotori, homosexuel, vêtu d'un kimono noir et propriétaire de la plus grande boutique gay de Copenhague.

— Ma source est des plus fiables. Crois-moi, l'affaire est extrêmement compliquée. Il a été question d'un policier et d'un médecin lors de l'enquête sur le meurtre de la prostituée qui a eu lieu ici à Copenhague, il y a deux ans. Et, fait étrange, selon cette même source, un policier et un médecin se seraient aussi manifestés autour de Markus Tosscander avant sa disparition. Personne ne sait si ces deux personnes existent vraiment, mais la coïncidence est troublante. Le policier semble avoir des liens avec le quartier de Vesterbro. Ce pourrait être un des collègues avec lesquels je travaille en ce moment. Je ne peux rien leur communiquer pour l'instant, au cas où ce serait l'un d'entre eux.

— Un policier ! Je n'y crois pas une seconde !

Andersson s'interrompit, et il y eut un silence sur la ligne. Il se racla plusieurs fois la gorge avant de dire :

— Irene. Écoute... Fais attention. Ne prends aucun risque. Si c'est ce que tu dis, ça peut devenir dangereux. Essaie juste de réunir le maximum d'informations sur le meurtre de la prostituée et vois si tu peux encore trouver d'autres choses sur ce Tosscander.

Sa voix trahissait une réelle inquiétude. Irene comprit qu'elle ne pourrait pas lui raconter tout ce qu'elle avait appris la veille au soir et au cours de la nuit.

— Je ferai attention. Aujourd'hui je dois juste faire des photocopies du procès-verbal de l'enquête sur le meurtre de Carmen Østergaard. Après, je rentrerai directement à la maison.

— C'est bien. Préviens-moi s'il y a du nouveau.

— O.K. À plus.

En tirant les rideaux, Irene eut la joie d'apercevoir un pâle soleil éclairer la façade de la maison d'en face. Cela lui redonna du courage, et elle descendit dans la salle à manger de l'hôtel prendre un délicieux petit déjeuner danois. Elle constata avec plaisir que le café était plus que convenable. Elle se prépara une tranche de pain avec du fromage dessus qu'elle tint bien fort au moment de le manger : certains fromages danois ont une fâcheuse tendance à sauter du pain quand on mord dedans. Sans doute parce qu'on les conserve un peu trop longtemps...

Le ventre plein et le sourire aux lèvres, Irene remonta dans sa chambre et rangea ses dernières affaires dans son sac.

Peter Møller apparut juste au moment où elle réglait sa note à la réception.

— Bonjour ! Tout se passe bien ? demanda-t-il en lui adressant un large sourire.

Il lui faisait penser à Fredrik Stridh. Tous deux avaient toujours l'air en forme, même s'il était impossible qu'ils le soient en permanence. Une qualité enviable dont elle semblait singulièrement dépourvue. Si elle avait dormi seulement cinq heures cette nuit, elle portait effectivement les traces sur le visage. Mais elle s'était maquillée avec soin et offrit son plus beau sourire à Møller. Peut-être n'y verrait-il que du feu ? Et à supposer qu'il trouve les traits de sa collègue suédoise particulièrement tirés ce matin, il n'avait qu'à s'imaginer qu'elle avait passé toute la soirée à vider son minibar pour combler sa solitude. Aucun de ses collègues danois ne devait soupçonner sa virée nocturne pour enquêter de son côté.

— Oui, bonjour. Très bien, dit-elle.

Møller prit son sac avant qu'elle ait le temps de se baisser. De l'autre main, il lui tint la porte, comme d'habitude. *Un homme qui ne manque pas de savoir-vivre, mais difficile à cerner*, pensa Irene. Et si c'était lui, le policier ? Elle chassa vite cette idée. Elle risquait fort de devenir paranoïaque si elle commençait à avoir ce genre de pensées.

Il était inimaginable de lire tout le compte rendu de l'interrogatoire en danois. Irene dut se contenter de parcourir le texte pour trouver les quelques éléments les plus intéressants, le risque étant évidemment de passer à côté de quelque chose d'important. Encore heureux que la photocopieuse fût un modèle récent et rapide ! Elle éprouva un sentiment de triomphe en trouvant la déposition des témoins au sujet du policier et du médecin. Malheureusement, l'inspecteur n'avait pas poussé l'interrogatoire très loin, de sorte que la récolte d'informations était assez maigre. Les deux prostituées avaient, l'une, décrit le flic, l'autre le médecin.

Christina Ehlers, vingt-cinq ans, toxicomane et prostituée depuis une dizaine d'années, déclara qu'elle avait été menacée par un homme quelques semaines avant l'assassinat de Carmen Østergaard. Il l'avait fait monter dans une voiture, puis conduite dans une arrière-cour près d'un chantier de démolition. Elle ne se souvenait pas de la marque du véhicule, mais elle décrivit la voiture comme étant grande et flambant neuve. Une fois à l'arrêt, l'homme ôta son pardessus sombre. En dessous, il portait un uniforme de policier. Presque aussitôt, il se mit à la frapper au visage en l'injuriant : « Espèce de sale pute... » Il la saisit fermement au cou, et elle sentit qu'elle ne pouvait plus respirer. Dans un geste désespéré, elle réussit à lui donner un coup de genou dans les parties. Son coup dut porter, car il lâcha prise, et Christina parvint à s'échapper.

Sous l'emprise de l'héroïne et très choquée par l'agression, elle était incapable de donner un signalement précis de son agresseur. Elle se rappelait seulement qu'il donnait l'impression d'être jeune, assez grand et maigre. Il avait parlé danois sans accent. Mais il portait un uniforme de policier, ça elle en était sûre, avec une casquette. En revanche, elle n'arrivait pas à se rappeler s'il la portait quand il l'avait fait monter dans la voiture ou s'il l'avait mise après. C'était la casquette de la tenue bleu foncé, pas la blanche de la tenue d'été.

Anne Sørensen, quant à elle, avait vingt-cinq ans et faisait le trottoir depuis quelques mois. Avant cela, elle avait travaillé dans un club mais en avait été virée quand sa dépendance à la drogue était devenue trop manifeste. Juste avant la Nuit de Walpurgis, le 30 avril, elle avait été draguée par un client en voiture. Elle non plus ne se souvenait pas de la marque du véhicule, mais elle se rappelait qu'elle était rouge et très classe. L'homme l'avait, elle aussi, entraînée dans une arrière-cour déserte derrière un immeuble en démolition.

Irene s'arrêta sur ces pages. Pouvait-il s'agir de la même arrière-cour ? Et du même homme ? En poursuivant sa lecture, elle vit ce dernier soupçon infondé : le signalement ne correspondait pas. Anne Sørensen faisait le portrait d'un homme jeune et bien habillé, de taille moyenne et extrêmement musclé. Il avait les cheveux lissés vers l'arrière et parlait suédois. Déjà dans la voiture, il avait dit être médecin. Quand elle lui avait demandé quel genre de médecin, il n'avait pas répondu.

Après s'être garé dans l'arrière-cour sombre, l'homme avait pris une mallette noire posée sur la banquette arrière. Il l'avait ouverte et en avait sorti une seringue déjà préparée.

— Je veux d'abord t'injecter ça pour que tu te sentes en pleine forme, avait-il lancé.

Anne s'était méfiée. Elle avait essayé de se soustraire à la piqûre en prétendant en avoir déjà pris plus tôt dans la soirée et que ce serait trop rapproché. L'homme s'était alors mis en colère et l'avait menacée en criant :

— Si tu n'acceptes pas la piqûre, je te fais la peau, t'as compris ?

Cette dernière phrase avait terrorisé Anna à tel point qu'elle était parvenue à se ressaisir. Elle avait senti que l'homme était déterminé à la tuer. La terreur lui avait insufflé assez de courage pour oser donner un coup dans la seringue. Sans trop savoir comment, elle avait réussi à ouvrir la portière, s'était jetée hors de la voiture et avait pris ses jambes à son cou.

Les deux femmes savaient qui était Carmen Østergaard, mais aucune d'elles ne la connaissait vraiment.

Irene s'appuya contre le dossier de sa chaise. L'histoire de ces deux femmes présentait des points communs troublants. C'était apparemment la même arrière-cour, mais le policier et le médecin n'étaient pas la même personne. Le médecin parlait suédois, tandis que le policier semblait être danois.

Markus Tosscander habitait chez un policier danois. Et il connaissait un médecin. « Il est pire que mon docteur à Göteborg », avait-il déclaré à Tom Tanaka en parlant du policier. Un médecin suédois qui vivait à Göteborg...

Le téléphone sur le bureau se mit à sonner, la sortant de sa rêverie. Irene décrocha puisqu'elle était seule dans la pièce.

— Inspecteur Irene Huss à l'appareil, articula-t-elle lentement.

Elle s'appliquait pour parler de manière très claire, au cas où son interlocuteur aurait des difficultés à comprendre le suédois.

— Quelle chance de t'avoir au bout du fil ! C'est Yvonne Stridner.

Cette précision était tout à fait inutile. Personne d'autre n'avait une voix aussi tonitruante au téléphone.

— Je viens de parler avec Svend Blokk. Il y a certains détails concernant le processus de démembrement de notre corps que j'aimerais comparer avec leur meurtre avec mutilation d'il y a deux ans. Il m'a dit que tu comptais passer le voir aujourd'hui pour chercher les rapports détaillés d'autopsie et ce genre de choses. Ce n'est pas la peine. Svend me les enverra directement. Mais je peux déjà te le dire, c'est la même personne qui a démembré ces corps.

Irene fut troublée par la déclaration de Stridner et balbutia :

— Merci.

— Je t'en prie. C'est trois fois rien. Et c'est plus dans l'ordre des choses. Ton domaine, c'est la police, le mien la médecine légale. Malgré tout, c'est curieux qu'un meurtrier de ce genre agisse à la fois à Göteborg et à Copenhague. Ces deux villes ne sont quand même pas très proches. Il y a au moins trois cents kilomètres entre les deux. Sans compter le détroit d'Öresund.

À cet instant, Irene comprit que le professeur se trompait. Il n'y avait là rien de surprenant puisque, selon toute vraisemblance, il s'agissait de deux meurtriers, un policier danois et un médecin suédois. Cela aurait pu être une seule et même personne qui faisait la navette entre les deux villes, mais d'après les vagues signalements, on avait plutôt affaire à deux meurtriers.

Elle se rendit compte que Stridner avait ajouté quelque chose, et pour masquer sa distraction elle marmonna un acquiescement.

— Eh bien, c'est parfait ! Alors, nous sommes d'accord, conclut Stridner.

Un petit clic fit comprendre à Irene que le professeur avait raccroché. Elle fit de même, tout en se demandant à quoi elle avait acquiescé.

Irene continua à faire ses photocopies jusqu'à presque midi. C'est alors que Jens Metz passa la tête dans l'embrasure de la porte :

— Vous venez déjeuner avec nous ?

— Merci, c'est gentil. J'ai terminé.

— Vous êtes efficace, dit Metz avec un large sourire.

Il n'avait pas dit un mot sur sa visite chez Scandinavian Models. Peut-être comptait-il en parler pendant le déjeuner ? Irene décida d'attendre.

Elle rassembla ses papiers et les fourra dans son sac, qui devint nettement plus lourd. Mais mieux valait les emporter tout de suite. Elle pourrait ainsi rentrer directement chez elle après le repas.

Peter Møller vint se joindre à eux. Ils firent un bon repas dans une brasserie enfumée derrière Tivoli. Tous trois prirent un steak avec des oignons et des pommes de terre. Møller et Metz burent chacun une grande pression. Irene déclina en disant qu'elle allait conduire.

— Le temps que vous arriviez à Helsingborg, l'effet sera passé, dit Metz.

— C'est bête de prendre des risques, rétorqua Irene en riant.

Et pour changer de sujet de conversation, elle ajouta :

— Vous saluerez bien Beate Bentsen et la remercierez de ma part pour sa coopération. Et puis un grand merci à vous deux pour votre aide.

— Oh, ce n'était pas grand-chose, dit Metz en soulevant son verre de bière.

Histoire d'ajouter quelque chose, Irene demanda :

— Je ne veux pas être indiscrète, mais quel est le métier de M. Bentsen ?

Metz éclata de rire :

— Il n'y a jamais eu de M. Bentsen.

— Elle a pourtant parlé d'un fils, objecta Irene.

— Oui, vous l'avez déjà rencontré, ricana Jens Metz.

Irene perçut le coup d'œil que Peter Møller adressait à son collègue pour l'avertir, mais Metz était trop occupé à boire. Dès qu'il eut lâché son verre, Irene revint à la charge :

— J'ai déjà rencontré le fils de Beate Bentsen ?

— Mais oui ! C'est Emil, qui bosse chez Tom Tanaka. Emil Bentsen. Peter m'a dit que vous l'aviez rencontré hier à la boutique.

Irene ne put cacher sa stupéfaction. Jens Metz fronça les sourcils et interrogea du regard Peter Møller.

— Tu ne lui as pas raconté pour hier ? demanda-t-il à Møller d'un ton neutre.

Møller poussa un léger soupir avant de répondre :

— Cela n'avait rien à voir avec son enquête.

En quoi il n'avait pas tout à fait tort. Mais quand on avait les renseignements que détenait Irene et que ses deux collègues danois ignoraient, cela prenait un tout autre sens. Il fallait absolument qu'elle parle à Tom Tanaka avant de partir.

C'est le moment que choisit son mobile pour sonner. Sa veste était posée sur le dossier de la chaise, et il lui fallut quelques secondes avant de le trouver.

— Allô ? dit-elle.

— C'est... c'est Petra. De Scandinavian Models. Bell... Isabell a disparu.

Irene sentit son cœur battre à tout rompre.

— Attends un instant, dit-elle.

Elle éloigna son Nokia de son oreille et sourit à Metz et Møller :

— Excusez-moi. C'est ma fille. Des problèmes personnels.

Tout en les priant de l'excuser, elle se leva et se dirigea vers les toilettes des femmes. Une fois là-bas, elle rapprocha le mobile de son oreille.

— Salut, Petra. Tu es toujours là ?

— Bien sûr.

— Tu m'as dit qu'Isabell était partie ?

— Oui. Elle n'est pas revenue d'un... d'un job...

— Ça fait combien de temps qu'elle a disparu ?
— Elle est partie hier soir vers 23 heures.
— Où ça ?
— À l'hôtel Aurora.
— Tu en es sûre ?
— Oui. Nous notons toutes les réservations dans un journal de bord. Bell devait être à l'hôtel avant 23 h 30.
— Est-ce que tu sais qui l'a réservée ?
— Ce n'est pas moi qui ai pris l'appel, mais le client est inscrit sous le nom de Simon Steiner.
— La réservation s'est donc faite par téléphone ?
— Oui.
— Oui, c'est marqué : Colbjørnsensgade. Ça se trouve à...
— Vesterbro. Je sais.
Irene s'était trouvée dans cette même rue, dans l'appartement de Tanaka, derrière la boutique gay, à peu près au moment où Isabell aurait dû arriver à l'hôtel. Ou, pour être plus précis, juste avant sa confrontation avec les skinheads. Son cerveau fonctionnait à plein régime, mais impossible de mettre de l'ordre dans ses idées. Elle finit par demander :
— Est-il possible qu'Isabell soit restée chez le client pour passer la nuit et ne se soit pas encore réveillée ?
— Non. Nous ne dormons jamais chez un client.
— Tu as prévenu la police, ici, à Copenhague ?
Il y eut un long silence avant que Petra ne réponde :
— Non. Un homme est venu demander à voir Bell, hier. Il a dit qu'il était de la police et a montré sa carte... mais Bell était déjà partie, et ensuite tu es venue. Mais comme tu m'as laissé ta carte avec

ton nom et ton numéro de mobile, j'ai pensé que peut-être...

— Petra, je suis très contente que tu m'aies appelée pour me raconter ça, mais je ne peux rien faire ici. Un policier suédois n'a aucun pouvoir au Danemark. Je te conseille de téléphoner à la police de Vesterbro et de signaler qu'Isabell n'est pas rentrée après son rendez-vous à l'hôtel Aurora. Seule la police danoise a le droit de faire une perquisition à l'hôtel.

Après un long silence, Petra demanda :

— Tu crois qu'on peut téléphoner de manière anonyme ?

— Oui, mais le risque est que cela ne leur fasse ni chaud ni froid. Comme un coup de fil qu'on donne d'un bus ou pour rire. Tu peux aussi appeler directement l'hôtel. Est-ce que tu l'as fait ?

— Non. Mais peut-être que je vais le faire...

— Tu peux commencer par là. D'ailleurs, est-ce que Jens Metz t'a vraiment dit qu'il était policier ?

— Oui... Ils font ça parfois... Ils disent qu'ils sont inspecteurs de police, comme ça ils peuvent...

Tirer un coup gratis, pensa Irene, qui dit seulement à haute voix :

— Écoute, il faut que je me sauve, maintenant. Je t'appelle dans deux heures pour savoir où tu en es. Et surtout n'hésite pas à m'appeler si Isabell refait surface.

— D'accord. Salut.

La conversation terminée, Irene avait l'estomac noué. Que s'était-il passé ? Était-ce pure coïncidence si Isabell et elle s'étaient trouvées dans la même rue au même moment dans une métropole de cette taille ?

Une sueur froide lui coula dans le dos. Elle avait l'impression qu'une main invisible la manipulait comme une marionnette. Quelqu'un s'amusait à tirer les ficelles. Irene aurait donné n'importe quoi pour avoir le droit de jeter un œil sur le scénario.

Tom Tanaka pouvait-il être à l'origine de la disparition d'Isabell ? Non, c'était peu probable, puisqu'elle ne lui avait pas parlé d'elle. Les seules personnes à qui elle avait montré la photo d'Isabell étaient Beate Bentsen, Jens Metz et Peter Møller. Trois policiers.

Tanaka avait dit qu'il lui faisait confiance. Il était actuellement le seul à qui elle aussi pouvait se fier. Elle sortit la carte de visite de Tanaka avec son numéro de mobile. Il n'y eut qu'une sonnerie avant qu'il décroche :

— Tom à l'appareil.

— Salut. C'est Irene Huss.

— Salut. Quoi de neuf ?

— Non, rien de... particulier. Je voudrais juste vous poser quelques questions. C'est possible ?

— Ça dépend du genre de questions.

— Vous êtes seul, là, pour parler ?

— Oui.

— Il s'agit d'Emil. Ça fait longtemps qu'il travaille chez vous ?

À la surprise d'Irene, Tanaka eut un petit rire :

— Emil ne travaille pas chez moi. Il est là comme bénévole.

— Bénévole ? Qu'est-ce que vous voulez dire ?

— Il traîne dans la boutique depuis que j'en ai pris la direction. Parfois, c'est lui qui va acheter certains trucs à l'extérieur, mais le plus souvent il reste ici. Avec le temps, on commence à bien se connaître, tous les deux. Ça s'est fait tout naturellement, il m'a donné un jour un coup de main, et voilà.

— Il n'a pas d'autre travail ?

— Il étudie le droit.

— Vous connaissez les parents d'Emil ?

— Pas du tout. Ça ne m'intéresse pas. Pourquoi me posez-vous ces questions sur Emil ?

— Sa mère s'appelle Beate Bentsen. Elle est commissaire à la brigade criminelle. Elle a des liens avec Vesterbro... C'est là qu'elle travaille.

Il y eut un silence. Irene entendit Tanaka respirer lourdement. Il prit une profonde inspiration avant d'éructer dans le combiné :

— Bordel de merde ! *Shit* !

Il y eut un nouveau silence. Puis il déclara d'une voix normale :

— Vous retournez quand en Suède ?

— Là, maintenant. Je finis juste de déjeuner avec mes collègues. Je viens d'avoir d'autres informations dont j'ai besoin de discuter avec vous.

— Vous ne pouvez pas passer ?

— Si, je vais essayer. On est derrière Tivoli. À pied, ce n'est pas trop loin de la boutique. Je vous appelle sur votre mobile quand j'arrive. Vous préférez que je passe par derrière ?

— Oui.

Irene raccrocha. Vite, elle remit un peu de rouge à lèvres avant de retrouver ses collègues masculins. Ils étaient en train de régler la note. Elle sourit pour s'excuser.

— On ne peut pas s'absenter une journée sans que ce soit le chaos chez soi ! Mais attendez, je vais payer ma part.

Elle sortait son porte-monnaie de sa poche quand Metz lui fit signe que non.

— Hors de question. On vous invite. Vous n'aurez qu'à nous inviter quand on viendra visiter Göteborg.

— Naturellement. Merci beaucoup.

Devant la brasserie, les policiers prirent congé en se serrant la main et en disant à quel point ils avaient apprécié de travailler ensemble. Irene et les deux hommes partirent chacun dans une direction. Elle remonta la rue Bernstorff. Au grand carrefour, où elle aurait dû tourner à droite pour reprendre sa voiture garée dans Studiestræde, elle prit à gauche et suivit Vesterbrogade sur environ cent mètres. Elle passa rapidement devant Colbjørnsensgade et prit la rue perpendiculaire suivante, Helgolandsgade.

Irene remarqua que ses pas devenaient plus hésitants au fur et à mesure qu'elle se rapprochait du portail. On pouvait difficilement l'attaquer en plein jour, mais l'agression de la veille lui revenait fortement en mémoire. Elle jeta un coup d'œil prudent dans la pénombre avant de se risquer à entrer. Tout était calme. Elle sortit son mobile et composa le numéro de Tanaka qu'elle avait pris la précaution d'ajouter à son répertoire avant de sortir des toilettes.

— Tom à l'appareil.

— C'est moi, Irene. Je suis dans l'arrière-cour.

— O.K. Je descends vous ouvrir.

Elle entendit distinctement le pas lourd de Tanaka sur les quelques marches du perron. Son buste massif et son visage remplirent toute la vitre de la porte quand il la regarda. Avec un léger sourire, il lui ouvrit et lui souhaita la bienvenue.

— Merci d'avoir pris le temps de venir.

— Merci à vous de me recevoir, répondit Irene.

— Pas de problème. Je ne commence pas avant 18 heures, aujourd'hui. C'est Ole, mon véritable employé, qui me remplace.

Avec peine, Tanaka remonta les marches. Sa respiration poussive résonnait dans la cage d'escalier. Il tint galamment la lourde porte à Irene, qui entra dans sa chambre à coucher raffinée. Le lit était fait avec les draps noirs en soie bien tirés. Tom avait changé de tenue et portait cette fois un peignoir bleu foncé en soie, de même coupe que le kimono noir de la veille.

Il l'introduisit dans son bureau. Il se dégageait de cette pièce à l'aménagement sobre une impression de calme. Irene s'assit dans un fauteuil confortable, et Tom prit place sur sa chaise spéciale derrière le bureau. Avant même de lui demander si elle en voulait, il sortit deux bières fraiches de son mini-bar. Comme la veille, Irene eut droit à un verre, tandis que lui buvait directement à la bouteille.

— C'est Markus qui a réalisé l'aménagement de cette pièce. Et la cuisine aussi. Les travaux se sont achevés le mois dernier. Il n'aura pas eu le temps d'en voir le résultat, dit soudain Tanaka.

— Il était architecte d'intérieur ?

— Entre autres. Il était surtout décorateur. Des vitrines, des aménagements de boutiques, des tissus, toutes sortes de choses. Son plus gros chantier a été l'aménagement d'un bar gay dans une rue perpendiculaire à Ströget. C'est ça qui l'a fait venir à Copenhague. Un lieu tout neuf, très *clean*. Ça a été un grand succès, et il avait sans cesse de nouvelles commandes.

— J'ai prévenu mes collègues à Göteborg. Sans donner mes sources. Mais grâce à vous, cela va relancer l'enquête là-bas.

— C'est le moins que je puisse faire pour Markus.

Irene se demanda ce qu'elle devait lui dire à propos d'Isabell. Elle décida de commencer par le commencement, avec le coup de téléphone de Monika Lind à propos d'Isabell. Dans son anglais scolaire, elle fit de son mieux pour être la plus claire possible. Tom écoutait avec attention en silence, hochant juste la tête de temps à autre, de manière quasi imperceptible.

Quand elle en arriva à l'agression de la veille par les skinheads, Tom se redressa sur sa chaise et la fixa droit dans les yeux. La seconde d'après, à sa grande surprise, il se relâcha et éclata de rire. Son rire retentissant vibrait dans sa large poitrine et sortait comme un coup de tonnerre de sa bouche.

— Ça alors ! C'était donc vous !

Une fois calmé, il expliqua :

— J'ai appris ça ce matin. Un policier a trouvé deux skinheads agressés dans Helgolandsgade. Ils ont dit qu'un travesti les avait dévalisés et roués de coups.

Un nouvel éclat de rire le fit s'interrompre. Un travesti ! Irene, quant à elle, ne trouvait pas cela particulièrement drôle.

— J'avoue que je n'aurais jamais pensé à vous. Même si je savais que vous avez fait du jiu-jitsu. Mais il semblerait que vous n'y soyez pas allée de main morte, fit-il en riant.

— Oui, on peut dire ça comme ça. Du jiu-jitsu, et aussi un peu autre chose.

— S'habiller en travesti..., reprit Tom en riant tout seul.

Irene, consciente du temps qui filait, évoqua de nouveau la disparition d'Isabell à l'hôtel Aurora, situé dans la même rue que la boutique de Tom. Ce dernier retrouva son sérieux et réfléchit.

— C'est effectivement une étrange coïncidence. Mais le meurtre de Markus et les horreurs qu'on lui a fait subir n'ont pas nécessairement quelque chose à voir avec la disparition de cette fille.

— Non, je pense la même chose, mais cette coïncidence reste troublante.

Il la regarda, pensif, un long moment.

— Il y a un lien, finit-il par dire.

— Lequel ?

— Vous.

Il formula ainsi ce qu'elle-même avait pensé. De nouveau, elle eut l'impression que quelqu'un se tenait dans les coulisses, jouant au chat et à la souris avec elle.

Ils restèrent silencieux un moment à se regarder.

— Je connais quelqu'un à l'hôtel Aurora, lâcha Tom.

Il sortit un registre posé sous le téléphone et passa en revue les noms avec son index. Irene remarqua à ce moment-là seulement qu'il avait du vernis bleu sur les ongles. Il n'en portait pas la veille. Peut-être était-ce pour aller avec son kimono bleu. Il trouva enfin le numéro qu'il cherchait, et le composa sur le téléphone. Irene entendit plusieurs sonneries avant que quelqu'un ne réponde.

— Salut, c'est Tom.

La voix à l'autre bout du fil débita tout un discours que Tom écouta patiemment un bon moment avant de l'interrompre.

— Je sais. Ça fait longtemps. Mais je t'appelle pour avoir un éclaircissement sur un point bien précis. Un de mes amis est inquiet. La rumeur parle d'une jeune Suédoise qui aurait disparu de l'hôtel... hier, vers minuit... une grande blonde... oui, une agence d'escort girls. On l'appelle Bell.

Il éloigna le combiné pour demander :

— Comment s'appelait le client ?

— Simon Steiner.

— Apparemment un Allemand. Simon Steiner, dit Tom.

Il attendit deux minutes en silence avant qu'on entende de nouveau quelque chose à l'autre bout de la ligne. Tom acquiesça plusieurs fois en émettant de petits sons sourds. Irene crut percevoir un certain étonnement. Après les phrases de remerciement usuelles et sur la promesse de se revoir bientôt, Tom reposa le combiné.

— Il y a quelque chose qui cloche. Mon contact affirme qu'il n'y a pas et qu'il n'y a jamais eu quelqu'un du nom de Simon Steiner à l'hôtel. Et personne n'a vu Isabell non plus. Il va interroger le portier de nuit à son arrivée, plus tard dans la soirée. Il n'arrivait pas à le joindre pour l'instant.

— J'avoue que cela ne m'étonne pas, dit Irene. Mais je me fais vraiment du souci, maintenant. Où peut-elle bien être ?

— Aucune idée. Serait-elle tombée dans un piège ?

— Possible. Mais pourquoi ?

Tom la regarda pensivement. Puis il dit lentement :

— On en revient à ce qu'on a dit tout à l'heure. Le lien entre le meurtre de Markus et la disparition de la fille, c'est vous.

Irene eut la gorge sèche, alors même qu'elle venait de boire une gorgée de bière. Quand elle réussit à articuler quelques mots, elle sentit que sa langue était aussi râpeuse contre son palais que du papier de verre.

— Moi ? Qu'est-ce que vous voulez dire ?

— Tout ce que je vois, moi, c'est qu'Isabell vivait tranquillement avant que vous n'arriviez et que vous ne partiez à sa recherche. Quelqu'un l'a appris et a décidé de vous donner un avertissement. Alors, on l'a kidnappée... ou pire encore. Mais je ne pense pas qu'il s'agisse d'Isabell ou de son métier. Il s'agit de ce pour quoi vous êtes venue à Copenhague. Du meurtre avec mutilation.

— Il n'y a que trois personnes, ici, à Copenhague, à qui j'ai parlé d'Isabell.

— Trois policiers.

Ce n'était pas une question mais une constatation. Irene se contenta d'acquiescer. Tom sortit un calepin d'une boîte posée sur le bureau et demanda :

— Je peux avoir leurs noms ?

Irene les lui donna. Tom les nota et les considéra un moment avant de dire :

— Non. Ces noms ne me disent rien. À part Bentsen, bien sûr. La maman d'Emil Bentsen !

Il éternua bruyamment. Irene eut dans l'idée qu'Emil se ferait passer un bon savon la prochaine fois qu'il verrait Tom.

— Ce Simon Steiner peut fort bien avoir entraîné Isabell ailleurs. Copenhague est vaste. J'ai promis de contacter son amie Petra à Scandinavian Models. Le mieux est de la convaincre de signaler la disparition d'Isabell à la police, conclut Irene.

Elle jeta un coup d'œil à sa montre et vit qu'il était grand temps pour elle de partir. Elle avait presque cinq heures de route et de ferry devant elle. Ils se levèrent tous deux en même temps. Tom sortit avec elle de son bureau, emprunta le petit couloir et entra dans la chambre à coucher. Il s'arrêta devant la porte équipée de tous ses verrous dissuasifs.

Ils se serrèrent la main, et Tom dit :

— On garde le contact via nos mobiles.

— Oui. Merci pour vos coups de main.

— Je vous en prie. On se rappelle.

La voiture était restée là où elle l'avait garée, devant le bar à strip-tease. Il ne lui restait qu'un quart d'heure sur son ticket de parking à la journée. N'était-elle vraiment restée en tout qu'une journée ? Cela avait été pour le moins une journée intense et riche en émotions, se dit-elle en se laissant tomber sur le siège du conducteur. Elle n'avait qu'une envie : rentrer chez elle.

Il était plus facile de sortir de Copenhague que d'y entrer, mais quelque part avant Hellerup elle avait dû se tromper, car soudain la route devint plus étroite. Les grands immeubles sales en briques disparurent pour laisser la place à des constructions basses en pierre blanchie à la chaux et à de jolis pavillons bien entretenus. Plus on roulait vers le nord, plus les immeubles avec plusieurs familles étaient remplacés par de grandes villas. À droite de la voiture, elle vit soudain la mer et comprit qu'elle était sur Strandvejen, qui longeait le littoral. De grands murs et de hautes haies entouraient des résidences aux allures de parcs. Ce que l'on apercevait de ces demeures imposantes en jetait plein la vue – ce qui était le but recherché.

Après quelques kilomètres, Irene vit que la route sur laquelle elle roulait était un gouffre. Économiquement parlant, s'entend. Les maisons situées sur le côté droit de la route et donnant directement sur la plage étaient infiniment plus chic que celles situées sur le côté gauche. Même en vendant leur maison de Fiskebäck, ils n'auraient pas eu assez d'argent pour un abri de jardin dans Strandvejen...

Elle ralentit l'allure et savoura la vue sur la mer et les jardins en fleurs des résidences. Par la vitre baissée, l'odeur des algues se mêlait au parfum des premiers lilas.

La traversée fut rapide et sans incidents, et Irene but deux tasses de café.

Avant que le ferry n'accoste à Helsingborg, Irene appela Scandinavian Models comme elle l'avait promis. Elle fut soulagée que ce soit Petra qui décroche.

— Salut, Petra. C'est Irene Huss. Est-ce qu'Isabell a donné de ses nouvelles ?

— Non. Mais c'est vraiment bizarre... J'ai appelé l'hôtel, et ils m'ont dit qu'ils n'ont jamais eu un client du nom de Simon Steiner. Et personne non plus n'a vu Bell. Pourtant, dans le carnet de bord – enfin, c'est comme ça qu'on l'appelle –, c'est bien marqué : Simon Steiner. Bien sûr, c'est peut être un faux nom.

Petra semblait plus contrariée qu'inquiète. Elle était sans doute vexée qu'à l'hôtel Aurora on ait mis en doute ses informations.

Irene essaya de parler d'une voix ferme mais amicale :

— Oui, c'est bizarre, en effet. Imagine qu'elle se soit fait kidnapper ! Je pense que tu devrais signaler sa disparition à la police. Peut-être l'as-tu déjà fait ?

— Non.

Il y eut un court silence.

— Tu devrais le faire. Pour Isabell.

— O.K. Puisqu'il n'y a pas d'autre solution, soupira Petra en raccrochant.

Irene sentit l'inquiétude lui nouer l'estomac. Était-il possible que la disparition d'Isabell soit directement liée à son voyage à Copenhague ? Ou Isabell s'était-elle volontairement planquée en apprenant que quelqu'un cherchait à la rencontrer ? On pouvait toujours espérer. Auquel cas Isabell réapparaîtrait tôt ou tard.

Peu avant 8 heures du soir, Irene se gara sur le parking de la mairie. Quand elle sortit de la voiture et put enfin s'étirer, ses articulations craquèrent pour protester contre toutes ces heures où elle était restée assise dans la même position.

Comme d'habitude, Sammy fut le premier à se jeter sur elle pour lui souhaiter la bienvenue. Mais il faut dire qu'il fut le seul. Le temps de jeter un coup d'œil sur l'almanach de la cuisine afin de se rafraîchir la mémoire, Irene se rendit compte que Krister travaillait tard et que les jumelles avaient un entraînement supplémentaire de basket. Mais elles allaient rentrer d'une minute à l'autre. Comment Katarina pouvait-elle jouer au basket avec son cou contusionné ? Sans parler du championnat junior de jiu-jitsu !

Irene fut interrompue dans ses pensées par la vue d'un petit mot sur la porte du réfrigérateur :

« Chérie,

Il y a un plat de lasagnes végétariennes dans le congélateur. Tu n'as qu'à le réchauffer au micro-ondes. Tu te souviens de notre ancienne voisine Monika Lind ? Elle a appelé vers 15 heures et voulait te parler. Elle a dit que tu avais son numéro.

Ton plan a marché ! Tommy et Agneta (surtout Agneta) prennent un des deux chiots femelles. Lenny prend l'autre. La bonne femme menace de nous refiler le mâle si on ne trouve personne qui en veuille.

Bises,

Krister »

Un soupir et un vague grondement venant de la porte de la cuisine firent se retourner Irene. Dans l'embrasure se tenait Sammy, la tête légèrement penchée. Ses yeux marron cherchaient vainement à croiser son regard. Sa maîtresse n'avait-elle pas envie comme lui d'une longue promenade pour reprendre des forces ?

8

Isabell avait disparu. Irene avait fouillé de fond en comble la grande maison. Elle avait traversé des couloirs qui n'en finissaient pas et cherché dans toutes les pièces délabrées. De la vapeur et des toiles d'araignée tourbillonnaient devant elle à chacun de ses pas. Elle avait de plus en plus de mal à avancer et luttait désespérément pour se frayer un chemin. D'elle seule dépendait qu'on retrouve Isabell avant qu'il ne soit trop tard. Car c'était sa faute si Isabell avait disparu. Bell n'était qu'une toute petite fille, et voilà qu'Irene l'avait perdue. Il faisait de plus en plus chaud dans la maison sinistre. Le temps pressait. Irene sentit souffler un vent de panique. Le toit commençait à s'affaisser, et les murs des couloirs se rapprochaient. Bientôt, toute la maison allait imploser. Toutes les personnes retenues à l'intérieur allaient mourir écrasées. Dans un élan de désespoir, Irene cria le nom d'Isabell, mais aucun son ne sortit de sa gorge. Elle sentit soudain le sol se dérober sous ses pieds et comprit qu'il était trop tard.

C'était Sammy qui avait sauté sur le lit et l'avait fait tanguer. Ruisselante de sueur, Irene sentait son cœur battre à tout rompre. Ce cauchemar l'avait vraiment effrayée. Le réveil digital indiquait 3 h 37.

Allongé à côté d'elle, Krister ronflait paisiblement. Sammy s'était installé à son aise au pied du lit. Couché sur le dos, les pattes en l'air, il dormait déjà. En tout cas, c'était une bonne imitation, au cas où sa maîtresse aurait voulu le chasser du lit.

Irene se rendit à la salle de bains pour boire un peu d'eau et essaya de ralentir son rythme cardiaque. La sueur donnait la désagréable sensation de coller à sa peau nue. Un instant plus tard, elle se mit à frissonner. Elle alla chercher sa robe de chambre et s'enveloppa dans le doux tissu éponge. Pieds nus, elle descendit dans la cuisine et s'assit à la table devant un verre de lait.

La fenêtre de la cuisine donnait à l'est. À l'horizon, l'aube pointait déjà, le soleil levant déployait des tons pastel rose et turquoise. Les rares nuages étaient frangés d'or. Une belle journée s'annonçait.

Si Irene avait du mal à chasser son rêve, elle n'éprouvait en revanche aucune difficulté à l'interpréter : elle se sentait coupable de la disparition d'Isabell et s'inquiétait pour elle.

La conversation téléphonique avec Monika Lind, quelque six heures plus tôt, n'avait pas été aisée. Difficile d'avouer qu'elle avait réussi à localiser sa fille mais pas à la rencontrer, avant que celle-ci ne disparaisse à nouveau. Le pire avait été de parler du travail d'Isabell. Monika avait eu le cœur brisé quand elle avait compris qu'Isabell se prostituait. Jamais pareille pensée ne lui avait traversé l'esprit. Elle acceptait volontiers l'idée que sa jolie petite fille chérie ait des difficultés à s'imposer comme mannequin, mais pas dans ces conditions-là. Sans doute avait-elle honte. Vers la fin de la conversation, Monika était presque devenue agressive et avait mis en doute les informations d'Irene. Peut-être cette dernière s'était-elle trompée sur la photo dans la brochure touristique ? Ce n'était peut-être pas du tout Bell ! Même si cette agence d'*escort girls* s'appelait Scandinavian Models, il pouvait fort bien y avoir d'autres agences qui portaient ce nom. Et pourquoi pas une véritable agence de mannequins ! Irene avait quand même réussi à lui faire admettre la réalité. La jeune femme disparue, c'était Bell et personne d'autre.

Irene n'avait pas dit un mot sur le soupçon qu'elle et Tom avaient eu. Elle avait encore du mal à faire le lien entre sa visite inopinée à Copenhague et la disparition d'Isabell. Cela paraissait trop tiré par les cheveux.

Là, attablée à la cuisine, elle décida de ne dévoiler l'identité de Tom à personne. Elle lui faisait entièrement confiance, mais ce ne serait le cas ni de son chef ni de ses collègues. Ils se moqueraient du personnage et mettraient en doute sa crédibilité. Peu importe, Irene croyait en lui, car il avait profondément aimé ce Markus Tosscander. Restait maintenant à savoir qui était véritablement Markus Tosscander. Il avait eu, c'est le moins qu'on puisse dire, des fréquentations dangereuses...

Irene commença la réunion du jeudi matin par un compte rendu de ses investigations à Copenhague. Une version épurée.

— Tu as fait du bon boulot à Copenhague. Il semblerait donc que les morceaux qu'on a retrouvés dans les sacs appartiennent à ce Markus Tosscander, dit le commissaire Andersson.

Jonny l'interrompit :

— Pourquoi tu ne veux pas citer tes sources ?

Il jeta un regard irrité à Irene. Elle savait que la question serait posée et ne fut pas le moins du monde étonnée qu'elle vienne de lui.

— J'ai promis à mon indicateur qu'il serait en sécurité. Personne à part moi ne connaît son identité. C'était la condition sine qua non pour obtenir ces informations. L'essentiel, c'est d'avoir enfin un nom à partir duquel nous pouvons enquêter, répondit-elle avec calme.

Jonny voulut rétorquer, mais le commissaire prit la parole avant lui :

— Oui, tout à fait. Hannu et Jonny ont déjà enquêté hier, et un certain nombre d'éléments corroborent la thèse qu'il s'agit effectivement de Tosscander. Hannu peut vous en parler.

Hannu hocha discrètement la tête et lut ses notes :

— Markus Emanuel Tosscander est né le 18 mars 1968 dans la paroisse d'Askim. Il a donc trente et un ans. Sa mère est décédée il y a dix ans. Son père est un médecin-chef à la retraite. Pas de frères ni de sœurs. Formation à l'École supérieure de design et d'arts appliqués pendant cinq ans. Ouvre sa propre boîte de design dès la fin de ses études. Emménage dans de nouveaux locaux il y a quatre ans, à Kungsportsplatsen. Selon ses propres dires, les affaires marchaient on ne peut mieux ces cinq dernières années. Sa compagnie déclare des bénéfices de l'ordre du million, et lui-même se verse un salaire de cinq cent mille couronnes par an. Roule dans une Pontiac cabriolet rouge importée directement des États-Unis, modèle 1995.

Peut-être a-t-il aussi l'intention de consulter le registre des véhicules, pensa Irene. Mais connaissant Hannu, c'était déjà fait. Une pensée la traversa : où était la voiture en ce moment ? Markus l'avait certainement quand il était à Copenhague.

— Jonny a contacté son père hier, dit Andersson à Irene.

Jonny s'apprêta à poursuivre. Il se redressa et commença :

— Je suis allé voir le père Tosscander hier, après le déjeuner. Il ne voulait pas me voir plus tôt, car il devait aller jouer au golf. J'ai eu beau dire au vieux, le matin au téléphone, qu'il s'agissait de son fils, rien à faire. Le golf, c'est sacré. Il habite seul dans une immense baraque au bord de la mer, tout près du golf de Hovås. Mais j'ai compris que Markus et le vieux n'ont pas le moindre contact. On avait l'impression qu'il ne voulait pas entendre parler de Markus. « Mon fils vit sa vie, et moi je vis la mienne », a-t-il répété plusieurs fois.

— Est-ce que Markus lui avait donné de ses nouvelles, ces derniers mois ?

— D'après ce que j'ai compris, ils ne se sont pas parlé depuis que Markus est parti s'installer à Copenhague.

— Mais il n'est parti qu'au nouvel an ! s'écria Irene.

— Oui, mais apparemment c'est comme ça.

— Bizarre. Ne pas avoir de contact avec son seul enfant pendant cinq mois...

Irene se leva. Markus avait dit à Tom Tanaka qu'il envisageait de venir s'installer définitivement à Copenhague. Cette décision était-elle due à une rupture avec son père ? Une autre idée la frappa : le père était médecin. À Göteborg. Elle résolut donc d'essayer de lui parler en tête-à-tête à la première occasion.

— Est-ce que quelqu'un a signalé la disparition de Markus ? s'enquit Birgitta.

— Non, répondit Hannu.

— Peut-être que la publication du tatouage a jeté le trouble dans les esprits, ici, à Göteborg. Markus Tosscander se l'est fait faire à Copenhague. Il a été terminé quelques semaines avant sa disparition. Selon toute vraisemblance, personne ici en ville n'a vu la nouvelle décoration corporelle de Markus, précisa Irene.

— Tu veux dire que même si certains ont commencé à s'inquiéter de ne pas avoir de nouvelles de Markus, personne n'a fait le rapprochement avec la découverte des parties de corps retrouvées à Killevik ? Pourtant, à partir de fin février ou début mars, il n'a plus été en mesure de donner signe de vie, dit Birgitta.

Le commissaire s'éclaircit la voix, révélant son envie d'intervenir.

— Même si nous sommes quasiment sûrs que la victime de Killevik est Markus Tosscander, je vais encore attendre avant d'informer les médias. Nous allons réunir le maximum d'informations dans les jours qui viennent. Et nous communiquerons probablement son nom après le week-end.

— C'est le week-end de la Pentecôte. Ce ne sera donc pas avant mardi. Ça fait cinq jours, calcula Hannu.

Irene était d'accord avec lui. Cinq jours, cela faisait long à attendre, même si elle comprenait la réticence du commissaire qui ne voulait rien précipiter. Il restait néanmoins une chance minuscule pour que Markus ne soit pas la victime. Une erreur de ce genre serait fatale. Il leur fallait absolument la preuve infaillible qu'il s'agissait vraiment de lui.

— Quelqu'un est allé dans son bureau ou dans son appartement ? demanda-t-elle.

— Non. Je pensais justement vous demander d'y aller aujourd'hui, répliqua Andersson.

Irene consacra quelques heures à la rédaction de son rapport sur ses investigations de l'autre côté du détroit d'Öresund. Ce n'était pas si facile, car elle devait veiller à ne pas révéler trop d'éléments. Pendant ce temps, Jonny et Hannu s'étaient chargés d'obtenir un mandat de perquisition ainsi que des clefs pour entrer dans le bureau et l'appartement de Tosscander.

À l'heure du déjeuner, tout était prêt.

— Commençons par jeter un coup d'œil à son bureau. Ce n'est pas très loin et ça nous laissera le temps de casser la croûte avant de filer à Lunden, proposa Jonny.

Hannu et Irene acquiescèrent.

Les bureaux de l'agence de design Tosca se trouvaient au deuxième étage d'un immeuble situé entre le canal et la fameuse statue du roi Carl IV, qu'on appelle ici Kopparmärra. Un digicode devait permettre de filtrer les visiteurs, mais comme les policiers s'étaient procuré les clefs, ils purent entrer sans difficulté. Un superbe escalier de marbre avec d'imposantes balustrades permettait de gagner les étages. La cage d'escalier était peinte dans un ton jaune clair. Il n'y avait pas d'ascenseur. Il était évident que Markus Tosscander n'avait pas de clients handicapés, à moins que ces derniers ne recourent au téléphone ou à Internet.

Une plaque émaillée annonçait Toscas Design en lettres bleu foncé sur fond blanc. Hannu avait les clefs qui ouvrent les serrures Assa et celles de haute sécurité à sept points.

Une terrible odeur de renfermé les frappa dès qu'ils eurent ouvert la porte. Cela donnait vraiment l'impression que personne n'avait mis les pieds là depuis six mois. Hannu alluma la lumière dans le long couloir sans fenêtre.

La porte à droite ouvrait sur une petite pièce dont une paroi vitrée donnait sur le couloir. Celle-ci devait avoir été conçue au départ comme bureau d'accueil ou pour une secrétaire. Tosscander en avait fait une pièce agréable pour les visiteurs.

Une large baie sans rideau permettait de profiter au maximum de la vue sur le canal. Une grande peau de buffle recouvrait presque toute la surface du sol. Les deux fauteuils étaient de forme circulaire avec une assise et un dossier en cuir beige, sur une structure en acier. Un des murs était tapissé de livres et de luxueuses revues de décoration.

Une grande aquarelle dans des tons sombres ornait le mur d'en face. Le tableau représentait quelques modestes maisons lovées au pied d'une montagne escarpée. Une tempête de neige s'abattait sur l'océan et les bicoques en bois, mais une lumière chaude brillait à l'intérieur. Irene fut fascinée par cette image et s'approcha pour en lire la signature. Le nom de l'artiste semblait être Lars Lerin, mais cela ne lui disait rien.

La porte du milieu était celle des toilettes. Une mauvaise odeur remontait de l'évacuation, parce que toute l'eau s'était évaporée avec le temps. La large porte conduisait à une kitchenette. Irene fut frappée de voir que c'était une variante en miniature de la cuisine de Tom Tanaka. Elle y retrouvait tout : le même sol en cerisier, les mêmes rangements et bancs peints en noir et blanc, le reste du mobilier en acier inoxydable. De cette pièce, la vue n'était pas aussi belle que dans la première : on voyait juste la façade de la maison d'en face.

Les autres portes à gauche dans le couloir étaient celles d'une armoire à balais, d'une penderie et d'une réserve de fournitures de bureau.

La dernière porte à droite menait au grand bureau de Markus. Trois hautes fenêtres sans rideau laissaient généreusement entrer le soleil. Elle admira la vue sur l'eau scintillante du canal. Les châtaigniers de l'autre côté de la rue allaient bientôt se couvrir de fleurs, et en dessous s'étalait un véritable tapis de plantes à bulbes de toutes les couleurs. C'était magnifique, cette beauté si éphémère. Leur temps de floraison était si court !

Elle se retourna et examina la pièce. Le plancher d'origine avait été décapé puis laqué. Les murs et le plafond étaient blancs. Près d'une fenêtre sur une table se trouvaient un ordinateur, un téléphone et tout le nécessaire pour écrire. Une grande étagère portait des classeurs et des rouleaux de plans.

Juste devant l'autre fenêtre, une table immense, vide à ce moment précis, mais c'était visiblement la table de travail de Markus. Sur une petite table d'appoint se pressaient pinceaux, crayons, feutres et craies.

Sur tous les murs étaient punaisés des dessins d'aménagements intérieurs et des esquisses, apparemment, de grandes vitrines dans divers matériaux et couleurs. Irene eut l'intuition que cette pièce reflétait l'activité d'une personne très créative.

Ils enfilèrent des gants en coton et commencèrent à fouiller systématiquement toute la pièce. Quand chaque dossier et chaque tiroir eut été passé en revue, Hannu déclara :

— Je n'ai trouvé aucun registre des clients.

Tous les trois tournèrent les yeux vers l'ordinateur. Il ne pouvait être que là. Hannu l'alluma. Bientôt s'afficha sur l'écran « mot de passe »...

— Il faudrait connaître son mot de passe, constata Irene.

— Et si on essayait avec « pédé » ou « petit cul » ? lança Jonny.

Il fut bien le seul à rire de sa plaisanterie. Hannu essaya « Tosca », « Toscas Design », « design », etc., mais sans succès.

— Autant sortir déjeuner. Peut-être aurons-nous plus de chance dans son appartement, dit Irene.

De là-haut, la vue était époustouflante. On voyait Olskroken, Stampen et, au loin, Heden avec Ullevi au premier plan. Quand ils eurent bien profité du paysage, ils s'intéressèrent à la maison proprement dite, ancienne propriété du préfet. Au dernier étage se trouvait l'appartement en angle de Markus Tosscander.

— Ce type avait le chic pour dégoter des vues super, dit Jonny.

Les autres ne purent que se ranger à son avis.

Ils montèrent l'escalier étroit dont les murs venaient d'être repeints dans une couleur rose ancien. Les marches, les portes et la rambarde étaient gris pâle. L'impression d'ensemble était agréable mais sobre. Irene trouvait qu'il aurait pu forcer un peu sur les couleurs.

Sur le dernier palier, il était écrit M. Tosscander sur l'une des portes et B. Svensson sur l'autre.

Ils pénétrèrent enfin dans l'appartement de Markus. Les soupçons d'Irene se vérifièrent. Les murs de l'entrée avaient les mêmes couleurs que celles de la cage d'escalier. Les quatre portes donnant sur l'entrée étaient toutes gris pâle.

À droite de la porte palière se trouvait la cuisine. Elle aussi était dans les tons noir et acier, mais à la place du blanc, Markus avait choisi une espèce de bois clair. Le même que pour le parquet.

Soudain, quelque chose frappa Irene.

— Regardez les fleurs ! On dirait qu'on a changé l'eau, elles sont encore fraîches. Et ça ne sent pas le renfermé comme là-bas, dans son bureau, dit-elle.

— Faut croire que quelqu'un s'en occupe, constata Jonny.

Il manquait des rideaux à la fenêtre. À leur place, Markus avait laissé pousser des immortelles, retenues par quelques fils, tandis qu'une fleur en porcelaine grimpait de l'autre côté de la fenêtre. Irene s'avança et regarda au-dehors. La cuisine donnait sur une cour arborée dotée d'une tonnelle avec du lilas.

Ils jetèrent un coup d'œil dans une petite salle de bains, néanmoins équipée d'une grande baignoire à pieds de lion. Le sol et les murs, entièrement carrelés, étaient bleu nuit avec juste, çà et là, un carreau décoré d'un croissant de lune, d'une pleine lune ou d'une étoile. Même le plafond était peint en bleu nuit. Markus y avait reproduit différentes étoiles. Irene les reconnaissait, mais elle connaissait seulement le nom de la Grande Ourse. Imaginez un peu, vous êtes dans la baignoire avec quelques bougies allumées sur le rebord et vous levez les yeux sur le ciel étoilé...

Aucun d'entre eux n'avait entendu la porte s'ouvrir. Soudain, un cri perçant fusa derrière eux :

— Mais qu'est-ce que c'est que ça ? Qu'est-ce que vous faites là ?

Les trois policiers se retournèrent pour voir la propriétaire de cette voix. Elle était là, au beau milieu de l'entrée, la lueur pâle de la lampe se reflétant dans ses cheveux blancs. La vue de cette petite dame avec seulement la peau sur les os n'était pas de nature à forcer le respect, mais l'expression courroucée de son visage attestait qu'elle cherchait l'affrontement.

— Nous sommes de la police, dit Jonny.

Ils sortirent leur carte pour la rassurer. Sa colère parut s'apaiser un peu, sans pour autant s'évanouir tout à fait.

— Très bien. Mais pouvez-vous me dire ce que vous faites dans l'appartement de Markus ? lança-t-elle sèchement.

Irene prit le temps de choisir ses mots avant de répondre.

— Nous avons des raisons de penser que Markus a disparu. Qui êtes-vous ?

— Mon petit Markus... disparu ! Oh, c'est bien ce que je craignais, ces dernières semaines. Cela fait deux mois que je suis sans nouvelles.

— Est-ce vous qui vous occupez de son appartement ?

— Oui. J'habite dans l'appartement voisin, et me nomme Britta Svensson.

— Nous sommes de la brigade criminelle. Je suis Irene Huss, et voici Jonny Blom et Hannu Rauhala, reprit Irene en faisant les présentations.

Le visage de la vieille dame ne montrait plus aucune hostilité, mais une réelle inquiétude.

— Qu'est-ce qui est arrivé à mon petit Markus ? se lamenta-t-elle.

— Nous ne savons pas encore au juste. Mais une de ses connaissances à Copenhague dit la même chose que vous. Ça fait deux mois qu'il est sans nouvelles de Markus. Quand vous a-t-il dit qu'il rentrerait ?

— Il n'y avait pas de date précise, ça dépendait de ce qui se passerait à Copenhague. Si tout allait bien, il comptait rester ; et si les choses n'allaient pas dans le bon sens, il rentrerait ici directement. D'après ce que j'ai compris quand il appelait, les affaires marchaient très bien pour lui, là-bas, à Copenhague. C'est pourquoi je me suis dit qu'il devait avoir fort à faire. Ce n'est pas étonnant, il est si doué !

— Vous a-t-il par hasard envoyé une carte ?

— Non. Markus est du genre à appeler. Il est si gentil et attentionné. Dites-moi, il ne lui est rien arrivé de grave ?

— Nous ne savons rien encore au juste. Mais il y a toujours des soupçons quand quelqu'un disparaît de cette façon.

Autant ne pas donner à Britta Svensson de faux espoirs. Dans cinq jours, elle apprendrait la nouvelle par les journaux.

— Madame Svensson..., commença Irene, mais elle fut aussitôt reprise par un bref :

— Mademoiselle !

— Mademoiselle Svensson. Est-ce que vous serez chez vous dans les prochaines heures ?

— Oui.

— Est-ce que nous pouvons venir vous voir et parler un peu avec vous, quand nous aurons fini d'inspecter l'appartement ?

— Bien sûr.

— Très bien. Dans ce cas, nous passerons vous voir dans un moment.

Avec douceur mais fermeté, Irene reconduisit Mlle Svensson à la porte. Elle lui fit des signes de la main sur le seuil, avant de bien refermer derrière elle.

Jonny et Hannu se trouvaient déjà dans la chambre à coucher. Sur le rebord de la fenêtre sans rideau s'alignaient de ravissants pots de fleurs à profusion. D'ici, on avait une vue splendide sur la ville. Les murs de la pièce étaient peints en terracotta. Une moulure juste sous le plafond était décorée de motifs non figuratifs en noir, blanc et différentes tonalités de brun. Le plancher était un parquet verni marron foncé. Il n'y avait qu'un meuble dans la pièce. Le lit rond devait faire deux mètres cinquante de diamètre avec un dessus-de-lit en soie noire. Irene était prête à parier que les draps étaient de la même couleur et du même tissu. Aux murs, on pouvait admirer des masques africains très inventifs. Entre eux, des boucliers et des lances étaient accrochés de manière artistique.

— Hello, l'Afrique ! lança Jonny d'une voix de basse.

Il n'avait pas tort. Irene trouva que les masques grotesques et les lances avaient un aspect menaçant. Elle avait l'impression irrationnelle d'être observée.

Quel contraste lorsqu'on pénétrait dans la salle de séjour lumineuse ! Les murs étaient blancs, et le parquet le même que dans la cuisine. Des grandes baies d'angle, la vue était grandiose. Le soleil entrait à flots, Mlle Svensson avait sans doute baissé les persiennes pour protéger les fleurs du soleil.

— Cet homme a trouvé un système pour supprimer les rideaux. Cett idée me plaît bien, dit Irene.

Le mur latéral sans fenêtre était occupé par une bibliothèque. Au milieu de la pièce trônaient, face à face, deux grands canapés en cuir blanc. Dessous, sur le sol, s'étendait une peau de vache noir et blanc. La table basse consistait en deux triangles de marbre indépendants, l'un blanc et l'autre noir, qu'il suffisait de rapprocher pour constituer une surface plus grande. Une imposante chaîne hi-fi et un large écran de télévision étaient les seuls autres éléments de mobilier. Aux murs n'étaient accrochées que deux peintures à l'huile. De grand format, elles paraissaient l'œuvre du même artiste qui avait réalisé l'aquarelle dans le bureau.

— Joli, dit Hannu.

Irene fut un peu étonnée, car Hannu exprimait rarement ses opinions, préférant les garder pour lui. Ils fouillèrent l'appartement sans rien trouver d'intéressant, si ce n'est trois albums photos dans la bibliothèque. L'un montrait des images d'un seul et même homme dans toutes sortes de positions et de vêtements. Sur la page de garde était écrit « Markus Tosscander ». Selon toute vraisemblance, il s'agissait de photos de lui. Irene nota avec intérêt que les deux dernières étaient des nus.

Markus avait été un très beau garçon, les cheveux épais brun foncé, les traits purs et réguliers, les yeux d'un bleu profond et le sourire irrésistible. Irene avait fini par s'attendre à voir un homme efféminé, ce que démentait formellement son physique très masculin. Sur les photos dénudées, on voyait clairement sa musculature – tablettes de chocolat et muscles saillants. Il était incroyablement sexy.

Les deux autres albums de photos contenaient des clichés pris au cours de fêtes ou de voyages. Comme elles étaient accompagnées de nombreux textes, ils décidèrent de les emporter.

Hannu fit la remarque qu'ici non plus ils ne trouvaient pas de carnet d'adresses.

— Il faudra faire venir les techniciens pour faire des relevés. La grande baignoire se prêterait bien à découper un corps, je pense, dit Irene.

Ils n'avaient pas trouvé la moindre trace pouvant laisser penser cela, mais il fallait procéder avec méthode et n'écarter aucune hypothèse.

La penderie dans la chambre à coucher était quasiment vide. Irene nota que Markus semblait avoir emporté à la fois ses vêtements d'hiver et d'été. Bizarre, s'il avait déménagé en plein hiver. À moins qu'il n'ait alors déjà pris la décision de rester jusqu'à l'été. D'un autre côté, la distance entre Göteborg et Copenhague n'était pas si grande. Il devait quand même avoir des amis à voir de temps en temps. Sans oublier qu'il devait aussi s'occuper de son bureau et de son appartement. N'avait-il vraiment pas envisagé de revenir une seule fois ici dans le courant du printemps ? Si, c'est ce qu'il avait dû faire : rentrer à la maison, mais juste le temps d'être assassiné et découpé en morceaux.

Irene frissonna dans le bel appartement.

— Ça suffit si un seul d'entre nous va parler avec la vieille, dit Jonny.

— O.K. Je m'en charge, dit Irene.

Hannu et Jonny avaient trouvé deux clefs dans un des tiroirs de la haute commode dans l'entrée. Sur l'une, il était écrit « Cave », et sur l'autre « Grenier ». Ils prirent une clef et, sur le palier, allèrent chacun de son côté. Jonny ouvrit la porte de l'armoire à vins, Hannu descendit l'escalier, et Irene frappa chez la voisine d'en face. Celle-ci ouvrit au premier coup.

— Vous avez trouvé quelque chose ? demanda Britta Svensson.

Sa voix ne trahissait aucune curiosité, juste de l'inquiétude.

— Rien qui nous mette sur une piste pour savoir où il est, répondit Irene sans trop mentir.

Elle entra dans l'appartement. L'entrée était la même que chez Markus, mais les couleurs très différentes. Un tissu mural en velours pourpre trahissait que les derniers travaux d'aménagement remontaient à la fin des années soixante. Toutes les portes intérieures étaient peintes en marron foncé. Britta Svensson conduisit Irene dans une salle de séjour aussi grande que celle de Markus. Comme ce n'était pas un appartement d'angle, il n'y avait qu'une fenêtre, ce qui rendait la pièce peu lumineuse. Le mobilier était constitué d'un mélange de meubles sombres en chêne et de fauteuils Ikea. D'épais rideaux de chintz avec des roses retombaient de chaque côté de la fenêtre. Ce décor chargé concourait à alourdir le cadre.

— Je vous en prie, asseyez-vous, je vais chercher le café, dit Mlle Svensson.

Irene ne protesta pas, car elle avait réellement envie de café. Elle s'affala dans le canapé rose. Elle vit alors que les tasses étaient déjà posées sur la table. Cela n'aurait servi à rien qu'elle refuse, tout était déjà prêt.

La vieille dame sortit à petits pas pressés de la cuisine avec une cafetière dans une main et une assiette de petits-beurre dans l'autre.

— Je n'ai pas de petits gâteaux à la maison. Je ne m'attendais pas à avoir de la visite, s'excusa Britta Svensson.

Irene hocha la tête d'un air compréhensif et huma l'arôme puissant du café. Ce n'était pas la peine d'apporter des biscuits, l'important pour elle était d'avoir du café.

— Je serais heureuse si vous vouliez bien d'abord répondre à quelques questions de routine que nous posons toujours aux personnes au cours de ce genre d'entretien, dit Irene en guise d'introduction.

— Comme vous voudrez.

— Vos nom et prénom ?

— Anna Britta Svensson. Et surtout, tu peux me tutoyer.

— Merci. Quand es-tu née ?

— Le 18 octobre 1921.

Irene calcula rapidement que la dame en face d'elle avait presque soixante-dix-huit ans. Avant qu'elle n'ait eu le temps de lui poser d'autres questions, Britta poursuivit :

— Je suis née un peu plus bas dans la rue, mais la maison a été démolie il y a très longtemps. Cette maison-ci n'était pas encore construite. Mon père était boulanger, et ma mère donnait un coup de main à la boulangerie où il travaillait. Mes parents et nous – six enfants – vivions dans un deux-pièces. Tous mes frères et sœurs sont morts, je suis la seule encore en vie. J'étais ce qu'on appelle la petite dernière.

— Tu as donc toujours vécu dans cette rue ?

— Oui, toute ma vie. J'ai vécu trente-deux ans dans cet appartement, je m'y plais tellement. Avant de venir ici, j'ai habité plusieurs années un studio dans la maison voisine.

— Quel était ton métier ?

Cela n'avait rien à voir avec l'enquête proprement dite, mais Irene était curieuse de le savoir.

— Couturière. Les dernières années, j'étais chez Gillblads.

Assise bien droite dans le fauteuil en chintz, Britta fixait sur Irene ses yeux bleu pâle. Lentement, elle écarta de son visage une mèche de cheveux blancs et la glissa derrière son oreille.

— Mais il ne s'agit pas de moi. Où est Markus ? s'enquit-elle à voix basse.

— Si seulement on le savait, se força à dire Irene.

Britta parut vouloir poser une autre question, mais Irene la devança :

— Depuis combien de temps Markus est-il ton voisin ?

— Dix ans et demi. On a fêté nos dix ans de voisinage le jour de la Sainte-Lucie. Il est venu chez moi avec une bouteille de vin, et j'ai préparé quelques bons petits canapés. On est restés longtemps à discuter, c'était si agréable. C'est à ce moment-là qu'il m'a parlé de Copenhague, et j'ai promis de m'occuper de son appartement.

— Ça arrivait souvent que vous vous rencontriez autour d'une bouteille de vin ?

— De temps en temps. Il vient me voir quand il pense que je me sens un peu seule. C'est vraiment gentil et attentionné de sa part.

Britta ne pouvait s'empêcher d'esquisser un sourire quand elle parlait de Markus.

— J'ai cru comprendre que Markus a déménagé vers le nouvel an. Est-ce qu'il t'appelait souvent de Copenhague ?

— Pas si souvent que ça. Il avait tellement à faire. Il avait sans arrêt de nouvelles propositions et...

Elle s'interrompit et se pinça les lèvres. Elle finit par lâcher d'une voix atone :

— Il m'a appelé deux fois.

— Quand était-ce, la dernière fois ?

— Attends un peu...

D'un mouvement étonnamment rapide, Britta se leva et disparut dans la chambre à coucher. Elle revint un instant plus tard avec un petit almanach bleu. Elle le feuilleta nerveusement pour retrouver la date avant d'annoncer triomphalement :

— Ici. Le 18 février.

Elle tendit à Irene l'almanach ouvert à la bonne page. Il était écrit « Markus a appelé ». Les autres jours étaient restés en blanc.

— Je note toujours les événements importants.

— Tu te rappelles ce qu'il a dit ?

Britta plissa le front de concentration.

— Il m'a dit qu'il se plaisait bien à Copenhague et qu'il comptait revenir à la maison au début du mois de mars, mais qu'il m'appellerait avant... ce qu'il n'a pas fait. Encore qu'il a peut-être appelé quand j'étais à l'hôpital.

— Quand as-tu été hospitalisée ?

— J'ai été admise dans la nuit du 28 février et j'ai eu l'autorisation de rentrer le 15 mars. Mes intestins saignaient, ce n'était qu'un grand polype ; ils l'ont tout de suite enlevé, mais j'ai perdu beaucoup de sang. Alors ils ont dû me faire des transfusions, j'ai eu sept poches de sang ! Puis il y a eu toutes sortes d'examens avec...

— Pendant ce temps-là, Markus peut donc avoir été chez lui ? intervint Irene en interrompant ces histoires d'hôpital.

— Oui. Il y a en effet quelque chose...

Britta se tut et parut mal assurée.

— J'ai été admise aux urgences un dimanche soir. Avant ça, j'étais venue arroser chez Markus le vendredi. Dès que je suis rentrée, je suis allée dans son appartement et je m'attendais à voir des fleurs fanées, mais ce n'était pas le cas. Elles étaient si belles. Comme si quelqu'un les avait arrosées.

— Elles semblaient avoir été arrosées récemment ? Il y avait de l'eau dans la soucoupe, ou la terre était encore humide ?

— Elles ne venaient pas d'être arrosées. Ça remontait à trois, quatre jours.

Voilà qui était très intéressant. Si on pouvait prouver que Markus était rentré la première semaine de mars, on pourrait déterminer plus précisément la date de sa mort. Ce serait plus facile de trouver où il était allé et qui il avait rencontré.

Irene tenta de choisir ses mots avec soin :

— Sais-tu si Markus avait une petite amie ou quelqu'un qu'il rencontrait souvent ?

— Markus menait une vie si active. Il n'y avait pas de place pour une petite amie. Il disait qu'il n'en avait pas besoin puisqu'il m'avait, moi.

Quel effet cet homme faisait sur son entourage ! Tom Tanaka et Britta Svensson se sentaient tous deux élus par Markus.

— Est-ce qu'il avait beaucoup d'amis masculins ?

— Oui. Mais pas tant que ça. Il organisait de petites fêtes dans son appartement. Mais jamais de bêtises. Que des garçons gentils et bien élevés.

— Est-ce que tu connais le nom de certains d'entre eux ?

— Non.

Sur le moment, il ne vint pas d'autres questions à l'esprit d'Irene. Elle se leva en disant :

— Il ne me reste plus qu'à te remercier pour ton aide. Au besoin, est-ce que je pourrais revenir te poser d'autres questions ?

— Oh, avec plaisir.

La petite dame la reconduisit dans l'entrée. Une fois la porte refermée, Irene entendit le bruit de la clé qui tournait dans la serrure.

Jonny avait trouvé un carton qu'il descendait du grenier.

— Des revues et des films. Du porno homo, dit-il, l'air triomphant.

À la cave, il n'y avait qu'un vieux vélo. Hannu était retourné à l'appartement et avait feuilleté les albums photos. Ils avaient déjà décidé de les emporter.

— Des noms, dit Hannu en montrant du doigt.

En haut, sur une page de l'album, était collé un carton d'invitation pour un mariage. C'était une double carte avec deux anneaux en or sur la première page. À l'intérieur, il était écrit :

« Markus Tosscander vous invite au mariage d'Anders Gunnarsson et de Hans Pahliss à la mairie de Göteborg, le 29 mai 1998 à 12 h 30. Le repas de mariage aura lieu à Fiskekrogen à 13 h 30.

Fête le soir chez nous.

Soyez les bienvenus ! »

— Pahliss. Voilà un nom qu'il devrait être facile de retrouver, dit Irene.

— Un mariage. Ce sont deux mecs, bordel ! s'écria Jonny d'un ton dégoûté.

À côté du carton d'invitation, il y avait plusieurs photographies, visiblement prises au cours de la cérémonie et du repas.

Les deux hommes affichaient une trentaine d'années. L'un était grand et blond, l'autre plus petit et brun, ce dernier peut-être un peu plus âgé que son partenaire. Tous deux portaient des costumes sombres et des nœuds papillons rouge vif. Les roses à la boutonnière étaient rouges, elles aussi. Sur la première photo, on les voyait côte à côte, l'air sérieux, en train d'écouter l'officier de l'état civil. Derrière l'homme blond apparaissait le beau visage de Markus.

La deuxième photo était prise de côté, Markus y apparaissait de dos. Son costume de lin clair lui allait à ravir.

La dernière photo prise à la mairie montrait le couple dehors, sur les marches, recevant une pluie de grains de riz de la part des nombreux invités. Irene calcula rapidement qu'ils étaient quarante-trois, plus le photographe. Le costume clair de Markus se détachait bien dans la foule.

Les images suivantes étaient celles du repas. Des personnes gaies portaient des toasts et riaient. Le couple nouvellement uni paraissait rayonnant et adressait à ses invités un regard radieux. L'événement avait dû être particulièrement réussi. Irene nota que sur les photos figuraient presque autant de femmes que d'hommes. Il n'y avait aucun cliché de la fête plus tard dans la soirée.

— Nous regarderons tout ça d'un peu plus près au commissariat. Tu peux commencer à rechercher Gunnarsson et Pahliss, dit Irene.

Cette dernière phrase s'adressait à Hannu. Il acquiesça.

— Je crois qu'il serait temps pour moi de rencontrer papa Tosscander, dit Irene.

Elle était appuyée contre le bord du bureau du commissaire Andersson, tandis que Jonny, assis sur la chaise des visiteurs, faisait la tête :

— J'ai déjà parlé au vieux. Et je n'ai pas envie, moi, d'éplucher tous ces trucs de porno homo, protesta-t-il en faisant la grimace en direction du carton posé devant la porte.

— Tu n'es pas obligé de regarder les revues à la loupe, tu n'as qu'à jeter un coup d'œil aux films.

Pour rien au monde, Irene n'aurait voulu avouer qu'elle non plus n'avait aucune envie de regarder ces vidéos. Elle se hâta donc de dire :

— Il faut vérifier les renseignements selon lesquels Markus aurait été en ville la première semaine de mars. Peut-être qu'il a pris contact avec son père. Il faudra le lui demander. Cela dit, il peut fort bien l'avoir oublié ou ne pas vouloir s'en souvenir.

— Est-ce que Hannu a réussi à mettre la main sur les deux types de l'album ? demanda le commissaire Andersson.

— Non, mais il continue de chercher et il finira par les retrouver, dit Irene pour le consoler.

— Il est 17 heures passées. Il serait peut-être temps de se tirer, lâcha Jonny.

À cet instant, le téléphone sonna sur le bureau du commissaire. Il répondit et regarda Irene, paniqué.

— Un instant. Je vous la passe, dit-il.

Il tendit le combiné et chuchota :

— C'est un Danois qui voudrait te parler.

— Allô, ici Irene Huss.

— Bonsoir, Jens Metz à l'appareil. Nous avons retrouvé Isabell Lind. Morte.

Irene ne put émettre un son. Ses collègues autour d'elle la virent avec étonnement pâlir et chercher à se cramponner au bord du bureau.

— Allô ? Vous êtes là ? résonna la voix de Jens Metz.

— Je suis là.

— Bon. On l'a retrouvée assassinée à l'hôtel Aurora. L'étage supérieur était condamné pour cause de rénovation. Les peintres l'ont trouvée dans une des chambres. Des pistes semblent indiquer que nous avons affaire à notre fameux meurtrier mutilateur.

Irene se surprit à avoir les genoux qui flanchaient. Prenant lourdement appui sur le bureau du commissaire, elle parvint à s'asseoir sur le bord de la table. Elle avait vraiment l'impression que ses jambes ne la portaient plus.

— Est-ce qu'elle... a été démembrée ? réussit-elle à articuler.

— Non. Elle n'a subi aucune mutilation. Mais le mode opératoire du meurtre porte la signature de notre meurtrier. Elle a été étranglée et a subi le même traitement que Carmen Østergaard et le type que vous avez retrouvé. Le corps a été éventré, mais il ne manque aucun organe, selon Svend Blokk. C'est lui qui s'occupe de l'autopsie.

— Mon Dieu ! lâcha Irene.

— Nous aimerions que vous reveniez nous voir. Vous en savez plus que nous sur cette Isabell qu'on vient d'assassiner et sur l'enquête à Göteborg. Ensuite, j'aimerais vous demander un grand service.

— Lequel ?

— Que vous informiez ses parents. Ce sera toujours mieux que si c'est nous qui le leur annonçons par téléphone... et en danois.

Irene dut admettre qu'il n'avait pas tort, mais elle était bouleversée. Elle répugnait à affronter le désespoir de Monika Lind, mais elle n'avait pas le choix.

— Bon, d'accord, je vais le faire. Mais il faut que j'en parle à mon chef pour ce qui est de revenir à Copenhague.

Un coup d'œil à Andersson lui fit comprendre que son chef avait lui aussi pas mal de choses à voir avec elle. Son visage avait pris des couleurs inquiétantes, et son expression n'augurait rien de bon.

À peine eut-elle raccroché qu'il explosa :

— Mais c'est quoi toute cette histoire, bordel ? C'est qui, la personne qui vient de se faire démembrer ?

Irene dut le mettre au courant de toute l'histoire d'Isabell Lind, à partir du coup de téléphone de Monika. Elle alla chercher la brochure touristique de sa chambre d'hôtel et montra les photos des filles de Scandinavian Models.

Sven Andersson jeta un regard sombre à Irene avant de prendre la parole :

— Et les trois seules personnes à qui tu as montré sa photo, c'étaient les trois policiers avec qui tu as travaillé sur le meurtre ?

Durant un centième de seconde, la lourde silhouette de Tom Tanaka passa devant les yeux d'Irene, mais elle se résolut à ne pas l'impliquer. Elle sentait intuitivement qu'elle devait dissimuler son identité.

— Oui, dit-elle en soutenant le regard d'Andersson.

Le commissaire la fixa longuement. Comme s'il avait senti qu'elle lui cachait quelque chose.

— D'accord. Tu pars pour Copenhague demain. Mais tu emmènes Hannu avec toi.

— Ce n'est pas possible, dit Hannu.

— Enfin, quoi ! Vous n'avez pas besoin de rester là-bas tout le week-end de Pentecôte, dit Andersson.

— Je vais me marier.

Les autres le dévisagèrent comme s'il venait de reconnaître qu'il était le meurtrier et de faire un compte rendu détaillé de son mode opératoire. Personne ne trouvait rien à dire.

— Ah... Eh bien, félicitations !

— Merci.

— Et qui est l'heureuse élue ?

— Birgitta.

Évidemment. Enfin, le cerveau troublé d'Irene enclenchait la vitesse supérieure. Elle avait épié Hannu et l'avait vu monter dans la voiture de Birgitta. Mais de là à imaginer que leur relation était si avancée qu'ils allaient se marier !

Andersson en avait eu le souffle coupé, il essaya de le reprendre. Quand il eut repris un peu d'oxygène, il s'exclama :

— Birgitta Moberg, celle ici, dans le service ? Vous êtes tombés sur la tête ou quoi ? Un couple marié ne peut pas travailler dans le même service !

Hannu prit calmement l'explosion de son chef.

— C'est juste une affaire de six mois. Après, elle prendra un congé de maternité. On aura tout le temps de réfléchir.

Le silence était pesant. Irene éprouva un urgent besoin de s'asseoir.

Les yeux d'Andersson donnaient l'impression de vouloir sortir de leurs orbites. Irene s'inquiéta pour sa pression artérielle, sachant qu'il ne prenait pas toujours ses médicaments.

— Si c'est comme ça... Ah, j'en apprends de belles ! Tous mes inspecteurs font leurs petites affaires derrière mon dos et gardent leurs secrets pour eux. Irene enquête pour son propre compte à Copenhague, tandis que Hannu et Birgitta vont se marier...

Il marqua une pause avant de poursuivre :

— ... encore que cela n'a rien à voir avec le boulot. Sauf que cela influe forcément sur le travail quand deux inspecteurs ont une liaison. Non, ce n'est vraiment pas bien !

— Aurais-tu remarqué la moindre incidence sur mon travail ou celui de Birgitta ? demanda Hannu.

On pouvait déceler une pointe d'irritation dans sa voix. Andersson s'en rendit compte et ne répondit rien, se contentant d'arborer une mine maussade. Après un court silence, il fit pivoter sa chaise et s'adressa à Jonny :

— Et toi, qu'est-ce que tu me caches, hein ?

Jonny eut l'air profondément troublé.

— Rien... enfin, que je sache. Rien, bégaya-t-il.

Non, tu manques trop d'imagination pour ça, pensa Irene.

— Parfait. Dans ce cas, tu accompagneras Irene à Copenhague demain matin. On ne peut pas la laisser seule dans la nature sans que les gens se mettent à mourir comme des mouches !

Irene trouva la remarque infantile et injuste de la part d'Andersson, mais elle comprenait qu'il était vraiment hors de lui.

— Il se trouve que moi non plus je ne peux pas partir. Au cas où tu ne t'en souviendrais pas, j'ai posé demain un jour de congé. Nous allons à Stockholm. La nièce de ma femme se marie le jour de la Pentecôte dans l'après-midi. Un grand mariage avec une centaine d'invités et... dit Jonny.

— Mais c'est pas possible !... s'écria Andersson avant de se taire.

Il sortit son agenda et tourna les pages de l'index pour trouver le week-end de Pentecôte. Le front plissé, il considéra les dates. Il eut l'air de prendre une décision et déclara :

— Écoutez, Irene et toi, vous irez à Copenhague le lendemain du jour de Pentecôte. Vous serez sur place mardi matin pour assister vos collègues danois.

— Mais nous pensions rentrer le lendemain de...

— Je m'en fous ! Vous êtes à la maison quand vous voulez, mais mardi matin je veux vous voir à Copenhague !

Irene appela chez elle et raconta qu'elle devait se rendre à Vänersborg. Jenny ne lui demanda pas ce qu'elle allait faire là-bas, sa mère rentrerait encore une fois tard, comme d'habitude.

La rencontre avec Monika Lind fut aussi traumatisante qu'Irene ne l'avait craint. Monika avait dû voir à l'expression du visage d'Irene qu'elle n'apportait pas de bonnes nouvelles. À moins qu'elle n'eût compris, du simple fait qu'Irene venait en personne, qu'il était arrivé quelque chose de grave.

Irene n'entra pas dans les détails. C'était déjà assez affreux pour Monika d'admettre que sa fille avait été assassinée. Pour conclure, Irene dit :

— Les renseignements que nous avons reçus sont pour l'instant très succincts. Lundi, je pars là-bas avec un collègue pour tenter d'en savoir un peu plus.

Le mari de Monika était à la maison et put aider Irene à la consoler. Malheureusement, la jeune sœur, Elin, était présente aussi. Elle ouvrit de grands yeux en voyant sa mère pleurer. Elle n'allait pas tarder à joindre ses sanglots aux siens, parce qu'elle ne supportait pas de voir sa maman si triste.

Avant de quitter la famille Lind, Irene contacta le pasteur de la paroisse. C'était une femme assez jeune, à en juger par le son de sa voix, répondant au nom d'Eva Persson. Sans une seconde d'hésitation, elle promit d'arriver sur-le-champ.

Un quart d'heure plus tard, on sonnait à la porte. Irene ouvrit et laissa passer une grande femme blonde avec une robe de pasteur sur un jean Levis. Elle pria d'excuser sa tenue, car elle avait laissé ses occupations pour venir aussitôt. D'une voix basse et de manière concise, Irene fit part à la jeune femme des événements.

Sur le chemin du retour, Irene ressentit comme un grand vide en elle. Elle était à l'origine de ce chagrin, de ce désespoir. Pas directement... Certes, personne ne l'accuserait de la mort d'Isabell, sauf elle-même. Si elle n'avait pas aggravé les choses à Copenhague en recherchant Isabell dans le même temps où elle essayait de mettre la main sur un monstre, celle-ci serait toujours en vie. Comment le meurtrier avait-il été au courant de son investigation à titre privé ? Seuls ses trois collègues danois le savaient. Le meurtrier avait dû se sentir menacé du fait que la police de Göteborg avait déjà remonté la piste de Markus Tosscander jusqu'à Copenhague, et il avait décidé de donner à Irene un avertissement. Il avait donc choisi une victime innocente dont le seul tort était d'avoir un lien avec Irene...

Pauvre Isabell ! Comment avait été sa dernière heure de vie ? Les pensées et les images autour de sa mort tourmentaient Irene. Encore que c'était un miracle si elle s'en était sortie, si l'on peut dire, entière...

Tandis qu'Irene conduisait, elle décida de tout raconter aux jumelles et à Krister. De toute façon, cela serait bientôt dans les journaux.

Il était un peu plus de 10 heures du soir quand elle mit la clef dans la serrure. À peine eut-elle ouvert la porte que l'odeur divine de « la tentation de Jansson », un gratin aux anchois, lui parvint aux narines. Sammy se précipita pour lui souhaiter la bienvenue. Le reste de la famille était attablé dans la cuisine.

— Bonsoir ! Comme ça sent bon ! lança-t-elle.

Elle ne s'était pas rendu compte à quel point elle avait faim. Il faut dire qu'elle n'avait rien avalé depuis le déjeuner. Puis elle vit les visages graves des jumelles et de Krister.

— Nous avons appris ce qui s'est passé, dit Krister.

— Qui vous a... ? Comment vous le savez ?

— Jonny Blom a appelé, il cherchait à te joindre. Vous deviez décider à quelle heure vous partez à Copenhague, le lendemain du lundi de Pentecôte. Quand je lui ai demandé ce que vous aviez à faire là-bas, il m'a dit que vous deviez assister les enquêteurs dans l'affaire du meurtre d'Isabell Lind. Alors j'ai compris ce que tu étais allée faire à Vänersborg. Tu as parlé avec Monika.

Irene ne put empêcher ses yeux de se remplir de larmes, et elle eut juste la force de hocher la tête. Krister se leva et la prit dans ses bras. Il la serra fort un long moment. Irene sentit qu'elle prenait un peu de sa chaleur et de son énergie. Doucement, elle se détacha de lui et alla prendre un morceau d'essuie-tout. Elle sécha ses larmes et se moucha. À travers le brouillard de ses larmes, elle vit le visage pâle et fermé de ses filles.

— Je vais essayer de vous rapporter exactement ce qui s'est passé. Mais c'est une longue histoire, annonça-t-elle.

9

Il vaut mieux ne pas manger de gratin aux anchois juste avant d'aller se coucher. Surtout si des soucis viennent déjà perturber votre sommeil. Irene resta éveillée à ruminer ses pensées angoissantes jusqu'au petit matin. À l'aube, elle sombra dans un sommeil agité.

Le réveil sonna à 6 h 30 précises. Elle avait l'impression d'avoir passé la nuit dans le tambour d'un sèche-linge. Son corps était courbatu et refusait de se lever. Il ne restait qu'une chose à faire.

L'air déterminée, elle descendit dans la buanderie et enfila sa tenue de jogging toute propre. Elle laça ses baskets au dernier moment.

La fraîcheur du matin flottait encore dans l'air. Le ciel était couvert de fins nuages gris, mais le vent aurait tôt fait de les chasser. Irene commença par courir assez vite pour augmenter son rythme cardiaque. Comme d'habitude, elle prit le chemin descendant vers le petit port de Fiskebäck et remonta par les ruelles vers Långedrag. Aujourd'hui, elle se contenterait de faire la promenade courte, celle de cinq kilomètres. Comme elle n'était pas en odeur de sainteté auprès du commissaire, mieux valait ne pas arriver en retard à la réunion du matin.

Les autres étaient déjà assis quand Irene entra. Elle bredouilla une vague excuse, comme quoi la voiture avait eu du mal à démarrer. Tous connaissaient parfaitement la vieille Saab d'Irene, qui avait bientôt treize ans, personne ne mit donc en doute la raison de son retard.

— Maintenant que vous êtes tous là, nous allons pouvoir commencer. Jonny est en congé, mais il l'a appris avant de partir aujourd'hui. Il n'y a donc plus que Tommy et Fredrik à ne pas être au courant de la grande nouvelle.

Andersson marqua une pause pour faire durer le suspense.

— Birgitta et Hannu vont se marier demain.

L'expression du visage de Fredrik et Tommy prouva que tous deux tombaient des nues. Avant même qu'ils ne soient remis de leur surprise, le commissaire poursuivit :

— Nos collègues de Copenhague nous ont donné de leurs nouvelles. Une jeune prostituée suédoise vient d'être découverte assassinée et, apparemment, le meurtre porte la signature de notre meurtrier, même si la victime n'a pas été découpée en morceaux. Ou juste un peu. Toujours est-il qu'Irene et Jonny vont à Copenhague lundi pour essayer d'avoir davantage d'informations. Aujourd'hui, Hannu et Irene vont poursuivre les recherches pour retrouver les personnes dont les noms sont apparus dans le cadre de l'enquête autour de Markus Tosscander. Nous ferons connaître son identité après le week-end.

Hannu prit la parole :

— J'ai trouvé Hans Pahliss et Anders Gunnarsson. Ils habitent à Alingsås.

— Essaie de prendre contact avec eux. Fredrik et Birgitta, comment avance l'affaire avec Robert Larsson ?

Fredrik ne s'était pas encore remis de la grande nouvelle, mais Birgitta fit le bilan de l'enquête.

— Au lieu de chercher à dissimuler l'argent, il l'affiche. En d'autres termes, il blanchit de l'argent sale. Nous avons surveillé le Wonder Bar pendant trois jours, enregistré le nombre de clients et appris combien ça coûte pour entrer dans la boîte. Si les rentrées d'argent qu'a déclarées Robert Larsson étaient exactes, cela correspondrait à une moyenne de deux cents clients par jour. C'est un chiffre tout à fait improbable. Nous avons calculé que la moyenne tournait autour de soixante-trois. Mais nous allons poursuivre quelques jours nos vérifications avant de l'interpeller à nouveau.

— Parlez-en d'abord avec le procureur, conseilla Andersson.

— Oui, nous le ferons.

— Et comment ça va avec Jack l'Éventreur ? demanda Andersson en se tournant vers Tommy.

— Rien de neuf pour l'instant. Je vais retourner interroger sa dernière victime aujourd'hui. Elle était trop secouée pendant notre premier entretien. Je trouve inquiétant que nous n'ayons eu aucun indice. Il y avait pourtant avant-hier un grand article à la fois dans le *Göteborgs-Posten* et dans le *Göteborgs Tidende*, mais personne ne s'est manifesté. Et c'est bientôt le week-end.

— Il ne sévit que pendant le week-end et seulement à l'intérieur des appartements. De préférence autour de Vasagatan et des rues adjacentes, constata Andersson.

— Est-ce qu'on a pu relever des empreintes digitales ? intervint Irene.

Tommy fit signe que oui tout en haussant les épaules. Ce qu'on pouvait interpréter comme à la fois « oui » et « peut-être ».

Hannu et Irene allèrent dans le bureau d'Irene pour planifier la journée.

— Et si j'allais voir papa Tosscander dans la matinée pendant que tu essaies de localiser Pahliss et Gunnarsson ? proposa Irene.

— Ce n'est pas une mauvaise idée. Comme ça, on pourrait les interroger dans l'après-midi.

Irene appela Emanuel Tosscander. Il continuait à figurer dans l'annuaire comme médecin-chef. Pourtant, d'après les renseignements de Jonny, il avait pris sa retraite, il y avait quelques années.

— Tosscander à l'appareil, répondit une voix grave.

Si Irene n'avait pas connu sa profession, elle aurait parié qu'il faisait partie du haut commandement militaire.

— Bonjour. Mon nom est Irene Huss. Je suis inspecteur de la brigade criminelle...

— J'ai déjà parlé avec un policier. Markus est à Copenhague. Vous n'avez qu'à le chercher là-bas.

La voix était glaciale et hostile.

— Nous avons de fortes raisons de croire que Markus a été victime d'un crime, dit Irene d'un ton calme.

Il y eut une seconde de silence avant qu'elle n'entende comme un coup de pistolet :

— Quel genre de crime ?

— C'est précisément de cela que j'aimerais m'entretenir avec vous. J'arrive dans une demi-heure. À tout de suite.

Avant que Tosscander n'ait pu protester, Irene avait raccroché. Elle se donna du courage avec une autre tasse de café et prit sa voiture.

La grande maison de plain-pied en brique marron portait le numéro cinq sur une plaque métallique, non loin du golf de Hovås. La haie d'alisier de Suède qui entourait la maison atteignait plusieurs mètres de haut. De la route, on ne voyait que le toit plat. Irene s'engagea sur le chemin et cahota jusqu'au garage mal entretenu. Le jardin, comme la maison, était un peu à l'abandon.

La porte d'entrée s'ouvrit avant même qu'elle n'eût esquissé le geste de frapper le lourd heurtoir de bronze en forme de tête de lion.

— Irene Huss, inspecteur de la brigade criminelle.

La poignée de main d'Emanuel Tosscander était sèche et dure.

Il était de la même taille qu'Irene. Son corps paraissait élancé et bien entraîné. Il avait des cheveux épais et argentés. Markus avait hérité de son père ses yeux magnifiques. Le visage très bronzé était curieusement dépourvu de rides. Emanuel Tosscander avait indéniablement beaucoup de classe.

– Je suis le médecin-chef Emanuel Tosscander, répondit-il.

Il fit un pas de côté et, visiblement à contrecœur, d'un geste de la main, l'invita à entrer.

Le hall était sombre avec un sol foncé en tommettes et un tissu mural vert mousse. Irene suivit le dos droit de Tosscander père dans l'entrée, jusqu'à une immense salle de séjour. De grandes baies vitrées couraient sur tout un mur ; malgré cela, la lumière du soleil peinait à entrer en raison de la végétation luxuriante du jardin. L'immense pièce était plongée dans une sorte de faux jour. Les meubles étaient massifs, imposants, en bois sombre. Au sol s'étendaient de grands tapis dans des tons brun rougeâtre. Même les tableaux sur le mur ne parvenaient pas à éclairer la pièce. Il s'agissait pour la plupart de paysages et de portraits dans des tons passés. Pas une seule plante en pot ne poussait près des fenêtres.

— Je vous en prie, asseyez-vous, dit Tosscander de façon mécanique.

Lui-même resta debout. Irene prit place dans un fauteuil de cuir dur et inconfortable.

— Merci. Je serais heureuse si vous vous asseyiez aussi.

Il eut l'air de vouloir protester, mais quelque chose dans la voix d'Irene le fit obtempérer. Il s'assit tout au bord du canapé et se drapa dans une certaine froideur, mais derrière cette attitude glaciale Irene pouvait percevoir une vague inquiétude.

Autant l'informer de ce qui était arrivé à Markus, puisque ce serait dans les journaux dans quelques jours. Aussi Irene alla-t-elle droit au but :

— C'est aimable à vous de me recevoir. J'ai quelque chose de grave à vous annoncer. Mais d'abord j'aimerais que vous répondiez à une question : est-ce que Markus vous a contacté durant la première semaine de mars ?

— Non.

— Vous en êtes absolument certain ?

— Oui.

— Quand vous êtes-vous parlé pour la dernière fois ?

— Cela ne vous regarde pas !

— Si, je crois. Nous enquêtons sur un crime.

— Quel genre de crime ?

— Un meurtre.

Irene le regarda bien en face et il baissa les yeux le premier. Un long moment, il fixa son jardin envahi par les mauvaises herbes avant de se tourner vers elle.

— Nous ne nous sommes plus parlé depuis le début du mois de décembre.

— Pourquoi ?

— Nous... nous sommes fâchés.

— À quelle occasion ?

— Cela ne vous regarde absolument pas !

— Je crains que si. Je vous rappelle encore que nous enquêtons sur un meurtre.

— De qui ?

— Je regrette, mais il s'agit de Markus.

Lentement, toute couleur disparut du visage si distingué. Son bronzage prit une teinte jaunâtre. Sous les yeux d'Irene, Emanuel Tosscander prit dix ans en l'espace de quelques secondes. Sans la quitter des yeux, il s'affaissa dans le canapé. Enfin, il réussit à articuler :

— Ce... n'est pas... vrai.

— Malheureusement si. Markus s'est fait faire à Copenhague un tatouage très inhabituel. Le corps que nous avons retrouvé il y a quelques semaines, près de Killevik, présente le même tatouage. Il y a aussi d'autres éléments qui concordent.

— Non ! Pas ça, pas découpé en morceaux !

L'angoisse transparaissait dans sa voix et son regard. Il se releva lentement. D'une voix qu'il essayait de maîtriser, il s'inquiéta :

— Est-ce que le nom de Markus sera publié dans la presse ?

— Oui. Nous y sommes obligés pour tenter de recueillir des témoignages.

— Mon nom !... Que vont dire les gens ? Vous pouvez comprendre ça, n'est-ce pas ? J'interdis que son nom apparaisse dans les journaux !

Dans son indignation, il s'était remis debout et pointait un doigt accusateur sur Irene. Elle sentit monter en elle la colère. D'un ton sec, elle ordonna :

— Assis.

Cet ordre de sergent marchait sur Sammy, ce fut aussi le cas sur un Tosscander, tout décontenancé.

— Markus est apparemment rentré chez lui la première semaine de mars. C'est là qu'il a rencontré son assassin. Un assassin qui, selon nos informations, a déjà tué. Il risque fort de recommencer. Voilà pourquoi nous devons le trouver. Vous aussi devriez avoir envie qu'on arrête le meurtrier de votre fils.

Tosscander donnait l'impression d'avoir reçu une gifle.

— Pourquoi vous êtes-vous fâchés ? reprit Irene.

Il ne répondit pas.

— Une simple supposition de ma part : il vous a révélé son homosexualité. Je me trompe ?

Le jaune du visage de Tosscander commençait à virer au rouge, couleur qui avait pris naissance dans son cou et gagnait progressivement tous ses traits.

— Ce n'est pas vrai ! Il s'était mis cette idée en tête. Je ne sais pas combien de petites amies il a ramenées à la maison pendant toutes ces années. Il n'est pas homosexuel !

— Combien de petites amies a-t-il ramenées ici ?

— Oh, c'est difficile à dire... je ne sais pas.

— Essayez quand même de calculer.

Tosscander plissait les yeux en regardant Irene, mais semblait réfléchir.

— Quatre ou cinq.

— Quatre ou cinq petites amies pour un homme de trente et un ans. Vous pouvez me donner leurs noms ?

— Non. Juste un. Les autres, je les ai seulement rencontrées une ou deux fois. Angelica Sandberg était une jeune fille qui habitait à côté et avec qui il est resté plusieurs années.

— Quand était-ce ?

— Hmm... disons il y a une dizaine d'années. Elle est mariée maintenant. Elle vit aux États-Unis.

— Mais ses parents habitent toujours ici ?

— Oui.

Irene nota le nom dans son calepin. Cela valait la peine de prendre contact avec Angelica.

— Il n'est jamais venu ici avec des... hommes ?

Tosscander se raidit. D'une voix atone, il dit :

— Non. Pas ces dernières années. Quand il était plus jeune, cela pouvait arriver... mais pas depuis qu'il avait quitté la maison.

— Il était donc toujours seul quand il venait vous rendre visite ?

— Oui.

— Il ne vous a jamais parlé d'un petit ami ?

— Non.

— Il n'a jamais prononcé le moindre nom ?

— Non.

De nouveau enfoncé dans le canapé, Tosscander semblait avoir abandonné la lutte. La vérité commençait à s'imposer à lui.

— Monsieur Tosscander, je dois vous poser quelques questions de routine. Vous êtes d'accord ?

Il hocha faiblement la tête.

— Quel âge avez-vous ?

— Soixante-neuf ans.

Irene fut surprise. Il paraissait infiniment plus jeune.

— Où avez-vous été médecin-chef avant de prendre votre retraite ?

— Dans le service d'oto-rhino-laryngologie de l'hôpital Sahlgren.

Un spécialiste comme lui doit pas mal s'y connaître en technique d'autopsie, pensa Irene.

— Est-ce que Markus a des frères et sœurs ou des demi-frères et sœurs ?

— Non.

— J'ai cru comprendre que votre femme était décédée...

— Il y a dix ans. Un cancer du sein.

Soudain il se leva et adressa à Irene un regard d'une grande dureté.

— Je suis heureux qu'elle soit morte et qu'elle n'ait pas eu à subir ce... déshonneur !

C'est donc ainsi qu'il voyait la mort de son fils. Un déshonneur pour lui.

La visite chez Emanuel Tosscander avait déprimé Irene. Comme Hovås ne se trouve pas trop loin de Fiskebäck, elle décida de rentrer déjeuner chez elle.

Cela faisait une curieuse impression de revenir chez soi en pleine journée, dans une maison vide. La boîte à lettres débordait tellement de tracts publicitaires qu'Irene faillit jeter la carte postale avec. Avant de tout mettre dans la poubelle à papier, elle vit quelque chose briller dans un prospectus pour Hemglass, le service de glaces ambulant. Curieuse, elle regarda de plus près la carte en couleur et fut étonnée de voir ce qu'elle représentait : la célèbre statue de la Petite Sirène au premier plan, sur fond de mer scintillante. Le texte était écrit au feutre noir, tout comme le nom et l'adresse d'Irene. Le numéro de la rue et le code postal, tout était correct.

The little mermaid is dead.

C'était là tout le texte. La carte avait été oblitérée à Copenhague deux jours plus tôt. Irene reposa aussitôt la carte sur la table. Le traitement à la poste avait dû brouiller les empreintes digitales, mais il pouvait malgré tout rester quelque chose d'utilisable.

Qu'est-ce que ça signifiait ? Était-ce un avertissement ou une menace ? *The little mermaid* ne pouvait être qu'une allusion à Isabell Lind.

Qui avait envoyé cela ? La réponse était claire : l'assassin d'Isabell. Personne d'autre n'aurait eu d'intérêt à ce genre de mise en garde.

Mais pourquoi ? Ils étaient plusieurs policiers à enquêter sur ces affaires, ici et à Copenhague. Le meurtrier semblait, pour une raison quelconque, l'avoir choisie, elle.

Irene alla chercher une enveloppe et y glissa la carte.

Soudain, une pensée la frappa. Le message était en anglais. Et si c'était Tom Tanaka qui essayait de prendre contact avec elle ? C'était un peu tiré par les cheveux, mais pourquoi pas ? Cependant, en examinant d'un peu plus près l'écriture, elle ne vit aucune ressemblance avec le style raffiné de Tom qu'elle avait pu voir, lorsqu'elle était à l'hôtel Alex. L'écriture sur la carte ressemblait davantage à de grosses lettres d'imprimerie. Bien sûr, les lettres avaient été déformées, mais Irene confierait la carte aux spécialistes du commissariat, en même temps que le message de Tom qu'elle avait gardé.

Elle prit son téléphone mobile et composa le numéro de Tom. Il répondit presque aussitôt.

— Salut Tom. C'est moi, Irene.

— Salut. Je devine que vous m'appelez à cause du meurtre d'Isabell.

— Oui. Mais il faut d'abord que je vous pose une question. C'est vous qui m'avez envoyé une carte postale ?

— Absolument pas. Je n'envoie jamais de cartes postales.

— Je m'en doutais, mais je devais m'en assurer. J'ai reçu une carte de Copenhague avec...

Elle s'arrêta un instant pour trouver le mot « sirène » en anglais, puis se souvint qu'il était écrit sur la carte.

— ... la Petite Sirène. Au dos, il est juste écrit : *The little mermaid is dead*. Rien d'autre. Je ne sais pas comment interpréter cette carte.

Tom resta silencieux un long moment. Elle pouvait entendre sa respiration sifflante. Enfin il dit :

— C'est un avertissement. L'assassin sait exactement où vous êtes. Le pire, c'est que je crois que le meurtre d'Isabell était aussi un avertissement qui vous était adressé directement. Je vous l'avais déjà dit quand elle avait disparu.

— Est-ce que la police sait que vous avez appelé votre contact à l'hôtel Aurora pour chercher à localiser Isabell ?

— Non. Il est venu ici, il était complètement hystérique quand ils ont retrouvé le corps, mais j'ai réussi à le calmer. Nous avons la chance qu'une fille ait appelé l'hôtel pour avoir des nouvelles d'Isabell juste après mon coup de fil. La police sait seulement qu'une des filles de l'agence d'escorte a téléphoné parce que Isabell n'est jamais rentrée après son boulot à l'hôtel Aurora. Alors, la police croit que les questions posées par mon contact au personnel ont pour origine le coup de fil de la fille de Scandinavian Models.

— Je crois qu'il est important que la police à Copenhague n'ait pas connaissance de votre rôle concernant Markus. Je n'ai toujours pas dévoilé votre identité à mes collègues suédois.

— Tant mieux.

— Personne ne semble se douter à quel point vous étiez proches, vous et Markus.

— Non. Nous étions très discrets, pour des raisons différentes. Markus ne voulait pas que le flic chez qui il habitait soit au courant.

— Et vous n'avez parlé à personne de votre relation à tous les deux ?

— Non. À vous seulement.

— Je reviens à Copenhague lundi soir et j'ai de nouveau réservé une chambre à l'hôtel Alex. Malheureusement, je serai avec un collègue. Un homme. Je ne serai donc pas aussi libre de mes mouvements.

— Je comprends. On garde le contact.

— Oui. Salut.

— Faites attention à vous. Salut.

Après ce coup de téléphone, Irene éprouva une vague inquiétude. Y avait-il un risque que Tom soit menacé ? Elle ne pouvait pas exclure cette possibilité.

Le spécialiste Svante Malm prit les deux cartes et promit de faire une expertise graphologique et de rechercher d'éventuelles empreintes digitales le plus vite possible.

Hannu l'attendait déjà là-haut, dans son bureau. Irene lui parla de la carte postale. Il resta un long moment silencieux avant de demander :

— Tu vas vraiment aller à Copenhague ?

— Tu veux dire que ça pourrait réellement être dangereux ?

— Peut-être.

— Il connaît mon adresse et peut facilement me joindre ici ! Et d'après nos renseignements, le meurtrier peut tout aussi bien se trouver à Göteborg qu'à Copenhague.

Irene prit une profonde inspiration avant d'affirmer avec conviction :

— Il faut que je l'arrête.

Hannu hocha la tête. Il connaissait bien le caractère d'Irene et savait que l'assassin avait de bonnes raisons de se sentir pourchassé.

— Qu'as-tu trouvé sur Pahliss et Gunnarsson ? demanda-t-elle.

— Hans Pahliss est médecin. Chercheur. En virologie. Il se trouve actuellement en France pour assister à une conférence. Mais j'ai pu joindre Anders Gunnarsson. Il est dentiste et il veut bien nous rencontrer. Il a un cabinet à Vasaplatsen et il finit plus tôt le vendredi. Il pourrait nous voir vers 15 heures.

— Parfait. Cela nous laisse tout juste le temps de prendre un café avant d'y aller.

La circulation était déjà dense. Le système des RTT faisait que l'heure de la liberté commençait à sonner pour beaucoup de gens juste après le déjeuner. Irene réussit à trouver une place de parking dans Storgatan.

— Prenons ça comme un signe favorable. On en a besoin, étant donné la complexité de cette enquête, soupira Irene.

Ils trouvèrent sans difficulté le cabinet de dentiste d'Anders Gunnarsson. Il partageait apparemment les locaux avec deux autres collègues. D'après les rutilantes plaques en laiton, il s'agissait de Rut et Henry Raadmo, a priori un vrai couple.

Irene sonna à l'interphone. Aussitôt une voix d'homme répondit dans le haut-parleur :

— Qui cherchez-vous ?

— Le dentiste Anders Gunnarsson. Nous avons rendez-vous à 15 heures, dit Hannu.

— Montez. C'est au deuxième étage.

On leur ouvrit la porte, et Hannu poussa le lourd battant. Quelques marches en marbre rouge menaient à la cage d'escalier. Les plus courageux pouvaient alors entrer dans un ascenseur datant du début du siècle dernier. Comme Irene et Hannu n'avaient pas envie de rester coincés dans un vieil ascenseur pour le reste de l'après-midi, ils choisirent l'escalier.

Anders Gunnarsson les accueillit sur le pas de la porte de son cabinet. Irene le reconnut d'après la photo comme étant le grand blond. Ses cheveux étaient un peu plus longs. Il leur tendit la main et leur fit un large sourire de ses dents éclatantes. Sa poignée de main était énergique. Puis il les fit entrer dans son cabinet.

Ils traversèrent une salle d'attente sobre, dans des tons gris clair et rose ancien. Irene devina tout de suite que Markus Tosscander s'était occupé de la décoration. En entrant dans la pièce privée, son intuition se transforma en certitude. Un coin cuisine acier et noir, un parquet en cerisier verni et des éléments de cuisine dans le même style que ceux de Tom Tanaka. Tout paraissait neuf et impeccable. Le cabinet semblait avoir été entièrement renové.

— Je vous en prie, asseyez-vous. Je vais préparer du café. Il n'y a que nous ici. Mes collègues rentrent le vendredi chez eux vers 14 heures, expliqua Anders Gunnarsson.

Irene et Hannu prirent place dans les fauteuils qui crissèrent. Ils sentaient encore le cuir neuf.

Gunnarsson remplissait le filtre de café quand il s'arrêta pour regarder Hannu.

— Pourquoi voulez-vous me parler ? demanda-t-il.

— Au sujet de Markus Tosscander, répondit simplement Hannu.

— Il lui est arrivé quelque chose ?

Il perçait une certaine inquiétude dans la voix du dentiste. Ses yeux bleus allèrent d'Irene à Hannu dans l'espoir d'obtenir des éclaircissements. Ce fut Irene qui répondit :

— Nous avons des raisons de le craindre.

Gunnarsson poussa un profond soupir.

— Hans et moi parlions de lui la semaine dernière. On trouvait bizarre qu'il ne donne pas signe de vie. On en était à se demander s'il ne s'était pas finalement installé en Thaïlande.

— En Thaïlande ? Il était à Copenhague...

— Je sais, mais il m'a appelé pour me dire qu'il était chez lui, le temps de mettre quelques vêtements d'été dans un sac de voyage. Il avait été invité à la dernière minute à un périple en Thaïlande. Son appareil photo semblait défectueux, et il se demandait s'il pouvait nous en emprunter un. Mais quand on lui a dit qu'il était chez nous à Alingsås, cela ne l'intéressait plus. Il nous a expliqué qu'il ne pouvait pas aller jusqu'à notre domicile ce soir-là, alors je lui ai conseillé d'en acheter un bon marché dans les boutiques *duty free* de l'aéroport.

Irene sentit son pouls battre plus vite. Enfin, une vraie piste après tous ces coups d'épée dans l'eau !

— Quand a-t-il appelé ?

Gunnarsson plissa le front et réfléchit. Enfin il annonça, très sûr de lui :

— Ce devait être début mars. Au tout début. Nous parlions de la rénovation de notre maison, qui était presque terminée.

— Est-ce Markus qui en a été l'architecte d'intérieur ?

Irene posait cette question pour la forme.

— Oui. Si vous saviez à quel point tout ici avait besoin d'être rafraîchi...

Il s'interrompit brusquement et regarda Irene droit dans les yeux.

— Qu'est-ce qui est arrivé à Markus ?

Irene se défila :

— On ne sait pas encore exactement. Après cette conversation avec vous, nous espérons que les différents morceaux du puzzle trouveront leur place.

Hannu intervint :

— Comment avez-vous connu Markus ?

— On a été de bons copains pendant des années.

— Combien exactement ?

Gunnarsson réfléchit avant de répondre :

— Six ans.

— Seulement de bons copains ?

Gunnarsson rit.

— On est d'abord sortis ensemble. Ce fut une semaine intense, mais je me suis vite rendu compte qu'on ne peut pas avoir une relation avec Markus. Il est très... comment dire... fuyant. J'avais envie de quelque chose de plus stable et j'ai compris que Markus n'était pas l'homme qu'il me fallait. Peu après, j'ai rencontré Hans, et nous sommes toujours ensemble.

— Mais vous avez gardé le contact avec Markus, fit remarquer Hannu.

— Bien sûr ! On se voit souvent et on a plein d'amis en commun. C'est un type adorable à tous points de vue. Le meilleur ami qu'on puisse avoir.

Gunnarsson s'interrompit et parut chercher ses mots pour mieux s'expliquer. Il finit par dire en hésitant :

— Markus est une personne chaleureuse et profonde. Il est plein de charme, et c'est aussi quelqu'un d'attentionné. Mais dès qu'il s'agit de relations, il est... superficiel. Il n'arrive pas à être fidèle, il faut toujours qu'il drague de nouveaux mecs. La plus longue relation qu'il ait eue, c'est avec Hassan. Un chercheur égyptien invité ici à l'université de Göteborg. Je crois que ça a duré trois mois, un record absolu pour Markus.

— Et ça remonte à quand ?

— Quatre ans. Je m'en souviens parce qu'ils étaient à nos fiançailles, à Hans et moi.

— Ça ne dérange pas Hans que Markus et vous ayez été ensemble ?

Anders Gunnarsson considéra Hannu et sourit :

— Avant de décider de vivre ensemble, Hans et moi, on a bien sûr parlé de l'infidélité et de ce qu'on entendait par là. Pour Hans, comme pour moi, la fidélité est importante. Mais Hans n'a jamais été jaloux de Markus, puisque notre histoire était déjà terminée avant que Hans et moi ne sortions ensemble.

Irene intervint :

— Qui était le compagnon de Markus avant qu'il ne déménage à Copenhague ?

Elle obtint pour toute réponse un haussement d'épaules.

— Aucune idée. On s'est vus chez lui pour la Sainte-Lucie, avant son départ, pour la dernière fois.

— Vous n'avez pas remarqué quelqu'un qui aurait pu être son compagnon ?

— Non. Cela aurait pu être n'importe qui, ou bien personne. Avec Markus, on ne peut jamais savoir. Il a parfois fait des trucs limites.

— Qu'est-ce que vous voulez dire ? Comment ça ?

Gunnarsson chercha de nouveau ses mots avant de poursuivre :

— Il est toujours attiré par des mecs... dangereux. Et il se met lui-même en danger. Ce Hassan, par exemple, était un type assez dur, avec clairement des tendances sadiques. Un jour, Markus est venu chez moi alors qu'il faisait plus de 20 °C dehors et il portait un polo ! Lui qui sait si bien s'habiller et toujours en accord avec le temps qu'il fait ! Je lui ai demandé pourquoi il avait mis ce polo, et pour toute réponse il a baissé le col pour me montrer de grosses traces laissées par une corde autour de son cou. Il faut croire... qu'il aimait ça.

— Ce Hassan, il est encore en Suède ?

— Non. Il est mort. Il a été assassiné par un cinglé, il y a deux ans, dans un bar gay de San Francisco. Neuf personnes ont été tuées, Hassan était l'une d'entre elles.

— Ah, je me rappelle... Le type qui a tiré était un prostitué. On lui avait apparemment fait subir dans ce club des trucs qui l'avaient rendu dingue, et il ne voulait plus qu'une chose : se venger, dit Irene.

Gunnarsson haussa les sourcils et acquiesça.

— Oui, c'est ça. C'était le genre de bar où Hassan avait ses habitudes et ça en dit assez long sur le personnage.

— Et sur Markus, ajouta Hannu.

— Ce n'était pas ce genre d'endroits qui l'attirait, mais ce genre d'homme. Je crois qu'on peut dire ça comme ça.

En son for intérieur, Irene vit la silhouette massive d'un lutteur de sumo. Inhabituelle, voire dangereuse. Le dentiste prit une profonde inspiration et regarda fixement Irene :

— Maintenant il faut me dire ce qui est arrivé à Markus !

Irene fit signe que oui.

— Mais juste avant, une dernière question. Avez-vous l'adresse de Markus à Copenhague ?

— Non. Il m'a dit qu'il m'appellerait quand il aurait décidé où il allait habiter.

— Mais il ne vous a jamais appelé pour vous communiquer sa nouvelle adresse ?

— Non.

— C'est quand même bizarre que vous ne vous soyez pas inquiété plus tôt de son silence. Pourquoi avez-vous attendu maintenant pour le remarquer, s'il est parti en Thaïlande début mars ? Cela fait deux mois et demi.

— C'est vrai, comme je l'ai déjà dit, on a commencé à s'inquiéter assez récemment. Mais c'est toujours comme ça avec Markus. Pendant de longues périodes, on reste sans nouvelles. Surtout quand il travaille beaucoup ou quand il a fait de nouvelles rencontres. C'est déjà arrivé plusieurs fois qu'il disparaisse avec un nouvel amour et réapparaisse par la suite comme si de rien n'était.

— Combien de temps durait ce genre d'épisodes ?

— Oh, ça peut aller d'une journée à deux semaines.

— Mais jamais deux mois ?

— Non. Mais quand il a appelé début mars, il a dit qu'il ne savait pas combien de temps ils allaient rester.

— Vous avez dit « ils allaient ». Avec qui est-il parti ?

— Il n'a pas voulu le dire. Il a seulement ri quand je lui ai posé la question et m'a dit que je ne devinerais jamais.

— Que vous ne devineriez jamais... Cela sous-entend que vous connaissez cette personne.

— C'est possible. Mais je n'ai aucune idée de qui cela peut être.

— Que vous a dit Markus exactement quand il a appelé début mars ?

— On a d'abord parlé de la rénovation du cabinet et de l'avancement des travaux. Ensuite je l'ai invité à dîner le lendemain, il a décliné la proposition. Il devait partir en Thaïlande avec un ami, mais il n'a pas mentionné son nom. Puis il a parlé de l'appareil photo. Enfin il a dit qu'il devait écourter la conversation, parce qu'il n'avait pas encore fait ses bagages.

— A-t-il dit d'où ils devaient partir ?

— Non, mais je suppose que c'était de Landvetter, puisqu'il était ici, à Göteborg. Mais peut-être qu'il était seulement revenu pour prendre ses affaires d'été.

— Et s'il était parti avec une femme ?

— Quand il était plus jeune, ça lui est arrivé... Pour sauver les apparences vis-à-vis de ses parents, il se montrait de temps en temps avec des filles. Il me l'a raconté. Et j'ai bien vu comme il attirait les femmes. Mais ces derniers temps, il a arrêté tout ce cinéma. Il n'avait plus besoin des femmes comme alibi.

— Ça lui arrivait d'avoir une relation sexuelle avec une femme ?

Gunnarsson secoua la tête.

— Non. Jamais. Il est cent pour cent gay. Ce sont ses propres mots.

Irene résolut que le moment était venu de dire la vérité à Anders Gunnarsson. Elle commença par demander :

— Est-ce que Markus a parlé d'un tatouage qu'il se serait fait faire à Copenhague ?

— Non.

Le dentiste secouait la tête, soudain il s'arrêta :

— Encore que... peut-être. Quand je lui ai demandé comment ça s'était passé à Copenhague, il m'a dit qu'il avait quelque chose à me montrer qui traduirait l'impression inoubliable que cette ville avait faite sur lui. Et, l'air mystérieux, il a éclaté de rire. Cette chose inoubliable, ce peut être une allusion à un tatouage.

— Il se trouve que nous savons que Markus s'est fait faire à Copenhague un tatouage tout à fait unique...

Irene parla alors du tatouage avec le dragon et de la victime découpée en morceaux retrouvée à Killevik. Bouleversé, Anders Gunnarsson éclata en sanglots. Son chagrin paraissait profond et sincère. Puis ses pleurs diminuèrent, et il se leva pour chercher un mouchoir en papier et essuyer ses larmes.

La tête baissée et les yeux clos, il prit quelques profondes inspirations. Quand il fut plus calme, Irene dit doucement :

— Je comprends que ça doit être un choc terrible pour vous.

Gunnarsson hocha la tête. Ses yeux encore pleins de larmes exprimaient un réel chagrin et une véritable douleur.

— Quand Hans doit-il rentrer de son voyage en France ? demanda Irene.

— Jeudi. Le 27.

— Il est à Paris ?

— Oui.

— Vous voulez bien lui dire que nous l'attendons au commissariat dans la journée de vendredi. Il n'a qu'à téléphoner et demander à parler, soit à Hannu Rauhala, soit à moi, pour convenir de l'heure.

Irene et Hannu se levèrent, remerciant pour le café et tous les renseignements. Gunnarsson les raccompagna jusqu'à la porte. Il leur serra la main et leur dit au revoir. Irene sentit dans sa main un léger tremblement qu'elle n'avait pas perçu quand ils s'étaient salués. D'un geste impulsif, elle pressa sa main entre les siennes en demandant :

— Ça va aller ? Voulez-vous que nous appelions quelqu'un ou qu'on vous dépose quelque part ?

Gunnarsson secoua doucement la tête.

— Non merci, c'est gentil mais... non merci.

Irene prit dans sa poche une carte de visite.

— Appelez-moi à la maison s'il vous revient quelque chose d'important. Je suis chez moi tout le week-end.

Gunnarsson accepta la carte et la glissa dans la poche de sa veste sans la regarder.

– Est-ce que ça pourrait être un jeu sexuel qui aurait mal tourné ?

Hannu posa la question à Irene sur le chemin du retour.

— Ce n'est pas impossible. Mais pourquoi le découper en morceaux et se débarrasser du corps ? Et retirer certains muscles ? Cela semble terriblement... bien planifié.

— Bien planifié ?

— Oui. Il faut choisir un endroit adéquat avant de faire tout ce que le meurtrier a fait avec le corps.

— Et il faut avoir décidé de tuer la victime. Avant.

Quand Hannu fit sèchement cette dernière constatation, Irene sentit un frisson lui parcourir la nuque. C'était ça le plus affreux. Carmen Østergaard, Markus Tosscander et Isabell Lind n'avaient aucune chance de s'en tirer. L'assassin avait déjà pris sa décision. Avant.

10

Pour une fois, Krister était libre toute la journée. Le soir de la Pentecôte, la mère d'Irene et son compagnon, Sture, étaient invités à la maison pour faire un compte rendu exhaustif de leur voyage œnologique dans la vallée du Rhin. Krister s'en faisait une joie, car il espérait avoir le plaisir de goûter quelques échantillons de cette région vinicole.

Mamie Gerd tendit joyeusement deux bouteilles à son beau-fils. Irene vit une pointe de déception sur son visage. Il se ressaisit aussitôt et remercia chaudement sa belle-mère d'un baiser sur la joue. Discrètement, il tourna les bouteilles de façon à ce qu'Irene puisse lire les étiquettes. Ockfener Scharzberg. Même elle savait qu'on pouvait les acheter chez Systemet. Mais sa petite maman l'ignorait. Elle allait rarement là-bas, puisqu'elle ne buvait presque jamais d'alcool.

Sture n'était pas non plus un grand connaisseur en vins. Irene eut tôt fait de le comprendre quand il déclara, tout fier :

— Gerd et moi, on est tombés sur une caisse de vins à un prix imbattable dans une épicerie : onze euros cinquante ! Autant dire que c'était donné !

— Mais vous vous êtes quand même promené dans des vignobles ? Vous avez eu droit à des dégustations et...

— Bien sûr. Mais ces vins-là étaient hors de prix, gazouilla mamie Gerd.

Irene fit semblant de ne pas entendre le faible gémissement que laissa échapper son mari.

Ils étaient sept à table, puisque Katarina avait aussi invité Micke. Comme elle, il n'était pas encore entièrement remis du choc. Voilà pourquoi ils avaient préféré un repas familial au calme à une grande fête avec des copains. À moins qu'ils n'aient voulu rester entre eux. La mère remarquait bien les regards langoureux et les caresses furtives. Cela semblait sérieux avec ce garçon. Ils étaient ensemble depuis presque deux mois, un record pour Katarina.

Jenny devait partir dans la soirée. Son nouveau groupe allait se produire dans un club qui venait d'ouvrir. Avec elle comme chanteuse ! Elle était au septième ciel et n'était déjà plus avec eux à table. Dans sa distraction, elle prit un morceau de bœuf dans son assiette. Au dernier moment, elle se rendit compte de ce qu'elle allait faire – manger de la viande ! – et reposa vite le morceau dans le plat.

Krister avait préparé un merveilleux repas de Pentecôte. Peut-être un peu trop copieux pour un tel jour, mais Irene et Katarina avaient pu manger leurs plats préférés : crabe thermidor en entrée, autrement dit de la chair de crabe gratinée et accompagnée d'une délicieuse sauce au vin assez relevée, servie à part en saucière. Jenny mangea des bâtonnets de céleri qu'elle trempa dans une sauce tomate épicée.

Cachant bien son jeu, Krister proposa le vin apporté par sa belle-mère pour accompagner l'entrée.

Le filet de bœuf était cuit en tranches et recouvert d'une sauce brune avec du jus de viande. Pour l'accompagner, il y avait du chou-fleur, des pointes d'asperge, des pois gourmands encore croquants, des tomates pelées et des pommes de terre au four.

Krister avait choisi un clos Malverne pour le plat principal. D'après lui, le vin avait un caractère gras, des tanins soyeux et une légère amertume en finale, avec une saveur de chocolat et de fruits noirs. Ce vin puissant à la robe rubis était marqué par le soleil et les vents d'Afrique du Sud.

— Si leurs vins ont cette onctuosité et ce bouquet-là, expliqua Krister avec un profond sérieux, c'est parce qu'ils se servent de crottes d'éléphants comme engrais dans leurs vignobles.

Sa belle-mère et Sture ouvrirent de grands yeux et s'exclamèrent en chœur :

— Ah bon, ça alors !

Irene, qui n'était pas dupe, menaça gentiment son mari de l'index. Il fit l'innocent en haussant un sourcil et leva son verre avec un sourire pour porter un toast à son épouse.

Irene avait pris le bus pour aller en ville. Comme c'était le lendemain de la Pentecôte, les bus avaient leurs horaires du dimanche. Elle n'y avait pas pensé au moment de donner rendez-vous à Jonny. Elle allait avoir presque vingt minutes de retard.

Jonny Blom l'attendait devant l'entrée du commissariat, dans le vent cinglant. À voir son air revêche, il avait dû l'attendre un bon moment.

— Salut. Excuse-moi, mais les bus...

— Tu savais pourtant que c'est un long weekend. Ah, les femmes et l'heure !

Aujourd'hui, M. Blom a dû se lever du pied gauche, se dit Irene. Bien sûr, il enrageait de devoir quitter Stockholm un jour plus tôt que prévu. Et il était évident qu'il la rendait seule responsable de tout cela. D'accord, elle était arrivée en retard, mais elle s'en était excusée auprès de lui. Ah, si seulement elle avait pu partir seule !

— Il faudrait y être au plus tard vers 20 heures. Juste le temps de dîner et de boire une bonne *Bier*, dit-elle rapidement.

— Une quoi ?

— Une bière, une bonne bière danoise.

Ah...

Ce fut en gros à quoi se résuma leur conversation pendant le trajet en voiture le long de la côte de Halland. Connaissant la manière de conduire de Jonny, Irene avait insisté pour avoir la voiture de service. Jonny passa son temps à somnoler, la tête baissée. Il reprit ses esprits seulement à bord du ferry HH, à Helsingborg, où il dut faire la queue à la cafétéria. Une grande tasse fumante et un sandwich avec une grosse couche de pâté de foie et des cornichons plus tard, il commença enfin à se dégeler. Irene prit du café et une tartine couverte de crevettes qui formaient comme un petit dôme. Elle n'avait pas vraiment faim et laissa un bout du pain.

Vingt minutes plus tard, ils étaient de nouveau dans la voiture pour débarquer. L'estomac aussi noué que la fois précédente, Irene roula sur la passerelle branlante.

Comme elle connaissait le chemin, ils gagnèrent rapidement l'autoroute en direction de Copenhague.

— Tu ne pourrais pas me redire tout ce que tu sais sur Isabell Lind ? J'ai besoin de me rafraîchir la mémoire, dit Jonny.

Irene lui répéta tout ce qu'elle savait.

— Pour ce qui est du meurtre proprement dit, je ne sais pas grand-chose. On en saura plus demain. Mais Metz a dit que l'assassinat d'Isabell portait la signature du meurtrier, même si la victime n'avait pas été démembrée, ce qui paraît très bizarre, dit Irene.

Jonny opina. Puis il changea brusquement de sujet :

— Comment est l'hôtel ?

— Très bien. J'ai réservé nos chambres par Internet. C'est l'hôtel où j'ai séjourné il y a quelques jours. Le petit déjeuner est extraordinaire.

— Est-ce qu'il y a des bonnes adresses à proximité ?

— Ça dépend de ce que tu entends par « bonnes adresses ». L'hôtel étant situé dans le centre, tout est à proximité. Tu n'as que l'embarras du choix.

Jonny hocha la tête. Mais Irene remarqua qu'il étudiait les environs avec de plus en plus d'attention tandis qu'ils se rapprochaient de Copenhague.

On leur donna à chacun une chambre. Au grand soulagement d'Irene, leurs chambres ne se trouvaient pas au même étage : la sienne était au deuxième, et celle de Jonny au troisième. Voilà qui lui laisserait un peu plus de liberté de mouvement. Elle soupçonna fortement Jonny de penser la même chose, mais pour de toutes autres raisons.

Ils convinrent de se retrouver à la réception un quart d'heure plus tard. Irene avait beau ne pas avoir très faim après les crevettes sur le ferry, il était quand même l'heure de dîner. Sinon ce serait trop tard, et elle aurait du mal à dormir par la suite.

La chambre était aussi agréable et neuve que celle de son précédent séjour. Irene se rafraîchit, vaporisa un peu de déodorant et retoucha son maquillage, expliquant à son miroir qu'elle ne faisait pas ça pour Jonny mais pour son propre bien-être.

En habituée du coin, elle guida Jonny de l'autre côté du large H. C. Andersen Boulevard. Le Vesuvio leur parut d'un accueil sympathique. La chaleur conviviale et la fumée de cigarettes les frappèrent au visage quand ils passèrent les portes vitrées. On leur donna une petite table près de la fenêtre.

— Merde ! C'est le menu pour les étrangers, marmonna Jonny.

— Mais non. C'est écrit en italien, en anglais et en danois, rectifia Irene.

— C'est bien ce que je dis, merde.

Il commanda une Calzone, « comme ça on sait au moins ce qu'on mange ». Irene choisit un *Passera Miramare*, qui se révéla être une limande avec des moules dans une sauce au vin blanc. Jonny eut besoin de deux grandes chopes de bière pour avaler sa pizza, alors qu'Irene se contenta d'une Hof. Une dure journée l'attendait le lendemain.

Quand ils rentrèrent à l'hôtel, le bar était bondé. Accoudé au comptoir, un groupe de Suédois était particulièrement bruyant. Un panneau sur le mur annonçait un « Jellyshot evening ». Les clients semblaient apprécier ces cocktails avec gelée. Le degré d'alcool devait être assez élevé, à en juger par leur comportement. Assis sur un haut tabouret, un homme s'était endormi au bar, la tête sur ses bras. Personne ne faisait attention à lui, mais le bruit allait s'amplifiant à mesure que la boisson alcoolisée faisait son effet.

— Ça a l'air sympa, dit Jonny.

Irene continua d'avancer vers la réception. Quand la jeune femme souriante lui eut remis la clef de sa chambre, elle se tourna vers Jonny en disant :

— Nous devons être à Vesterbro à 8 heures. Je pense que je prendrai mon petit déjeuner à 7 h 15. Veux-tu que je t'appelle pour...

Elle s'interrompit en voyant Jonny s'éloigner en direction du bar.

Dès qu'elle fut dans sa chambre, elle sortit son téléphone mobile et composa le numéro de Tom Tanaka. Il répondit aussitôt.

— Tom à l'appareil.

— Salut, c'est Irene. Je suis maintenant à l'hôtel. L'hôtel Alex.

— Le même que la dernière fois, constata Tom.

— Oui. Il s'est passé quelque chose ?

— Non. Les journaux n'ont pas donné de détails sur le meurtre d'Isabell. Ils ont juste écrit qu'elle avait été attachée au lit avec des menottes et étranglée.

C'était une information nouvelle pour Irene, mais elle ne le dit pas à Tom. En revanche, elle lui demanda :

— Est-ce que Markus vous avait dit qu'il allait partir en Thaïlande avec un... ami ? Ou vous a-t-il seulement dit qu'il rentrait chez lui à Göteborg ?

Il y eut un long silence. La voix de Tom avait une certaine dureté quand il répondit :

— Il ne m'a rien dit à propos de la Thaïlande. Juste qu'il rentrait chez lui.

— Pas un mot sur la Thaïlande ?

— Non. À qui a-t-il parlé de la Thaïlande ?

— Il a appelé un ami à son retour à Göteborg au début du mois de mars. C'est à lui qu'il a parlé d'un voyage en Thaïlande avec un ami.

— Il semblerait que notre cher Markus ait eu un certain nombre d'amis dont il ne parlait pas.

Irene perçut une certaine amertume dans le ton de Tom.

— Oui, malheureusement, répondit Irene.

Elle redoutait le moment où elle allait poser la question qui lui brûlait les lèvres, mais elle n'avait pas le choix.

— Tom... Cet ami avec qui nous avons parlé à Göteborg a raconté que Markus aimait... le « hard sex ».

Elle ne savait pas si on disait comme ça, mais aucune autre expression ne lui vint à l'esprit. Tom eut tout à fait l'air de comprendre.

— Je n'ai pas l'intention de vous raconter quoi que ce soit sur notre vie sexuelle, à Markus et moi, mais disons... qu'il appréciait toutes sortes de variantes.

— Même des variantes... dangereuses ?

— Pas au point d'être sérieusement blessé. Non. C'était plus dans le genre... *spank*.

Irene ne connaissait pas la signification de ce mot, mais au ton de voix calme de Tom elle en déduisit qu'il devait s'agir d'actes peu violents. Plus pour s'amuser.

— Je suis désolée d'avoir à vous poser ce genre de questions. Mais j'y suis obligée pour essayer de comprendre ce qui est arrivé à Markus.

— Pas de problème. Je tiens à ce que son meurtrier soit arrêté et puni. C'est vraiment dommage que vous n'ayez pas la peine de mort, ici, en Scandinavie.

Irene frissonna. Ce cher Tom avait lui aussi son côté morbide. Elle ne l'avait pas senti au début, mais force lui était d'avouer qu'il avait maints aspects cachés dont elle ne saurait jamais rien. D'ailleurs, pourquoi devrait-elle tout savoir ? L'important, c'était que grâce à lui ils avaient réussi à identifier le corps démembré à Killevik.

Une pensée naquit dans la tête d'Irene. Peut-être Tom pouvait-il leur permettre d'approcher l'assassin de Markus. Prudemment, elle demanda :

— Tom... vous qui connaissez Copenhague comme votre poche... est-ce qu'il y a un lieu pour les sado-nécrophiles ?

— Les sado-nécro... ?

La question le prenait visiblement de court, mais après avoir réfléchi un instant, il répondit :

— Il y a plusieurs lieux pour les sado-masochistes. Mais les nécrophiles ! Non, je ne vois pas... encore que...

Il s'interrompit pour réfléchir.

— Certains films montrent des scènes de nécrophilie. Et d'autres, interdits, montrent des meurtres en direct. Ceux que ça intéresse savent évidemment comment se les procurer.

— Est-ce que Markus a jamais montré de l'intérêt pour...

— Pour la nécrophilie ? Absolument pas ! Il aimait trop la vie pour s'intéresser à la mort !

— Merci d'avoir répondu à ce genre de questions, dit-elle.

— Je vous en prie. On garde le contact.

Ils se souhaitèrent bonne nuit et raccrochèrent.

Irene resta longtemps dans l'obscurité de sa chambre. Il y avait bien un lien entre les trois victimes, mais lequel ? Un dénominateur commun. Le policier ? Le médecin ? Ou les deux ?

Le sexe. Tous les trois étaient sexuellement très actifs. Carmen Østergaard avait longtemps fait le trottoir, Isabell débutait, quant à elle, dans la prostitution. Mais toutes deux étaient des travailleuses du sexe, des professionnelles.

Markus était, selon Gunnarsson, très porté sur le sexe et attiré par des hommes « dangereux ». Est-ce qu'il le faisait pour l'argent ? Peu probable, vu qu'il en gagnait beaucoup avec sa boîte. L'argent n'était pas un problème pour lui. Est-ce qu'il payait pour avoir du sexe ? Tout aussi impensable. Il ne devait pas avoir besoin de payer, avec le physique qu'il avait.

Irene avait beau retourner la question dans tous les sens, elle ne parvenait pas à trouver de lien entre les trois victimes. Son regard se porta vers les croisillons de la fenêtre. Les éclairages de la métropole jetaient leur éclat artificiel. Les ombres entre les sources de lumière devenaient plus profondes et plus noires. Des conditions idéales pour un tueur.

Après ses huit heures de sommeil réparateur, Irene se sentit fraîche et reposée. À 7 h 15, elle appela dans la chambre de Jonny. Après deux sonneries, elle entendit qu'on soulevait le combiné. Mais soudain, avec un bruit terrible, il tomba sur le sol et elle entendit la voix à demi étouffée de Jonny pousser un « Merde ! » retentissant. Il finit néanmoins par récupérer le combiné et le porter à son oreille.

— Jonny... Jonny Blom à l'appareil, brailla-t-il.

— C'est l'heure du petit déjeuner, lança gaiement Irene.

— Le petit déj... ah merde... !

On raccrocha à l'autre bout du fil. Irene éprouvait à la fois de la colère et de la mauvaise humeur. Traîner Jonny à Copenhague, c'était comme traîner un boulet, mais traîner un Jonny avec la gueule de bois, c'était une catastrophe. Quand il était sobre, Jonny avait de temps à autre des moments de lucidité, il pouvait même se révéler utile. Mais s'il était dans l'état que trahissait sa voix, autant dire qu'il n'y aurait rien à attendre de sa part.

Irene descendit et se servit un délicieux petit déjeuner. Elle prit son temps et savoura vraiment le fait d'être revenue à Copenhague.

Dehors, un beau soleil l'attendait. La journée promettait d'être belle.

Jonny n'était pas descendu dans la salle du petit déjeuner.

Revenue dans sa chambre, elle se changea et enfila un chemisier en lin bleu pâle à manches courtes. Elle garda son pantalon en lin bleu foncé mais troqua ses mocassins contre des sandales bleues en daim. Se croyant presque en été, elle décida d'enlever ses collants. Son blazer bleu foncé en lin devrait suffire pour sortir. Avec son grand sac en toile jeté nonchalamment sur l'épaule, elle avait davantage l'air d'une simple touriste que d'un policier à la recherche d'un assassin.

Avant de quitter la chambre, elle appela Jonny. Après un nombre incalculable de sonneries, il finit par décrocher. Irene entendit seulement un marmonnement guttural et quelqu'un qui raccrochait aussitôt.

Irene décida, avec un soupir, de le laisser dormir tout son saoul.

Elle marcha jusqu'aux bureaux de la police à Vesterbro, une promenade pas désagréable. Cela faisait moins d'une semaine qu'elle était venue ici, pourtant elle avait l'impression que des mois s'étaient écoulés entre son précédent séjour et celui-ci. C'était peut-être à cause du temps si doux qu'elle éprouvait cette sensation. La semaine dernière, elle avait frissonné et grelotté, aussi n'en appréciait-elle que davantage les prémices de l'été et cette douce brise.

Beate Bentsen, Peter Møller et Jens Metz se trouvaient déjà dans le bureau de Bentsen. L'air était saturé de fumée, et Irene s'arrêta sur le pas de la porte avant d'entrer dans la pièce. Møller parut en comprendre la raison et se leva pour ouvrir la fenêtre. Quant à savoir si l'air du dehors était beaucoup plus sain, c'était une autre question, mais au moins il y aurait moins de fumée.

Tous l'accueillirent avec joie et saluèrent son retour, même si les circonstances auraient pu être plus gaies.

– Vous ne deviez pas venir à deux ? s'étonna Beate Bentsen.

Irene avait espéré couper court à cette question, mais elle comprit qu'elle s'était bercée d'illusions.

— Si... nous sommes deux. Mais mon collègue ne se sent pas bien, ce matin. J'ai pensé qu'il ferait mieux de se reposer.

— Est-ce qu'il a besoin de voir un médecin ?

La commissaire paraissait inquiète. Gênée, Irene s'éclaircit la voix avant de répondre :

— Non. Ça va aller. C'est juste une question de temps.

— La gueule de bois, chuchota Jens Metz assez fort pour qu'on l'entende.

Il adressa un clin d'œil complice à Irene. Elle avait honte pour Jonny. *Alors que lui ne s'en fait vraiment pas*, pensa-t-elle, sentant monter en elle une certaine irritation.

— Alors, on commence sans votre collègue. Vous n'aurez qu'à tout lui récapituler quand il viendra. Jens et Peter étaient tous les deux à l'hôtel Aurora quand Isabell Lind a été retrouvée.

Par-dessus ses lunettes à la monture française, Beate Bentsen regarda les deux inspecteurs.

Jens Metz s'adossa contre sa chaise et croisa ses doigts boudinés sur son ventre. Le dossier protesta de manière inquiétante, mais Metz fit celui qui n'avait rien entendu. À moins qu'il n'ait l'habitude que toutes les chaises gémissent sous son poids.

— Nous avons été informés jeudi après-midi, le 20 mai, qu'une femme avait été trouvée morte à l'hôtel Aurora. Des peintres l'avaient découverte. Peter et moi, nous sommes arrivés sur place peu après 16 h 30. Le médecin légiste avait été prévenu, il était en train d'examiner le cadavre. Voici les photos de ce qui nous attendait.

Metz se pencha en avant et sortit quelques photos d'une grosse enveloppe.

Irene commença par une photo de la pièce. Elle avait été prise d'en haut, le photographe avait dû monter sur une chaise haute ou sur une échelle.

Sous la fenêtre sans rideau se trouvait une table de chevet renversée, à côté gisait une lampe avec un abat-jour déchiré. On apercevait dans le fond un lit contre un mur. Il y avait un autre lit, qui semblait être au beau milieu de la pièce. Isabell était allongée dessus.

Irene prit une autre photo. Un agrandissement du lit avec le corps d'Isabell.

Ses mains étaient attachées par des menottes aux montants du lit en bois. Elle était nue, sur le dos, les jambes écartées. Du haut de la clavicule jusqu'au pubis, le corps présentait une profonde entaille. De manière quasi machinale, Irene nota que l'entaille n'avait pas beaucoup saigné. Mais il y avait beaucoup de sang sous Isabell, de sa taille jusqu'à son entrejambe.

Irene considéra la photo suivante, un gros plan de la tête et du cou. On voyait clairement les traces de strangulation avec une corde. Les yeux d'Isabell était écarquillés et sa langue pendait, noire et gonflée.

Irene ne s'attendait pas à avoir une telle réaction. Elle eut tout juste le temps de se jeter sur la corbeille à papier pour vomir. Tout le bon petit déjeuner danois y passa.

Quand elle eut terminé, elle se releva sur ses jambes chancelantes et bredouilla :

— Excusez-moi... Je vais aller nettoyer la corbeille... Cette jeune femme a été la grande copine de mes filles pendant plusieurs années, elle habitait à côté de chez nous... Elle dormait, mangeait chez nous...

— On comprend. C'est toujours difficile quand on connaît la victime, dit doucement Bentsen.

D'un geste brusque, Irene saisit la corbeille à papier et l'emporta dans le couloir. Elle savait où se trouvaient les toilettes.

Elle nettoya soigneusement la corbeille. En son for intérieur, elle bénit le fait que celle-ci soit en plastique. C'eût été pire si elle avait été en osier. Elle se rafraîchit le visage à l'eau froide et se rinça la bouche. Et, s'adressant à ce miroir qui lui renvoyait l'image d'un visage pâle, elle dit :

— Ce n'est pas seulement le fait que je te connaissais. C'est ma faute si tu es morte. J'ai conduit le meurtrier à toi. Oh, Bell !...

Elle avait des sanglots plein la gorge, mais l'heure n'était pas aux pleurs. Dans l'intérêt de Bell, elle devait essayer de rester objective et professionnelle. Et qu'allaient penser ses collègues danois ? Un des Suédois cuve son vin à l'hôtel et l'autre dégueule dès qu'il voit les photos du lieu du meurtre !

Ses collègues danois n'avaient pas bougé, ils attendaient son retour en fumant chacun une autre cigarette. La fumée lui donna à nouveau la nausée, mais elle se maîtrisa.

— Je suis désolée. Maintenant ça va mieux, dit Irene en s'asseyant.

Elle ne reprit pas la photo en gros plan de Bell, mais se tourna vers Jens Metz pour lui demander :

— Que dit le médecin légiste ?

— Sa mort remonte à plus de douze heures, mais pas au-delà de vingt. Une estimation entre quinze et dix-sept heures lui paraissait plausible. Ça correspond au moment où elle a disparu. Elle a d'abord été étranglée. C'est la cause du décès.

— Elle était donc morte quand les sévices contre ses parties génitales ont commencé ?

— Oui.

Dieu soit loué ! pensa Irene.

Metz prit le gros plan avec Isabell sur le lit et dit lentement :

— Le médecin légiste croit qu'elle a d'abord été attachée avec les menottes. Des marques aux poignets attestent qu'elle s'est débattue pour se détacher. Ensuite elle a été étranglée. Dès qu'elle est morte, l'assassin a commencé à briser son pubis avec un objet très lourd. L'os était entièrement cassé. Exactement comme pour Carmen Østergaard et votre homme... Comment il s'appelait, déjà ?

— Markus Tosscander, compléta Irene.

— Markus. Lui et Carmen présentent exactement le même type de lésions. L'objet a aussi été introduit dans son anus jusqu'à ses intestins. Ces derniers étaient très déchirés. En guise de point final, il l'a éventrée de bas en haut. D'après le professeur Blokk, c'est la même entaille observée chez Østergaard et votre victime. « Vous avez remarqué avec quelle élégance il a évité de trancher le nombril en deux ? » Ce sont les mots de Blokk, pas les miens.

Metz grimaça, l'air ironique.

— On n'a pas retrouvé l'objet dans la pièce ? demanda Irene.

— Non. Blokk pense à un objet court et massif dans le genre batte de base-ball.

— Est-ce que ce pourrait être une matraque ?

Irene prit conscience que sa voix tremblait légèrement en posant cette question.

Metz eut l'air étonné en répondant :

— C'est ce que Blokk a aussi pensé. Mais nous ne savons pas.

Une matraque. *Le flic*, pensa-t-elle. Et elle était assise dans une pièce avec trois policiers qui connaissaient son enquête privée pour retrouver Isabell.

Metz prit la photo d'Isabell dans le lit. Il examina longuement la scène avant de déclarer :

— Le couteau utilisé n'est pas n'importe lequel. Un couteau de chasse ou un couteau d'autopsie. Selon Blokk, l'assassin aurait eu beaucoup de mal à ouvrir la cage thoracique, même avec un bon couteau. Sur les deux autres victimes, la cage thoracique a été découpée à la scie circulaire. Mais ici, il n'a pas jugé bon d'aller jusque-là.

— Pourquoi ça ? Il aurait très bien pu apporter une scie circulaire ? suggéra Irene.

Pour la première fois, Peter Møller lui répondit :

— Il n'avait peut-être pas pu se procurer une scie cette nuit-là. Mais une scie circulaire fait un boucan d'enfer. Même à l'hôtel Aurora, on aurait réagi si on avait entendu une scie circulaire hurler au beau milieu de la nuit.

C'était une explication plausible. Metz opina avant de s'éclaircir la voix et de poursuivre :

— Très vite, nous avons appris par le personnel de l'hôtel qu'une femme avait demandé à parler à un client du nom de Simon Steiner. Quand le portier lui a dit qu'il n'y avait personne de ce nom, elle s'est inquiétée. C'est alors qu'elle a demandé s'ils avaient des nouvelles d'Isabell.

— Est-ce qu'un employé de l'hôtel a vu Isabell ?

— Non. Mais nous savons pourquoi. Le dernier étage était fermé pour travaux. La chambre dans laquelle on a trouvé Isabell était la dernière qui devait être rénovée. Les autres chambres étaient encore vides, puisqu'on venait de poser des revêtements au sol avec une colle qui a vraiment une odeur épouvantable. Personne ne peut dormir dans ces chambres pendant un bon moment. On en a relevé la trace sur la porte de l'issue de secours, située dans l'arrière-cour de l'hôtel. Quelqu'un a ouvert la serrure avec un passe-partout, de même que la serrure de la chambre. Notre théorie est que l'assassin a rencontré Isabell devant l'hôtel et l'a fait monter par l'escalier de service jusqu'au dernier étage. Il s'était certainement occupé à l'avance des serrures.

Il y eut un silence, le temps que chacun réfléchisse au bien-fondé de cette hypothèse. Pour sa part, Irene la trouvait tout à fait plausible.

Metz tira une bouffée de sa cigarette qui empestait et poursuivit :

— On a pu établir que la jeune femme qui a appelé travaille à Scandinavian Models, une agence d'escort girls.

Irene attendit la suite, qui ne vint jamais. Metz aurait dû parler de sa visite à Scandinavian Models. Il aurait pu prétexter une « investigation en son nom propre pour aider Irene » ou n'importe quoi. Mais il n'en souffla mot.

— L'interrogatoire a apporté des éléments intéressants. L'agence vient de s'ouvrir, il y a à peine un mois. Les quatre filles sont toutes là depuis le début. Elles partagent un grand appartement situé dans le même immeuble que leur agence.

— Est-ce qu'elles ont déménagé de l'adresse que la mère d'Isabell a reçue ? se permit de demander Irene.

— Non. Elles ont toujours habité là.

Bell avait donc exprès donné à Monika une fausse adresse à Copenhague. Il était en effet bizarre que les filles n'aient pas le téléphone dans l'appartement.

Irene se souvint de la tendance de Bell à fuguer quand elle était petite, elle aimait disparaître pour que sa maman s'inquiète. Était-ce Bell qui avait choisi d'être injoignable ? Était-ce une façon de se sentir adulte, libre et indépendante ? Elle avait payé cette prétendue liberté au prix fort.

— À qui appartient Scandinavian Models ? demanda Irene.

— À un Américain. Un certain Robert Hillman. Un gros poisson. C'est le troisième bordel qu'il ouvre. C'est un fonceur. Les filles n'ont pas à se plaindre côté salaire, mais pour bosser, elles bossent.

En prononçant cette dernière phrase, Metz fit un clin d'œil et eut un sourire en coin. Irene le trouva répugnant. Pourquoi ne disait-il pas un mot de sa visite au bordel ?

Peter Møller prit la parole :

— Quand il pense avoir amassé assez de fric, il ferme boutique, déclare être en faillite ou vend. Évidemment, l'entreprise est alors sans le sou. Le collègue avec qui j'ai parlé m'a dit que, sur le plan fiscal, la fraude s'élève à au moins vingt millions de couronnes. Mais il peut s'agir de sommes beaucoup plus importantes encore. Personne ne sait. Il dispose de l'avocat fiscaliste le plus compétent du pays.

— Avez-vous interrogé Hillman ? demanda Irene.

Møller secoua la tête.

— Non. Il est aux États-Unis. Il a filé vendredi matin après que nous avons découvert le cadavre d'Isabell. Quelqu'un a dû le prévenir, et il a trouvé que ça commençait à sentir le roussi.

— Quand reviendra-t-il ?
— Sa femme ne le savait pas.
— Sa femme ?
— Oui. Jytte Hillman. Une Danoise. Ils ont deux enfants en bas âge. Et une superbe maison à Charlottenlund.
— C'est où ?
— Au nord de Copenhague. Le long du littoral, sur Strandvejen.

Irene se rappela le quartier résidentiel qu'elle avait traversé sur la route du retour, la semaine précédente.

Elle regarda les cheveux blonds de Møller, avec ses boucles décolorées par le soleil, sa chemise gris pâle à manches courtes en soie très fine et son pantalon chino, dans une nuance de gris plus soutenue, qui semblait sortir du pressing. Il avait l'air en forme, avec son bronzage. Soudain, elle se rendit compte qu'elle ne savait pas où il était allé prendre le soleil. En Thaïlande ? Encore une question qu'elle devrait lui poser. Mais pas maintenant. Elle devait attendre.

Elle opta donc pour un léger sourire et dit d'un ton léger :
— Est-ce que la maison se trouve à droite de la route en venant de Copenhague ?

Møller haussa les sourcils et dit avec ironie :
— Cela va de soi. Plage et ponton privés. Hillman a dépensé neuf millions pour cet endroit. Il se donne le titre d'entrepreneur dans l'annuaire. Les affaires marchent bien.

« Aujourd'hui, aux États-Unis, l'industrie du sexe fait un chiffre d'affaires plus important que le trafic de stupéfiants », avait déclaré Birgitta Moberg. On appelle ça de l'« industrie ». Les industries fabriquent des produits de consommation. Les femmes, les hommes, les enfants, les animaux...

Tout peut servir à cette industrie, peut être transformé, monnayé, détruit et jeté au rebut comme de vulgaires déchets.

Pour interrompre le cours de ses pensées, Irene demanda :

— Qu'est-ce que vous avez tiré de l'interrogatoire des autres filles du bordel ?

— Isabell a été réservée par téléphone par un homme qui a prétendu s'appeler Simon Steiner. Il a appelé vers 10 heures le mercredi soir. Il voulait juste Isabell, très vite. Elle pouvait venir le voir vers 23 heures. Petra, qui lui a parlé au téléphone, dit qu'Isabell a pris un taxi, et qu'elle est partie peu avant 23 heures. Nous avons retrouvé le chauffeur de taxi, et les horaires concordent. Il l'a laissée devant l'hôtel Aurora à 22 h 55. Le chauffeur ne se rappelle pas si quelqu'un l'attendait devant l'hôtel.

— Vous avez pu retrouver quelqu'un du nom de Simon Steiner ?

— Non.

Soudain, Beate Bentsen s'éclaircit la voix :

– J'ai connu un Simon Steiner. Il a habité ici à Copenhague, mais il est mort il y a quatre ans. D'un cancer des poumons.

Elle fit une moue dégoûtée et écrasa sa cigarette à moitié fumée. L'air soudain intéressé, Metz demanda :

— Qui était-ce ? Est-ce qu'il pourrait y avoir quelqu'un dans la famille qui porterait le même nom ?

Bentsen répondit en secouant la tête :

— Personne de sa famille ne porte le même nom, je le sais. C'était un agent immobilier à la retraite. Veuf.

— Pas d'enfants ?

— Non.

Irene crut percevoir une légère hésitation dans la voix de Bentsen, mais comment en être sûre ? Le visage de la commissaire ne trahissait aucune émotion. Comme aucun des autres inspecteurs ne semblait avoir d'autres questions à poser, Irene hasarda :

— Comment avez-vous connu ce Simon Steiner ?

— C'était un bon ami de mon père. De ses amis d'enfance.

Une explication simple, mais qui laissa Irene sur sa faim. Que la commissaire ait connu un homme qui portait précisément ce nom-là était une coïncidence assez troublante. Certes, l'explication était somme toute plausible. Un défunt peut difficilement être le meurtrier qu'ils recherchaient, et n'importe qui pouvait utiliser son nom. Mais pourquoi précisément ce nom-là ?

Metz interrompit la réflexion d'Irene :

— Maintenant on aimerait bien entendre tout ce que vous savez sur Isabell Lind.

Irene récapitula tout ce dont elle se souvenait sur les circonstances de l'arrivée d'Isabell à Copenhague. Elle raconta aussi son enquête chez Scandinavian Models à peu près au moment même où le meurtre d'Isabell avait dû avoir lieu. Jens Metz tressaillit et lui décocha un regard perçant de ses petits yeux bleus. Elle soutint calmement son regard. Les cils de cet homme étaient presque blancs et donnaient l'illusion qu'il n'en avait pas.

C'était le moment où jamais de parler de sa visite, mais il n'en fit rien et détourna rapidement les yeux. Irene ne dit bien sûr pas un mot de son rendez-vous avec Tom Tanaka. Elle avait encore du mal à cerner son rôle dans cette enquête.

Elle conclut en évoquant la carte postale avec son bref message.

— « La petite sirène est morte », répéta Metz pensivement.

— Mais en anglais, précisa Irene.

Les trois collègues danois la regardèrent, la mine grave. Enfin, Møller prit la parole :

— À votre adresse personnelle. Le meurtre, ici à Copenhague, d'une fille que vous avez connue. Assassinée selon un rituel que nous avons déjà rencontré dans deux meurtres précédents. Difficile de donner un avertissement plus clair.

— Mais pourquoi moi ? Nous sommes plusieurs sur cette affaire, que ce soit à Copenhague ou à Göteborg, dit Irene.

Sa voix, malgré elle, trahissait sa peur. Metz la regarda, impassible, avant d'affirmer :

— Vous devez connaître certaines choses qui représentent une menace pour l'assassin. Peut-être n'avez-vous pas conscience de l'importance de certains détails. Et c'est pourquoi vous ne nous en avez pas fait part. Mais apparemment vous constituez une menace.

Irene sentit ses entrailles se retourner. Telle que Metz l'avait formulée, sa phrase pouvait être interprétée comme étant elle-même une menace. Bien sûr, cela se voulait un avertissement bienveillant, mais cela pouvait tout aussi bien...

Irene fut rappelée à l'ordre par une voix intérieure qui lui enjoignait de ne pas interpréter tout ce qui se disait. Le risque était trop grand de sombrer dans la paranaoïa. Il fallait peser ses mots face à ces trois personnes et avancer avec prudence.

Soudain, elle entendit des pas précipités dans le couloir, et la porte s'ouvrit avec fracas : sur le seuil se tenait Jonny Blom, chancelant. Les yeux injectés de sang, il dévisagea ses collègues les uns après les autres, avant de bredouiller :

— S'cusez-moi. J'me suis pas réveillé. Ils m'ont dit que vous étiez là...

Irene aurait préféré qu'il n'ouvre pas la bouche. Les relents d'ail et d'alcool vinrent se mêler à la fumée de cigarette.

— Je vous présente mon collègue, l'inspecteur Jonny Blom, dit-elle posément.

Jonny entra dans la pièce et serra, en homme bien élevé, les mains tendues de ses collègues danois. Metz lui donna une bourrade dans le dos en disant :

— Cher ami, on dirait que vous avez besoin d'un bon café pour vous remonter. Que diriez-vous d'aller chez Adler ?

Tous se levèrent. Metz prit Jonny par les épaules et le guida gentiment, mais avec fermeté, le long du couloir.

Le café Adler se trouvait juste au coin de la rue. Il y régnait une atmosphère de début du siècle, avec des boiseries sombres et des miroirs Art nouveau. La vitrine derrière la porte d'entrée était remplie de gâteaux plus appétissants les uns que les autres. Irene prit un *wienerbröd* au chocolat et une cafetière pour elle toute seule. Elle sentait qu'elle avait vraiment besoin de caféine. Un coup d'œil sur Jonny lui donna envie de demander à l'aimable caissière s'il était possible d'avoir du café en intraveineuse. C'eût été la meilleure solution pour lui.

Jens Metz demanda à Jonny s'il en voulait « un petit ». Jonny avait très envie d'un verre de Gammeldansk... à 10 heures du matin. Quand l'alcool ambré fut versé dans son café, Jonny trinqua avec Jens. Comme deux bons vieux copains.

Je me demande quelle aurait été leur réaction si c'était moi qui étais arrivée avec deux heures de retard et la gueule de bois, se demanda Irene.

Personne ne lui aurait tapé dans le dos, ne l'aurait appelée « chère amie », pas plus qu'on ne lui aurait proposé un petit remontant, elle en était persuadée. Ses homologues danois auraient pensé qu'une collègue ivre était tout à fait blâmable, l'auraient prise pour une ivrogne et un policier lamentable.

Jonny se jeta sur un gâteau à la crème et sur un *wienerbröd*. Après son petit verre de Gammeldansk, il donna l'impression de refaire surface et d'apprécier l'atmosphère enfumée. Il gloussa et porta un toast à Irene.

— On devrait avoir ce genre de troquets chez nous à Götet, lâcha-t-il.

Irene se contenta de sourire, mais elle sentit tout son visage se contracter.

Soudain, elle se rendit compte que Beate Bentsen n'avait pas prononcé un mot pendant tout ce bavardage. Le menton appuyé sur une main, elle avait les yeux vaguement dirigés vers la fenêtre sale. Son regard flottait, très loin. Irene décida de lui poser la question qui lui brûlait les lèvres.

— Est-ce que vous avez raconté à quelqu'un d'autre que je cherchais Isabell ?

Beate Bentsen tressaillit et parut d'abord ne pas comprendre. Irene répéta sa question. La commissaire baissa les yeux avant de répondre :

— Juste après votre départ, Emil est venu au restaurant. Je lui avais dit que vous et moi allions dîner là-bas. Je voulais lui proposer de manger quelque chose, mais il avait juste envie d'une bière, il était déjà invité à dîner ailleurs.

Emil avait grignoté un bout de baguette quand Irene l'avait vu vers 22 heures, ce soir-là, chez Tom Tanaka. Il n'avait pas mangé dans la petite arrière-salle sans fenêtre, mais derrière le comptoir. Il était clair qu'il n'avait nulle part été invité à dîner.

Gênée, Beate s'éclaircit la voix et lança à Irene un regard oblique avant d'enchaîner :

— Il m'a demandé de quoi nous avions parlé, et je lui ai raconté ce qu'il en était. Que vous aviez trouvé à Göteborg un corps démembré qui présentait beaucoup de similitudes avec le meurtre de Carmen. Je me suis alors rappelé qu'Emil fréquente pas mal le milieu de la nuit à Copenhague. Je lui ai donc demandé s'il connaissait une agence du nom de Scandinavian Models, mais il m'a dit que non.

— Vous lui avez donc raconté que je cherchais à retrouver une jeune fille qui travaillait chez Scandinavian Models et qui se nommait Isabell Lind ?

La commissaire acquiesça de la tête.

Le cerveau d'Irene répétait en boucle : « Emil, Emil... »

Emil, qui connaissait sa relation avec Tom Tanaka.

Emil, le fils de Beate Bentsen, qui avait appris qu'Irene recherchait Isabell à Copenhague.

— Je vais peut-être parler un peu avec Emil. Il peut avoir demandé à d'autres personnes des renseignements sur Scandinavian Models ou sur Isabell. Puis-je avoir son adresse et son numéro de téléphone ? demanda-t-elle d'un ton volontairement nonchalant.

Pour la première fois depuis le début de leur conversation, la commissaire la regarda en face. L'hostilité se lisait clairement dans ses yeux, mais sa voix ne trahit rien.

— Pourquoi voulez-vous parler avec Emil ? Je peux très bien m'en charger. Je vais lui parler. Cela fait une semaine qu'il n'a pas donné de ses nouvelles.

Irene hocha la tête. Impossible d'aller plus loin avec Beate Bentsen. Il était évident qu'elle ferait tout pour empêcher Irene de parler à son fils.

Elle sentit soudain le regard de Peter Møller sur elle. Elle tourna légèrement la tête, et leurs yeux se rencontrèrent. Il eut un petit sourire, son regard était indéchiffrable. Irene comprit qu'il avait écouté toute la conversation entre la commissaire et elle. Trouvait-il qu'elle était un bon policier, sachant poser les bonnes questions ? Ou bien la jugeait-il en tant que femme ? Irene fut contrariée de se rendre compte qu'elle rougissait. Peter Møller dirigea son regard vers Jens Metz, qui s'adressait à tout leur groupe.

— Bon, c'est pas tout... allons voir la scène du crime.

Il se leva en soufflant comme un bœuf et aida Jonny à se remettre sur ses jambes. En riant, ils sortirent dans la rue. Jonny donna à Jens une tape dans le dos. Personne, en les voyant, n'aurait deviné qu'ils se connaissaient depuis moins d'une heure.

La commissaire ne les avait pas accompagnés à l'hôtel Aurora, préférant rentrer calmement dans les bureaux de la police. Peter Møller conduisit, et Irene s'assit à ses côtés, à la place du mort. Ils n'échangèrent pas une parole pendant les deux minutes que dura le trajet. Affalés sur le siège arrière, Jonny et Jens Metz n'en papotaient que mieux.

Les peintres avaient un peu râlé, ils voulaient eux aussi entrer dans la chambre, puisque c'était la seule qui restait à rénover. À les entendre, ils ne pouvaient pas faire autre chose dans l'intervalle. Mais les policiers tinrent bon : tant qu'ils auraient besoin d'avoir accès au lieu du crime, aucun travail ne se ferait dans la pièce. En rechignant, les peintres s'étaient attaqués à la réfection du couloir. Les policiers durent donc enjamber les pots de peinture et slalomer entre les échelles pour atteindre la dernière chambre du fond.

À part le corps, qui ne se trouvait plus sur le lit, tout était resté en l'état, comme sur les photographies. Le matelas ensanglanté, la table de chevet et la lampe à pied renversés, là-bas, près de la fenêtre. La pièce était petite, et la salle d'eau encore davantage. On aurait dit une double penderie dans laquelle on aurait installé une douche et des toilettes.

— Reste à savoir s'il vaut mieux uriner dans la douche ou se doucher dans les toilettes, constata Irene.

Cela fit rire Møller, mais les deux autres ne l'entendirent pas. Ils discutaient près du lit.

Irene entendit Jonny poser une question, mais ne saisit pas bien laquelle. En revanche, elle entendit la réponse de Metz.

— Non, pas encore. Il a certainement utilisé des gants tout le temps. Nous n'avons pas trouvé les clefs des menottes, ni l'objet utilisé pour massacrer les parties génitales. Ni le couteau avec lequel il l'a ouverte de bas en haut.

— Donc, vous n'avez retrouvé ni empreinte de doigt ni outil dans la pièce, résuma Jonny.

Il plissa le front en essayant d'avoir l'air réfléchi et intelligent. Irene commençait à ne plus le supporter.

Une tache d'un rouge rouillé la fit frissonner. Sous le lit, une grande mare de sang avait coagulé, formant à présent une sorte de crème solidifiée. Au bord du bourrelet de sang apparaissait clairement l'empreinte d'un pas. Un des policiers ou des ingénieurs de laboratoire avait dû marcher dessus. Dire que tout ce sang avait coulé du corps d'Isabell ! Pas étonnant qu'elle n'ait pas beaucoup saigné quand l'assassin l'avait ouverte en deux : il ne restait presque plus de sang et aucune pression artérielle pour expulser les dernières gouttes.

Irene ressentit un profond malaise, elle eut envie de quitter les lieux au plus vite. Cette visite ne permettait en rien à l'enquête d'avancer, se dit-elle.

Tout le temps, un nom résonnait dans sa tête : Emil. Comment faire pour se procurer son adresse ? Il figurait peut-être dans l'annuaire. Quelque chose lui dit que celui de Copenhague était du genre épais. Alors autant prendre un peu de repos et attendre le lendemain pour voir si Bentsen avait réussi à joindre son fils.

Au fait, pourquoi n'y avait-elle pas pensé plus tôt ? Tom Tanaka devait connaître l'adresse et le numéro de téléphone d'Emil. Elle eut comme des fourmillements dans le corps en se rendant compte qu'elle ne pouvait pas l'appeler aussitôt. Il ne lui restait plus qu'à s'armer de patience pour attendre la première occasion favorable.

La chance lui sourit à l'heure du déjeuner. Ils allèrent dans le même restaurant que la dernière fois, et Irene comprit que c'était le QG de Peter et de Jens. Elle commanda une limande au four avec des crevettes. Puis elle les pria de l'excuser et se rendit aux toilettes des femmes. Elle vérifia qu'il n'y avait personne dans le box voisin avant de composer le numéro de Tom.

— Ici Tom.

— Salut. C'est Irene Huss.

— Salut, mon policier préféré. Est-ce que vous venez me voir ?

— J'aimerais bien, mais c'est impossible. Mon collègue...

— Je comprends. Qu'est-ce que vous voulez me dire ?

— Beate Bentsen... la maman d'Emil... lui a raconté que je cherchais des renseignements sur Scandinavian Models et à retrouver Isabell Lind. J'ai besoin de le joindre.

— Pourquoi ?

— Pour lui demander s'il l'a raconté à quelqu'un d'autre.

Il y eut un long silence. Quand Tom parla enfin, une pointe de froideur perçait dans sa voix :

— Ce bon vieil Emil continue de nous surprendre. Croyez-vous qu'il soit à l'origine de la fuite ?

— À l'origine de la fuite... Je n'ai jamais fait de ma recherche d'Isabell un secret. Je n'aurais jamais imaginé que ça puisse être dangereux pour elle.

— Je n'ai pas vu Emil depuis plusieurs jours. Pas depuis le soir où vous êtes passée.

— Cela fait une semaine exactement. Ça lui arrive souvent de disparaître comme ça ?

Tom resta de nouveau silencieux. Puis il dit :

— C'est arrivé. Mais le plus souvent, il réapparaît au bout de deux, trois jours. Parfois même, c'est moi qui lui demande de venir pour donner un coup de main au magasin. Mais comme ce n'est pas un employé, il va et vient à sa guise.

— Vous avez son adresse et son numéro de téléphone ?

— Oui, un instant.

Irene l'entendit ouvrir le tiroir de sa table de travail et comprit qu'il était dans son bureau pour consulter son répertoire téléphonique.

— Il habite dans Gothersgade. Près du Botanisk Have.

C'était drôle d'entendre Tom essayer de prononcer « Jardin botanique » en danois, mais Irene n'avait pas le cœur à rire. Il lui donna le numéro de la rue et le numéro de téléphone d'Emil. Irene lui posa une dernière question :

— Qu'est-ce que vous savez au juste sur Emil ?

— Il étudie le droit. Enfin, c'est ce qu'il prétend. Il habite un grand appartement qu'il a hérité de son père, si grand qu'il peut en louer une partie. Je le soupçonne de vivre du revenu de ses loyers. Il a vingt-deux ans. Gentil et assez timide. Pas du genre à faire des vagues.

Irene était à deux doigts de lui demander s'il entretenait une relation avec Emil, mais elle se retint. Certaines questions, une fois posées, pouvaient ruiner à jamais la confiance qui s'était instaurée entre eux.

Dès qu'elle eut terminé sa conversation avec Tom, Irene composa le numéro d'Emil. Après dix sonneries dans le vide, elle abandonna. Il n'était pas chez lui.

Les plats arrivaient juste au moment où elle revint s'asseoir. La limande, énorme, dépassait des deux côtés de l'assiette. La couche de chapelure était fendue le long du dos, et au milieu s'entassaient des crevettes décortiquées. Une épaisse couche de sauce rémoulade, avec de l'aneth et des tranches de citron parachevait l'ensemble. La bière, servie dans des chopes, était fraîche à souhait. Certaines habitudes danoises auraient mérité qu'on les importât chez soi, dans les bistrots et les restaurants sans prétention.

Jonny manifestait un grand enthousiasme pour les habitudes culinaires de ce pays. La serveuse plaça devant lui un petit verre d'alcool rempli à ras bord. Jens Metz lui donna une tape sur les fesses et lui adressa un clin d'œil quand elle le fixa, irritée.

— Oh, fais pas cette tête. C'était juste un petit compliment, dit-il en riant.

La serveuse répliqua du tac au tac.

— Tout dépend de qui ça vient !

Irene aurait pu applaudir à son sens de la repartie, elle réussit néanmoins à rester discrète. Jens eut l'air contrarié, mais une autre bière lui rendit bien vite sa gaieté.

Après le repas, ils retournèrent au commissariat. Irene réussit à joindre Svend Blokk au téléphone. Le médecin légiste avait l'intime conviction qu'il s'agissait du même assassin. La découpe de l'abdomen des deux précédentes victimes était cent pour cent identique à celle pratiquée sur Isabell, comme d'ailleurs les lésions dans les parties génitales. Blokk trouva particulièrement intéressant de pouvoir examiner cette dernière victime, puisqu'elle avait gardé tous ses organes.

Irene avait eu envie de vomir au téléphone. Jamais elle n'avait réagi avec une telle violence lors de l'investigation d'un crime. Peut-être plus tard, quand le corps serait devenu tout vert, que le cadavre aurait pourri... Mais non. Même plus tard, ce serait pareil.

Dans le chaos d'émotions qui l'avaient assaillie après le meurtre d'Isabell, un sentiment commençait à s'imposer. Il avait trouvé un point d'ancrage et réclamait d'être pris au sérieux.

La vengeance.

Irene voulait se venger. Se venger d'avoir été utilisée dans les plans du meurtrier. Se venger d'avoir été rendue responsable de la mort de Bell. Et venger le chagrin que devait affronter la famille de Monika Lind. Venger la terreur absolue qu'avait dû ressentir Bell en comprenant qu'elle allait mourir. Venger la profanation du corps sans vie de Bell.

Irene allait se venger.

L'interrogatoire des trois autres filles de Scandinavian Models n'apporta aucun nouvel élément.

L'établissement avait dû être fermé quelques heures, le temps pour les policiers suédois de poser des questions. D'après ce qu'Irene comprit, l'établissement était ouvert et acceptait des clients quatorze heures par jour, sept jours sur sept. Les filles travaillaient sept heures d'affilée.

— Robin... M. Hillman... dit que c'est important au début. Les clients doivent savoir qu'on est disponbles. On va mettre sur pied un réseau de clients fidèles, avait dit Petra.

Le ton était sentencieux. Comme si elle avait ouvert un nouveau magasin bio.

Irene aurait voulu lui hurler de rentrer à Malmö par le premier ferry. Mais elle ne dit rien. Devant l'attitude de Petra, qui mettait ses atouts en avant – poitrine avantageuse et petit string – à l'attention de Peter Møller, Irene comprit que cela n'en valait pas la peine.

Ils dînèrent au Copenhagen Corner. Les trois policiers danois avaient proposé à leurs deux collègues suédois ce restaurant. Irene sentit tout de suite que c'était un bon choix.

Ils obtinrent une table près de la fenêtre, dans l'immense véranda. C'était plutôt une grande pièce aux murs de verre qui donnait directement sur la place de l'Hôtel de ville. L'atmosphère y était chaleureuse, avec beaucoup de plantes vertes et un personnel agréable.

Jens Metz et Jonny Blom commandèrent aussitôt une bière et un petit verre de Gammeldansk. Peter Møller et Irene se contentèrent d'une pinte, tandis que Beate Bentsen prit un verre de vin blanc.

Dans l'après-midi, Irene avait plusieurs fois tenté de joindre Emil Bentsen, sans obtenir de réponse. Jonny avait juste réussi à dormir deux heures dans sa chambre d'hôtel avant qu'Irene ne le réveille par téléphone. Maintenant, l'air jovial, il trinquait avec Jens, visiblement ravi de cette soirée.

— Quand partez-vous demain ? demanda Jens.

— Après le déjeuner. Il nous reste juste à faire quelques photocopies des interrogatoires au sujet du meurtre d'Isabell. Ça ne fera pas vraiment avancer l'enquête, mais c'est toujours bon à avoir tant que l'assassin est encore en liberté. Nous ne savons pas quelle sera sa prochaine victime, répondit Irene.

Un silence gêné se fit autour de la table, mais Jonny eut tôt fait de le balayer en déclarant :

— Qu'il tue qui il veut, du moment qu'il le fait à Copenhague. Comme ça, on pourra souvent revenir ici.

Sur ce, Jonny et Jens trinquèrent. Leurs rires résonnèrent contre les baies vitrées.

Irene remarqua l'air absent de Beate Bentsen. Elle faisait lentement tourner son verre de vin entre ses doigts et plongeait ses yeux dans le tourbillon du liquide. Elle paraissait vraiment ailleurs. Elle avait l'air soudain très lasse, avec des rides profondes à la commissure des lèvres.

— Avez-vous réussi à joindre Emil ? hasarda Irene.

La commissaire tressaillit et regarda Irene, l'air troublée.

— Quoi ? Emil ? Non.

En prononçant ce dernier mot, elle replongea son regard dans le verre.

Irene avait la nette impression que quelque chose n'allait pas, mais quoi ? Il ne fallait pas lâcher le morceau.

— Vous croyez qu'on pourra le joindre ce soir ou demain dans la matinée ? insista-t-elle.

Beate répondit en lui lançant un regard irrité :

— Je ne sais pas. Il vit sa vie.

— Je comprends ça, mais pour les besoins de l'enquête, il est important de savoir qui savait que je recherchais Isabell. Il faut que nous sachions à qui il en a parlé.

Irene essayait de parler d'un ton calme et raisonnable.

Beate lui lança un regard perçant. Puis elle hocha la tête et détourna les yeux.

— Je n'arrive pas à le joindre. Je suis allée dans son appartement aujourd'hui, mais il n'était pas chez lui, marmonna-t-elle.

L'inquiétude altérait sa voix. Irene réfléchit vite avant de demander :

— Il n'a pas laissé de message dans l'appartement ? Un petit mot ?

— Je n'ai pas les clefs.

Irene fut à deux doigts de se trahir. Elle faillit dire : « Mais il y a bien quelqu'un qui habite avec lui qui aurait pu vous ouvrir ? », quand elle se rendit compte de la bourde qu'elle s'apprêtait à commettre. Elle garda le silence, effrayée par sa maladresse. Elle avait failli révéler ses liens avec Tom Tanaka ! Elle eut comme une bouffée de chaleur.

Beate parut n'avoir rien remarqué et, presque en chuchotant, ajouta :

— Il ne veut pas que je puisse entrer et venir dans sa vie à ma guise. C'est pour ça que je n'ai pas de clef.

Irene n'avait aucun mal à imaginer les différentes raisons pour lesquelles Emil ne voulait pas que sa mère commissaire débarque dans son appartement sans crier gare. Mais elle ne dit rien et se contenta de hocher la tête.

— C'est tellement bizarre ! C'est comme s'il avait disparu ! s'écria soudain Beate.

Les trois hommes tournèrent la tête en même temps pour la regarder. Jens plissa ses yeux enfoncés dans des dépôts de graisse et dit :

— Qui a disparu ?

Bentsen prit une profonde inspiration et eut une mine irritée :

— Emil. Ça fait une semaine que je suis sans nouvelles.

Beate était inquiète, ça se voyait. Irene ne put s'empêcher de penser qu'elle n'avait malheureusement pas tort. D'un geste impulsif, elle posa une main sur la manche de lin rugueux de sa collègue en disant :

— Quand nous aurons terminé de manger, nous prendrons un taxi pour aller à l'appartement d'Emil. Je viendrai avec vous. S'il est là, je pourrai lui poser directement mes questions. Ainsi les choses seront claires.

Bentsen haussa d'abord les épaules. Puis elle acquiesça d'une signe de tête.

11

Le dîner avait été très réussi. Jens Metz leur avait raconté de bonnes blagues sur les activités de la police de Copenhague, et Jonny avait répliqué en leur donnant un aperçu du quotidien de ses collègues à Göteborg. Ils avaient bien ri et n'avaient pas vu passer le temps.

Il était presque 23 heures quand Beate Bentsen toucha le bras d'Irene et lui glissa à voix basse :

— On y va ?

Irene acquiesça. Elles se levèrent et prièrent leurs collègues masculins de les excuser. Peter Møller se proposa d'escorter ces dames, mais elles déclinèrent poliment son offre, l'assurant que c'était inutile.

À leur arrivée sur la place de l'Hôtel de ville, la fraîcheur de la nuit leur fit du bien, après la chaleur et l'air saturé de l'odeur des cigarettes qui régnaient dans le restaurant. Elles trouvèrent un taxi libre, et Irene se souvint de laisser la commissaire indiquer l'adresse au chauffeur.

Arrivées à Gothersgade, elles payèrent la course et prièrent le chauffeur de les attendre cinq minutes. Si elles n'étaient pas revenues d'ici-là, il n'aurait qu'à repartir.

Emil habitait un vieil immeuble plein de charme datant du début du siècle dernier. La façade de brique rouge brun était ornée de frises et d'un visage sculpté qui, dans l'obcurité, semblait regarder les deux femmes en dessous.

Elles eurent de la chance. Un homme descendit l'escalier et ouvrit la porte. Il adressa un salut aimable à Beate Bentsen. *Sans doute la connaît-il comme étant la mère d'Emil*, pensa Irene.

De larges marches en marbre menaient à une vaste cage d'escalier. Tout au fond brillait, par une ouverture rectangulaire, la lumière de l'ascenseur, moins ancien que le reste de l'immeuble. Dans un silence feutré, l'appareil les fit monter jusqu'au quatrième étage, où il s'arrêta avec une petite secousse.

La cage d'escalier avait fait l'objet d'une rénovation soignée. On avait mis en valeur les linteaux Art nouveau le long des murs et autour de l'encadrement des fenêtres serties au plomb. *Quand le soleil traversait les vitraux colorés, ce devait être de toute beauté*, se dit Irene. La nuit, l'éclairage de la rue ne parvenait pas jusqu'au dernier étage, aussi les fenêtres étaient-elles dans la pénombre. Les murs étaient peints en jaune clair, tandis que les lourdes portes d'entrée tranchaient de leur couleur marron foncé.

Beate Bentsen marcha d'un pas assuré vers l'une des deux portes du palier. Sur une plaque en céramique bleue, on pouvait lire « Emil Bentsen ». Cela cassait quelque peu l'élégance de la cage d'escalier. En regardant le motif de plus près, on pouvait voir que la petite bordure rose sous le nom d'Emil était constituée de cochons. Le premier était sur ses pattes, le deuxième derrière lui avec les pattes avant sur son dos, et ainsi de suite. En tout, dix cochons à la queue leu leu en train de copuler.

Beate n'accorda pas un regard aux petits cochons, mais appuya longuement sur la sonnette.

Les deux femmes l'entendirent résonner derrière la porte imposante, qui resta fermée. Irene colla son oreille contre la porte. Tout était silencieux, pas le moindre mouvement à l'intérieur. Elle s'agenouilla pour regarder par la fente de la porte destinée à y glisser le courrier. Le sol était couvert de revues, de prospectus et d'un certain nombre de lettres.

— Il n'a pas mis les pieds chez lui depuis plusieurs jours, constata Irene.

Au moment où elle allait se relever, elle perçut soudain une drôle d'odeur qui passait à travers l'ouverture. Bien que discrète, elle n'en était que trop familière pour une personne ayant l'habitude d'enquêter sur des meurtres.

Irene ne sut d'abord pas quoi dire à Beate. Pour gagner du temps, elle demanda :

— Vous avez vu tout le courrier qui s'est amassé quand vous êtes venue plus tôt aujourd'hui ?

— Oui. J'ai vu. Et ça m'inquiète.

Irene déglutit avant de poser la question suivante :

— Vous n'avez rien remarqué d'anormal ?

— Non. Pourquoi ?

Irene jeta un regard furtif à Beate. Il était fort possible que la commissaire n'ait pas reconnu l'odeur. Comme c'était une grande fumeuse, son odorat avait dû s'émousser... mais pas celui d'Irene. À travers la fente pour le courrier lui parvenait l'odeur faible, mais reconnaissable entre mille, d'un cadavre.

En utilisant le mobile d'Irene, Beate Bentsen parvint à joindre le propriétaire de l'appartement. À en juger par le ton de la conversation, ils se connaissaient depuis longtemps. Il n'était pas encore couché, et comme ces dames n'avaient pas de voiture, il promit de venir en personne avec les clefs.

Le visage de la commissaire était verdâtre quand elle raccrocha. D'un geste las, elle rendit l'appareil à Irene.

— Il habite tout près d'ici. Il en a pour quelques minutes en voiture.

Puis son expression se fit de nouveau lointaine. Irene décida de ne pas meubler l'attente avec des banalités. Elles attendirent donc en silence devant la belle porte avec sa plaque irrévérencieuse.

Pour Irene, à l'instinct si sûr, tous les voyants étaient au rouge. Ce n'étaient pas de vieux déchets oubliés qui sentaient mauvais. Quelqu'un ou quelque chose était en train de pourrir à l'intérieur de l'appartement.

Le bruit de l'ascenseur stoppant au dernier étage les avertit que le propriétaire arrivait déjà. À la surprise d'Irene, c'était un homme couleur d'ébène. Avec un large sourire et des dents d'un blanc éclatant, il se présenta comme étant Bill Faraday. C'était un grand maigre, et si Irene avait dû deviner son métier, elle aurait sans doute dit qu'il était danseur. Jamais elle n'aurait imaginé qu'il pût travailler dans l'immobilier. Nous sommes tous victimes de préjugés.

Bill Faraday sortit un énorme trousseau de clefs de la poche de son élégant manteau en cuir. Il en passa quelques-unes en revue avant de trouver la bonne, qu'il désigna avec une exclamation de triomphe avant de l'enfoncer dans la serrure. Il y eut un déclic, et la porte s'ouvrit.

Beate saisit le montant de la porte entrouverte et se retourna vers Faraday. D'un ton assez brusque, elle dit :

— Merci, Bill. Nous allons entrer seules. Est-ce qu'on peut garder la clef ?

S'il fut étonné de cette apparente désinvolture, il n'en montra rien. Avec un nouveau sourire, il tourna les talons et s'engouffra dans l'ascenseur. Bentsen attendit que l'appareil commence à descendre pour ouvrir la porte de l'appartement en grand et faire signe à Irene qu'elle pouvait venir.

L'odeur flottait déjà dans l'entrée. Irene alluma la lumière et regarda autour d'elle. Le couloir était grand et haut de plafond, avec beaucoup d'ouvertures. Sous la pile de courrier et de revues se trouvait une sorte de carpette dégoûtante lie-de-vin. Seuls un portemanteau et un grand miroir au cadre doré en constituaient l'ameublement. Du plafond pendait une ampoule nue.

Irene choisit au hasard la première porte sur la gauche. Elle donnait sur une grande salle de bains sale qui sentait le renfermé. Une serviette éponge mouillée traînait sur le sol parmi des rouleaux de papier toilette et des flacons de shampoing usagés.

La porte suivante ouvrait sur une cuisine tout aussi immonde. De la vaisselle non lavée et des cartons de pizza puants s'entassaient sur un plan de travail crasseux. Mais ce n'était pas cette puanteur la plus forte dans l'appartement.

Irene prit soudain conscience que Beate Bentsen se trouvait juste derrière elle. Irene pouvait la comprendre. La commissaire redoutait d'apprendre d'où venait cette odeur qui vous prenait à la gorge. Elle n'osait pas le découvrir elle-même.

Comme si elle avait deviné les pensées d'Irene, Beate Bentsen fit un pas vers la porte fermée en disant :

— Là, c'est la salle de musique d'Emil. La large porte donne sur la salle de séjour, et là-bas, c'est sa chambre à coucher.

Irene alla droit vers cette dernière pièce. La porte n'était pas fermée, mais entrebâillée.

La puanteur, quand elle poussa doucement la porte, devint insupportable.

Irene se retourna pour empêcher Beate d'entrer, mais celle-ci avait eu le temps d'en voir assez pour comprendre ; elle écarta Irene pour passer. Arrivée près du lit, elle s'arrêta, pétrifiée. Ses yeux détaillaient la scène, la laissant muette. Irene se hâta de la rejoindre.

Emil était attaché par les mains et les pieds. Pas de menottes, mais une corde, cette fois, constata Irene malgré elle. Il était nu. Son tronc découpé portait la signature de l'assassin. Soudain, Beate Bentsen poussa de faibles gémissements qui se muèrent bientôt en un cri hystérique :

— Il manque ses... ! On lui a pris ses... ! Il manque...

Irene vit que des parties du corps avaient été enlevées. Le meurtrier avait de nouveau mutilé sa victime.

La nuit fut longue. Irene ne rentra pas à l'hôtel Alex avant 4 heures du matin.

Je ne vais jamais arriver à dormir, pensa-t-elle.

Puis elle ne se souvint plus de rien jusqu'à ce que le téléphone la réveille à 8 h 30. À moitié endormie, elle parvint à approcher le combiné de son oreille. La voix tonitruante du commissaire Andersson acheva de la réveiller :

— J'ai appelé le commissariat. Je pensais que vous seriez là en train de travailler, c'est quand même pour ça que je vous ai envoyés ! Mais pour vous joindre, j'ai dû essayer de comprendre ce qu'ils baragouinaient en danois. Et tout ce que j'ai compris, c'est que vous avez trouvé une autre victime démembrée. Mais qu'est-ce que tu fous, bordel !

Se sentant agressée, Irene tenta de protester :

— Ce n'est quand même pas moi qui passe mon temps à tuer des gens !

Andersson parut ne pas l'entendre et poursuivit :

— Et tout ce que vous trouvez à faire, Jonny et toi, c'est la grasse matinée à l'hôtel !

Enfin, Irene fut suffisamment réveillée pour se mettre en colère.

— J'étais là quand on a trouvé la dernière victime cette nuit et je ne me suis pas couchée avant 5 heures du matin ! lança-t-elle, irritée.

Elle avait rajouté une heure, pour bien faire comprendre à Andersson qu'elle ne tolérait pas ses remontrances. De toute façon, il ne pouvait pas vérifier. Il y eut un court silence au bout du fil, avant que le commissaire ne reprenne, mais sur un ton rasséréné :

— Tu étais là ?

— Oui.

— Qui était la victime ?

— Le fils de la commissaire Beate Bentsen.

Il y eut, cette fois, un long silence. Mais Irene connaissait trop bien son chef pour ne pas savoir qu'il allait exploser :

— Qu'est-ce que tu dis, bordel ! Le fils de Bentsen ! Ce n'est pas...

Elle l'interrompit aussitôt :

— Ce meurtre porte clairement la signature de l'assassin : victime attachée, ouverte en deux, profanée, mutilée.

Quand le commissaire reprit la parole, le ton de sa voix était sérieux et sobre.

— Irene, il opère tout le temps là où tu te trouves. Il est certainement à Copenhague, s'il a recommencé...

Irene lui coupa la parole :

— Ce n'est pas si sûr. Le médecin légiste a dit qu'Emil Bentsen a été assassiné il y a une semaine. Le meurtrier peut très bien être rentré à Göteborg, ou je ne sais où.

— Ça voudrait dire que cette dernière victime a été tuée en même temps que la fille, Isabell.

— Oui. Les deux meurtres sont liés. Jonny et moi allons passer une autre nuit ici.

— Pourquoi ça ? Les Danois n'ont qu'à nous faire un rapport.

— J'ai trouvé une carte de visite accrochée à un panneau dans sa chambre à coucher. Épinglée derrière un autre bout de papier, et dont un seul coin dépassait. Mais ça m'a suffi pour la reconnaître. Blanche avec un texte bleu. La carte de visite de Markus Tosscander. Tu sais, où il est écrit « Toscas Design ».

Andersson eut tellement le souffle coupé à l'autre bout du fil qu'Irene crut qu'il allait avoir une crise cardiaque. Mais il se ressaisit et parvint à dire d'une voix assez posée :

— Bon. Allez voir si vous trouvez d'autres pistes dans la journée, mais vous rentrez demain ! C'est que ça me coûte cher, toute cette histoire. Nous n'avons pas les moyens de payer indéfiniment le séjour de deux policiers à Copenhague...

Il s'interrompit. Irene comprit qu'une pensée lui avait traversé l'esprit.

— Est-ce que Jonny était avec toi cette nuit quand tu as retrouvé le fils de Bentsen ?

— Non.

— Où était-il ?

Irene hésita à dire la vérité : « Il se saoulait avec son collègue Jens Metz ». Elle préféra ne rien dire.

— Aucune idée. J'étais avec Beate Bentsen, qui s'inquiétait de ne pas avoir de nouvelles d'Emil depuis un bout de temps, et j'ai promis de l'accompagner à son appartement...

Le commissaire l'interrompit :

— Jonny n'était donc pas avec toi lors de la découverte du meurtre. Alors, qu'est-ce qu'il a comme excuse pour ne pas être au travail ?

Irene se défila de nouveau.

— Je ne sais pas.

— Je vais l'appeler dans sa chambre et le lui demander. Et Irene... Fais attention.

— Mais oui. Je t'appelle ce soir.

Un Jonny rougeaud avec la gueule de bois fit son entrée dans la salle du petit déjeuner, alors qu'Irene avait presque terminé. Il se laissa tomber sur une chaise en face d'elle en soupirant.

— Andersson a appelé. Il était d'une humeur massacrante. Je ne sais pas ce qu'il m'a sorti sur le fait que je n'étais pas avec toi hier soir... Et c'est quoi encore, ce cadavre dont il m'a rebattu les oreilles ?

— Va te chercher de quoi manger et je te raconterai.

Lentement, avec pédagogie, Irene lui rapporta les événements de la nuit.

Quand il apprit comment elles avaient trouvé le corps d'Emil et dans quel état, Jonny se redressa sur sa chaise, soudain dégrisé. Il lança à Irene un regard incrédule :

— C'est vrai ? Le fils de Beate Bentsen !

Irene confirma d'un signe de tête.

— C'est le truc le plus dingue que j'aie entendu ! Comment elle a pris ça ?

— On l'a conduite à l'hôpital. Elle a complètement craqué. C'était pas beau à voir, crois-moi. L'assassin a découpé et pris le pénis, un des muscles de la cage thoracique et une fesse.

Jonny jeta un regard dégoûté sur les restes de sa tartine au jambon. Il la repoussa vers le bord de l'assiette.

— Ce type est complètement barjo ! fit-il.

Pour une fois, ils étaient d'accord.

— J'ai réservé une nuit de plus pour nous. On peut garder les chambres qu'on a. Et, Jonny...

Elle se pencha par-dessus la table et dit d'un ton sérieux :

— ... je te serais très reconnaissante si tu pouvais rester sobre cette dernière journée. Andersson avait raison, le meurtrier se trouve près de moi. Toi aussi tu es près de moi. Pour ta propre sécurité, tu devrais aussi...

Jonny devint tout rouge et se leva si vite qu'il renversa sa tasse de café à moitié remplie sur la table.

— T'es pas mon chef, bordel, c'est pas à toi de me dire ce que j'ai à faire !

Furieux, il se précipita hors de la salle. Irene soupira bruyamment. La journée serait encore placée sous le signe de l'alcool.

Comme Irene l'avait imaginé la nuit précédente, c'était magnifique quand le soleil brillait à travers les vitraux colorés de la cage d'escalier. Mais quand elle sortit de l'ascenseur avec ses trois collègues masculins et qu'elle se dirigea vers la porte de l'appartement d'Emil, elle n'avait pas vraiment la tête à admirer le jeu de lumières sur les murs. Jonny jeta un regard étonné sur la plaque bleue en céramique et se pencha pour mieux voir les cochons. Il marmonna quelque chose d'inaudible, mais ne fit aucun commentaire à haute voix sur la plaque.

Pendant tout le trajet jusqu'à l'appartement d'Emil, il avait ignoré Irene. L'appel à l'abstinence était tombé dans l'oreille d'un sourd.

Quand ils avaient examiné le lieu du crime pendant la nuit, Irene avait noté que l'autre porte sur le palier permettait d'entrer dans la partie locative de l'appartement d'Emil. Il s'agissait de deux grandes pièces avec entrée, cuisine et salle de bains privatives. Aucune des deux ne semblait être louée. Dans la cuisine, une porte fermée à clef donnait directement sur la chambre à coucher d'Emil.

Chaque pièce était meublée presque à l'identique, avec un large lit, un grand bureau de style surmonté d'un miroir assorti, un fauteuil en cuir avec à côté une lampe sur pied, et le sol était couvert de tapis usés mais encore jolis. Les penderies étaient vides, de même que les bureaux. Une épaisse couche de poussière témoignait que personne n'avait habité dans ces pièces depuis plusieurs semaines, voire des mois. Une seule chose différenciait ces pièces : le choix de couleurs. L'une était dans les tons bleus, et l'autre plutôt dans les verts. Les deux chambres jouissaient d'une vue magnifique sur le Jardin botanique.

La cuisine et la salle de bains étaient sales et poussiéreuses, mais rien de comparable avec celles d'Emil. Ici, on pouvait tout du moins discerner un certain sens impersonnel de l'ordre.

Jens Metz se tourna vers Irene, qui reçut en plein visage son haleine avinée.

— Nous allons demander aux techniciens de rechercher des cheveux ou ce genre de choses dans les deux pièces à côté. Nous avons beaucoup d'échantillons de cheveux de l'hôtel Aurora – faut dire aussi que c'était une vieille chambre d'hôtel. On va aussi faire des recherches dans l'appartement d'Emil. Mais ça va prendre du temps. Avec un peu de chance, on tombera peut-être sur le même cheveu ou sur autre chose qui coïncidera, dit-il.

Irene acquiesça. Elle ne pouvait pas parler, se retenant de respirer. Restait à savoir qui, de Jonny ou de Jens, avait la plus mauvaise haleine.

Ils entrèrent dans l'appartement d'Emil. L'odeur du cadavre flottait encore dans l'air, bien que le corps fût à présent entre les mains du médecin légiste. Irene ouvrit la fenêtre de la cuisine. Dans la chambre à coucher d'Emil, les techniciens récoltaient des indices. Un homme jeune, de petite taille et assez corpulent, passa la tête dans l'ouverture de la porte et jeta un coup d'œil aux policiers.

— Ça va vraiment prendre du temps. Il y a tellement de saleté partout. C'est à croire que ce type n'a jamais fait le ménage.

— Des empreintes digitales ?

— Plein.

— Autre chose d'intéressant ?

— On dirait qu'il y a pas mal de sperme sur le matelas et les draps, mais ça remonte à une date antérieure. En revanche, sous le lit, nous avons retrouvé une tache de sperme frais. Assez petite, mais suffisante pour en déterminer l'ADN. Comme si quelqu'un avait essuyé avec un chiffon quelque chose près du lit. Cela apparaît clairement quand on éclaire l'endroit.

— Vous avez retrouvé le chiffon ?

— Non. L'assassin n'est pas assez cinglé pour le laisser derrière lui.

Où cela a-t-il été essuyé ?

— Ici.

Le technicien indiqua du doigt le sol juste sous la tête de lit.

Peter Møller hocha la tête et se tourna vers Irene :

— La chance nous sourit enfin. Le meurtrier s'est moins surveillé et a laissé des traces. En espérant que ce soient bien les siennes. Ça peut aussi venir d'Emil avant son assassinat.

— Si c'est le sperme de l'assassin, vous voulez dire qu'il a éjaculé pendant le rituel, a essuyé après mais en oubliant cette petite tache sous le lit ?

— Oui.

La forte lumière du soleil tombait sur l'unique cadre accroché dans la pièce, une grande photographie en noir et blanc. Elle représentait un homme nu dans une position d'une indécence inouïe. Il était assis langoureusement, le haut du corps s'enfonçant dans des coussins. La mise au point avait été faite sur son pénis bien en érection. Même si le reste du corps et le visage étaient dans une sorte de halo un peu flou, Irene reconnut le modèle – ça n'avait pas été le cas la nuit précédente, sous l'effet du choc. Cet homme, c'était Markus Tosscander. Pire encore, elle avait déjà vu ce genre de photos. Tom Tanaka en avait deux dans sa chambre à coucher.

Ce fut comme si elle avait reçu un coup violent. Elle devait parler à Tom au plus vite. Il serait certainement interrogé, puisque la police savait qu'Emil traînait souvent dans sa boutique. Mais ils n'apprendraient rien de Tom. Le meurtre d'Emil ne ferait que renforcer sa méfiance vis-à-vis de la police en général, et celle de Vesterbro en particulier.

Les quatre inspecteurs retournèrent dans l'entrée. Pour l'instant, la chambre à coucher était toujours aux mains des techniciens.

— Comme nous sommes quatre, je propose que nous examinions chacun une pièce. Jonny prend la salle de bains, Peter la cuisine, Irene l'autre pièce... la salle de musique... enfin, bon... et moi je prends la salle de séjour, dit Metz.

Personne n'ayant une meilleure idée, chacun alla de son côté.

Irene ouvrit la porte et s'arrêta net sur le seuil. Elle reconnaissait bien cette odeur, celle du hasch. Elle ne l'avait pas non plus remarquée, la nuit dernière. Pour sa défense, elle se dit que l'examen de la nuit avait été très sommaire. Ils n'avaient eu ni le temps ni le personnel nécessaires pour procéder à une fouille approfondie de l'appartement.

Elle entra dans la pièce et referma la porte derrière elle. L'arôme de hasch se mêlait aux mauvaises odeurs d'une pièce jamais nettoyée. La salle était grande et très peu meublée. À travers les vitres sales de la fenêtre sans rideaux, le soleil de cette matinée radieuse pénétrait à flots. Posée au milieu sur le rebord en marbre de la fenêtre, une malheureuse plante dans un pot en plastique marron achevait de se dessécher. Irene alla vers la fenêtre et arracha une feuille de la plante. Soigneusement, elle effrita la feuille sèche dans la paume de sa main et respira. Le lobe de la feuille et l'odeur confirmèrent ses soupçons : c'était un plant de cannabis.

Le sol était couvert d'une moquette qui, en son temps, avait dû être jaune clair. La nuance qui dominait à présent virait au jaune nicotine. Sans doute cette pièce avait-elle été pensée au départ comme une bibliothèque. Le long d'un des murs couraient des étagères en bois sombre. Emil avait arraché sans ménagement certaines planches pour faire plus de place à deux haut-parleurs gigantesques et à une chaîne hi-fi tout aussi impressionnante. Sur les côtés des haut-parleurs s'élevaient des racks pleins de CD. Par terre s'entassaient pêle-mêle disques et boîtiers.

Comme il n'y avait aucun siège dans la pièce, Irene en déduisit qu'Emil et ses amis éventuels devaient s'allonger à même le sol pour écouter de la musique. Ils pouvaient toujours admirer les affiches ornant le mur. Irene tressaillit quand elle les observa de plus près. Il s'agissait de divers groupes de rock portant des noms tels que Warriors of Satan, Deathlovers et Nechrophilia. Chose plus inquiétante encore, tous les membres de ces groupes étaient représentés à différents stades de décomposition. Des barbelés sortaient des cavités de leurs crânes et décomposaient leurs muscles ; malgré cela, ils tapaient sur leurs instruments et hurlaient leurs textes. Des morts-vivants.

Quand on pensait à l'état dans lequel avait été retrouvé Emil – raide mort et en état de putréfaction –, ces images donnaient l'impression de laisser violemment éclater leur mépris.

La plupart des boîtiers de disque étaient dans le même genre que les affiches.

Irene resta un moment à s'interroger sur les raisons qui pouvaient pousser un jeune homme à s'intéresser à ce type d'images et de musique, et elle sursauta quand la porte s'ouvrit brusquement derrière elle.

— Pourquoi tu t'es enfermée là-dedans ? lui demanda Jonny.

— Entre et ferme la porte, dit Irene.

Après un temps d'hésitation, Jonny obtempéra.

— Sens ! lui commanda-t-elle.

Il prit quelques inspirations sonores.

— De l'herbe, constata-t-il.

— Oui. C'est un plant de canabis près de la fenêtre, mais l'odeur provient de la moquette sale. On a pas mal fumé ici, ces dernières années.

Jonny regarda, consterné, les affiches aux murs.

— Oh, merde ! fut tout ce qu'il trouva à dire.

— C'est le cas de le dire. Mais ça prouve qu'Emil était attiré par la nécrophilie.

— C'est dingue !

— Effectivement. Mais c'est précisément dans ce genre de cercle qu'on recherche notre meurtrier. Pas seulement un nécrophile, mais un nécrophile qui se procure ses propres cadavres.

Les rouages de la logique commençaient à se mettre en branle dans l'esprit embrumé de Jonny. Avec un ricanement qui se voulait malin, il dit :

— Mais ce n'est pas Emil que nous recherchons.

— Non, mais il connaissait très probablement son meurtrier.

Jonny se rappela soudain ce pourquoi il était entré.

— Møller a trouvé quelque chose qu'il veut te montrer, dit-il.

Ils sortirent de la salle de musique et tombèrent presque nez à nez avec Peter Møller. Debout dans l'entrée, il inspectait une penderie ouverte, fixée au mur. Irene et Jonny se placèrent à côté de lui pour tenter d'apercevoir ce qu'il voyait.

La grande penderie contenait un vieux blouson en cuir, un pardessus noir et deux uniformes de policier.

— Nous n'allons surtout pas toucher aux vêtements. On devrait pouvoir trouver des empreintes, dit Møller.

Une certaine tension était perceptible dans sa voix. Irene comprit que lui aussi pensait au « flic » évoqué dans les dépositions faites dans le cadre du meurtre de Carmen Østergaard. Irene elle-même sentit une vague de chaleur l'envahir. Dans son cerveau en ébullition, ses pensées s'agitaient en tous sens.

Était-ce possible ? Emil pouvait-il être ce « flic » ? Certes, sa mère faisait partie de la police. La photographie et la carte de visite prouvaient qu'Emil et Markus se connaissaient. Emil correspondait bien au signalement du flic que la prostituée avait donné dans le cadre de l'enquête autour de l'assassinat de Carmen. Est-ce que c'était dans cet appartement que Markus avait habité quand il se trouvait à Copenhague ? Pourquoi pas ? Mais où étaient ses affaires ? Sa voiture ? Pourquoi Emil n'avait-il pas sous-loué les autres pièces ? Pourquoi Emil avait-il lui-même été assassiné ?

La réponse à cette dernière question était simple : Emil avait fini par constituer une menace pour le meurtrier. Mais comme l'assassin avait joui après le crime, Irene entrevoyait une autre possibilité. Il avait peut-être éprouvé une violente pulsion, et Emil était alors le seul à se trouver près de lui. Cette pensée était écœurante, mais Irene décida d'évoquer cette hypothèse, à la première occasion, auprès d'Yvonne Stridner.

Jens Metz avait rejoint les autres dans l'entrée. On entendait son souffle pesant résonner dans le silence. Il dit enfin d'un ton plein d'empathie :

— Ça me fait sincèrement de la peine pour la commissaire.

Il faut parler à Beate Bentsen, et le plus tôt serait le mieux, pensa Irene.

— Est-ce que quelqu'un veut bien m'accompagner à l'hôpital pour lui parler ? demanda-t-elle d'une voix mal assurée.

— Pourquoi ?

— Parce que Markus et Emil se connaissaient, voilà tout. L'homme qui a posé pour la photographie au-dessus du lit d'Emil, c'est Markus Tosscander. C'est sans doute ici qu'il a habité. Que sait exactement Beate sur la vie de son fils ? Sur sa vie sexuelle ? J'aimerais lui poser plein de questions, dit Irene.

Jonny lui jeta un regard courroucé, mais resta silencieux.

— Vous n'avez qu'à venir avec nous. Je téléphonerai à l'hôpital avant le déjeuner et je leur demanderai si on peut lui parler. On ira là-bas dès qu'on aura fini de manger, décida Peter Møller.

— Je vais essayer de joindre Blokk. Il devrait pouvoir nous dire s'il s'agit encore du même meurtrier. Au fait, vous avez remarqué que les deux derniers crimes se différencient des deux premiers ? fit observer Jens Metz.

— Tu veux dire qu'il n'a pas ôté les organes d'Isabell et d'Emil ? demanda Jonny.

— Exactement. Et il n'a pas ouvert leur cage thoracique. D'accord, il n'avait pas de scie circulaire sous la main. C'est peut-être pour ça qu'il n'a pas découpé la tête et les membres. Mais il faut quand même se demander si on n'a pas affaire ici à une simple réplique, une sorte de duplicata, suggéra Metz.

On ne pouvait rien exclure, mais Irene avait l'intuition qu'il s'agissait du même meurtrier. Aucun assassin voulant « imiter » n'aurait connu les détails du démembrement et de la profanation des deux premières victimes, puisque les médias n'avaient pas eu accès à toutes ces informations « pour les raisons de l'enquête ». Cela dit, Irene constatait certaines divergences entre les premiers et les derniers crimes. Comme si les deux derniers étaient inachevés.

Elle fut effrayée par cette idée qui venait de surgir dans son esprit. « Inachevés ». Il faudrait qu'elle se souvienne de revenir sur ce point dès qu'elle aurait plus d'informations sur ce nouveau meurtre.

Peter fourra la main dans la poche de sa veste et en sortit un sachet en plastique noué à l'extrémité.

— Voilà ce que j'ai trouvé tout au fond du garde-manger. Un peu de hasch. Du très concentré.

— Ça correspond bien à l'odeur qu'on a sentie dans la salle de musique. La porte a dû rester fermée après le meurtre. Les affiches et les boîtiers des CD montrent clairement qu'Emil s'intéressait à la nécrophilie, dit Irene.

Møller et Metz allèrent dans la salle de musique. Ils examinèrent en silence les posters sur les murs. Møller se pencha et regarda avec précaution quelques-uns des disques et des boîtiers. Au moment de quitter la pièce, il dit à Irene :

— Ça a surtout l'air d'être du *death* et *black metal*. Il ne faut pas nécessairement être nécrophile pour aimer ce genre de musique. Plein de jeunes adorent cette musique-là, parce qu'elle est violente. Mais, bon, je dois reconnaître qu'il avait l'air assez branché morbide.

Il fit un geste vers l'affiche la plus proche de la porte. Elle représentait un guitariste, debout, qui grimaçait vers le spectateur avec son crâne dans les cavités duquel entraient et sortaient des barbelés. Sous la guitare électrique, ses intestins en décomposition se déversaient sur le sol. Le texte au-dessus de l'affiche clamait : *There is no death !*

Ce fut une vraie bouffée d'oxygène de se retrouver dehors.

— Autant déjeuner tout de suite, proposa Jens Metz.

Irene n'avait pas vraiment faim, mais cela lui offrait la possibilité d'appeler Tom Tanaka. Il faut bien que des toilettes séparées pour les hommes et les femmes présentent certains avantages.

Ils décidèrent qu'après le repas, Jonny retournerait au commissariat et photocopierait les documents concernant le meurtre d'Isabell. Bien sûr, il rechigna et maugréa, mais au fond, il n'était pas mécontent de revenir au commissariat et de pouvoir rester au calme devant une pile de papiers. La barre qu'il avait au front refusait de lâcher prise. Ce serait peut-être l'occasion de trouver un cachet contre les maux de tête et d'avaler quelques cafés. D'ailleurs, « un petit verre pour l'apéritif » et un peu de nourriture auraient le même effet.

Peter Møller appela l'hôpital pour demander s'il était possible d'interroger Beate Bentsen l'après-midi même. Après une discussion serrée avec les infirmières, on leur fit l'aumône d'un droit de visite, après 15 heures.

Il était 11 h 45. S'ils se dépêchaient de déjeuner, Irene aurait le temps de rendre visite à Tom Tanaka avant 15 heures. Elle manifesta soudain une envie prononcée de déjeuner tôt.

Ils laissèrent la voiture où elle était et marchèrent jusqu'à Gråbrødretorv et la brasserie Peder Oxe, où l'on mangeait à la bonne franquette de bons plats de viande, et où on remplissait les verres de vin sans être trop regardant. Ils choisirent tous des roulades de bœuf dans une savoureuse sauce à la crème, servies avec une gelée de raisin rouge et des légumes primeurs. Tous prirent de la bière. À la grande déception de Jonny, il fut le seul à vouloir un verre d'alcool. Il ne pouvait décemment pas en commander pour lui seul, mais son attitude fut celle d'un chiot qui se voit refuser une friandise promise.

Avant le café, Irene les pria de l'excuser et se rendit aux toilettes. Elle s'enferma et prit soin de se soulager avant de sortir son mobile. Vite, elle fit défiler les numéros jusqu'à celui de Tom et elle appela.

— Ici Tom.

— Salut, Tom. C'est Irene Huss à l'appareil. Il faut absolument qu'on se voie le plus tôt possible.

— Il est arrivé quelque chose ?

— Oui. Il faut que je vous parle.

— Il s'agit de votre collègue ?

— Oui. On peut se voir dans une demi-heure ?

Il y eut un silence à l'autre bout de la ligne avant que Tom ne réponde :

— C'est possible dans une heure ?

— Non. Ce sera trop juste. C'est vraiment important ! Sinon, je ne vous aurais pas appelé !

Il dut percevoir le désespoir dans sa voix.

— Bon, d'accord. J'ai de la visite, mais... Venez dans une demi-heure. Appelez-moi quand vous serez devant la porte, et je descendrai vous ouvrir.

Irene passa un coup de peigne dans ses cheveux courts pour leur donner un peu de volume. Elle commençait à aimer sa nouvelle coupe. Pour la forme, elle se remit du rouge à lèvres et s'adressa un sourire dans le miroir. C'était important qu'au moment de revenir elle ait un air dégagé pour pouvoir leur mentir plus aisément.

Elle reprit sa place devant sa tasse de café fumante et dit :

— Je crois que je vais essayer de reparler avec les filles de Scandinavian Models. Surtout avec Petra. Passé le premier choc, quelque chose lui est peut-être revenu en mémoire sur la soirée où a disparu Isabell.

— Vous croyez vraiment que ça peut donner quelque chose ? On a déjà interrogé ces filles plusieurs fois, objecta Peter.

— Je sais, mais je veux quand même faire un dernier essai.

Peter se contenta de hausser les épaules pour montrer ce qu'il en pensait. Puis les trois hommes se mirent à parler de football, au grand soulagement d'Irene. Elle écouta en silence et fit semblant d'être totalement inculte sur le sujet, les matchs qualificatifs pour la Coupe d'Europe.

Après avoir bu son café, elle s'excusa en souriant :

— Bon, eh bien j'y vais. À tout à l'heure !

— Je passerai vous prendre devant l'église Vor Frue à 14 h 45, dit Peter.

— Parfait.

Irene croyait savoir que le lieu de rendez-vous était tout près. Elle comprit qu'elle aurait du mal à faire l'aller-retour jusqu'à Vesterbro en si peu de temps. Une seule solution, sauter dans un taxi.

Irene appela Tom du taxi pour le prévenir de son arrivée. Le chauffeur s'arrêta dans Helgolandsgade, Irene paya la course et poussa calmement la porte. Même si on était en plein jour, elle jeta un regard autour d'elle, sous le porche et dans l'arrière-cour. Elle n'avait pas oublié sa confrontation avec les skinheads.

Tom la guettait déjà derrière la vitre. Il lui ouvrit la porte et lui souhaita la bienvenue. Comme d'habitude, il passa devant elle et monta l'escalier en soufflant. Irene frémissait d'entendre son souffle si court. Il faisait penser à un alpiniste en manque d'oxygène au sommet de l'Everest. Il portait ce jour-là un kimono de soie couleur argent, et autour de son chignon il avait enroulé des fils d'argent.

D'un geste chevaleresque, il lui tint la porte de sa chambre à coucher et la pria d'entrer.

La pièce était exactement comme la dernière fois. Si Tom avait eu un visiteur dans son alcôve, il avait eu le temps de tout remettre en ordre. Quand il se dirigea vers la porte donnant sur le couloir, Irene lui demanda :

— Tom, pour une fois, vous voulez bien qu'on reste ici, dans la chambre ?

Tom tourna lentement vers elle son corps massif et haussa ironiquement les sourcils.

— Dans la chambre ?

Devant l'expression grave du visage d'Irene, il se hâta de dire :

— Pardon, c'était idiot de ma part.

— Non, je vous en prie. Asseyez-vous sur le lit.

Sans discuter, Tom s'assit lourdement sur le bord du lit.

— Tom, préparez-vous à une terrible nouvelle. Cette nuit, on a retrouvé Emil Bentsen mort dans son appartement. Assassiné. Il semblerait que le meurtre remonte à une semaine. Son corps portait la signature de notre meurtrier. La signature du meurtrier de Markus et d'Isabell.

Elle se tut pour étudier la réaction de Tom. Pour commencer, il n'en eut aucune. Il resta impassible et immobile, comme une pierre massive et brillante. Soudain, une plainte s'éleva. Irene fut si surprise qu'elle en eut la chair de poule. Le gémissement désespéré de Tom résonnait dans la pièce, se frayait un chemin dans le couloir pour s'éteindre dans la pièce du fond. Lentement, son grand corps se mit à se balancer d'avant en arrière. Son gémissement diminua jusqu'à se fondre dans le silence, mais il continua à balancer le haut de son corps.

Irene pensait poursuivre son récit quand il lâcha d'un ton normal :

— Ce détraqué ! Il faut vraiment que vous l'arrêtiez !

— Je vais essayer, mais j'ai besoin de votre aide.

Tom hocha la tête et la regarda droit dans les yeux. Irene se tourna vers les deux photographies encadrées sur le mur. Et les montrant du doigt, elle demanda :

— Pourquoi ne m'avez-vous pas dit que c'était Markus sur les photos ?

Tom eut l'air sincèrement étonné.

— Je n'y ai pas pensé, voilà tout. Et c'est lui sur seulement un des clichés. Sur l'autre, c'est un ami à lui.

Irene regarda les photographies de plus près et vit que Tom avait raison.

Markus était assis au bord de l'eau. Les gouttes d'eau sur son corps souple et bronzé scintillaient au soleil. Il souriait en fixant l'objectif, tandis que le vent jouait dans les cheveux recouvrant son front. Ses mains étaient posées sur ses genoux légèrement repliés et il écartait ostensiblement les jambes. Son érection forçait l'admiration. La photo avait été prise au bord de la mer. L'image tout entière respirait la joie de vivre, la sensualité, l'affirmation de sa propre sexualité. Irene dut admettre en son for intérieur que c'était une des photos d'homme nu les plus excitantes qu'elle ait jamais vues.

L'autre homme était de profil, appuyé contre un mur rugueux en pierre. Il paraissait musclé, et bien monté lui aussi. La photographie avait été prise à contre-jour, de sorte qu'on ne distinguait pas son visage. Irene nota que ses longs cheveux étaient attachés en une grosse queue-de-cheval. Le photographe avait réussi à donner l'illusion que les rayons du soleil partaient de son pénis qui bandait.

Irene dut convenir que le photographe avait du talent.

Soudain, elle crut reconnaître cet homme. Elle s'approcha, mais le souvenir lui échappait. Le contre-jour avait beau plonger son visage dans la pénombre, elle connaissait cet homme.

— Savez-vous qui est cet ami ?

— Non, Markus ne me l'a jamais dit.

— Vous ne l'avez jamais rencontré ?

— Non.

— Est-ce Markus qui vous a donné ces photos ?

— Oui. Peu avant de partir. Encadrées et tout. J'avais juste à les accrocher.

— Savez-vous qui les a prises ?

— Un photographe de Göteborg. Je ne connais pas son nom.

— Saviez-vous qu'Emil a lui aussi une photo de Markus au-dessus de son lit ? Pas dans la même position, mais c'est bien Markus.

Elle vit nettement Tom tressaillir.

— Non. J'ignorais qu'ils se connaissaient si bien.

— Mais vous saviez qu'ils se connaissaient ?

— Oui. La première fois que Markus a franchi le seuil de mon magasin, il était suivi d'Emil. Markus a marché vers moi et a commencé à parler. Emil a acheté plusieurs trucs et ne s'est pas mêlé à notre conversation. À aucun moment, je n'ai eu l'impression qu'ils étaient... ensemble. Ils m'ont paru davantage être des amis. C'est la seule fois que je les ai vus ensemble.

— Markus ne parlait jamais d'Emil ?

— Non.

— Et vous n'avez jamais posé de question ?

— Non.

— Est-ce qu'Emil parlait parfois de Markus ?

— Non. Jamais.

— Donc, vous ne savez pas grand-chose sur Emil et Markus. Vous ne posez donc jamais de questions ?

Pour la première fois, Irene sentit nettement une réticence de la part de Tom. Il lui répondit d'un ton glacial :

— Non.

— Pourquoi ?

— Quand on ne pose pas de questions, on n'a pas non plus à répondre quand on vous en pose.

Elle n'en saurait pas plus. Il ne fallait pas s'attendre à ce que Tom lui fasse des confidences.

— Mais Markus, si je ne me trompe, vous a bien dit qu'il habitait chez un policier en l'appelant « mon petit flic » ?

— Oui.

— Nous avons trouvé deux uniformes de policier chez Emil. Et Emil a un deux-pièces à côté qui fait partie de son appartement. Croyez-vous qu'Emil ait pu être ce « flic » chez qui Markus habitait ?

— Mon Dieu... Emil ! Ça a pu être Emil. Je lui ai moi-même vendu un uniforme de policier, il y a quelques années.

— Vous vous souvenez quand ?

— Au tout début, quand j'ai repris ce magasin. C'est-à-dire il y a à peine deux ans. La première fois qu'on s'est rencontrés.

— Il n'en a acheté qu'un ? Pas deux ?

— Un seul.

Irene réfléchit intensément avant de se hasarder à dire :

— Emil a appris par sa mère que j'étais à la recherche d'Isabell Lind. Quand j'ai quitté Beate Bentsen au restaurant, il était 20 h 30. Emil l'a rejointe aussitôt après. Je l'ai ensuite vu chez vous vers 22 heures. C'est à peu près à ce moment-là qu'un homme du nom de Simon Steiner a appelé Scandinavian Models pour donner rendez-vous à Isabell à l'hôtel Aurora. À un jet de pierres de votre boutique. À qui Emil a-t-il pu raconter que je cherchais à joindre Isabell ?

Il y eut un silence de plomb. Tom finit par répondre :

— Il a dû appeler le meurtrier sur son téléphone mobile. On doit pouvoir retrouver une conversation passée d'un mobile, non ?

— Je ne sais pas si c'est encore possible si longtemps après. Avez-vous son numéro ?

Tom secoua la tête.

— Non.

Une pensée frappa Irene.

— Est-ce qu'Emil avait ton numéro ?

— Non.

— Est-ce que Markus l'avait ?

Un vague sourire flotta sur les lèvres de Tom quand il répondit :

— Bien sûr.

— Et moi, je l'ai eu.

Tom releva sa tête massive et la fixa de nouveau droit dans les yeux.

— Vous l'avez eu. Je vous fais confiance.

Au-dessus de leurs têtes flottait, informulée, la question : « Et vous, est-ce que vous me faites confiance ? »

Irene contempla la silhouette puissante assise sur le bord du lit. Tom avait connu à la fois Markus et Emil. Ce seul fait aurait dû, en tant que policier, la mettre sur ses gardes. Aux yeux de beaucoup d'hommes, il était un personnage grotesque, à la fois effrayant et ridicule. Mais Irene avait vu la dignité de son caractère et elle avait pu percevoir son chagrin sincère en apprenant le meurtre de Markus. Elle avait aussi vu sa soif de vengeance et su qu'il n'était pas un agneau. Il était sincère quand il lui avait demandé d'arrêter l'assassin de Markus.

— Moi aussi j'ai confiance en vous. Sans vous, nous aurions mis beaucoup plus de temps à découvrir l'identité de Markus. Et vous avez toujours répondu honnêtement à mes questions... plus personnelles.

Close questions... Tom ne put s'empêcher de sourire en entendant Irene chercher ses mots en anglais. Mais il comprit ce qu'elle entendait par là et ne la corrigea pas. Il ne l'avait d'ailleurs pas fait une seule fois durant leurs entretiens, parfois un peu maladroits. Irene comprenait mieux l'anglais qu'elle ne le parlait.

— Je fais tout ce que je peux pour vous aider, dit-il.

Irene vit à sa montre qu'il était grand temps pour elle de s'en aller.

— Vous pouvez m'appeler un taxi ?

— Bien sûr.

Tom fit un geste pour attraper le téléphone sur la table de nuit et appuya sur une touche préenregistrée. Il obtint tout de suite une réponse et demanda un taxi pour la rue de l'arrière-cour.

Il se leva péniblement du lit et alla vers la porte donnant dans la cage d'escalier. Avant de l'ouvrir, il se tourna une dernière fois vers Irene :

— On reste en contact comme avant. Mais faites attention à vous. Regardez bien autour de vous.

— Je pourrais vous dire la même chose.

Tom acquiesça.

— Je le sais maintenant.

Installée dans le taxi, elle appela Scandinavian Models. Ce ne fut pas Petra qui répondit, mais une voix rauque très sexy qui se présenta en danois sous le nom de Heidi. Irene déclina son identité et demanda à parler à Petra, mais celle-ci n'était pas joignable pour le moment. Irene eut soudain une idée et décida de tenter sa chance. D'une voix neutre, elle dit :

— Petra m'a donné l'heure à laquelle Jens Metz est arrivé le mercredi 19. Mais j'écris comme un cochon et je n'arrive pas à me relire. Je ne sais plus si c'est 23 h 30 ou 23 h 40.

Irene entendit Heidi qui consultait le registre. Puis elle répondit de sa voix rauque :

— À 23 h 30.

Irene eut du mal à contenir sa joie. La fille avait marché ! Mais sa voix ne trahit aucune émotion quand elle remercia Heidi pour son aide.

Irene aperçut Peter Møller devant l'église avant que ce dernier ne la voie. Debout sur la plus haute marche de l'entrée, il guettait les passants. Elle se savait en retard et pressa le pas. Peter l'aperçut et lui fit un petit signe de la main. Sans se hâter, il descendit les marches pour aller à sa rencontre.

— Excuse-moi, Peter, mais je suis entrée dans des magasins et je n'ai pas vu le temps passer.

Irene sourit pour s'excuser et essaya de se donner l'air d'une femme insouciante. Peter hocha la tête, mais elle eut l'impression qu'il n'était pas dupe. Sans perdre davantage de temps, il l'entraîna vers sa BMW garée un peu plus loin. Comme d'habitude, il lui tint la portière quand elle monta à l'avant.

Il conduisit avec élégance au milieu de la circulation déjà assez dense.

— Alors, as-tu appris quelque chose de nouveau ? demanda-t-il soudain.

— Je n'ai pas pu parler à Petra. Elle n'était pas là. Mais j'ai pu me faire confirmer un truc qui me trottait dans la tête. Elle raconta qu'elle s'était trouvée devant Scandinavian Models au moment même où Isabell avait été assassinée et qu'elle avait vu un homme ressemblant comme deux gouttes d'eau à Jens Metz entrer dans le bordel. Trois quarts d'heure plus tard, il n'était toujours pas ressorti. Heidi venait d'admettre qu'il s'agissait effectivement de Jens Metz.

— Qu'est-ce que nous allons faire de cette information ? conclut-elle.

Peter resta un moment silencieux.

— Ne dis rien à Jens, finit-il par dire. Sa visite chez les filles n'a rien à voir avec le meurtre d'Isabell.

— Mais c'est quand même une drôle de coïncidence !

— Peut-être pas. La curiosité de Jens a pu être piquée, il a sans doute eu envie de voir ces *scandinavian models* par lui-même. C'était peut-être juste pour faire un petit tour, et une fois là-bas, il a dû avoir d'autres pensées...

— Donc, pour toi, ce n'est pas louche du tout ? insista Irene.

Peter lui adressa de côté un regard posé avant de dire :

— Comme je le vois, c'est l'alibi parfait pour lui. Puisque tu étais devant à le surveiller.

Il n'avait pas tort.

La voiture s'engagea dans une large allée bordée de hêtres imposants de chaque côté. Les branches des arbres se rejoignaient au milieu, formant une voûte majestueuse. Le clair-obscur de l'allée contrastait fortement avec les alentours baignés de soleil.

Une flèche indiquait le parking. Peter tourna et stoppa devant un carré marqué en blanc.

De hauts chênes jetaient leur ombre sur les plates-bandes soignées du parc. L'hôpital lui-même était un bâtiment jaune peu élevé. Même si cette demeure avait l'air enchanteresse et vaguement surannée, les fenêtres grillagées du rez-de-chaussée ramenaient vite à la réalité.

Une discrète plaque en laiton à côté de l'entrée annonçait aux visiteurs qu'ils étaient bien arrivés au Dronning Anne Hospital.

— C'est un hôpital psychiatrique, expliqua Peter.

— J'avais compris.

Irene dut faire attention à ne pas prendre un ton sarcastique.

La lourde porte d'entrée, en beau bois sombre, était ouverte. Ils pénétrèrent dans un grand hall aéré, avec des piliers de style romain soutenant un plafond peint en blanc. Il semblait fraîchement repeint.

— Elle se trouve dans le service numéro trois, précisa Peter.

Sur la porte de gauche se trouvait le chiffre 1 et sur celle de droite le chiffre 2. Cela signifiait que Beate Bentsen devait se trouver à l'étage au-dessus.

Même s'il n'y avait pas de grillages aux fenêtres du premier étage, la porte du service était fermée à clef. Ils durent sonner et attendre qu'on vienne leur ouvrir.

Un des hommes les plus grands qu'Irene ait jamais vus – et pourtant elle avait fait la connaissance de Tom Tanaka – remplit toute l'embrasure de la porte quand celle-ci s'ouvrit enfin.

Sortant d'une barbe blonde bouclée et de cheveux emmêlés, une voix grave leur demanda :

— Bonjour. Vous cherchez qui ?

De stupeur, ni Peter ni Irene ne répondirent. Le géant avait l'habitude de susciter ce genre de réaction quand des inconnus le voyaient pour la première fois.

— Je m'appelle Thomas.

Cent soixante kilos et deux mètre dix. Ancien basketteur qui a pris du poids depuis.

Irene crut percevoir un vague ricanement dans sa voix de basse. Entre-temps, Peter avait rassemblé ses esprits et déclara :

— Police criminelle. On nous a donné l'autorisation de rendre visite à Beate Bentsen.

La commissaire était assise dans un lit à commande électrique. Ses cheveux roux dépeignés s'étalaient sur l'oreiller. Quand ils entrèrent dans la chambre, elle avait les yeux fermés ; mais en entendant leurs voix près de la porte, elle tourna la tête et entrouvrit les paupières.

En l'espace d'une journée, Beate Bentsen avait vieilli de plusieurs années. Sa peau était devenue grise et semblait comme aspirée dans les creux de son visage sans maquillage. On aurait pu croire qu'elle allait mourir d'une grave maladie. *En réalité, elle a reçu un coup mortel pour son âme et son psychisme,* pensa Irene. Aucun parent ne devrait jamais voir son enfant dans l'état où était Emil quand on l'avait trouvé.

Le regard de Beate cessa d'être lointain dès qu'elle vit qui entrait dans la chambre. Avec peine, elle se redressa sur un coude et leur fit un signe de tête.

— Oh, c'est bien que vous soyez là. J'avais pensé vous appeler.

Ses lèvres étaient toutes desséchées, et sa main tremblait quand elle prit le verre d'eau posé sur la table de nuit. Elle but avidement une gorgée et, en toussant, reposa le verre.

— On aurait dû vous apporter des fleurs, dit Irene, un peu confuse.

Tout en finissant de tousser, la commissaire fit un geste de la main pour les remercier de l'intention :

— Ce n'est pas la peine. Je rentre demain à la maison.

Était-ce possible ? Elle n'avait pas l'air en état de sortir.

Comme si elle avait deviné leurs pensées, Beate poursuivit :

— J'ai réagi en faisant une crise violente, mais mon médecin est passé après le déjeuner et m'a dit que c'était fini maintenant. Je dois continuer à prendre mes médicaments, mais je ne suis plus malade, alors inutile de rester à l'hôpital. Cela dit, je serai en congé maladie un certain temps.

Cette longue tirade l'avait visiblement fatiguée, car elle se laissa retomber contre la tête du lit.

Peter allait parler, mais Beate le devança :

— Je pensais vous appeler, car il y a quelque chose d'important que je ne vous ai pas dit.

Elle tourna la tête et regarda Peter droit dans les yeux.

— Vous vous rappelez peut-être que je vous ai parlé de l'agent immobilier Simon Steiner. C'était le meilleur ami de mon père, et il est mort d'un cancer du poumon il y a quatre ans. Tout cela est vrai, mais il y a autre chose. Il était le père d'Emil.

La semaine précédente, un homme s'est fait passer pour le père décédé d'Emil pour donner rendez-vous à Isabell à l'hôtel Aurora. Le meurtrier doit donc savoir qui était le père d'Emil, en conclut Irene.

— Qui sait que Simon Steiner était le père d'Emil ? demanda-t-elle.

— Personne. Il est écrit « de père inconnu » sur son acte de naissance. Je n'ai même pas dit à mes parents que c'était Simon.

— Emil savait qui était son père ?

— Oui. Il a hérité du bail de cet appartement et de pas mal d'argent à la mort de Simon.

Beate poussa un profond soupir et continua :

— Autant reprendre les choses depuis le début. J'ai connu Simon toute ma vie. Il avait quelques années de moins que mon père, mais ils étaient les meilleurs amis du monde, et ce depuis leur enfance. Mon père a rencontré ma mère et l'a épousée. Simon s'est marié quelques années plus tard avec ma tante Susanne. Déjà au bout d'un an de mariage, Susanne a affiché des tendances sado-masochistes.

Ils n'avaient pas d'enfant et n'en voulaient pas. Ma tante était, par périodes, très malade.

Beate marqua une pause pour prendre une nouvelle gorgée d'eau. Au soulagement d'Irene, cette fois elle réussit à avaler sans s'étouffer.

— Il y avait vingt années de différence entre Simon et moi. J'avais vingt ans quand notre relation a commencé, et vingt-deux quand Emil est né. Mais j'avais compris que Simon ne quitterait jamais Susanne. Faut dire que la pauvre était en chaise roulante, paralysée...

Beate s'interrompit brusquement. Peut-être avait-elle perçu l'amertume de sa dernière phrase ? En pesant davantage ses mots, elle reprit :

— Il s'est bien occupé d'Emil et de moi. C'est lui qui m'a procuré l'appartement où j'habite toujours. Il vaut très cher aujourd'hui. Et il m'a versé une pension jusqu'à sa mort.

— Comment a-t-il pu être condamné à verser une pension puisqu'il n'a pas reconnu l'enfant ? intervint Irene.

— Il n'a jamais été « condamné » à payer. Il le faisait de son plein gré, c'était un acte purement généreux. Mais j'aurais préféré qu'il ne lègue pas son appartement et son argent à Emil.

— Vous n'étiez pas au courant ?

— Non.

— Sa femme n'a pas hérité ?

— Susanne est morte trois ans avant lui, mais elle était plus résistante qu'on aurait pu le croire.

— Pourquoi ne vouliez-vous pas qu'Emil soit son héritier ?

— Il a ainsi appris qui était son père, et ça l'a rendu fou ! Il m'a reproché de l'avoir empêché d'avoir des contacts avec son père. J'avais beau lui dire que Simon n'avait jamais fait la moindre allusion en ce sens, alors qu'ils se voyaient pourtant plusieurs fois par an, mais Emil n'a rien voulu entendre. Selon lui, je m'étais mis en travers de leur chemin. Je n'ai rien pu faire quand il a emménagé dans son appartement. Il avait tout juste dix-huit ans.

— Entre vous, ce n'était pas au beau fixe, si je comprends bien.

— Non. Pas pendant les deux premières années. Plus tard, on a commencé à renouer des relations. Même s'il ne m'a laissée entrer qu'une fois dans son appartement. Je n'ai rien dit, mais il a compris ce que j'en pensais... Alors on se retrouvait plutôt chez moi ou dans la brasserie du coin. Ça allait de mieux en mieux. Je me console en me disant ça... maintenant que c'est fini pour toujours.

La voix de Beate se brisa et de grosses larmes roulèrent sur ses joues.

Allait-elle avoir la force de répondre aux questions qu'il fallait lui poser ? Heureusement pour elle, Peter prit les devants en demandant soudain :

— Est-ce que vous connaissiez les goûts musicaux assez bizarres d'Emil ?

Beate tendit la main vers la boîte de mouchoirs en papier. Elle en saisit un et s'essuya les yeux.

— J'ai vu ce qu'il appelait sa salle de musique... c'était effrayant. Mais nous n'en parlions jamais. À quoi bon ? Cela l'aurait juste mis en colère.

— Nous avons trouvé deux uniformes de policier dans sa penderie. Vous étiez au courant ?

Beate mit du temps à répondre. Quand elle se décida enfin à parler, sa voix était infiniment lasse.

— Je ne savais pas qu'il en avait deux. L'un est mon ancien uniforme. Il me l'a emprunté pour une fête costumée et il ne me l'a jamais rendu.

— Quand était-ce ?

— Il y a deux ans environ. C'était la première fois qu'il reprenait contact avec moi depuis son déménagement. C'est sans doute pour ça que je n'ai jamais réclamé l'uniforme. Je ne voulais pas courir le risque de le contrarier et de briser à nouveau le lien.

Irene se résolut à poser la question qui lui brûlait les lèvres :

— J'ai eu l'impression que Bill Faraday et vous, vous vous connaissez bien. Il est venu comme ça, sans crier gare...

— C'est mon amant.

La réponse fusa si vite qu'elle laissa Irene et Peter comme deux ronds de flan. Irene constata, soulagée, que Beate leur faisait un petit sourire.

— Vous devriez vous voir ! Vous en faites, une tête ! J'ai rencontré Bill quand Emil a hérité du bail de l'appartement de Simon. Comme Bill est le propriétaire des murs, j'ai dû prendre contact avec lui. Emil était si jeune quand il a eu l'appartement, mais tout s'est bien passé. C'est un vieil immeuble de rapport, avec des règles anciennes assez compliquées. Bill possède et gère cette propriété, mais les habitants possèdent leurs appartements. Pour que le propriétaire s'occupe de l'immeuble, les habitants paient des frais de gestion. C'est de cela que vit Bill, en plus des loyers, bien sûr.

— C'est une sorte de système de bail à durée indéterminée, constata Irene.

— Oui. Bill possède plusieurs propriétés de ce genre.

Peter s'éclaircit la voix pour signaler qu'il avait une autre question à poser.

— Vous saviez donc qu'Emil était... gay... Est-ce que vous connaissiez certains de ses partenaires ? Avait-il un petit ami ces derniers temps ?

Beate secoua la tête d'un mouvement las.

— Non. Il ne me racontait jamais rien. Il m'a donné l'impression d'être très seul. Oui, c'est ce qu'on craint quand on est le parent d'un enfant homosexuel. Qu'il reste seul. Je ne crois pas qu'il ait eu de... petit ami régulier. Si cela avait été le cas, il n'aurait pas été aussi instable.

Ses préférences étaient de nature si particulière que ça ne devait pas être facile de trouver un compagnon avec les mêmes goûts. Mais il avait dû en trouver un. Et cette personne avait signifié sa mort, pensa Irene.

— Savez-vous à qui Emil louait le deux-pièces ? demanda Peter.

— Non. C'est lui qui s'occupait de ça. J'ai cru comprendre qu'il ne louait que de temps à autre. Bien sûr, ça lui rapportait un peu d'argent, mais il tirait ses revenus du legs de Simon. Heureusement, cet argent est placé, de sorte qu'il ne peut... qu'il ne pouvait pas le retirer. L'argent tombait tous les mois.

— J'ai entendu dire qu'il étudiait le droit, dit Irene.

— Ça ne marchait pas très bien, répondit Beate d'un ton bref.

— Vous saviez qu'Emil passait pas mal de temps dans une boutique gay à Vesterbro, tenue par un certain Tom Tanaka ? poursuivit Irene.

Beate eut soudain l'air terriblement fatiguée. En vain, elle tenta d'humecter ses lèvres avec sa langue. Cela produisit une sorte de crissement désagréable.

— Je sais qu'il traînait souvent dans ce genre d'endroit. Mais qu'il ait été plus souvent dans la boutique de Tanaka qu'ailleurs, je serais incapable de le dire.

Il était clair que Beate n'avait plus la force de parler. Peter s'en rendit compte lui aussi.

— Allez, guérissez vite, chef. On pourra reprendre cette discussion quand vous vous sentirez mieux.

— Merci. Je vous appelle si quelque chose me revient. Là, j'ai l'impression d'avoir le cerveau tout ankylosé, murmura-t-elle.

Irene éprouva une profonde compassion pour Beate. Pendant une seconde, elle revit le visage mort d'Isabell. Elle restait taraudée par une sorte de culpabilité. En agissant près d'Irene, l'assassin la faisait participer elle aussi, ce qui était certainement son intention. Arrêter ce meurtrier, elle en faisait à présent une affaire personnelle. Elle devait bien cela aux victimes qu'il avait profanées.

— Elle n'avait pas l'air vraiment au courant de la vie sexuelle d'Emil, dit Irene.

— Ça vaut peut-être mieux, dit Peter.

Assis dans la BMW confortable, ils roulaient à vitesse régulière en direction du centre de Copenhague. Avec habileté, Peter manœuvra pour garer la voiture devant l'hôtel Alex.

— Tu vas aller dîner maintenant ? demanda-t-il.

Irene regarda l'heure et vit qu'il était seulement 17 h 30.

— Oh, dans une heure. Je n'aurai qu'à traverser la rue. Ils font de la bonne cuisine, dit-elle.

— Bon, eh bien je passerai te prendre.

— Ce n'est pas la peine, il ne faut pas te sentir obligé...

— Je n'ai pas envie de me préparer à manger ce soir. J'avais de toute façon l'intention de manger dehors.

Il sortit de la voiture, fit le tour pour lui ouvrir la portière. Déjà qu'Irene se sentait gênée quand quelqu'un lui tenait la porte... *Ce doit être par manque d'habitude*, se dit-elle.

Une bonne douche bien chaude terminée par un jet froid aida Irene à remettre ses idées en place. Quel plaisir de s'envelopper dans le peignoir de bain tout propre et d'enrouler une serviette autour de ses cheveux mouillés. Elle resta un moment dans l'unique fauteuil de la chambre, serrant entre ses doigts une petite bouteille qu'elle venait de sortir du minibar. Lentement, elle but sa Hof bien fraîche.

Son cerveau marchait encore au ralenti, tant les événements de cette dernière journée s'étaient précipités. Quelque part, à un moment, le meurtrier avait dû se trouver dans les parages. Où ? Quand ? Impossible de faire le tri parmi toutes ses impressions. Mais une chose était sûre : d'une façon ou d'une autre, l'assassin s'était tenu près d'elle.

Il avait été ici à Copenhague une semaine plus tôt, en même temps qu'elle. Y était-il encore ? Non, Irene était de plus en plus convaincue que non. Il était grand temps de rentrer à Göteborg.

Elle se mit soudain à penser très fort à Krister et à ses filles. Elle alla chercher son téléphone mobile et les appela.

Irene descendit dans le hall peu avant 19 heures. Dans le bar, on avait à nouveau accroché la pancarte indiquant un « Jellyshot Evening ». À l'intérieur du bar, elle vit Jonny attablé en compagnie de deux hommes et d'une femme. Il soulevait un verre de cocktail avec de la gelée rose.

— J'adore ce genre de gelée à la framboise ! s'exclama-t-il d'un ton joyeux.

Irene n'avait aucune envie d'entrer dans le bar. Mais au fond, cela l'arrangeait : cela éviterait toute discussion pour savoir qui prendrait le volant demain pour rentrer.

Elle se dépêcha de sortir par la porte tambour et fit un signe de la main à Peter qui vint à sa rencontre sur le large trottoir.

Ils allèrent au Vesuvio. Cela faisait du bien de retrouver la chaleur de ce restaurant. Ce soir-là, le maître d'hôtel était un homme assez âgé, aux cheveux gris, qui les conduisit à une table pour deux dans la petite salle aux murs décorés d'affiches de films. Deux jeunes femmes assises à une table près de la fenêtre jetèrent en douce un regard envieux à Irene, qui prit enfin conscience qu'elle était accompagnée d'un homme particulièrement séduisant. Quand Peter vint à côté d'elle pour tirer sa chaise, elle respira le parfum de son après-rasage. Léger, masculin, sensuel. Armani, peut-être.

Il poussa la chaise sous elle. Quand il se pencha, elle sentit la chaleur de son souffle frôlant sa nuque.

— Ça a été une journée éprouvante pour toi. Maintenant tu dois te détendre, dit-il doucement.

Il lui adressa un sourire d'encouragement en prenant place en face d'elle.

— Tu veux un peu de vin ? demanda-t-il.

Elle hésita une fraction de seconde. Mais la raison l'emporta.

— Non merci, je dois prendre la route demain. Jonny est déjà hors jeu, au bar de l'hôtel. Il vide les *jellyshots* avec une joyeuse bande. Quelque chose me dit qu'on rentrera tout doucement à la maison demain.

Peter rit. Son beau sourire se reflétait jusque dans ses yeux bleus. Ils avaient la même couleur que sa chemise à manches courtes. Légèrement ouverte, elle laissait entrevoir quelques poils blonds. Une fine chaîne en or brillait sur sa peau dorée. Derrière lui, sur le dossier de la chaise, il avait accroché sa veste claire en lin. Son pantalon était déjà froissé, mais juste ce qu'il fallait quand on portait du lin.

Pour sa part, Irene portait toujours son pantalon bleu marine en lin qui, depuis le temps, était très froissé. Elle avait eu beau le glisser dans l'appareil à défroisser de sa chambre d'hôtel, il n'était pas comme il devait être. Sa veste en lin, elle, avait gardé sa forme. En dessous, elle avait juste enfilé un caraco en soie gris argenté, qu'elle mettait pour la première fois. Elle était toujours pieds nus dans ses mocassins bleus, car l'air était doux ce soir-là.

— Donc, de la bière. Et qu'est-ce que tu as envie de manger ?

— Quelque chose d'un peu relevé. Pour me secouer un peu les neurones.

— Que dirais-tu de *Gamberoni sole mio* ? Des crevettes géantes dans une sauce au homard avec du poivre de cayenne.

— Cela me semble parfait.

— Très bien. Je prendrai la même chose. Tu prends un verre avant ?

— D'accord. Un dry Martini, merci.

Les apéritifs arrivèrent étonnamment vite. Tous deux levèrent leur verre, rempli du liquide légèrement jaune et surmonté d'une olive verte, et trinquèrent. Leurs regards se croisèrent, et Irene sentit le rouge lui monter aux joues. Pourquoi fallait-il qu'il soit si beau garçon ?

Soudain, un frisson glacé lui parcourut le dos. Son esprit redevint vif et lucide. Le flic ! Et si ce n'était pas Emil, le flic ? Ce fameux officier de police qui traînait à Vesterbro...

Machinalement, elle but une gorgée tout en pensant fébrilement. Elle reposa doucement son verre et dit, du ton le plus naturel possible :

— Tu ne m'as jamais dit d'où tu avais ton bronzage.

Elle eut beau lui sourire, Peter n'avait pas l'air de vouloir lui répondre. Le regard sombre, il fixait son verre. Enfin, il finit par dire :

— Je ne vois pas pourquoi je te l'aurais dit avant. Mais puisque tu y tiens... j'étais en Afrique du Sud.

— Oh, c'est génial ! Combien de temps tu as passé là-bas ?

— Trois semaines. Un circuit avec un safari.

— Ce doit être merveilleux de partir en mars quand il fait si mauvais temps...

— Ce n'était pas en mars. Nous... Je suis parti le 1er avril.

Un mois plus tard que le voyage en Thaïlande évoqué par Markus. En avril, il était déjà mort depuis presque un mois. Le bronzage de Peter semblait aussi corroborer la version des trois semaines en avril plutôt que quelques semaines le mois précédent.

Mais les solariums ne sont pas faits pour les chiens. Un bronzage, ça peut s'entretenir. Elle devrait vérifier les dates de vacances de son collègue danois.

Peter ne semblait pas avoir très envie de parler de son voyage. Subitement, la conversation parut pesante. Irene décida de changer de sujet. Il y avait aussi plein de choses à voir à Copenhague, n'est-ce pas ? Peter se dégela un peu, mais l'ambiance était définitivement plombée. Malgré la délicieuse nourriture et la boisson, Irene sentit que quelque chose s'était mis entre eux.

Que s'était-il passé lors de son voyage en Afrique du Sud ? Était-il réellement parti là-bas ?

Ils se levèrent de table à 22 heures. Il l'escorta jusqu'à son hôtel mais ne témoigna aucune envie de vouloir entrer avec elle.

12

Jonny s'endormit avant même qu'ils soient sortis de Copenhague et se réveilla seulement quand la voiture grimpa sur la passerelle branlante du ferry. L'air grognon, il entra d'un pas mal assuré dans la boutique de bonbons du ferry et sortit de sa poche une liste de courses. L'air absent, il fourra des paquets de petits animaux en réglisse salé, des sachets de chocolats fourrés et de meringue dans son panier à l'intention de ses quatre enfants. Irene nota qu'il ne prenait rien pour sa femme. À moins que les bouteilles de whisky Black Velvet qu'il avait achetées dans la boutique de vins à côté de l'hôtel ne soient pour elle...

Jonny se civilisa un peu après une bonne bière à haute teneur en alcool, à la cafétéria. Irene but deux tasses de café. Il se rendormit dès qu'ils remontèrent en voiture et ne se réveilla même pas quand la voiture débarqua en Suède.

Le voyage du retour sur la nouvelle autoroute, le long de la côte de Halland, se déroula sans encombre. Jonny dormit jusqu'à Kungsbacka. Ils s'arrêtèrent chez Statoil pour une pause toilettes, et Irene en profita pour faire le plein.

Elle déposa Jonny devant sa maison mitoyenne de Mölndal et continua pour rentrer à Fiskebäck.

Il était presque 14 heures, et elle avait faim. L'idée était de vider la voiture et d'essayer de manger quelque chose. Puis elle irait au bureau pour parler avec Andersson.

À 15 h 30, elle entra dans le bureau du commissaire. Plongé dans la lecture d'une pile de documents posée devant lui, il leva la tête.

— Salut, dit Irene.

— Salut. Merci d'être venue. Où est Jonny ?

Irene prit un air étonné.

— Il n'est pas là ?

Elle rechignait à dire ce qu'elle devinait, à savoir que Jonny était allé droit au lit et dormait à présent d'un sommeil profond.

— Non. Quand êtes-vous rentrés ?

— Vers... 14 h 30. Je l'ai déposé devant chez lui. Pour lui éviter d'avoir à traîner tous ses paquets et parce qu'il voulait prendre sa voiture. Il n'est pas arrivé ?

— Non.

— Sa voiture a peut-être eu un problème au démarrage.

— C'est possible. À propos de voiture, un certain Mats de Copenhague a appelé. C'est vraiment pas de la tarte de le comprendre, mais je crois qu'ils ont retrouvé la voiture de Markus Tosscander.

— La voiture de Markus ! Où ça ?

— Dans un garage. Il m'a chargé de te transmettre le bonjour et de te dire qu'elle est dans le garage d'Emil.

— Le garage d'Emil ? Emil avait un garage ? Où ça ?

— Ce Mats veut que tu l'appelles. Il m'a donné son foutu numéro en danois, mais je n'ai rien compris. « *Fjärs* » et « *ters* »... bref, totalement incompréhensible !

Cela fit rire Irène.

— Il me faudrait carrément des cours de langue pour ce genre de voyages, ajouta-t-il.

Comme elle avait les numéros directs de Jens Metz et de Peter Møller, elle proposa :

— Je vais dans mon bureau pour appeler. Puis je viendrai te faire un rapport. Attends-toi à ce que ça prenne un certain temps. Tu n'as qu'à préparer le café en attendant.

Elle fit un signe de tête vers la vieille machine à café qui se trouvait tout en haut sur l'étagère du commissaire. Ces dernières années, Andersson avait pris l'habitude de se servir à la machine à café installée dans le couloir, mais il avait toujours gardé son percolateur, et Irene savait qu'il conservait toujours un paquet de café dans le tiroir du bas de son bureau.

— Allô, ici l'inspecteur Metz.

— Bonjour, c'est Irene Huss. Je suis bien rentrée. Merci de nous avoir consacré autant de temps.

— Mais non, tout le plaisir était pour nous. C'est bien calme à Copenhague maintenant que vous êtes partis. Il ne se passe rien.

Metz se mit à rire, et Irene l'imita avant de lui dire :

— Mais si, mais si. Il se passe toujours quelque chose. Je crois que vous avez parlé à mon chef pour lui annoncer que la voiture de Markus avait été retrouvée dans le garage d'Emil.

— Oui, c'est ça. Il y a un garage sous la propriété. Certains des locataires ont des places de parking dans l'arrière-cour, mais Emil avait une place de garage. On y a effectué un contrôle de routine et on a retrouvé une Pontiac rouge immatriculée en Suède. Il s'avère qu'elle appartient à Markus Tosscander.

Irene réfléchit bien avant de dire :

— La photo au-dessus du lit d'Emil... c'est Markus Tosscander qui a posé. Au début, je n'en étais pas sûre, car le visage est flou. Mais j'ai vu d'autres photos de lui. La photo dans la chambre à coucher et la carte de visite sur le pense-bête d'Emil indiquent clairement qu'ils se connaissaient. La voiture sur la place de parking d'Emil le confirme encore. Je crois même qu'on peut supposer que Markus a habité chez Emil quand il était à Copenhague.

— Ça paraît en effet vraisemblable.

— Tous deux ont été victimes du même assassin, ce qui signifie que tous deux le connaissaient.

— C'est aussi ce que nous pensons. Mais une question se pose toujours : pourquoi Emil n'a-t-il pas signalé la disparition de Markus ? Pourquoi a-t-il laissé la belle voiture au garage ?

— Peut-être qu'il n'avait pas son permis ?

— Possible. Je vérifierai.

— Vous avez déjà eu le rapport du médecin légiste ?

— Oui. Comme nous le pensions, Emil était mort depuis une semaine. Difficile de déterminer l'heure exacte, mais Blokk pense que ce devait être dans la nuit ou la journée de jeudi. Il a été étranglé avec un nœud coulant. Apparemment, une grosse corde, si l'on en croit les marques sur son cou. Isabell Lind portait la même marque de strangulation.

— Avez-vous retrouvé la corde ?

— Non. Il n'y en avait ni à l'hôtel Aurora ni dans l'appartement d'Emil. Nous n'avons pas non plus retrouvé l'outil avec lequel le meurtrier leur a fracassé le bassin. Blokk pense qu'il pourrait s'agir d'un bâton très dur. Dans le brouillon de son compte rendu, il a même écrit « un bâton type matraque de police de taille ordinaire ou plus grande ».

Le flic. Irene sentit un malaise l'envahir. Elle se résolut à demander :

— Avant que j'oublie : quand Peter Møller est-il parti en Afrique du Sud ?

— En avril. Trois semaines. Pourquoi ça ?

Jens semblait très surpris par la question.

— Pardonnez-moi. Ce n'était qu'une idée comme ça. Je lui ai posé des questions sur ses vacances hier, mais il semblait ne pas avoir envie de parler de l'Afrique du Sud. Comme si j'avais mis les pieds dans le plat. Je ne vois pas ce qu'il y avait de mal à avoir envie d'en savoir plus sur une destination de voyages assez peu banale.

Irene espéra que Jens accepterait son demi-mensonge.

— Ce n'est pas étonnant qu'il n'ait pas eu envie de vous en parler, dit Jens d'un ton sec.

Il y eut un silence des deux côtés. Finalement, Jens dit :

— Nous avons envoyé les deux uniformes aux techniciens. L'un porte plusieurs taches sombres de nature suspecte.

— Du sang ?

— C'est possible.

Irene eut une idée :

— C'est quand même curieux que toutes les affaires de Markus aient disparu. Comme si quelqu'un avait cherché à effacer toutes les traces derrière lui. Où sont ses vêtements ? Il était rentré début mars à Göteborg pour prendre ses affaires d'été avant de partir en Thaïlande. Et pourquoi n'y a-t-il plus ses affaires d'hiver dans la penderie d'Emil ? Où sont ses documents et ses affaires de travail ? Nous savons qu'il les avait emmenés à Copenhague, puisqu'il était, à ce moment-là, sur plusieurs chantiers.

— On est en train de fouiller le reste de l'appartement d'Emil. La cave et le grenier. Peut-être qu'on retrouvera les affaires cachées quelque part.

— Surtout, appelez-moi si vous trouvez quelque chose d'intéressant.

— Promis. À plus !

Ils raccrochèrent.

Irene retourna dans le bureau d'Andersson. Cela sentait bon le café fraîchement moulu. Hannu Rauhala était arrivé entre-temps. Irene le salua et le félicita pour son changement d'état civil.

— Vous n'êtes pas partis en voyage tout de suite après le mariage ?

— Non.

S'il s'était agi de quelqu'un d'autre, Irene aurait certainement demandé quand le voyage de noces aurait lieu ; mais c'était peine perdue avec Hannu, elle le savait. S'il n'avait pas envie de raconter quelque chose, il ne le racontait pas. Mieux valait demander à Birgitta, à l'occasion.

— Je viens de parler avec Hans Pahliss. Il viendra ici demain à 16 heures, lui dit Hannu.

Irene prit note qu'elle devrait assister à cet interrogatoire. Ce serait très intéressant d'entendre ce que le virologue avait à dire. Surtout en sachant qu'il était médecin.

Ils se versèrent du bon café avant qu'Irene ne commence son long compte rendu.

Ni le commissaire ni Andersson ne l'avaient interrompue, ne serait-ce qu'une fois. Pourtant, son rapport dura presque deux heures. Andersson tripotait le bout de ses doigts en marmonnant tout bas. Hannu, très concentré, fixait un point à côté de l'oreille gauche d'Irene. Tous deux témoignaient indiscutablement d'une grande qualité d'écoute.

Le commissaire finit par dire :

— Puisque Emil et Markus se connaissaient, on peut supposer qu'ils connaissaient l'assassin. La question est de savoir s'il se trouve à Göteborg ou à Copenhague.

— Aux deux endroits, affirma Hannu.

— Je sais bien qu'il a tué aux deux endroits, mais je veux dire où il habite, précisa Andersson.

Faisait-il marcher le commissaire ? Irene regarda Hannu, étonnée, avant de comprendre :

— Tu veux dire que le meurtrier peut très bien habiter ces deux villes, dit-elle.

— En tout cas, être fortement lié aux deux.

— Markus a parlé de son docteur à Göteborg. Il a clairement laissé entendre que ça pouvait être dangereux d'être avec lui. Le policier à Copenhague pouvait se montrer presque aussi dangereux que le docteur, a-t-il dit.

Le commissaire l'interrompit, irrité :

— C'est ce qu'affirme ton témoin protégé. Qu'est-ce que c'est que ces bêtises ! Pourquoi nous caches-tu son identité ? On a bien retrouvé les uniformes de police chez cet Emil, et toi-même tu as dit qu'il pouvait très bien être le flic en question.

— Mais nous n'en sommes pas sûrs. C'est pourquoi je dois encore tenir secrète l'identité de ce témoin. Surtout quand on sait ce qui est arrivé à Isabell et à Emil, s'obstina Irene.

Andersson renifla :

— Je ne vois pas pourquoi tu ne peux pas nous le dire, ici à Götet ! Tu crois peut-être que c'est un de tes collègues ici qui...

Il fut interrompu par un violent coup donné dans la porte. Jonny ouvrit et entra. Il venait de se raser et sentait encore l'odeur de son gel douche pour homme ; en revanche, il n'avait rien pu faire pour le blanc de ses yeux, encore injecté de sang.

— Salut. J'ai classé les photocopies que j'ai faites de l'enquête sur le meurtre d'Isabell Lind. Jens nous enverra le rapport définitif d'autopsie dès qu'il l'aura reçu.

D'un pas nonchalant, il se dirigea vers le bureau d'Andersson et déposa la liasse de papiers sur le sous-main couvert de taches.

Andersson jeta un regard sombre à Jonny. Puis il poussa un soupir et se tourna vers Irene :

— D'accord. Je comprends tes craintes.

Quel bonheur ce fut de rentrer à la maison ce soir-là ! Krister avait fait un tour à Saluhallen pour faire des courses. Le lendemain, il était libre et ne reprendrait pas son travail avant le samedi après-midi. Quand Irene franchit le seuil, il frottait une côtelette avec de l'ail et des épices. Debout à côté de lui, Jenny faisait la tête. Elle ne commenta pas la nourriture choisie par son père, mais garnissait un moule beurré de tomates et d'aubergines, tandis que Katarina coupait la salade iceberg et la mettait dans un saladier avec des grains de maïs et des rondelles de concombre.

À son habitude, Sammy fut le premier à témoigner d'une joie sans réserve quand il vit Irene. Puis ce furent au tour de son mari et des filles.

Katarina était contrariée. Elle avait appris le jour même par le médecin qu'elle n'aurait pas le droit de s'entraîner pendant au moins deux mois. Les radiographies ne faisaient apparaître aucune lésion sur le squelette, mais ses douleurs et la gêne éprouvée lors de certains mouvements de la nuque et de la cage thoracique exigeaient de prendre des précautions.

— Il existe un risque de problème chronique, si je ne fais pas attention, dit-elle.

— Qu'a-t-il proposé comme traitement ? demanda Irene, inquiète.

— De l'acupuncture et de la rééducation, j'ai déjà commencé.

— Elle a obtenu une lettre d'introduction pour aller consulter un orthopédiste spécialisé dans le coup du lapin, dit Krister.

— Tu te rends compte, si je ne peux plus faire de compétition ! Dans mon état, je n'ai même pas la force de m'entraîner, se lamenta Katarina, des larmes dans la voix.

— Dans ce cas, la meilleure chose à faire, c'est de promener le chien. C'est un excellent moyen de faire de l'exercice. Et j'ai comme l'impression que nous aurons bientôt le fils de Sammy à la maison, dit Krister.

— Quoi ? Ah non ! Deux chiens, c'est trop pour moi, gémit Irene.

— Pour toi ? Tu n'es à jamais à la maison ! s'indigna Jenny.

Irene se sentit blessée. Comme paralysée, elle ne put que répéter :

— « Jamais à la maison... » ! Je ne vais quand même pas tous les jours à Copenhague ou dans une autre ville. C'est juste pour cette affaire qui...

Jenny lui coupa la parole :

— Pour toi, il n'y a que le travail qui compte. Mais nous, on aimerait bien avoir un chiot. Il est si mignon !

— Eh ! moi, je n'ai jamais dit que je voulais un chiot, protesta Krister.

Ses deux filles le menacèrent du regard. D'un ton volontairement ironique, Jenny dit :

— Et qui était à plat ventre devant, quand on

est allés le voir hier ? « Oh, ce qu'il est adorable ! Il est mignon tout plein ! »

— Vous êtes allés voir le chiot hier ? s'enquit Irene.

— C'est la bonne femme qui a appelé. Elle aimerait bien en être débarrassée à la fin de la semaine prochaine ou, au plus tard, au début de la semaine suivante. Il aura huit semaines. Ni elle ni nous n'avons eu de demandes le concernant... alors les filles et moi, on est allés le voir, dit Krister pour se disculper.

— Et bien sûr, il était « mignon tout plein », soupira Irene.

— Oh oui, si tu savais ! crièrent à l'unisson les membres de sa famille.

— Eh oui, c'est comme ça qu'on se fait avoir parfois, dit Tommy Persson.

Il ne cherchait nullement à cacher la joie qu'il éprouvait à voir Irene prise à son propre piège. Assis dans leur bureau commun, ils prenaient un deuxième café pour bien commencer leur journée de vendredi. Irene venait de lui donner une version abrégée de ce qui s'était passé à Copenhague, et elle avait terminé en lui racontant que la famille Huss allait, elle aussi, se retrouver avec un des chiots.

— À la maison, tout tourne autour de ce petit chien qui va venir. Sara a acheté des écuelles, des jouets pour qu'il se fasse les dents, un panier pour chien et que sais-je encore ! dit Tommy d'un ton découragé.

— Je n'avais pas pensé reprendre encore un chiot. Avec les visites au vétérinaire, le dressage et les exercices. Oh non ! C'est comme avoir à nouveau des enfants en bas âge...

Pour changer de sujet, elle demanda :

— Comment ça va avec *Jack the Ripper* ?

— Pas mal. J'ai ma petite théorie. Deux de ses victimes ont dit qu'il sentait un parfum particulier. Et la dernière fille vient de retrouver ce qu'il sentait.

Tommy marqua une pause pour faire monter le suspense avant de dire :

— La nourriture.

— La nourriture ?

— Oui, la bouffe. L'odeur reste imprégnée dans ses vêtements, ou peut-être dans ses cheveux. Ma théorie est que Jack travaille dans la cuisine d'un restaurant. Le plus souvent, les brasseries arrêtent de servir à minuit. Cela prend au moins une heure, parfois deux, pour tout nettoyer dans la cuisine. Tu dois bien le savoir, toi dont le mari travaille dans la restauration !

Irene fit oui de la tête. Krister rentrait rarement avant 2 heures du matin quand il travaillait le soir.

— Les quatre fois, Jack a opéré entre 1 h 30 et 3 heures du matin. Toujours dans le quartier de Vasastan. J'ai donc l'intention de jeter un petit coup d'œil dans les restaurants du coin. Et plus particulièrement sur leur personnel de cuisine.

— Tu peux tout de suite éliminer Krister. Il est trop grand et trop gros pour correspondre au signalement. Et trop vieux aussi. Jack doit avoir la trentaine, si je me souviens bien.

— Krister n'est pas, en effet, mon premier suspect, dit Tommy, laconique.

Irene passa le reste de sa journée devant l'ordinateur. Sa seule coupure fut le déjeuner dans la cantine de la caisse d'assurance. Leur fricassée de poulet n'était pas mauvaise, mais Irene pensa avec nostalgie à ses déjeuners à Copenhague. À cette heure, Jens et Peter devaient se trouver dans un bon restaurant avec une chope bien fraîche. Sa bière allégée lui parut soudain bien insipide.

Ce fut un long compte rendu qu'elle rédigea sur les événements à Copenhague. Après de nombreuses tergiversations, elle se résolut à mettre dans le dossier la photographie de Markus au-dessus du lit d'Emil. C'était une donnée trop importante pour être passée sous silence. Mais elle introduisit le petit mensonge qu'elle avait servi au commissaire et à Hannu dans la matinée, à savoir qu'elle avait reconnu Markus à partir des photographies de l'album photo qu'ils avaient retrouvé dans son appartement. Même si certaines étaient des photos de nu, aucune ne pouvait prétendre à la qualité des photos encadrées. Ce serait intéressant de parvenir à joindre le photographe ! Il devait être connu. Mais qui pouvait les renseigner sur un photographe spécialisé dans ce genre de clichés ? Irene décida de tout faire pour le retrouver. Il lui fallait donc des copies des photographies à Copenhague.

Elle appela Jens Metz. Comme d'habitude, il était à son bureau. Il promit de lui envoyer une copie de la photo au-dessus du lit d'Emil.

— Vous en avez besoin en grand format ? demanda-t-il.

— Pas nécessairement. Mais pas trop petit.

— D'accord. Je m'en occupe.

Irene le remercia encore une fois pour l'accueil chaleureux, et avant de raccrocher, Jens l'invita à revenir dès qu'elle le souhaitait.

Après avoir hésité, Irene prit son téléphone mobile pour appeler Tom Tanaka. Il y eut plusieurs sonneries avant qu'il ne réponde. Au son de sa voix, elle comprit qu'elle l'avait réveillé. Sa voix était tout éraillée.

— Tom à l'appareil.

— Salut, c'est Irene Huss. Pardon si je vous réveille.

Tom murmura une vague réponse entre ses dents. Irene décida d'aller droit au but.

— Écoutez, c'est important. Est-ce que vous pouvez me procurer des copies des photos que vous avez sur le mur ? demanda-t-elle.

Il y eut un long silence à l'autre bout du fil. Irene en déduisit que Tom essayait de se réveiller et de comprendre ce qu'elle avait dit.

Il finit par marmonner :

— J'ai un appareil Polaroid. Ça suffira si je prends les photos avec ?

— Je ne sais pas. Peut-être. On pourra toujours... euh... « faire plus grandes » les photos.

— On ne dit pas « faire plus grande ». On dit « agrandir ».

C'était la première fois que Tom la reprenait. Elle-même n'étant pas du matin, elle comprenait parfaitement qu'il lui en veuille d'être réveillé, mais il était en fait déjà 13 h 30. S'étant rendu compte de son ton bougon, il s'empressa d'ajouter :

— Encore que je connaisse un type qui pourrait faire de bonnes copies des photos. Mais ça prendra plus de temps. Elles seraient alors en grand format.

— Ce serait vraiment formidable. Ce que je vous propose, c'est de prendre les photos avec votre Polaroid et de me les envoyer telles quelles dès aujourd'hui. Et vous m'enverriez les agrandissements dès qu'ils seraient prêts.

— Je vais m'en occuper.

Irene hasarda une dernière question :

— Ne vous rappelleriez-vous pas par hasard le nom du photographe ou de l'autre homme qui a posé ?

— Non. Markus ne donnait jamais de noms. Il avait ces photos avec lui la dernière fois qu'il est venu ici. Elles étaient déjà encadrées, il n'y avait plus qu'à les accrocher. Sans rien me demander, il a décroché deux tableaux que j'avais au mur et les a remplacés par les photos. Il m'a dit qu'il fallait les laisser au mur pendant qu'il serait absent. Pour que je ne l'oublie pas.

À sa grande surprise, elle entendit soudain une voix d'homme parler en arrière-fond. Elle entendit aussi la voix irritée de Tom murmurer : *Soon*. Qui cela pouvait-il bien être ? Un sentiment diffus d'inquiétude la gagna. Et peut-être cela s'entendit-il dans sa voix, quand elle lui demanda :

— Vous faites bien attention à vous ?

— Oui, évidemment. Vous aussi, faites attention !

Ils se dirent au revoir en se promettant de se rappeler bientôt. La communication terminée, Irene ne put s'empêcher de se sentir contrariée.

Elle resta au burau jusqu'à 16 heures pour terminer la rédaction de son rapport, puis avec une impression de libération, elle éteignit l'ordinateur. Tout son corps était endolori d'être resté si longtemps dans la même position. Les os de sa nuque et de ses épaules craquèrent quand elle fit quelques mouvements d'étirement. Elle ferait ce soir un bon jogging pour se remettre d'aplomb. Elle pensa aux entorses à son régime alimentaire faites à Copenhague et qui se voyaient tout de suite à son tour de taille... Elle s'était sentie serrée dans son jeans, ce matin. Cela dit, elle attendait ses règles, cela expliquait peut-être pourquoi elle se sentait gonflée. Toujours est-il qu'un entraînement intensif ce week-end lui ferait le plus grand bien.

Elle fit un crochet par les toilettes. Sur le chemin du bureau de Hannu, elle alla chercher deux tasses de café. En poussant la porte du pied, elle aperçut un homme assis au bureau. Ce n'était pas Hannu, mais Hans Pahliss. Irene le reconnut aussitôt d'après les photos dans l'album de Markus. Il leva les yeux d'une liasse de documents qu'il était en train de lire.

Ses yeux marron, vifs, l'examinèrent par-dessus les lunettes à double foyer qu'il avait au bout du nez. Ses cheveux foncés, un peu trop longs et en bataille, lui tombaient sur le front comme s'il les avait peignés avec les doigts. Il avait le teint pâle, les traits tirés et une barbe de quelques jours. Irene eut l'impression que Pahliss était plus âgé et surtout beaucoup plus petit que son compagnon Anders Gunnarsson.

Irene lui sourit en disant :

— Bonjour, je suis l'inspecteur Irene Huss. J'ai apporté du café. Vous le prenez avec du sucre ou du lait ?

— Avec du lait, merci.

— Dans ce cas, je vais en rechercher un avec du lait. Hannu n'aura qu'à prendre celui-ci.

Elle posa les deux tasses fumantes sur le bureau et ressortit. Tout au bout du couloir, elle aperçut Hannu. Il entra dans son bureau, peu après son retour avec le café au lait de Hans Pahliss.

Le virologue rangeait ses documents dans une mallette. Irene remarqua que ses mains aux longs doigts fins et sensibles refermaient nerveusement toutes les serrures à combinaison. Si elle n'avait pas su quel métier il exerçait, elle aurait pensé qu'il était pianiste. Il replia soigneusement ses lunettes et les glissa dans la poche avant de sa veste. Enfin, il posa ses mains jointes sur le bureau et regarda Irene d'un air un peu provocant.

— Bon, alors ? dit Hans Pahliss.

Ce n'était pas vraiment une question, mais plutôt une injonction à commencer l'entretien.

— Anders Gunnarsson vous a certainement raconté ce qui est arrivé, choisit de dire Irene.

Hans Pahliss fit oui de la tête.

— Est-ce que vous connaissiez bien Markus ?

— Nous étions de bons amis.

— Est-ce que vous avez parlé à Markus quand il a appelé début mars ?

— Non.

— Pourquoi cela ?

— Je n'étais pas à la maison.

— Anders vous a parlé de ce coup de téléphone ?

— Oui.

— Que vous a-t-il dit ?

— Ce qu'il m'a dit ? Eh bien, que Markus avait appelé. Qu'il était pressé parce qu'il devait faire ses bagages avant de partir en Thaïlande.

— Markus a-t-il dit avec qui il allait partir en voyage ?

— Non. On s'est posé pas mal de questions à ce sujet.

— Vous avez une idée de qui ça pouvait être ?

— Non. Ça pouvait être n'importe qui.

— Vous saviez qu'Anders et Markus avaient été ensemble ?

— Oui.

— Quelle influence cela a-t-il eu sur vos sentiments envers Markus ?

— Aucune influence

— Aucune ?

— Non.

Pahliss restait totalement immobile, sans même toucher sa tasse de café. Il continuait à fixer Irene de ses yeux marron. Une fraction de seconde, Irene trouva la nature vraiment injuste : d'aussi longs cils n'auraient pas dû appartenir à un garçon. Puis elle fut frappée par la disparité entre Anders Gunnarsson et Hans Pahliss. Le dentiste s'était montré ouvert et loquace, tandis que le virologue était l'exact opposé.

Hannu était resté silencieux pendant l'interrogatoire d'Irene, mais il se pencha soudain en avant et lança :

— Vous êtes déjà allé à Copenhague ?

Pahliss eut une expression à la fois étonnée et irritée quand il répondit :

— Bien sûr.

— Comme simple touriste ou pour une période plus longue ?

— J'ai passé deux mois au Rigshospitalet en tant que chercheur invité.

Irene se garda d'intervenir, et Hannu poursuivit du même ton neutre :

— Quand était-ce ?

— En février et en mars 1997.

— Où habitiez-vous ?

— Pourquoi cette question ? Je ne vois pas le rapport avec Markus...

Il s'interrompit et parut soudain frappé par une pensée.

— Ah, je comprends. Markus aussi a habité chez Emil, dit-il d'un ton bref.

La fréquence cardiaque d'Irene s'accélera au point qu'elle en eut les oreilles bourdonnantes. Avait-elle un problème de tension artérielle, comme le commissaire ? C'est tout juste si elle put retrouver sa voix pour demander :

— Vous habitiez chez Emil Bentsen pendant votre séjour à Copenhague ?

— Oui. J'ai eu son adresse par une connaissance, ici à Göteborg. C'était central, bon marché et bien. Et j'ai donné l'adresse à Markus quand il m'a demandé un point de chute à Copenhague.

— C'est vous qui avez donné à Markus l'adresse d'Emil ?

— Oui.

— Mais alors, vous saviez où logeait Markus quand il était à Copenhague...

Pour la première fois, un vague sourire apparut sur le visage de Pahliss.

— Non, nous l'ignorions. Markus a demandé conseil à tous ceux qu'il connaissait pour trouver un logement à Copenhague. Il est parti avec un tas d'adresses. Il devait d'abord habiter quelques jours à l'hôtel, puis donner de ses nouvelles dès qu'il aurait trouvé une adresse permanente.

Soudain, Hans Pahliss sembla découvrir la tasse posée devant lui et il but une grande gorgée de café tiède.

— Mais il ne l'a jamais fait ? s'enquit Irene.

— Non.

Ils savaient enfin pourquoi Markus avait échoué chez Emil. Les pensées d'Irene furent interrompues par la question d'Hannu :

— Qui vous avait donné l'adresse d'Emil ?

Pour la première fois, Pahliss marqua un temps d'hésitation. Quand il vit que les policiers se rendaient compte de sa réticence à parler, il déclara :

— En fait, un de mes ex. Et avant que vous ne posiez la question, je vous réponds : oui, Anders le connaît, et on se voit en amis, c'est tout.

Le ton devenait de plus en plus acerbe, voire tranchant.

— Qui ? insista Hannu.

— Pontus Zander.

— Comment connaissait-il Emil Bentsen ?

— Aucune idée.

— Où pouvons-nous joindre Pontus Zander ?

— Au service des urgences à l'hôpital Sahlgren. Il y est infirmier. Sinon, il habite à Kungshöjd.

Pahliss leur donna son adresse et son numéro de téléphone.

Irene se hâta de poser une autre question :

— Vous étiez donc à Copenhague en février et en mars 1997. Est-ce que vous y êtes revenu fin mai de la même année ?

Pahliss secoua énergiquement la tête :

— Non. Je n'y suis pas retourné avant Noël 1997.

— Avez-vous aussi habité chez Emil à ce moment-là ?

— Non. C'était juste pour quatre jours. Anders m'accompagnait. Nous avons séjourné à l'hôtel.

— Avez-vous gardé le contact avec Emil après avoir déménagé ?

De nouveau, Pahliss parut hésiter.

— Non. Je lui ai envoyé une carte de Noël, cette année-là. Rien d'autre.

— Est-ce que vous fréquentiez Emil lorsque vous habitiez chez lui ?

Là, Pahliss s'emporta :

— Je n'habitais pas chez lui. Il me louait un appartement et on se croisait parfois, c'est tout. Au cours des deux mois passés là-bas, je rentrais rarement le soir avant 22 heures. En général, je m'écroulais sur mon lit et je dormais. La recherche, ce n'est pas le genre de boulot 9 heures-17 heures.

— Que pensiez-vous d'Emil ?

— Rien. Comme je vous l'ai dit, on ne se fréquentait pas du tout.

Il s'arrêta et jeta un regard perçant à Hannu.

— Pourquoi me posez-vous toutes ces questions sur Emil Bentsen ? demanda-t-il.

Ce fut Irene qui se chargea de lui raconter le meurtre d'Emil. Impassible, Hans Pahliss écouta son récit sans l'interrompre une seule fois. Quand elle eut terminé, il resta longtemps silencieux. Enfin, il chuchota :

— Mais qu'est-ce qui se passe ? D'abord Markus, et maintenant Emil...

Irene choisit ses mots avec soin :

— Il s'est produit deux autres meurtres qui portent la signature du même assassin. Mais ce sont deux femmes. Il y a le démembrement et... un certain nombre de choses qui tendent à prouver qu'il s'agit du même meurtrier. Nos médecins légistes disent que le mode opératoire de l'assassin témoigne de son habitude de procéder à des autopsies.

Irene marqua une pause pour observer la réaction de Pahliss à cette dernière information. Mais il n'en eut aucune. Aussi poursuivit-elle :

— Nous pensons que Markus et Emil connaissaient leur assassin. Il n'est pas non plus exclu qu'Anders et vous, vous le connaissiez aussi. Vous-même, en tant que médecin, vous connaissez peut-être autour de vous des personnes qui pourraient...

— Non, mais c'est n'importe quoi ! Aucun des médecins que je connais ne serait capable d'une telle horrreur ! Un médecin ne fait pas ça !

— Donc, à votre connaissance, aucune rumeur ne circule sur les penchants spéciaux d'un de vos collègues ? demanda Irene d'un ton calme.

Pahliss restait outré. Sa maîtrise dissimulait sans aucun doute un fort tempérament. Sa voix se brisa presque de colère quand il répondit :

— Non, vraiment pas !

Il serrait si fortement ses mains que les os des jointures en blanchissaient.

Hannu dit d'une voix atone :

— Celui que nous recherchons est un monstre abominable. Il va continuer à frapper. Et il se trouve certainement près de vous.

On aurait dit que Hannu lui avait renversé un seau d'eau glacée sur la tête. Il resta d'abord comme frappé de stupeur avant de s'effondrer. Il s'affaissa sur la chaise et enfouit son visage dans ses mains. Ni Irene ni Hannu ne dirent un mot. Au bout d'un moment, il écarta les mains et fixa les deux policiers. Pas une larme dans ses yeux. Lentement, il déclara :

— Il est possible qu'il se trouve près de moi. Simplement, je ne sais pas qui c'est. Markus était attiré par des hommes qui avaient, comme vous l'avez dit vous-même, des penchants spéciaux. Il fréquentait aussi d'autres hommes. Plus normaux, pourrait-on dire. Mais ça ne durait jamais. Il retournait toujours vers ceux qui avaient... ce côté spécial qu'il recherchait. Chaque fois qu'il est resté quelque temps avec quelqu'un, c'était un de ces hommes un peu spéciaux.

— Avez-vous remarqué à certains signes que Markus était attiré par la nécrophilie ?

Pahliss sursauta, et son effroi n'était pas simulé.

— Non ! Jamais.

— Et si vous deviez préciser quelles étaient ses préférences, que diriez-vous ?

— Un homme assez insaisissable, avec une bonne dose de sado-masochisme. Mais il ne parlait jamais de ses aventures sexuelles avec Anders et moi. Pour nous, c'était avant tout un très bon ami.

Pour Anders Gunnarsson, il avait aussi été un amant. Même si la relation n'avait, à en croire Gunnarsson, duré qu'une semaine. Irene décida d'avoir un autre entretien avec le dentiste.

— Markus a-t-il eu une relation avec un médecin ? demanda-t-elle.

Le virologue réfléchit, puis secoua la tête.

— Pas que je sache.

Au moment où il prononçait ces mots, il se figea et son regard se perdit vers un point au-dessus de la tête d'Irene. D'une voix tendue, il dit :

— Cet été... nous avons pique-niqué à Marstrand. Nous étions une bande de... peut-être dix personnes. On voulait juste faire la fête, bien manger et boire du vin. Je me souviens que Markus s'est laissé un peu aller, il a parlé d'un type qu'il venait de rencontrer : « Il est extraordinaire. Il est mon nouveau docteur », a-t-il dit, ou quelque chose comme ça. Puis il a éclaté de rire comme s'il venait de dire un truc particulièrement drôle.

— Il n'a jamais reparlé de ce type ?

— Non.

Irene en avait à présent la certitude. Le médecin existait bel et bien. Et il se trouvait ici, à Göteborg.

Hans Pahliss était parti. À leur étage, on sentait bien l'approche du week-end. Les gens commençaient à rentrer chez eux, bientôt il n'y aurait plus que l'équipe de permanence. Les locaux de la police connaîtraient quelques heures de calme relatif, avant le début du week-end. Les sirènes allaient retentir à la nuit tombée. Mais il ne faisait jamais vraiment sombre, le soir, en mai. Et puis l'air était doux. Les jeunes, sentant la fin de l'année scolaire, sortaient faire la fête pour oublier un an de frustrations. Les adultes avaient envie de boire un verre ou de dîner en ville, pour se sentir en vacances. Tous ces éléments réunis, plus le quota habituel de vols et de coups et blessures laissaient présager une nuit qui ne serait pas de tout repos pour la police de Göteborg.

— Comment t'est venue l'idée de lui demander s'il était allé à Copenhague ? questionna Irene, curieuse.

Hannu haussa les épaules.

— Une idée comme ça. J'ai pensé à la conférence à Paris. S'il est allé à Paris, il peut aussi être allé à Copenhague.

— Je crois qu'il va falloir essayer de parler avec ce Pontus Zander le plus tôt possible, reprit Irene, réfléchissant à haute voix.

Hannu approuva de la tête.

— Je vais le retrouver.

Irene ne put s'empêcher de dire, un peu irritée :

— Tu n'as pas plutôt hâte de retrouver ta petite épouse ?

Le regard insondable de Hannu passa rapidement sur le visage d'Irene avant qu'il ne réponde :

— Elle surveille la boîte de strip-tease pour les besoins de l'enquête jusqu'à 22 heures ce soir.

Pour se rattraper, Irene demanda :

— Au fait, ça avance ? Vous pouvez coffrer Robert Larsson pour fraude fiscale avec sa boîte ?

— Peut-être.

Pourquoi n'arrivait-elle jamais à se mettre dans la tête que Hannu se refusait toujours à faire le moindre commentaire personnel ? Autant dire qu'à côté de lui Greta Garbo était une exhibitionniste.

Pour changer de sujet, elle demanda :

— Tu es de permanence ce week-end ?

— Non.

— Moi oui. Si tu arrives à joindre Pontus Zander, tu n'as qu'à fixer avec lui où et quand on peut le rencontrer. Tu me mets un petit mot sur mon bureau pour me prévenir.

— Sauf si j'arrive à le voir ce soir. Dans ce cas, j'irai seul, dit Hannu.

— D'accord. Bon week-end !

— À toi aussi.

13

Le mot était posé sur son bureau. Ce fut la première chose que vit Irene quand elle franchit le seuil de son bureau, le samedi matin. En étouffant un bâillement, elle posa sa tasse de café et lut :

« Pontus Zander vient à 11 heures. Il travaillait hier soir dans l'équipe de nuit. Ne lui ai rien demandé au téléphone. P.Z. semble être le chaînon manquant entre Markus et Emil.

Hannu »

Hannu s'était surpassé : il n'était pas dans ses habitudes d'écrire un texte aussi long. Irene espérait qu'il avait raison. Zander pouvait être l'élément révélateur qu'ils attendaient, l'explication des liens existant entre Göteborg et Copenhague.

Irene était plongée dans le travail de routine qu'elle devait rattraper, quand la personne à l'accueil lui signala qu'un certain Pontus Zander voulait lui parler. Elle éteignit l'ordinateur et prit sa carte de police.

En sortant de l'ascenseur, elle jeta un coup d'œil à travers la paroi vitrée de l'accueil et devina tout de suite qui était Pontus. C'était un homme grand et blond qui ressemblait beaucoup à Anders Gunnarsson. Pahliss était visiblement attiré par le même type d'homme. Une seule différence notable : Pontus avait des cheveux plus longs et les avait soigneusement attachés en queue-de-cheval.

Il discutait avec deux policiers en uniforme. Ils riaient et donnaient l'impression de se connaître. Ça n'avait rien de louche, étant donné que Pontus travaillait au service des urgences. Irene déverrouilla la porte et s'éclaircit la voix avant de lancer :

— Pontus Zander ?

Il se leva en pleine conversation et sourit à Irene.

— Oui. Vous devez être Irene Hysén ?

— Huss.

Ils se serrèrent la main. Sa poignée de main était chaleureuse et ferme. Les deux policiers de patrouille se levèrent à leur tour et sortirent dans la rue.

En arrivant au quatrième étage, Irene fit un détour par la machine à café. Portant une tasse fumante dans chaque main, elle fit entrer Pontus dans son bureau. Elle posa une tasse sur le bureau à sa place et l'autre devant la chaise pour le visiteur.

— Je vous en prie, asseyez-vous, fit-elle en indiquant la chaise.

Pontus Zander s'assit. Le soleil jouait dans ses cheveux blonds. Un rayon se refléta dans son œil bleu acier frangé de cils épais.

— Je ne sais pas si mon collègue vous a dit pourquoi nous voulons vous interroger... dit Irene en guise d'introduction.

Elle laissa volontairement sa phrase un peu en suspens. Pontus répondit aussitôt :

— Non. J'étais hyper stressé quand il a appelé. On avait en même temps un type avec des varices œsophagiennes qui saignaient abondamment et cinq blessés d'un accident en minibus. Plus tous les habitués des urgences qui attendaient depuis plusieurs heures. Ah, c'était vraiment de la folie, hier soir ! Mon Dieu !

Il leva les yeux au ciel en poussant un soupir. Irene n'avait aucune idée de ce qu'étaient des varices œso-je-ne-sais-quoi, mais décida de laisser de côté la question.

— Nous enquêtons sur le meurtre de Markus Tosscander. Vous le connaissiez ? demanda-t-elle pour entrer dans le vif du sujet.

— Pas vraiment. On s'est rencontrés à une fête organisée par Anders et Hans. Et bien sûr à leur mariage. Mais à part ça, non, je ne connaissais pas Markus.

— Vous n'avez jamais été ensemble ?

Pontus parut sincèrement étonné.

— Non. Comme je l'ai dit, on ne se connaissait pas vraiment...

— Markus n'avait pas toujours besoin de bien connaître ses partenaires... avant de... Vous êtes vraiment sûr que vous n'avez jamais été ensemble ?

Pontus prit un air malicieux et sourit en répondant :

— En fait, j'ai essayé de flirter avec lui pendant le mariage, mais je ne l'intéressais pas. Il n'avait d'yeux que pour un grand brun américain qui s'appelait Leon. Le genre *biker* en cuir.

— Est-ce que Leon habite à Göteborg ?

— Non. À Los Angeles. Il est médecin. Virologue. Comme Hans. C'est comme ça qu'ils se sont rencontrés et sont devenus de bons amis. Leon fait des recherches sur différents virus HIV, et Hans sur l'herpès.

— Savez-vous si Hans et Leon ont été plus que des amis ?

— Non, je ne pense pas que cela soit allé plus loin entre eux. Ils ne se correspondent pas, comme types d'homme.

— Mais Markus et Leon, oui ?

Pontus fit la moue et réfléchit un instant avant de répondre :

— Leon était le type d'homme qu'aimait Markus. C'est tout ce que je peux dire.

— Et pas vous...

— Malheureusement non, dit Pontus en poussant un léger soupir de regret.

Il était temps d'aborder le lien avec Copenhague. D'un ton neutre, Irene demanda :

— À quand remonte exactement votre séjour à Copenhague ?

Il eut l'air étonné.

— Oh... à presque trois ans.

— Plus précisément ?

— À octobre 1996.

— Qu'est-ce que vous faisiez là-bas ?

— C'était un échange entre facultés. On échange son lieu de travail et sa maison avec un collègue d'un autre pays nordique. Génial !

— Combien de temps êtes-vous resté à Copenhague ?

— Un mois. Mais quel rapport avec Markus...

— Comment se fait-il que vous vous soyez retrouvé chez Emil Bentsen ?

Pontus eut l'air soudain troublé :

— Mais qu'est-ce que ça change que j'aie habité chez Emil Bentsen ? Est-ce que ce n'est pas Mark...

— On y arrive. Mais j'aimerais que vous répondiez à ma question d'abord.

— Bon. Eh bien, la collègue avec qui je faisais l'échange s'appelait Lise. Deux semaines avant mon départ pour Copenhague, elle m'a appelé, complètement désespérée. Il y avait eu un incendie dans sa maison, et son appartement était inhabitable à cause des dégâts causés par la fumée et l'eau. Mais elle m'a promis de me loger ailleurs, et c'est ce qu'elle a fait. Je sais qu'elle a fait passer une petite annonce dans le journal et qu'elle a eu des réponses. C'est elle qui a choisi l'appartement d'Emil Bentsen, et j'ai habité là tout le temps.

— J'ai cru comprendre par Hans Pahliss que vous avez recommandé à d'autres personnes de louer chez Emil, s'ils avaient besoin d'un logement à Copenhague ?

— Oui. Par rapport au loyer et à l'emplacement, c'est idéal.

— Qu'avez-vous pensé d'Emil ?

— Il est un peu... étrange. Je ne l'ai pas beaucoup vu. Quand je ne travaillais pas, j'étais surtout dehors. Mais il était bizarroïde.

— Bizarroïde ? Qu'est-ce que vous entendez par là ?

Pontus resta un moment à chercher ses mots. Puis il finit par dire :

— Il mettait une musique genre hard rock à fond. Une musique complètement déjantée. Et il fouinait partout, enfin, je ne sais pas comment dire. Plusieurs fois, j'ai eu l'impression que quelqu'un était venu dans ma chambre pendant que j'étais sorti, et parfois j'entendais quelqu'un bouger de l'autre côté de la porte de la cuisine qui donnait dans l'appartement d'Emil. Une fois, j'ai même clairement entendu la porte se refermer quand je suis entré dans la cuisine, tôt un matin. Mon Dieu ! Il m'a foutu une de ces trouilles !

— Y avait-il quelqu'un d'autre que vous dans cet appartement de location ?

— Non. Mais je n'ai payé qu'une chambre.

— Avez-vous jamais eu l'occasion d'entrer dans l'appartement d'Emil ?

— Non. Je gardais un peu mes distances avec lui. Je ne sais pas pourquoi, mais il y avait chez ce type un truc que je n'aimais pas.

— Pourtant vous avez recommandé la location à d'autres !

— Mais parce que c'est difficile de trouver meilleur marché et mieux situé. Et on n'est pas obligé de fréquenter Emil si on n'en a pas envie. Lui-même ne faisait pas non plus de tentatives en ce sens. À part cette drôle de façon de venir en douce...

— À qui avez-vous donné l'adresse d'Emil ?

— À Hans Pahliss et à un type au boulot qui s'appelle Lennart. En fait, Emil m'a demandé d'afficher une petite annonce pour lui trouver des locataires. Il me l'a donnée en plusieurs exemplaires avec, en bas, son nom et son adresse notés sur des bouts de papier qu'on a juste à arracher. J'en ai affiché une au travail, une dans les locaux de la fac, et une autre dans un club. Vous connaissez le Sodom et Gomorra Club ?

Irene connaissait bien le plus grand club gay de Göteborg. Si Pontus avait mis là une petite annonce trois ans auparavant, c'était peine perdue d'essayer de retrouver qui avait arraché un de ces bouts de papier.

— Vous pourriez, s'il vous plaît, me dire pourquoi vous m'avez posé toutes ces questions sur Emil et Copenhague ? insista Pontus.

Irene lui révéla comment le meurtre de Markus était lié à celui d'Emil Bentsen. Pontus fut visiblement choqué quand elle lui décrivit l'assassinat d'Emil. Dans les journaux suédois, cela avait juste été un entrefilet sans indication de nom.

Quand Irene eut terminé son récit, Pontus resta un long moment silencieux. Enfin, il dit :

— Cela me fait peur que deux personnes que je connaisse aient été assassinées par le même tueur, et comme c'est moi qui ai recommandé à Hans de louer chez Emil et qu'à son tour il a donné l'adresse à Markus... Je sais que c'est idiot, mais je me sens coupable.

Irene ne pouvait que constater qu'elle partageait cette impression. Le sentiment de culpabilité après la mort d'Isabell refusait de lâcher prise.

Elle appuya son dos contre le dossier de sa chaise et regarda le beau visage grave de Pontus qui exprimait un profond chagrin. Jusqu'ici, il avait semblé très sincère. Mais peut-être n'était-ce que pour mieux duper son monde ? Avait-il été plus proche de Markus qu'il ne voulait l'avouer ? C'est avec ces arrière-pensées qu'elle lui posa les dernières questions :

— Pour finir, j'aimerais bien vous poser une question, puisque vous travaillez dans le milieu médical. Savez-vous si Markus a eu une relation avec un médecin, l'été ou l'automne dernier ?

Pontus secoua la tête.

— Comme je l'ai dit, on ne se connaissait pas si bien que ça. Je n'ai pas rencontré Markus à d'autres occasions que celles dont je vous ai déjà parlé.

— Vous n'avez pas entendu circuler des bruits sur un médecin qui aurait des goûts un peu spéciaux ?

— Spéciaux ?

Pour la première fois, Pontus eut une expression de méfiance. Irene ajouta prudemment :

— Ce qui attirait Markus : le sado-masochisme, voire la nécrophilie.

— La nécro... Non, jamais !

Il avait l'air outré. D'un ton qui se voulait apaisant, Irene poursuivit :

— Si je vous pose cette question, c'est à cause de la façon dont Markus a été découpé. Le processus de démembrement relève clairement du mode opératoire de l'autopsie. Markus aurait mentionné qu'il connaissait un médecin. Quelqu'un qui, toujours pour reprendre ses termes, pouvait se révéler « dangereux ». Hans Pahliss l'a entendu parler de son « docteur personnel ».

Une légère rougeur colora les joues de Pontus. Il était toujours bouleversé, comme en témoignait le tremblement dans sa voix.

— Simplement parce qu'on est homo, les gens croient qu'on est pervers ! Je ne connais aucun type porté sur le genre de choses dont vous parlez !

— Si, vous connaissiez Markus.

Pontus prit le temps de respirer profondément avant de répondre :

— Je viens de dire que je connaissais à peine Markus. Il faut bien une raison pour qu'il soit attiré davantage par Leon que par moi.

Il se tut et inspira profondément avant de continuer :

— C'est sûr qu'il y a des types et des filles qui aiment des trucs un peu limites, mais je ne connais personne d'intéressé par la nécrophilie. Je n'en ai même jamais entendu parler. J'ai beau savoir que les nécrophiles, ça existe, mais les nécrophiles sadiques... là c'est vraiment sordide, monstrueux. Je ne suis même pas sûr de savoir ce que ça veut dire, mais si je pense aux trucs atroces qu'a subis Markus...

Il laissa sa phrase en suspens et secoua de nouveau la tête :

— Non. Il y a des homos dans le domaine médical... mais des comme ça, moi, je n'en ai jamais entendu parler. Alors que cela aurait dû être le cas. On a même formé une association pour homos au sein de notre service, j'en fais partie et je connais la plupart d'entre eux. S'il y avait eu des rumeurs, j'aurais été au courant.

Irene était à deux doigts de demander si les lesbiennes avaient aussi le droit d'en faire partie, mais elles devaient certainement avoir leur propre association. Sinon, cela aurait voulu dire que, même dans le monde homosexuel, l'homme est la norme, et la femme l'exception. *La question n'est pas dénuée d'intérêt, mais ce n'est pas le meilleur moment pour la poser à Pontus*, pensa Irene.

Une idée commençait à germer dans son esprit :

— À quelle fréquence vous vous réunissez, entre homos du service ? demanda-t-elle.

— Le premier vendredi de chaque mois.

Irene se pencha pour consulter l'almanach.

— J'aimerais que vous exposiez à vos camarades, dès le début de cette réunion, ce que vous venez d'apprendre ici aujourd'hui. À savoir : Markus semble avoir fréquenté un homme qui était médecin. Mentionnez que vous avez été très choqué quand je vous ai interrogé sur d'éventuels collègues ayant des penchants sado-masochistes, voire nécrophiles. Dites-leur que ça vous a mis en colère et que vous vous êtes empressé de rectifier mes préjugés sur les homos, lui dit-elle en le fixant.

Pontus ouvrit de grands yeux et ne put qu'ânonner :

— Mais... mais... enfin, pourquoi ?

— Pour lancer une discussion. Quand les langues vont se délier, vous allez ouvrir grand vos oreilles et retenir ce qui se dit. Peut-être que quelqu'un a croisé un jour un médecin qui s'est révélé dangereux ? En tout cas, ça vaut le coup d'essayer.

Irene était consciente de lui en demander beaucoup, mais cela pouvait permettre de découvrir l'identité de ce médecin, et auquel cas, de faire vraiment avancer l'enquête. Il fallait souhaiter que Pontus accepte sa proposition.

Le front plissé, il avait le visage tourné vers la vitre blindée et sale du bureau d'Irene. D'un geste nerveux de la main, il remonta ses cheveux parfaitement lisses sur le haut de sa tête. Puis il détourna son regard du bâtiment en brique sombre de la caisse d'assurance qu'on apercevait par la fenêtre pour le poser sur Irene :

— Bon, d'accord, je veux bien essayer, pour Markus et Emil, déclara-t-il d'une voix ferme.

Même si Irene jubilait intérieurement, elle réussit à lui adresser un simple sourire en disant :

— C'est gentil de votre part. Je vais vous donner les numéros de téléphone où vous pourrez me joindre.

– Crois-tu qu'il faille communiquer d'autres informations à la presse concernant le meurtre de Markus ? demanda Irene.

— Oh, ces vautours en savent déjà assez comme ça, marmonna Andersson.

Il était venu à l'heure du déjeuner jeter un coup d'œil dans son bureau, non pas qu'il fût de permanence ce week-end, mais parce qu'il ne trouvait sans doute rien de mieux à faire. Peut-être souffrait-il davantage de la solitude qu'il ne le laissait paraître devant son équipe. Aujourd'hui, il avait l'air encore plus négligé que d'habitude, avec son vieux pantalon marron et un sweat-shirt délavé qui avait rétréci au lavage. Ce dernier avait sans doute été, dans une vie antérieure, d'un vert soutenu, mais il avait pris une teinte passée genre kaki militaire.

Bien décidée à parvenir à ses fins, Irene reprit patiemment :

— Je pensais à l'information selon laquelle Markus s'est trouvé quelques jours à Göteborg au début du mois de mars. Nous le savons avec certitude, puisqu'il a appelé Anders Gunnarsson. Et sa vieille voisine a elle aussi constaté qu'il était revenu chez lui et avait arrosé les fleurs pendant son séjour à l'hôpital. Nous avons interrogé les autres voisins, mais aucun d'eux ne l'a vu. Je me demandais simplement si quelqu'un l'avait aperçu quelque part en ville. Peut-être dans un bar ou ce genre d'endroit ?

Andersson réfléchit un moment et s'enquit :

— Est-ce qu'il n'a pas dit à ce dentiste qu'il n'avait pas le temps d'aller à Alingsås chercher un appareil photo qu'il voulait emprunter ?

— Si.

— Donc, il était très pressé...

— Tu penses qu'il a juste fait un détour par Götet pour fourrer quelques affaires d'été pour son voyage en Thaïlande et qu'il est parti aussitôt ? Tu veux dire qu'il n'a même pas passé la nuit dans son appartement ?

— Exactement. Pas de draps dans le lit. Nous avons vérifié tous les vols pour la Thaïlande au départ de la Suède, de la Norvège et du Danemark pendant la première semaine de mars. Aucun Markus Tosscander ne figure sur leurs listes de passagers. Ça aurait dû être le cas s'il avait réservé un vol.

À cette dernière phrase, Irene eut la chair de poule sur tout le corps.

— Ça signifie que Markus a été dupé. Le tueur n'a jamais eu l'intention de l'emmener en Thaïlande. Il avait dès le départ décidé de le tuer pour pouvoir pratiquer son rituel, conclut-elle en essayant d'adopter un ton dégagé.

La mine sombre, le commissaire acquiesça de la tête.

— Oui, ça m'en a tout l'air.

Irene dut faire un effort pour poursuivre :

— La grande question serait donc de savoir où il a été assassiné. Et où il a été démembré. Ce n'est pas nécessairement au même endroit.

— Non. Les techniciens ont examiné sa baignoire et les canalisations dans son appartement, mais ils n'ont relevé aucune trace de tissu corporel ou de sang.

— Sais-tu si les analyses des sacs et du ruban adhésif ont donné quelque chose ?

— C'est la marque de sacs poubelle la plus courante. Ça s'achète dans n'importe quel supermarché, boutique de stations-service, etc. Quant au ruban adhésif, c'est celui qui sert d'habitude pour protéger les surfaces quand on peint. On peut aussi le trouver partout. La seule chose intéressante, c'est que les techniciens ont trouvé des résidus de poudre de riz sur le ruban adhésif et à l'intérieur des sacs.

— Cela confirme nos soupçons, à savoir que l'assassin porte des gants de chirurgien, dit Irene. Tu crois que la poudre de riz a remplacé le talc dans les gants chirurgicaux ?

— Aucune idée. Il faudra demander aux techniciens. Mais l'assassin a laissé une trace. Ou plus exactement il en a laissé deux.

Irene ne manqua pas d'être étonnée. Elle ne s'était pas du tout attendue à cela. Ce meurtrier semblait davantage être une incarnation du mal qu'un être humain qui pouvait laisser des traces derrière lui. Bien sûr, c'était une personne tout à fait réelle, on devait donc pouvoir remonter jusqu'à elle en suivant les traces qu'elle laissait derrière elle. Même si, dans le cas présent, ces traces étaient infimes. Cependant, il arriverait bien un moment où l'assassin se dévoilerait. Irene n'attendait que cet instant. Peut-être commençait-il déjà, malgré lui, à lâcher du lest. Elle sentit son pouls battre plus fort, quand elle se pencha sur le bureau pour regarder le commissaire :

— Quel genre de traces ?

Andersson esquissa un sourire de satisfaction quand il vit l'état d'excitation qu'Irene essayait de dissimuler.

— Des traces de chevelure. Plus précisément deux cheveux. Ils étaient dans le sac avec le bas du corps. Et ils n'appartiennent pas à Markus, car ils sont clairs. Svante en a envoyé un à ses collègues de Copenhague. On peut toujours rêver et espérer qu'ils ont trouvé des cheveux de la même personne sur un des lieux du crime là-bas.

— A-t-on pu déceler de la poudre de riz sur les lieux des crimes à Copenhague ou sur les parties du corps de Carmen Øsstergaard ? demanda Irene.

— Je ne sais pas. Tu demanderas à Svante. Il est en contact avec ses homologues de Copenhague.

Irene résolut d'aller au laboratoire tout de suite après le déjeuner.

Elle tomba sur Svante Malm, le responsable de la police scientifique, dans la salle à café du service technique. Il était assis les yeux fermés, le dos appuyé contre le mur. Elle crut tout d'abord qu'il dormait ; mais quand elle s'approcha doucement, il releva les paupières, et un large sourire s'étala sur son visage chevalin constellé de taches de rousseur. Il passa vite une main dans ses cheveux roux, dans l'espoir vain de devenir plus présentable. Ses mèches de cheveux étaient tout emmêlées sur le dessus de son crâne, on eût dit qu'il venait de se réveiller.

— Tiens, t'es là ! fit-il.

— Pardon si je t'ai réveillé.

— Pas du tout. Je méditais.

Il sourit à nouveau et se leva pour chercher le café tout chaud dans la cafetière. Irene venait de boire trois tasses avec son repas, aussi refusa-t-elle de se joindre à lui. Quand ils se furent attablés, avec la bonne odeur du café montant de la tasse fumante, Irene lui demanda s'il avait des indices sur les meurtres à Copenhague. Même si elle avait photocopié elle-même les documents sur le meurtre de Carmen Østergaard, elle n'avait pas eu le temps de lire grand-chose.

— En ce qui concerne le meurtre de Carmen, on constate que là aussi l'assassin s'est servi de gants chirurgicaux. On a retrouvé du talc sur certaines parties du corps et dans les sacs.

— Du talc ? Pas de la poudre de riz ?

— Non. Du talc banal. Pour prévenir les allergies, on a commencé à utiliser de plus en plus la poudre de riz à la place du talc à l'intérieur des gants de protection et d'opération.

— Et l'examen des sacs, qu'est-ce que ça donne ?

— Les morceaux de corps de Carmen et de Markus se trouvaient dans des sacs poubelle du même type. Une seule chose diffère, la fermeture. Les sacs de Markus étaient fermés par du ruban adhésif, et ceux de Carmen par un nœud avec une ficelle de Nylon. Une ficelle très solide que tout le monde a chez soi, selon mes collègues danois. Malheureusement, c'est un type de ficelle très courant, et on en trouve aussi bien en Suède qu'au Danemark.

— Mais Andersson m'a dit que tu avais trouvé deux cheveux dans un des sacs de Markus.

— Oui. J'en ai envoyé un à Copenhague, mais je n'ai pas encore eu de nouvelles.

— Cela prendra certainement du temps. Isabell Lind a été tuée dans une vieille chambre d'hôtel.

Ça veut dire qu'il y a des masses de cheveux qui traînent.

— Certainement. Bon, et là où on a retrouvé le type ?

— Là aussi c'était très sale.

— Tu t'es rendue sur place ?

— Oui. J'ai accompagné mes collègues quand ils ont procédé aux relevés.

L'image du cadavre profané d'Emil flotta soudain devant les yeux d'Irene. Elle revoyait la scène comme si elle y était. Pour chasser cette vision d'horreur, elle se mit à parler du meurtre d'Emil et d'Isabell.

Svante Malm réfléchit un moment à ce qu'il venait d'entendre. Puis il déclara :

— C'est bizarre. Les meurtres de Carmen et de Markus sont presque identiques. De même les meurtres d'Isabell et de Markus. Les médecins légistes s'accordent à dire qu'il s'agit du même meurtrier. Qu'est-ce qui a empêché le meurtrier d'aller jusqu'au bout ? Je veux dire, vider, nettoyer la victime et la démembrer ?

Malm avait mis le doigt précisément sur la question qui taraudait Irene. Pourquoi l'assassin n'était-il pas allé jusqu'au bout ? Il y avait quelque chose d'inachevé. Irene se rappela ce mot qui lui était alors venu à l'esprit.

— Une des théories avancées est que, pour une raison ou une autre, il n'a pas pu se procurer de scie circulaire pour ses deux derniers meurtres. Mais il peut aussi tout simplement avoir manqué de temps, ajouta-t-elle.

– C'est possible. Ou peut-être qu'il n'a pas trouvé de lieu commode pour découper. Il faut bien le dire, on en met partout. La meilleure façon de ne pas se faire prendre est de tout bien nettoyer derrière soi.

Il se tut et réfléchit posément.

— On n'a jamais retrouvé la tête et les viscères. Qu'est-ce qu'il en a fait ? Et certains muscles manquent aussi.

Irene frissonnait en répondant :

— Yvonne Stridner pense qu'il est cannibale. Dans ce cas, il aurait mangé les muscles. Apparemment, c'est une pratique assez courante dans la sado-nécrophilie. As-tu jamais rencontré ce genre de cas ?

Malm secoua lourdement la tête.

— Non. Le seul cas à se rapprocher un peu de celui-là, c'est celui d'une femme souffrant d'une psychose de l'accouchement et qui a fourré son nouveau-né dans un four et l'a cuit. Mais elle ne l'a pas mangé. Ah, putain ! c'est une des choses les plus abominables que j'aie vues !

Irene était contente d'avoir eu le temps de déjeuner avant. Mais elle commençait à sentir son repas remonter... Elle aurait dû, après tant d'années dans le métier, s'être endurcie. Mais il y avait là quelque chose de si incompréhensible, de si abject qu'elle n'avait pas mis en place de système de défense contre cela. Le cannibalisme. Le plus grand interdit, et aussi le plus répugnant.

Elle préféra changer rapidement de sujet.

— En fait, j'étais venue pour te demander tout à fait autre chose. Est-ce qu'on peut faire des agrandissements à partir de bons Polaroid ?

— Il vaudrait mieux que tu te renseignes auprès des types du service photo. Mais ça ne devrait pas poser de problèmes a priori, si la photo est assez nette.

Il ne restait plus qu'à faire confiance aux talents de photographe de Tom Tanaka. D'ailleurs, à propos de photographe, elle devait tenter de retrouver l'auteur des clichés.

Irene feuilleta les pages jaunes de l'annuaire sans trop y croire. Il y avait une foule de photographes et de studios. Qui avait pu prendre les photos de Markus et de son ami ? En soupirant, elle mit l'annuaire de côté et décida d'attendre d'avoir reçu les photos de Tom pour poursuivre ses recherches. Avec un peu de chance, elles seraient lundi matin sur son bureau.

Il était 17 heures, donc temps de rentrer à la maison. Comme Krister ne travaillait pas ce soir, elle se réjouissait à l'idée d'un bon dîner en tête à tête.

Les filles ne seraient pas là. Katarina devait sortir avec Micke, et Jenny se produire sur la scène du Kåren avec son groupe, Polo. Drôle de nom pour un groupe pop. Mais ça commençait à marcher pour eux. Ils n'avaient pas encore eu de concert aussi important que ce soir. Toute la semaine, Jenny avait été dans un état d'excitation, incapable de parler d'autre chose que de cet événement. Krister avait demandé si les parents avaient le droit de venir écouter, mais Jenny avait explosé : « Et puis quoi encore ! Ses vieux parents dans la salle ? Ah, ils n'allaient quand même pas lui mettre la honte ! »

Ils n'avaient qu'à rester « entre vieux », bien au calme chez eux. Ils pouvaient toujours s'amuser à caresser le chien...

Ces pensées firent sourire Irene. En vérité, le samedi soir, elle ne désirait rien d'autre qu'un bon dîner. Après, elle avait bien l'intention de caresser autre chose que le chien.

14

Le lundi commença comme un lundi ordinaire, mais pendant la réunion du matin, les choses se précipitèrent. La porte s'ouvrit, et un inspecteur passa la tête en disant :

— J'ai un Danois au téléphone qui veut absolument parler avec Huss.

Irene se leva et pria qu'on veuille bien l'excuser. Son collègue l'accompagna jusqu'à son bureau. Très remonté, il dit :

— Je lui ai dit que vous étiez en réunion et qu'il devait rappeler plus tard. Et il m'a répondu d'aller me faire foutre !

— Je vois très bien qui, parmi mes collègues danois, a ce genre de vocabulaire, répondit Irene en riant.

Elle ferma la porte et alla vers son bureau. Elle souleva le combiné et on lui passa son interlocuteur.

— Salut, Jens ! lança-t-elle.

— Salut. J'espère que vous n'êtes pas pressée.

— Pas pressée ? répéta Irene, étonnée.

— Oui, il va falloir que vous nous donniez des tonnes d'explications ! rugit Metz dans le combiné.

Irene comprit soudain qu'il était en colère. Pour une raison ou une autre, il était vraiment hors de lui. Pourquoi ? Et elle avait la pénible impression que cette colère était dirigée contre elle.

— Il s'est passé une tonne de choses ici, à Copenhague. Vous avez beau être rentrée chez vous, on retrouve des traces de vous partout !

Irene l'entendit se calmer avant de poursuivre :

— Je suis là avec le téléphone mobile de Tom Tanaka devant moi. Il y a une vingtaine de numéros programmés. Un numéro s'est révélé être le mobile de Markus Tosscander. Un autre est votre numéro de mobile à vous. Comment vous expliquez ça ?

Irene sentit son cœur se mettre à trembler :

— Qu'est-il arrivé à Tanaka ?

Elle entendit sa propre voix devenir suraiguë, mais tant pis. *Pas Tom, non pas lui !* gémit-elle, désespérée, en son for intérieur.

— Il est dans le coma, à l'hôpital. Il s'est fait agresser et a été gravement poignardé cette nuit.

— Mais il ne sort jamais de son appartement ! s'exclama Irene.

— L'agression a eu lieu dans son appartement, répondit Metz d'un ton sec.

Comment était-ce possible ? Irene se souvint de ses verrous à code et des portes massives. Avait-il laissé entrer son agresseur ? Elle se rendit compte que Jens avait recommencé à parler et s'efforça de tendre l'oreille.

— Peter est parti pour vous voir. Il a avec lui deux vidéos qu'on a retrouvées dans l'appartement d'Emil. Elles sont très... intéressantes. À la fois pour nous et pour vous. Et je peux vous annoncer que nous avons identifié le propriétaire du cheveu que vous avez retrouvé dans un des sacs avec des bouts du corps de Markus Tosscander.

Il marqua une pause pour ménager le suspense et Irene retint sa respiration.

— Le cheveu est celui d'Emil Bentsen.

— Emil ? répéta Irene, consternée.

Son cerveau cessa un instant de fonctionner et refusa de produire la moindre pensée cohérente. Puis les rouages se remirent en route, et elle parvint à articuler :

— Mais Emil a lui-même été assassiné !

— Vous comprendrez mieux une fois que vous aurez visionné les films. Les taches sur l'un des uniformes de police sont bien du sang humain. On est en train de les comparer avec le sang de Carmen Østergaard et celui de Markus Tosscander. On aura les résultats au plus tôt demain. Peter devrait atterrir à Göteborg entre 11 heures et midi. Commandez un bon repas. Ça risque d'être long.

Après un au revoir un peu réservé, Irene raccrocha. Dans sa tête, les pensées se bousculaient. Qu'allait-elle faire ? Sa tentative de laisser Tom en dehors avait échoué. Il vivait, mais atteint de blessures sévères. À cause d'elle... c'était sa faute.

Après quelques minutes de réflexion où elle regarda fixement par la fenêtre sans rien voir, Irene prit une décision. Elle se leva péniblement et retourna avec ses collègues.

Quand elle ouvrit la porte, elle vit leurs visages interrogatifs se tourner vers elle.

— Il s'est produit des événements graves à Copenhague qui m'obligent à compléter mon rapport, leur annonça-t-elle, restant sur le pas de la porte.

Ses révélations mirent bien entendu le commissaire hors de lui. Et Irene s'inquiéta de la durée anormalement longue de cette crise. Une fois calmé, il lui fit clairement comprendre qu'elle avait baissé dans son estime, méritant tout juste d'être enfermée dans une boîte dont il aurait jeté les clefs.

Les réactions de ses autres collègues furent dans l'ensemble assez sévères. Seul Tommy lui sourit et lui adressa un clin d'œil.

Quand ils se furent tous calmés, le commissaire décida que Hannu et Jonny allaient assister à la conversation entre Irene et Peter.

— Comme ça, on est sûr que le Danois en sortira vivant, conclut Andersson en jetant un regard noir en direction d'Irene.

Elle encaissa sans répondre. Elle avait peut-être commis une erreur en omettant sciemment de leur faire part de certains éléments de l'enquête, mais elle restait convaincue qu'elle referait la même chose si elle devait reprendre depuis le début. Elle avait tout fait pour protéger Tom, cela n'avait pas suffi, mais au moins elle avait essayé.

Le fait que Jonny soit d'une humeur exécrable n'arrangeait rien. Le blanc des ses yeux encore injectés de sang et son haleine mentholée montraient, si nécessaire, qu'il avait encore la gueule de bois. S'était-il remis à boire après son retour ? Après la réunion, il se plaignit plusieurs fois à qui voulait l'entendre qu'Irene n'avait vraiment pas l'esprit d'équipe à Copenhague. Trouvant que la coupe était pleine, elle le poussa dans son bureau et referma la porte au nez de Hannu. L'air agressive, elle approcha son visage de celui de Jonny et lui dit d'une voix tremblante de colère rentrée :

— Il se peut que j'aie mal agi dans cette affaire et je me suis fait remonter les bretelles par le chef pour ces erreurs. Mais au moins, j'ai essayé de faire mon travail de mon mieux. On ne peut pas en dire autant de toi ! T'as été bourré du matin au soir, du moment où tu as posé le pied sur le sol danois jusqu'à ce qu'on rentre ! C'est ça que tu appelles avoir l'esprit d'équipe ?

Jonny, encore sous le choc d'avoir été entraîné dans cette pièce sans crier gare, ne trouva rien à dire pour sa défense. Mais Irene vit la colère monter et briller dans ses yeux rougis. Après un moment de silence à couper au couteau, sa colère s'était transformée en un débordement haineux. Sans un mot, il tourna la poignée de la porte et l'ouvrit violemment. Il fut à deux doigts de se heurter à Hannu, resté à l'extérieur. Ce dernier regarda d'un air songeur s'éloigner le dos de Jonny dans le couloir. Puis, regardant Irene, il l'approuva :

— Il a besoin d'entendre ce que tu lui as dit.

La colère d'Irene s'évanouit aussi vite qu'elle était venue. Toutes ses forces l'avaient soudain abandonnée, sur le plan psychique et physique. Épuisée, elle se laissa retomber sur sa chaise. Hannu entra et referma la porte derrière lui.

— Ça fait longtemps que tu es courant du problème de Jonny avec l'alcool ?

— Oui, je m'en doutais depuis quelques années.

— Moi je n'y avais jamais pensé avant ce voyage à Copenhague. Qu'est-ce qui t'a mis la puce à l'oreille ?

— Le fait qu'il était souvent malade le lundi. Ou en retard. J'ai senti parfois des relents de vapeurs éthyliques. Et il disparaissait tôt le vendredi pour arriver avant la fermeture du magasin d'alcool. Il utilisait beaucoup de sprays buccaux et de pastilles pour la gorge. Et il est toujours celui qui boit le plus quand le personnel fait la fête.

À bien y réfléchir, tout cela était juste.

— Il a besoin d'aide. Qu'est-ce qu'on peut faire ? demanda-t-elle.

Hannu haussa les épaules. Irene dut admettre qu'il avait raison. Que fait-on quand un collègue de travail a un problème d'alcool mais refuse de l'admettre ? Jonny serait furieux s'ils essayaient de l'aider, de quelque manière que ce soit. En parler au chef n'était pas non plus une bonne idée. Andersson détestait que son personnel ait des problèmes. Tout cela n'était que bavardages inutiles, voilà tout ce qu'il trouvait à dire, puis il faisait comme si de rien n'était.

Irene poussa un soupir et résolut de laisser les choses en l'état. Elle en avait déjà plus qu'assez avec ses propres problèmes. Dans deux heures, Peter Møller serait là.

Peter se présenta à l'accueil à 11 h 30 précises. L'estomac noué, Irene prit l'ascenseur et vint le chercher pour le conduire jusqu'à son service. Comme elle s'y attendait, leur rencontre fut formelle et réservée. Il n'y avait pas trace de la complicité qu'ils avaient ressentie au début de leur dîner au restaurant. Mais avait-elle seulement existé ? Irene commençait à en douter, tandis qu'elle se retrouvait avec lui dans l'ascenseur et respirait son parfum. Son visage restait neutre, sans expression. Avec sa veste légère gris clair, son pantalon gris foncé et sa chemise d'un blanc éclatant, sans cravate, on aurait dit un banquier dans des vêtements confortables, mais nullement un inspecteur de police.

Il tenait dans la main droite un porte-documents rigide en cuir couleur cognac. *Cher et, à n'en pas douter, faisant partie de ses propres affaires*, pensa Irene.

Arrivé dans son bureau, il salua Hannu. Jonny n'était pas encore arrivé. Irene proposa à ses collègues de s'asseoir, ce que fit Peter, en posant son porte-documents sur ses genoux.

— Il nous faudrait un magnétoscope, commença-t-il par dire.

— Pas de problème. Nous en avons un dans la salle à café, dit Irene.

Peter secoua la tête.

— Non, pas là. Il faudrait une pièce où nous soyons les seuls à regarder.

— Je vais arranger cela, intervint Hannu.

Il se leva et disparut dans le couloir. La porte refermée, Irene demanda :

— Raconte ce qui est arrivé à Tanaka.

Le ton implorant de sa voix n'échappa pas à Peter. Il prit le temps de réfléchir avant de répondre :

— Si seulement je pouvais comprendre comment vous avez réussi votre coup, tous les deux.

Un vague sourire flotta sur ses lèvres, et Irene se sentit un peu mieux.

Peter se débarrassa de sa veste en coton et l'accrocha au dossier de sa chaise. Il garda le porte-documents sur ses genoux.

— Tanaka ferme sa boutique à 23 heures le samedi soir. Son employé, Ole Hansen, travaille aussi le samedi. Peu avant 23 heures, Ole se trouvait donc dans l'arrière-salle réservée au personnel. Comme tu le sais, cette pièce est située entre le magasin et l'appartement de Tanaka.

Il s'interrompit quand Hannu revint, Jonny sur ses talons. Jonny salua rapidement Peter et évita soigneusement de croiser le regard d'Irene, comme si elle n'existait pas. En tout cas pour lui. Peter sentit peut-être la tension, mais il n'en montra rien et reprit là où il s'était arrêté.

— Soudain, Hansen a entendu une déflagration à l'intérieur de l'appartement de Tanaka.

— Un coup de feu ? intervint Jonny.

Non. Le fracas d'une vitre brisée. Hansen a couru derrière Tanaka, qui se précipitait dans son appartement. Hansen est resté à l'entrée de la porte de la cuisine et il a vu Tanaka disparaître dans la chambre à coucher. Aussitôt, il a entendu un terrible vacarme. Selon sa description, c'étaient le bruit et les rugissements d'hommes en train de se battre.

Les rugissements devaient venir de Tom. Un lutteur de sumo tire sa force de cris impressionnants et en même temps intimide ainsi son adversaire.

— Hansen a aussitôt composé le numéro de police-secours sur son téléphone mobile en allant dans la chambre à coucher. Quand il est arrivé, il a vu Tanaka couché dans une mare de sang qui ne cessait de s'étendre. La pièce était pleine de sang ! Une grande artère au cou avait été tranchée, le sang coulait à flots.

Irene se sentait mal, elle imaginait parfaitement la scène.

— Hansen a seulement réussi à apercevoir un homme vêtu de noir avec une capuche sur la tête disparaître par la fenêtre. Il semble qu'il portait un sweat-shirt et un jean noirs. Hansen n'a pas pu voir son visage, juste son dos. Mais il a eu l'impression que l'homme était grand. Pas gros, mais de grande taille.

— Est-ce qu'il a emporté quelque chose ? demanda Irene.

— Oui. Un tableau. Apparemment une photographie encadrée. Selon Hansen, il y aurait eu deux photos au mur. Maintenant il n'en reste plus qu'une.

— Que représente la photo qui reste ?

— Un type nu, assis dans l'eau.

L'agresseur avait donc emporté le cliché de l'homme de profil, appuyé contre un mur de pierre, qu'Irene avait cru vaguement reconnaître. Il avait laissé la photo de Markus. Elle bondit soudain de sa chaise en disant :

— Le courrier !

Sans tenir compte de l'étonnement de ses collègues, elle partit chercher le courrier. Elle entendit Jonny dire derrière son dos :

— Elle est complètement déséquilibrée. Cette enquête, c'est trop pour elle. Les femmes, ça ne veut pas reconnaître ses propres limites.

À sa grande joie, elle entendit Peter répliquer :

— Elle ne m'a pas donné cette impression. Quelqu'un qui sait ce qu'il veut. Un grand équilibre, au contraire.

Les doigts tremblants, Irene parcourut son courrier. Là ! Elle reconnut la belle enveloppe rigide semblable à celle qu'elle avait déjà vue quand Tom lui avait laissé un message à l'hôtel Alex. L'air triomphal, elle entra dans son bureau en brandissant l'enveloppe blanche. Brûlant d'impatience, elle la décacheta avec un stylo.

Deux photographies tombèrent sur le bureau. Sans un mot, Irene poussa les photos sous les yeux étonnés de Peter et Hannu. La curiosité de Jonny prit le dessus, et il s'approcha pour y jeter un coup d'œil.

— Comment as-tu pu te procurer ça ? s'étonna Peter, bluffé.

Irene s'appuya contre le dossier de la chaise et dit :

— Je vais tout reprendre depuis le début. Mais d'abord je veux savoir si Tom va s'en tirer.

Pour la première fois depuis son arrivée, Peter fit un large sourire :

— Oui, ça va aller. On lui a fait plein de transfusions, il va s'en sortir.

Mais son sourire s'éteignit quand il ajouta :

— Le problème, c'est qu'il a perdu tellement de sang que son cerveau peut en garder des séquelles.

Les médecins ne peuvent pas encore dire lesquelles.

Irene n'était pas vraiment rassurée. Mais Tom ne succomberait pas à ses blessures, c'était toujours ça.

Elle expliqua rapidement sa relation avec Tom. Comme Hannu et Jonny venaient juste de l'apprendre, ils en profitèrent pour examiner les deux photographies. Au moment précis où Irene avait terminé son exposé, Hannu dit en regardant la photo qu'il tenait devant lui :

— Ce type-là, je le reconnais. Mais je n'arrive pas à mettre un nom sur son visage.

Il tourna la photo. Elle était prise à contre-jour. Irene acquiesça.

— C'est aussi ce que j'ai pensé. Est-ce que tu le reconnais ?

Cette question s'adressait à Jonny, qui se contenta de secouer la tête sans la regarder. Peter prit la photo, et lui aussi l'examina attentivement.

— Non. Moi non plus je ne peux pas dire que je le reconnaisse, finit-il par dire.

Irene reprit la photographie et la fixa intensément, comme si elle voulait contraindre l'homme à tourner son visage vers la lumière. Cela ne se produisit pas, évidemment. Alors elle reposa la photo en soupirant.

— C'est bientôt l'heure du film, dit Jonny en ricanant.

Ils se levèrent et allèrent dans une salle d'interrogatoire vide, équipée d'une télévision et d'un magnétoscope.

— C'est ici que nous enregistrons les dépositions des enfants qui ont subi des agressions de diverses natures, expliqua Irene.

Peter hocha la tête et glissa un film dans l'appareil.

La première chose qu'ils virent fut un corps nu allongé sur une longue table, entièrement recouverte d'un plastique transparent. Autour de la table, on apercevait des échafaudages et des poubelles. À l'arrière-plan, pendait un énorme matériel au bout d'une chaîne accrochée au plafond. On aurait dit un grand site industriel. Au-dessus de la table, une ampoule nue à forte luminosité et sans abat-jour répandait une lumière dure et crue.

L'homme sur la table était mort, indiscutablement. La caméra zoomait sur la longue entaille qui ouvrait en deux son tronc. On voyait avec netteté que les viscères avaient été ôtés. Au début, il était difficile de déterminer s'il s'agissait du corps d'un homme ou d'une femme, puisque les muscles de la poitrine et les organes sexuels avaient été découpés. Mais, pour Irene, les rondeurs sur les hanches et les cuisses faisaient davantage pencher la balance en faveur d'un corps féminin.

Peter fit un arrêt sur image et commença à parler.

— On a retrouvé ces deux films dans une boîte en érable de la bibliothèque d'Emil. Ce sont des copies que vous pourrez garder. Aucun des films n'est sonorisé. Vous avez ici le corps de Carmen Østergaard. Les images ne montrent ni le meurtre ni les rituels pratiqués sur le corps après. Comme vous voyez, les parties génitales ont subi des dégradations importantes. Ce qui suit est le démembrement proprement dit, et ça concerne Emil.

Peter fit défiler à nouveau la bande. Emil Bentsen apparaissait avec une scie circulaire dans la main droite. Il portait un uniforme de police et semblait parfaitement ridicule quand il plissait les yeux sous son képi en regardant la caméra. Toute son attitude aurait porté à rire si on n'avait pas vu l'expression de son visage. Ses traits, d'habitude fins, étaient tout tordus, et son regard fixe était celui d'un fou. Il affichait un sourire béat et gesticulait face à la caméra.

De nouveau, la caméra zooma sur le corps, mais cette fois sur la tête. Irene pouvait voir les yeux exorbités de Carmen et sa langue enflée qui pendait de la bouche. Cela semblait indiquer qu'elle aussi avait été étranglée. Ensuite, Emil se plaçait devant la caméra, et tout devenait sombre.

La scène suivante montrait Emil en pleine action, en train de scier la tête de Carmen. Il s'était mis de l'autre côté de son corps, sans doute pour ne pas gêner le tournage. Triomphalement, il brandit la scie circulaire en l'air, dans un geste de victoire, en même temps que la tête roulait sur le côté et tombait sur le sol. Vite, Emil se pencha et la ramassa avant de la brandir fièrement comme un trophée, en la tenant d'une main ferme par les cheveux. La scie continuait à tourner avec sa lame ensanglantée. Emil l'éteignit tout à coup, la posa sur la table plastifiée et se dirigea vers la lentille de la caméra. La tête décapitée de Carmen se balançait au bout de sa main tendue. En arrière-plan, Irene voyait bouger les lèvres d'Emil. Il n'arrêtait pas de parler. La salive lui coulait sur le menton et sur son petit bouc.

— Stop ! cria Hannu au moment même où cette scène finissait et où une autre commençait. Emil se penchait à nouveau au-dessus du corps et allait remettre la scie en marche. Peter Møller arrêta le film.

— Reviens en arrière, commanda Hannu.

Sans faire de commentaire, Peter fit ce qu'il lui était demandé.

— Stop ! répéta Hannu.

Ils virent de nouveau Emil s'approcher d'eux, la tête coupée au bout du bras.

— Avance doucement, dit Hannu.

Au ralenti défilèrent les images de cette scène effroyable.

— Arrête !

Peter mit immédiatement sur pause.

— Est-ce que tu peux agrandir là, dans le coin à gauche ? pria Hannu en pointant du doigt quelque chose d'assez flou, rond et clair.

Peter s'exécuta. Lentement, cette chose ronde devint plus grande et plus longue. On continuait à l'apercevoir à peine sur le bord de l'image. Puis elle disparut.

Peter rembobina la bande et repassa la séquence.

— Ce qu'on voit là, c'est sans conteste le bout d'un doigt. Celui qui filme n'a pas envie d'avoir cette tête si près de lui, dit Hannu.

— Tu as parfaitement raison. On le voit bien à l'agrandissement. Il s'agit du bout de l'index de la main gauche. On voit bien l'ongle, renchérit Peter.

Il fit défiler la bande.

Maintenant, on voyait Emil découper les bras et les jambes de Carmen. Quand il eut terminé, il brandit les deux bras au-dessus de sa tête en signe de victoire. Tout son visage brillait comme s'il était transfiguré.

Le film s'arrêtait là.

— En tout, treize minutes, déclara Peter.

— Est-ce que l'autre film est le démembrement de Markus ? demanda Irene.

— Oui. Et ils sont curieusement fort identiques, répondit Peter.

L'autre film commençait lui aussi par un travelling sur le corps. Ce dernier était exactement dans le même état que l'autre avant qu'Emil n'entre en scène. Markus était allongé sur une épaisse planche de contreplaqué visible à travers le plastique transparent. La planche paraissait posée sur deux trépieds. En arrière-plan, on apercevait des murs en béton brut. Le lieu était beaucoup plus petit que dans le premier film. Irene imaginait très bien une cave ou un garage.

Là encore, Emil portait un uniforme de police, et dès le début il tenait la scie circulaire à la main. Mais on le sentait, il s'était habitué à la caméra et ne cachait plus la vue quand il sciait la tête. Sans se diriger vers la caméra, il brandissait la tête et éclatait de rire. Ensuite, il sciait les bras et les jambes. Pour finir, il prenait une des jambes de Markus et, les deux bras tendus, la tenait au-dessus de sa tête. C'était la dernière image.

— Dix minutes, constata sèchement Peter.

— Putain, faut être complètement barjo ! s'exclama Jonny.

Irene se sentait mal, mais elle reconnaissait la valeur de ces films.

— Avez-vous pu déterminer où ces démembrements ont eu lieu ? demanda-t-elle d'une voix tendue.

— En ce qui concerne Carmen, nous avons une théorie selon laquelle le démembrement aurait pu avoir lieu dans un ancien entrepôt de chantier naval. Il y en a un certain nombre de ce genre à Frihamnen. C'est seulement à quelques kilomètres de Hellerup. C'est là qu'ont été retrouvés les sacs. Nous avons dépêché des agents là-bas, qui doivent passer au peigne fin tous les entrepôts de chantier naval abandonnés. Et si ça ne donne rien, nous passerons au crible tous les bâtiments industriels qui peuvent leur ressembler. Ce n'est pas un mince boulot, mais on le fera.

— Et le lieu où Markus a été découpé ?

— C'est plus difficile. Ça ressemble plus à une cave. Nous avons des raisons de penser qu'elle devrait se trouver à Göteborg, puisque c'est ici qu'on l'a retrouvée.

Irene fit oui de la tête et ajouta :

— Je crois que l'on peut partir sur cette hypothèse. On voit difficilement l'intérêt de faire rapatrier le corps découpé de Markus à Göteborg. Le risque de se faire arrêter à la douane existe bel et bien.

— Nous savons qu'il était en vie début mars, à son arrivée à Göteborg, fit remarquer Jonny.

— Oui. Il a appelé Anders Gunnarsson. À en croire sa voisine, il était passé dans son appartement, puisque les fleurs avaient été arrosées et que ses vêtements d'été avaient disparu, ajouta Irene.

Hannu, resté immobile pendant tout le dernier film, se tourna vers Peter et dit :

— Ça veut dire qu'Emil et son copain sont aussi venus ici, à Göteborg.

— À mon avis, le copain est déjà sur place. Il a attendu Markus et Emil ici, enchaîna aussitôt Irene.

Jonny était encore passablement pâle après le visionnage du dernier film, mais il se racla la gorge et demanda :

— Pourquoi Markus n'est pas rentré avec sa propre voiture, puisqu'il devait revenir chez lui faire ses valises ?

— Bonne question. Mais cela explique bien sûr pourquoi nous n'avons reçu aucune réponse positive quand nous avons interrogé les différentes compagnies de ferries à propos de sa voiture. Sa grande américaine rouge ne passe pas vraiment inaperçue, sourit Irene.

— C'est pour ça, dit Hannu.

Les trois autres inspecteurs le regardèrent. Comme Peter ne connaissait pas Hannu, il demanda :

— Qu'est-ce que tu veux dire ? C'est pour ça... quoi ?

— Parce qu'elle ne passait pas inaperçue, répondit Hannu.

Irene eut beau réfléchir, elle ne comprenait pas où Hannu voulait en venir.

— Ils devaient partir de Landvetter poursuivit Hannu.

La pâleur de Jonny fit place au rouge de l'irritation :

— Comment tu le sais ? demanda-t-il, visiblement en colère.

— Ils devaient partir pour un long voyage en Thaïlande. Alors mieux valait ne pas laisser la voiture garée longtemps sans surveillance. Markus n'avait pas de place de garage, mais Emil oui. Donc Markus a garé sa voiture dans le garage d'Emil et il a pris la voiture d'Emil pour aller à Göteborg. Ou, autre possibilité, la voiture de son copain.

Sur le visage de Peter se lisait du respect. Il hocha la tête et dit :

— Nous allons revérifier toutes les informations que nous détenons, mais cette fois nous allons rechercher la voiture d'Emil. Je crois que ton raisonnement est juste.

— Les trois devaient donc partir ensemble en Thaïlande ? demanda Irene, songeuse.

— C'est fort possible, dit Hannu.

— Est-ce que vous avez remarqué qu'il n'y a aucune trace de viscères ou de muscles découpés dans les films ? leur fit remarquer Peter.

Sans attendre leur réponse, il poursuivit :

— Selon notre théorie, ils les ont mis dans d'autres contenants. Dans le premier film où Carmen se fait découper, on peut voir le bord d'un grand seau en plastique. Il est tout contre la table où elle est allongée. On pense que la tête et les viscères ont été jetés dans ce seau avec du ciment. Ainsi le seau a coulé au fond de la mer, alors que les sacs ont flotté, comme on sait.

Ses collègues suédois réfléchirent à cette hypothèse.

— Et tu penses que la même chose est arrivée avec la tête et les viscères de Markus ? dit enfin Hannu.

— Oui.

— Et les fesses et la poitrine, ces cinglés les ont bouffées ! s'écria Jonny.

D'un ton neutre, Peter répondit :

— Probablement.

Il sortit le film et le rangea dans sa boîte avant d'ajouter :

— Blokk a jeté un coup d'œil sur les deux films, hier soir. Il dit que Carmen était morte depuis au moins huit heures quand Emil a commencé à la découper. Sur les images, on voit que la *rigor mortis* a gagné tout le corps.

— Et Markus ? demanda Irene.

— Sa mort remonte à un peu moins de temps. Blokk l'estime à quelque chose comme cinq heures. Comme vous avez pu le constater, le genou s'est légèrement plié quand Emil a soulevé la jambe. Blokk a dit qu'il allait analyser les films, image par image. Ainsi il pourra mieux déceler les lividités cadavériques et ce genre de choses.

Irene vit que l'heure du déjeuner était passée depuis belle lurette, mais elle pensa que les autres non plus ne devaient pas avoir très faim. Autant en finir avec ces pièces à charge.

— Ces deux films expliquent pourquoi ni Isabell ni Emil n'ont été démembrés. Scier la tête et les membres, c'était le boulot d'Emil. Il n'était pas présent lors du meurtre d'Isabell. Certes, il l'était à son propre meurtre, mais pas en tant que découpeur de cadavres, fit sèchement Peter.

— Il a joué un rôle, indirectement, dans l'assassinat d'Isabell. C'est lui qui a informé le meurtrier que j'étais à sa recherche, et c'est lui qui a dû lui fournir le nom de Simon Steiner, précisa Irene.

— Il se peut qu'Emil lui ait parlé de son père à une autre occasion. Mais le meurtrier et lui ont dû se contacter tout de suite après la conversation d'Emil et de Beate au restaurant, dit Peter.

— Avant cela, il ne pouvait pas savoir que je cherchais Isabell, soupira Irene.

— Mais pourquoi assassiner une jeune putain simplement parce que tu essaies de la retrouver ?

Avant qu'Irene ait pu répondre, Hannu dit :

— *A practical joke.*

Cela paraissait complètement absurde, mais à bien y réfléchir ce n'était pas une idée si farfelue. Le meurtre d'Isabell était-il seulement un avertissement de la part d'un cerveau dérangé ?

— Mais le copain d'Emil s'est brusquement mis à devenir très actif. Il s'écoule d'abord deux ans entre les meurtres de Carmen et de Markus. Puis Isabell et Emil sont morts à quelques heures d'intervalle. Et une semaine et demie plus tard, il poignarde Tom ! s'écria-t-elle.

— Nous ne savons pas si c'est le partenaire d'Emil qui a poignardé Tanaka. Ce pourrait être un vulgaire cambrioleur. Mais puisqu'il a emporté la photographie dans la chambre à coucher, on a forcément des doutes et on entrevoit un lien entre tout ça, dit Peter.

— On peut aussi supposer que Markus parlait d'Emil quand il faisait allusion à son « flic ». Reste à savoir qui était le médecin, renchérit Irene.

Elle parla de Pontus Zander, qui avait promis d'ouvrir grand les oreilles lors de la prochaine réunion entre les homos du service.

— Les homos du service ! C'est sans doute pour soigner entre eux leurs hémorroïdes ! ricana Jonny.

Ils décidèrent de manger un morceau avant de visionner les films une deuxième fois. Peter avait envie d'un vrai déjeuner, car il comptait rentrer aussitôt après.

— Tu ne veux vraiment pas rester cette nuit à Göteborg ? s'étonna Irene.

— Non. On n'est pas assez nombreux là-bas. Jens a pris le poste de Beate. Elle sera en congé maladie pendant plusieurs semaines.

Impossible de le persuader de rester. Irene finit par abandonner. Comme elle avait envie de lui faire découvrir les restaurants de Göteborg, elle décida qu'ils iraient tous manger au Glady's Corner. Elle téléphona pour réserver une table. Quand on est marié au chef cuisinier, c'est le genre de petit miracle qu'on peut accomplir.

On leur donna une table, mais ils devaient attendre jusqu'à 14 heures. Jonny ne voulut pas se joindre à eux. Il prétexta du travail en retard, mais Irene soupçonna que c'était davantage pour éviter de payer sa part. Le Glady's Corner n'était pas donné, mais c'était un des meilleurs restaurants de la ville, avec une étoile au Guide Michelin.

Irene dut admettre que les trois policiers n'étaient pas habillés pour la circonstance, excepté Peter avec sa tenue décontractée mais non dépourvue d'élégance. Mais comme c'était entre le coup de feu de midi et le service du dîner, cela devrait aller. Le maître d'hôtel était si snob qu'Irene ne parvenait pas à s'entendre avec lui. Non pas qu'elle ait souvent recours à ses services, mais elle avait parfois besoin de parler à son mari. Si le maître d'hôtel décrochait, le courant était aussitôt glacial. Irene n'aurait pas su dire au juste pourquoi, mais elle soupçonnait qu'il ne la jugeait pas assez chic pour être la femme du grand cuisinier de ce restaurant huppé.

Ce même maître d'hôtel vint justement les accueillir. Il portait un costume sombre et une chemise blanche, s'inclina pour les saluer d'un air solennel et, bien sûr, fit mine de ne pas reconnaître Irene. Les entraînant dans son sillage parfumé et distingué, il les conduisit à une table contre le mur dans un des recoins les plus reculés. Irene se fendit d'un large sourire :

— Non merci. Nous préférons nous asseoir à une de ces tables près de la fenêtre.

Il ouvrit la bouche pour répondre, mais la referma avec un petit bruit dès qu'il croisa le regard d'Irene. Sans un mot, il les mena à une des tables près de la fenêtre. Pour montrer qu'il ne s'avouait pas vaincu, il les installa à une table au bord de la fenêtre et non en plein milieu. Irene décida de ne pas relever.

Le plat principal du déjeuner d'affaires consistait en un dos de cabillaud grillé avec des légumes sautés au wok, le tout accompagné d'une sauce au vin blanc. Ils prirent tous les trois ce plat, compte tenu aussi de l'excellent rapport qualité-prix. S'ils avaient été prêts à dépenser jusqu'à cent trente couronnes par personne, ils auraient eu droit à l'entrée et au dessert en sus, mais aucun d'eux n'avait assez faim pour un menu complet. Les images des vidéos qu'ils venaient de voir leur avaient un peu coupé l'appétit.

En attendant, on leur servit à chacun une bière light et du pain sortant du four, qui sentait délicieusement bon et encore assez chaud pour que le beurre fonde dessus quand on l'étalait.

Jusqu'ici, la journée avait été mouvementée. Il s'agissait à présent de classer tous les nouveaux éléments. Irene remarqua que Peter et Hannu évitaient soigneusement toute allusion aux événements des heures précédentes.

Irene sentit qu'elle commençait enfin à se détendre. La douleur au niveau des trapèzes et de la nuque diminuait. Sans aucun doute, sous l'effet conjugué de la bière et de l'ambiance feutrée du Glady's. Situé dans un ancien magasin de pommes de terre au rez-de-chaussée d'une des grandes maisons en pierre sur l'Avenyn, le restaurant était vaste. L'architecte avait tenu à garder le plan avec les réserves et les allées étroites, ce qui conférait beaucoup d'intimité à cet espace. Les murs nus de brique avaient juste été lavés et, dans les trous qui restaient, on avait placé des points lumineux et des bougies. Les meubles de style gustavien étaient dans des tonalités sobres de gris, et les chaises tapissées avec un lin bleu gansé de blanc. Les nappes et les serviettes blanches en lin renforçaient l'impression de fraîcheur. Des rideaux légers encadraient la seule grande baie, près de laquelle étaient assis les policiers. À travers le fin voilage, Irene pouvait observer les passants sans être vue. *L'endroit parfait pour exercer une surveillance*, pensa-t-elle. Elle se rendit compte à l'instant même à quel point elle n'avait que le travail en tête. Elle dut faire un effort pour se concentrer sur la conversation et le bon repas.

Ensuite, ils visionnèrent de nouveau les films avec Peter. Jonny se joignit à eux avant que la séance ne reprenne.

Ce fut plus facile cette fois, puisqu'ils savaient à quoi s'attendre. Quand la dernière horrible image disparut de l'écran de télévision, Irene prit la parole :

— Pourquoi Emil n'a-t-il pas fait filmer tout le processus de démembrement ? C'est facile de copier une vidéo de manière qu'Emil et son copain aient chacun la leur.

Ils réfléchirent un moment.

Puis Hannu répondit :

— Il ne voulait pas avoir le reste. Ce n'était pas ça qui l'excitait.

Peter approuva de la tête :

— Blokk a dit quelque chose d'approchant. Il a dit que les scènes de découpage avec la scie calmaient l'angoisse d'Emil et lui procuraient de la jouissance.

— L'autre devait plutôt être intéressé par les autres images : celles où il profane le corps, éventre, retire les viscères et tout ce qui s'ensuit. Je me demande d'ailleurs si le meurtre lui-même a été filmé, dit Irene.

— C'est possible, mais pas forcément. L'important n'étant pas de tuer quelqu'un, mais bien ce qu'on fait après avec le corps, précisa Peter.

Cela ressemblait fort à ce qu'avait dit Yvonne Stridner au début de l'enquête.

— L'autre homme, si j'ai bien compris, serait donc le docteur ? lança Jonny.

— Oui. C'est ce que nous pensons, puisque Markus a parlé d'un..., commença Irene.

— Et si c'était juste un faux, comme le policier ! suggéra Jonny d'un ton triomphant.

— Un faux ?

— Emil n'était pas un vrai policier. C'était juste un déguisement. Le médecin peut très bien ne pas être un vrai médecin, mais juste jouer au docteur.

Circuler en blouse blanche avec son stéthoscope autour du cou...

Irene regarda Jonny, stupéfaite. C'était la contribution à l'enquête la plus intelligente qu'il ait faite jusqu'ici. Et il pouvait très bien avoir raison. Irene fit oui de la tête et déclara :

— Très juste. J'ai repensé à la photographie volée chez Tom. L'homme sur la photo doit être impliqué dans tout ça. C'est peut-être lui, le docteur. J'ai essayé de voir comment contacter l'auteur du cliché. Lui devrait savoir qui est l'homme en contre-jour.

— As-tu demandé à Tanaka ?

— Oui. Il ignore qui c'est. Les photographies sont de qualité professionnelle...

Elle fut interrompue par les reniflements à haute voix de Jonny, mais reprit aussitôt :

— ... il ne devrait pas y avoir tant de photographes que ça pour prendre ce genre de photos. Toute la question est de savoir où commencer à chercher.

— Parmi les photographes, répondit Hannu.

Il avait parfois le don d'être vraiment énervant. Irene prit sur elle et attendit sa prochaine déclaration.

— C'est un photographe *free lance*, dit Hannu.

Étonné, Jonny leva les sourcils :

— Mais... comment tu sais ?... demanda-t-il avant de s'interrompre.

Tiens, il s'améliore, pensa Irene.

Photographe *free lance* ? Probablement. Un photographe de cette classe était certainement à son compte. Encore qu'il puisse avoir un studio avec des employés. Irene comprit que cela prendrait du temps pour retrouver le photographe en question, mais qu'ils le retrouveraient.

Peter Møller partit peu avant 17 heures. Si tout allait bien, il serait rentré vers 10 heures du soir. Hannu, Jonny et Irene allèrent voir le commissaire Andersson pour lui faire part des derniers rebondissements.

Andersson déclina l'offre de visionner les films. Il leur faisait entièrement confiance pour ce qui était de les authentifier.

Ils convinrent qu'ils commenceraient le lendemain à se mettre en quête du photographe.

15

La fille du labo était une perle. À 9 heures, elle avait déjà fait cinq liasses de copies des photos Polaroid de Tanaka, plus un bel agrandissement des deux clichés. Irene avait fait circuler parmi ses collègues la photo avec l'homme à la queue-de-cheval en demandant si quelqu'un l'avait déjà vu, mais personne ne le reconnaissait. Hannu et elle semblaient être les seuls à avoir l'impression de connaître cet homme. À moins que leur imagination ne leur joue des tours ?

Irene se concentra sur la photo en essayant de rester objective. Mais si, elle reconnaissait ces pommettes hautes et le contour de l'oreille. La cage thoracique et les bras... Elle fixa la photo jusqu'à ce que ses yeux commencent à lui brûler.

Elle renonça. Quelque part dans son subconscient, elle en était persuadée, se trouvait l'identité de cet homme. Et à un moment donné, elle surgirait. Pourvu que ce ne soit pas trop tard. Le temps pressait, puisque le meurtrier risquait à tout instant de commettre un nouveau crime. L'homme en contre-jour avait connu Markus Tosscander. Il savait peut-être beaucoup de choses sur Emil et Markus. On pouvait supposer qu'il était impliqué dans leurs meurtres. Oui, Irene sentit qu'il fallait vraiment mettre la main sur cet homme.

Hannu allait essayer de joindre Anders Gunnarsson, et Birgitta, de son côté, Hans Pahliss. Irene se chargea de Pontus Zander, puisqu'elle devait encore lui parler. Ils espéraient que l'un d'eux reconnaîtrait l'homme sur la photo. À supposer qu'il fréquente le même milieu qu'eux.

Irene se rendit vite compte qu'il était impossible de classer les photographes selon leur domaine d'activités. Ceux figurant dans les Pages Jaunes furent donc répertoriés en quatre groupes comptant le même nombre de noms chacun. La seule méthode consistait à aller les voir les uns après les autres. Il ne restait plus qu'à s'y mettre.

Irene commença par indiquer les adresses des photographes par des points rouges sur la carte. Elle voulait établir un trajet cohérent. À moins d'avoir de la chance dès le départ, cela lui prendrait toute la journée et une bonne partie du lendemain. Mais le jeu en valait la chandelle, s'ils parvenaient à mettre un nom sur l'homme à contre-jour.

Il était bientôt 15 h 30, et Irene commençait à se décourager. Personne parmi tous les hommes et les femmes qu'elle avait rencontrés au cours de la journée en allant d'un studio à un autre n'avait pu lui donner la moindre information quant à l'identité de ce photographe. En revanche, plusieurs personnes avaient reconnu Markus. Apparemment il avait souvent posé comme mannequin avant que son agence de design ne marche bien. Personne ne reconnaissait l'homme à contre-jour.

Elle avait chaud et mourait de soif. La chaleur du début de l'été avait été agréable à l'heure du repas, mais elle devenait étouffante l'après-midi. C'était la première vraie journée d'été, tant attendue. Mais, pour sa part, Irene aurait bien attendu un jour de plus. Il faisait une chaleur à mourir dans la voiture, et ses vêtements lui collaient au corps. Malheureusement pour elle, son déodorant ne tenait pas vingt-quatre heures comme le prétendait la publicité, ce dont elle s'était bien rendu compte. Elle avait seulement envie d'une bonne douche rafraîchissante.

Sans se faire trop d'illusions, elle gravit les quelques marches usées du perron de E. Bolins Reklamfoto AB dans Kastellgatan. Le nom de « société à responsabilité limitée » sonnait bien, mais la façade de cette agence n'avait vraiment rien d'imposant. La porte extérieure était quelconque, et la peinture écaillée partait en grosses plaques. La sonnette ne fonctionnait pas, Irene dut frapper des coups forts à la porte.

L'homme qui vint ouvrir la prit au dépourvu, elle crut d'abord que c'était un mannequin. De taille moyenne, mince, il donnait l'impression d'avoir un corps sculpté. Ses yeux couleur d'ambre sombre étaient exactement de la même tonalité que ses cheveux coupés court. La frange plus longue se dressait avec des mèches en pointe sur le haut de la tête. Cela lui donnait un air nonchalant et sportif, il lui avait sans doute fallu au moins une demi-heure pour fixer l'ensemble. En l'observant d'un œil plus attentif, elle se rendit compte qu'il était en fait plus âgé qu'il n'y paraissait au premier abord, plutôt la trentaine dépassée que moins.

Il lui adressa un sourire plein de charme :

— Salut. En quoi pouvons-nous vous aider ?

— Salut. Irene Huss de la police, dit-elle en sortant sa carte de la poche.

L'homme leva les sourcils mais resta dans l'ouverture de la porte.

— Pas de problème, dit-il.

— Je cherche le photographe Erik Bolin.

— À votre service ! lança l'homme à la porte.

Il s'inclina légèrement et fit un pas en arrière pour la laisser passer. Irene entra.

Si l'extérieur n'était pas extraordinaire, l'intérieur, lui, l'était. Tout l'intérieur avait, semble-t-il, fait l'objet d'une rénovation de fond en comble.

Dans l'entrée, les murs étaient gris clair couleur perle, tandis que le parquet en cerisier donnait de la chaleur à la pièce. En face s'ouvrait une grande pièce claire, le studio proprement dit. Les murs y étaient peints en blanc, mais le plancher était le même que dans l'entrée. À droite, une porte ouverte donnait dans une belle cuisine assez spacieuse où se mêlaient le noir, l'acier et le parquet en cerisier.

— Quand Markus Tosscander a-t-il conçu cette décoration intérieure ? demanda Irene.

Cette fois, Bolin haussa très haut les sourcils :

— Vous le saviez ou vous avez reconnu son style ?

— J'ai reconnu son style.

— Bravo. C'est vrai qu'il a, ou plutôt qu'il avait un style bien à lui. Très classe. J'adore.

— Quand a-t-il conçu ça ?

— Il y a un peu plus d'un an. La rénovation elle-même s'est faite l'été dernier. Vous voulez un peu de café ?

— Oui, merci.

Ils entrèrent dans la cuisine à l'esthétique raffinée. Irene s'assit sur une chaise très originale. Le siège moulé avec armature en acier et assise en chanvre épais et au tressage recherché montrait clairement qu'il était design. Erik Bolin mit en marche une machine expresso et passa beaucoup de temps à rassembler tous les ustensiles nécessaires pour que l'appareil, avec des frémissements et des sons poussifs, serve enfin une minuscule tasse de café. Irene préférait les grosses cafetières à la suédoise, mais, à défaut, elle se contenterait de ce café-ci. La caféine restait de la caféine.

Il faut croire que la machine pouvait préparer deux tasses à la fois, car Bolin posa deux minuscules tasses de chaque côté de la plaque d'ardoise servant de table de cuisine. Au milieu, il plaça un petit plat avec des galettes de riz. Est-ce que ce type faisait un régime ? Il n'avait pas l'air d'en avoir besoin. Ou bien était-ce justement grâce à ça qu'il avait ce physique ?

Elle fut interrompue dans ses pensées par la question de Bolin :

— Ça concerne Markus ?

— Dans un sens. Vous vous connaissiez bien ?

Il eut un sourire triste.

— Oui. Nous étions de très bons amis.

— Combien de temps êtes-vous restés amis ?

Bolin réfléchit :

— Quatre ans.

— Vous avez été ensemble ?

— Ensemble... Oui, au début... mais les deux dernières années, on était juste des copains.

— Est-ce que vous avez pris des photos de Markus ?

Une lueur s'alluma dans l'ambre de ses yeux :

— Des tonnes ! Il adorait poser devant l'objectif, et celui-ci le lui rendait bien. Il y en a pour qui c'est inné.

Irene sortit l'enveloppe avec les deux photos Polaroid.

— Est-ce vous qui avez pris ces photos ?

Il prit les photos et jeta un rapide coup d'œil dessus.

— Oui.

Irene faillit pousser un « Hourra ! » mais parvint à se contrôler. Elle pria Erik Bolin de l'excuser un moment. Elle appela ses collègues sur leurs mobiles pour leur annoncer qu'elle avait trouvé le photographe.

— Savez-vous qui est l'autre homme ? lui demanda-t-elle après avoir raccroché.

— Je sais seulement que Markus l'appelait Basta.

— Basta ? C'est l'abréviation de quoi ?

— Aucune idée.

— Quand ces photos ont-elles été prises ?

— Début août, l'été dernier.

— Ça ne fait même pas un an. Et vous vous rappelez où ?

— À Løkken.

Løkken se trouvait au Danemark. Certes, sur la côte ouest du Jylland, assez loin de Copenhague, mais au Danemark ! Irene dut s'appliquer pour cibler ses questions :

— Comment se fait-il que vous ayez choisi le Danemark ? Et Løkken ? Ce n'est quand même pas la porte à côté...

— À cause de ses magnifiques dunes. J'ai fait une série de photos extraordinaires !

— On ne peut pas dire qu'on voie beaucoup les dunes sur ces deux clichés, fit remarquer Irene.

— Non. Markus pouvait choisir le genre de photos qu'il voulait faire. Et le sable ne l'intéressait pas du tout, répondit Bolin d'un air entendu.

— J'ai vu une autre photo de Markus. Il est allongé, s'appuyant sur de grands coussins. Lui-même est un peu flou, à l'exception de son...

— Ah oui, cette vieille photo ! On l'a faite en studio, celle-là. C'est un des premiers nus que j'ai faits de lui. Ce n'est vraiment pas une de mes préférées, mais Markus adorait cette photo. Je l'ai fait agrandir et je lui ai donnée comme cadeau de Noël. C'était au tout début de notre relation.

— À quoi devaient servir ces photos ?

— Qu'est-ce que vous voulez dire ?

— Est-ce qu'elles allaient paraître dans des revues, ou servir pour des affiches, ou...

— Mais enfin !... dit Bolin

Il se leva rapidement, alla dans l'entrée puis dans le grand studio. D'un geste circulaire, il désigna les murs couverts de photos noir et blanc encadrées. Certaines étaient des photos de nus, d'hommes et de femmes, mais la plupart étaient des portraits. L'ensemble confirmait ce qu'Irene avait pensé dès qu'elle avait vu les deux photos sur le mur chez Tom : elles portaient la marque d'un véritable artiste.

— Je fais beaucoup de photos commerciales, puisque je travaille dans la pub. Voilà pourquoi je trouve que c'est un privilège de pouvoir faire de temps à autre de la photo d'art. J'ai fait quelques expositions qui ont été saluées par la critique. La photo de Løkken m'a servi lors de ma dernière exposition, il y a six mois. Je l'avais intitulée « Acceptations », et elle s'est tenue à la galerie Pic Ture.

Irene se sentit totalement inculte.

— Mais enfin !... répéta Erik Bolin.

Il alla vers une porte intégrée dans le mur blanc. Quand il l'ouvrit, Irene entrevit des rangées de cadres dans ce qui devait être à l'origine une penderie. Il commença à les passer en revue de manière systématique. De temps en temps, il s'arrêtait en poussant un petit cri de triomphe et sortait un cadre qu'il posait contre le mur. Quand il en eut dégagé six, il parut satisfait :

— Ceux-là, plus les cinq accrochés au mur derrière vous, faisaient partie de l'exposition, dit-il.

Irene perçut une pointe de fierté dans sa voix, et elle était justifiée. Toutes les photographies étaient d'une extrême sensualité.

La photo de Markus différait légèrement de celle que Tom avait au mur. Sur celle-ci, il était assis, davantage penché en avant, ses bras posés sur ses genoux. La main gauche tenait mollement le poignet droit. Sa main droite pendait avec indolence et cachait presque entièrement son sexe. Il affichait le sourire irrésistible d'un homme sûr de sa séduction et regardait l'objectif bien en face avec des yeux charmeurs. Le vent jouait dans ses cheveux humides, et le soleil brillait dans les éclaboussures d'eau sur son corps. *Un corps parfait*, pensa Irene. Le corps d'un dieu grec. Un corps qu'Emil et son partenaire avaient réduit à un tronc.

Une des autres photographies représentait une jeune femme, assise sur une chaise avec deux petits enfants. Le plus jeune des deux paraissait presque être un nouveau-né, dormant contre sa poitrine. L'enfant plus âgé, debout, la tête posée sur les genoux de sa mère, regardait l'objectif. Il pouvait avoir tout au plus deux ans. Tous les trois étaient nus. La femme, aux traits asiatiques, était d'une grande beauté. Ses longs cheveux retombaient sur elle et l'enfant. Ils étaient si longs qu'elle aurait facilement pu s'asseoir dessus. Tout, dans cette photo, respirait l'amour et la tendresse.

— Ma famille, dit Erik tout fier.

Irene faillit tomber à la renverse. Elle le croyait homo, et il lui annonçait que cette femme et ses enfants étaient sa famille ! Revenue de sa surprise, elle lui fit répéter d'une voix mal assurée :

— Ce sont votre femme et vos enfants... ?

— Oui.

— Est-ce qu'elle sait... pour vous et Markus ?

Erik Bolin prit soudain un air grave :

— Elle savait que j'étais bisexuel quand on s'est mariés. L'histoire d'amour avec Markus n'a pas duré longtemps. Même si nous avons gardé le contact par la suite.

Irene aurait bien aimé en savoir plus sur la nature de leur relation, mais elle doutait d'obtenir jamais les vraies réponses à ses questions. Elle revint donc à la photo de l'homme en contre-jour. C'était la même photo que Tom avait eue au mur.

— Est-ce que vous avez pris d'autres clichés de cet homme ? demanda Irene.

— Oui. Mais on n'avait pas beaucoup de temps. Cette photo a été la meilleure. C'est le genre d'image qu'on rêve de réussir. Les rayons du soleil qui partent de son gland et irradient... c'est vraiment superbe ! *Puissance de la bite* est le titre original de la photo, mais la galerie l'a refusé et l'a rebaptisée *Manpower*.

— Parlez-moi de votre rencontre avec Basta.

Bolin parut rassembler ses souvenirs avant de raconter :

— Le mobile de Markus a sonné. Il a répondu et il a eu l'air ravi quand il a compris que Basta voulait le rencontrer. Markus lui a expliqué où nous étions. L'endroit était facile à trouver, car il y avait un ancien phare tout près. Une heure plus tard, j'ai vu arriver une Jeep sur la plage. C'était Basta.

— N'y avait-il pas une foule de curieux pour vous regarder prendre les photos ? Markus était quand même tout nu...

— On s'est déplacés un peu vers le nord, là où il y a moins de passage. C'était en toute fin d'après-midi. J'ai commencé à prendre les premières photos de Markus vers 17 heures.

— Et Basta est venu plus tard ?

— Oui. Vers 19 heures. Je terminais mon dernier rouleau avec Markus, et quand on a fini, il m'a dit que je devrais faire poser Basta. Comme il était beau gosse, j'ai accepté. C'est d'ailleurs Basta lui-même qui a eu l'idée de s'appuyer contre le phare avec sa bite en érection. Et le résultat a été plutôt probant.

— Combien de temps est resté Basta ?

— Deux heures au grand maximum. Il m'a regardé photographier Markus, puis je l'ai pris en photo. Ensuite il est parti.

— Vous avez eu l'impression qu'ils avaient une relation ?

Bolin parut hésiter, puis il haussa les épaules comme s'il avait pris une décision. Sa voix se fit plus sèche quand il répondit :

— Avant que Basta ne parte, ils sont allés tirer un coup derrière le phare.

De nouveau, Irene brûla d'envie d'en savoir plus sur sa relation avec Markus, mais elle se retint. Ce n'était pas, à proprement parler, le plus important pour le moment. L'urgence, c'était d'essayer de découvrir l'identité de Basta.

— Markus ne l'a jamais appelé autrement que Basta ?

— Non.

— Décrivez-moi ce Basta.

— Quelqu'un de notre âge, à Markus et à moi. Grand. Plus d'un mètre quatre-vingt-cinq. Le corps musclé. Le genre qui soulève des poids. Des cheveux assez blonds, mi-longs. Enfin, on pourrait dire blond clair. Il les avait attachés en queue-de-cheval.

— Il parlait suédois ou danois ?

— Suédois.

— L'accent ?

— Je ne m'en souviens plus très bien... mais je crois qu'il avait l'accent de Göteborg. Je m'en serais sans doute souvenu s'il avait eu un autre accent.

— La voiture était immatriculée en Suède ou au Danemark ?

— Aucune idée. Elle était garée sur la plage. À plus de cent mètres.

La couleur des yeux ?

— Bleus. Enfin, je crois.

— Est-ce que je peux vous emprunter celle-ci ? dit Irene en tenant *Manpower*.

— Bien sûr.

— Avez-vous gardé les autres photos que vous avez prises de lui ?

Avec un peu de chance, le visage apparaîtrait plus clairement sur les autres clichés.

— Oui... quelque part. Mais je n'ai pris qu'un rouleau de lui.

— Combien de photos par rouleau ?

— Douze.

— Pourriez-vous retrouver ces photos pour moi ?

— Certainement. Mais là, j'attends un client important. Je chercherai quand il sera parti.

— Si vous les retrouvez, vous n'avez qu'à les laisser à l'accueil du commissariat. Glissez-les seulement dans une enveloppe à mon nom.

Irene lui tendit sa carte de visite. Erik Bolin la prit et la mit dans la poche de son jean.

– Quelle journée de merde ! T'aurais pas pu le trouver plus tôt, non ? grogna Jonny.

Parlait-il sérieusement ? Irene le fusilla du regard et constata qu'il pensait ce qu'il venait de dire. Il était tard, sa glycémie était basse et elle était fatiguée. Elle sentit la colère monter et elle répliqua du tac au tac :

— Estime-toi heureux que je l'aie trouvé. Sinon, tu aurais dû arpenter la ville toute la journée de demain aussi !

— À propos de demain... comment on s'organise ? intervint Birgitta pour mettre un terme à cette ambiance orageuse.

Bizarre, d'habitude elle était la première à ne pas supporter Jonny et ses commentaires. Fallait-il y voir un changement depuis qu'elle était devenue madame Rauhala ? Cela dit, elle tenait à garder son nom de famille et continuait à s'appeler Moberg. Sa grossesse ne se voyait toujours pas, même si elle venait de s'acheter un pantalon plus large que son jean habituel.

— Est-ce que tu vas récupérer les autres photos de ce type, ce Bastu... ou comment il s'appelle, ce photographe ? demanda Andersson.

— Basta. Oui. Bolin devrait me les laisser à l'accueil demain.

— Alors on fera une battue pour le retrouver, ce Basta. Drôle de nom, quand même, bougonna le commissaire.

— Quelqu'un a réussi à accéder aux disques durs des ordinateurs de Markus ? s'enquit Birgitta.

— Non. On n'a pas encore pu trouver quelqu'un qui s'y connaisse assez en informatique, dit Andersson.

— Je peux toujours essayer de regarder, proposa Birgitta.

Irene se rappela qu'elle devait essayer de joindre Pontus Zander. Peut-être que le sondage parmi les homos du service lors de leur réunion la veille au soir avait donné des résultats ?

Irene fit une dernière tentative peu après 23 heures, juste avant d'aller se coucher. Pontus répondit sur son fixe.

— Alors, vous avez appris quelque chose ? demanda Irene sans détour.

— Non. Mais, mon Dieu, quelle discussion ! s'écria-t-il.

— Racontez depuis le début.

— D'accord. J'ai joué le type outré après votre interrogatoire. « Comme s'il y avait des homos dans le service qui pratiquaient la sado-nécrophilie ! » ai-je lancé à la cantonade. Comme vous l'aviez prédit, les langues se sont déliées. Il fallait les entendre ! Mais personne n'avait de lien avec la nécrophilie ou autres déviances de ce genre. Tous étaient d'accord pour dire que c'était typiquement une manifestation de l'homophobie chez la police. Ha ! ha !

Irene ne se sentait pas particulièrement homophobe et ne voyait pas ce qu'il y avait de si drôle. Elle se força à rire pour l'encourager à poursuivre.

— D'habitude, on termine vers 22 heures. Il n'y a aucune révélation fracassante. En tout cas, je n'ai entendu aucune rumeur. Mais maintenant on a fixé le leurre, il ne nous reste plus qu'à attendre que quelqu'un morde à l'hameçon. Eh ! Ça commence à devenir excitant, cette histoire !

« Excitant » n'était pas le bon mot pour décrire les impressions d'Irene quand elle pensait à l'assassin et à ses victimes. Elle remercia Pontus pour son aide et lui rappela qu'il ne devait pas hésiter à lui téléphoner dès qu'il aurait du nouveau.

La conversation terminée, elle regagna son lit. Une pensée irritante la rongeait et l'empêchait de trouver le sommeil.

Elle avait négligé un détail. Un détail auquel elle aurait dû penser pendant la journée. Mais elle n'arrivait pas à savoir lequel.

Vers minuit et demi, à bout de forces, elle finit par s'endormir.

— Y a-t-il quelque chose pour moi ? demanda Irene.

Appuyée au comptoir de l'accueil, elle s'était tant attendue à avoir une réponse positive qu'elle avait déjà tendu la main pour récupérer l'enveloppe.

— Voyons un peu... Huss... Irene Huss... Non. Je n'ai rien.

La jeune femme brune derrière la vitre eut un sourire désolé. Irene resta interdite.

— Tu en es sûre ? Un photographe du nom de Bolin devait laisser une enveloppe pour moi ici ce matin.

— Je regrette.

Ce fut une déception, Irene dut repartir les mains vides. Peut-être Bolin n'avait-il pas retrouvé le film ? Arrivée dans son bureau, elle décida de l'appeler pour en avoir le cœur net. Elle avait encore cinq minutes devant elle avant la réunion du matin.

Tout en composant le numéro, elle contempla l'homme à contre-jour encadré. Une pensée obsédante lui disait qu'elle aurait dû le reconnaître. Si seulement il avait montré un peu plus son visage... Si seulement la photo n'avait pas été prise à contre-jour... Elle poussa un soupir et laissa tomber momentanément. L'image était contre le mur et avait suscité plusieurs commentaires spirituels de la part de ses collègues venus dans son bureau.

Irene laissa sonner plus de dix fois avant de raccrocher. Si tôt le matin, 7 h 30, ce n'était pas une heure pour ceux qui travaillent dans la pub. Elle attendrait la fin de la réunion.

Le commissaire Andersson fit une rapide mise au point sur les investigations en cours. Le clair soleil du matin laissait déjà ses rayons entrer à flots et réchauffer la pièce. Ça sentait la fin de l'année scolaire et les grandes vacances toutes proches. Le commissaire, indifférent au temps radieux de l'autre côté de la vitre, était plongé dans des papiers posés devant lui sur la table. Ses yeux plissés derrière ses lunettes au bout du nez se posèrent sur Irene.

— Le labo a fait savoir que l'analyse de la carte postale de Copenhague n'a rien donné, si ce n'est une minuscule empreinte sur le timbre qui pourrait être intéressante. Les autres empreintes digitales sont probablement celles du facteur et les tiennes. Mais bon, les techniciens veulent garder la carte au cas où nous trouverions d'autres empreintes ou d'autres messages écrits, pour comparer. Les collègues à Copenhague sont en train de passer au crible la voiture d'Emil. Ils nous préviendront dès qu'ils auront trouvé quelque chose d'intéressant.

— Est-ce qu'ils ont dit comment allait Tom Tanaka ? voulut savoir Irene.

— Non, obtint-elle pour toute réponse.

Tom restait visiblement un sujet sensible pour le commissaire. Irene appellerait directement Copenhague pour connaître l'état de Tanaka.

— Birgitta, aujourd'hui tu vas essayer d'accéder aux disques durs des ordinateurs de Tosscander. Toi, Irene, tu gardes le contact avec Bolin et tu tentes d'obtenir les photos de ce type avec sa... enfin, vous savez... en érection. Jonny, tu visionnes une dernière fois les vidéos de Markus Tosscander...

Le commissaire fut interrompu par un grognement de protestation de Jonny.

— Qu'est-ce qu'il y a encore ? dit Andersson irrité.

— Ce que ces films-là peuvent être chiants ! Rien que des homos qui s'enfilent à la chaîne ! Ah putain !

— Je comprends que tu ne prennes pas ton pied à regarder ça, mais tu n'as pas le choix. Pas question de manquer encore un film. Tu n'as qu'à penser aux films qu'on peut trouver à Copenhague !

— Oui, mais tous les films de Tosscander sont des films achetés. Il n'y en a aucun filmé à la maison, protesta Jonny.

— Regarde-les. Tous ! ordonna Andersson pour clore la discussion.

Jonny continua à bougonner, mais moins fort.

— Hannu, tu aideras Irene à chercher ce type, Bastu... Et Tommy, ici présent, m'a fait savoir que les choses avancent dans l'enquête sur *Jack the Ripper*, poursuivit Andersson.

Irene interrogea Tommy du regard, et celui-ci répondit aussitôt avec un pouce levé en l'air. Ce serait bien si on arrivait à coffrer ce cinglé. Ce dernier week-end, il ne s'était pas manifesté. Peut-être aussi que les jeunes femmes de Vasastan étaient devenues plus prudentes quand elles sortaient les soirs de week-end. À moins que quelque chose ne l'ait empêché de sortir.

— Toi, Fredrik, tu vas voir les inspecteurs du fisc. On a bon espoir de pouvoir interpeller Robert Larsson pour escroquerie. Puisque le seul témoin s'est désisté, on ne pourra jamais l'arrêter pour le meurtre de Laban, expliqua Andersson avant de lever la séance.

De retour dans son bureau, Irene tenta de joindre Erik Bolin. Toujours pas de réponse, constata-t-elle, dépitée. Mais, au fait, il avait une famille. Peut-être s'octroyait-il une grasse matinée de temps en temps et se trouvait-il encore chez lui. Irene ne fut pas longue à trouver dans l'annuaire l'adresse du photographe Erik Bolin et de la prothésiste dentaire Sara Bolin : ils habitaient en fait tout près de sa propre maison.

Il y eut une seule sonnerie avant que quelqu'un ne décroche.

— Sara Bolin, dit une voix de femme inquiète, avec le plus parfait des accents de Göteborg.

— Bonjour. Mon nom est Irene Huss. Je cherche Erik Bolin.

— Qui êtes-vous ?

Irene ne s'attendait pas à cette question, mais elle répondit :

— Je suis inspecteur à la brigade criminelle et j'ai contacté Erik pour une affaire, et...

— Non, mais ça suffit ! C'est quoi, tout ça ? Dites-moi juste si vous l'avez retrouvé !

Irene fut abasourdie et ne trouva rien de mieux à répondre que :

— Mais qui ?

— Erik, enfin ! J'ai prévenu tôt ce matin.

— Attendez ! Vous voulez dire qu'Erik a disparu ?

Il y eut un instant de silence avant que la voix tremblante de Sara ne reprenne :

— Oui... Vous n'étiez pas au courant ?

— Non, je cherche à le joindre pour une affaire concernant... une personne qu'il connaissait.

Sara prit un ton nettement plus réservé :

— Je comprends. Markus.

— Exactement. Vous le connaissiez ?

— Non. Je ne l'ai jamais rencontré. Il était... à Erik.

Il y eut un silence. Le cœur d'Irene battait à tout rompre.

— Si je vous comprends bien, vous avez signalé la disparition d'Erik ? demanda-t-elle d'une voix douce.

— Oui. Quand je me suis réveillée ce matin, son lit était vide. Erik n'était pas rentré de la nuit.

— Ça lui arrive souvent de passer la nuit à l'extérieur ?

— Oui, mais il prévient toujours. Et il appelle aussi pour dire qu'il sera en retard. C'est fréquent avec son métier.

— Vous n'avez donc pas réagi hier soir ?

— Si, mais il avait appelé hier après-midi pour prévenir qu'il rentrerait tard. Alors je ne me suis pas inquiétée quand j'ai vu qu'il était 9 heures du soir et qu'il n'était toujours pas rentré. Cela m'a juste un peu contrariée et je l'ai appelé au studio, mais il n'a pas répondu. Comme je n'arrivais pas à le joindre, je suis allée me coucher. J'étais morte de fatigue et j'ai dû m'endormir à peine la tête posée sur l'oreiller.

Irene reconnaissait que la disparition d'Erik Bolin avait quelque chose d'inquiétant. Elle réfléchit un court instant avant de demander :

— Vous n'auriez pas, par hasard, la clef du studio ?

— Non. Erik est le seul à l'avoir.

Irene allait lui demander pourquoi il n'y avait pas un double de la clef chez eux, mais c'était une question à poser à Erik et non à sa femme.

Au moment même où elle prit la décision, elle déclara :

— Je vais aller au studio et voir si je peux entrer.

— Merci.

En sortant, elle faillit heurter Hannu.

— Viens avec moi. Erik Bolin a disparu, dit-elle rapidement.

Sans poser de questions, Hannu alla chercher sa veste.

Pendant le trajet en voiture jusqu'à Kastellgatan, Irene lui raconta ce qu'elle savait sur la disparition de Bolin, c'est-à-dire trois fois rien.

— Il n'est pas rentré hier soir, voilà, répéta-elle.

— Selon sa femme, il lui arrive souvent de rentrer tard, mais jamais sans prévenir, conclut Hannu.

— C'est cela même.

Hannu resta un moment silencieux avant de dire :

— Quand il s'agit de revoir des copains, on trouve toujours le temps.

— Tu veux dire, le soir ? Avant de rentrer chez soi et de retrouver sa famille dans sa maison mitoyenne ?

— Oui.

Hannu avait raison. La veille, Irene s'était dit qu'elle aurait dû fouiller davantage pour comprendre les liens d'Eric Bolin avec Markus et Basta. Mais l'occasion ne s'était pas présentée, et elle regrettait à présent de n'avoir pas insisté.

— Et si c'était un crime passionnel ? hasarda-t-elle.

— Comment ça ?

— Si Markus aimait Basta, et Erik aimait Markus, et Basta aimait Erik...

Elle marqua une pause pour vérifier qu'elle ne s'était pas trompée. Non, c'était bien ça.

D'un ton décidé, elle poursuivit :

— ... alors Basta a peut-être tué Markus pour avoir Erik.

Hannu réfléchit un instant avant de dire :

— Cela me paraît peu probable. Rappelle-toi Carmen Østergaard. Et Isabell et Emil. Non, ça ne colle pas.

En y repensant, Irene dut reconnaître qu'il avait raison. Mais quelque chose continuait à la tracasser.

Comment Erik et Markus avaient-ils pu continuer à se voir seulement en amis pendant toutes ces années ?

Les photos de Markus avaient été faites à travers le regard d'un photographe amoureux. Est-ce qu'un homme épris laisserait son amant avoir une relation sexuelle avec un autre homme derrière un vieux phare ? Jamais de la vie. Même si les homosexuels pouvaient parfois, selon Anders Gunnarsson, avoir une conception de l'amour plus libre que les autres hommes, ils n'étaient pas pour autant affranchis de la jalousie.

Quelque chose clochait dans le récit d'Erik Bolin. Elle l'avait pressenti hier, mais elle en avait à présent la certitude. Cela ne fit que renforcer son inquiétude, et malgré la circulation dense, elle appuya sur l'accélérateur.

— Eh, cinquante ! fit remarquer Hannu.

Le compteur affichait soixante-cinq. Prise en faute, Irene leva le pied.

La porte extérieure du studio était comme elle l'avait vue la veille. Irene frappa fort et longtemps, mais il n'y eut aucune réaction à l'intérieur. Hannu souleva le clapet de la boîte à lettres intérieure et jeta un coup d'œil dans l'entrée. Il regarda longtemps sans dire un mot. Quand il se tourna enfin vers Irene, son visage était grave :

— Il faut faire venir un serrurier, dit-il.

Sans demander pourquoi, Irene prit son mobile et fit le nécessaire. Le serrurier serait là dans la demi-heure. Elle raccrocha et se pencha pour voir ce que Hannu avait vu.

Juste derrière la porte s'entassait déjà le courrier avec des revues. Dans un angle, elle parvint à apercevoir des débris de verre et un morceau de cadre doré en bois. Plusieurs grosses taches d'un brun rouille apparaissaient clairement sur le sol d'un rose pâle.

— Il s'est passé quelque chose de violent à l'intérieur. On dirait des taches de sang séché sur le sol. Il n'y avait aucun débris de verre ni morceau de cadre par terre quand je suis partie hier à 16 h 30, dit Irene.

Hannu hocha la tête, l'air impassible. Irene avait appris que c'était chez lui une façon de masquer son inquiétude.

En attendant le serrurier, ils passèrent en revue les noms des autres habitants de l'immeuble. La maison comportait cinq étages avec deux appartements à chaque étage. Ils décidèrent de ne pas commencer à interroger les voisins avant d'en savoir davantage sur ce qui s'était passé à l'intérieur de l'atelier.

Le serrurier arriva plus rapidement que prévu. En quelques tentatives, il réussit à ouvrir la porte. Puis il disparut aussi vite qu'il était venu.

La lumière était allumée dans l'entrée. Irene et Hannu restèrent sur le seuil à prendre la mesure de la situation. Sur le sol gisaient les débris d'une des photographies de l'exposition d'Erik Bolin. Le verre cassé, le cadre en miettes et la photo elle-même lacérée en lanières assez larges pour qu'Irene devine les contours d'un nouveau-né contre le sein d'une femme : c'était la photographie de la famille d'Erik Bolin.

Venant d'une porte à gauche dans l'entrée qui était fermée lors de la visite d'Irene, on voyait clairement des traces brun rouille menant jusqu'à la porte d'entrée.

Hannu fut le premier à la remarquer. Irene le vit seulement frémir, et quand elle le regarda d'un air interrogateur, elle vit son regard fixé sur un point situé au-delà de son épaule droite. Elle tourna la tête pour suivre son regard et poussa malgré elle un cri d'effroi. Un court instant, elle sentit le sol tanguer sous ses pieds : sur l'étagère du haut pour les chapeaux, la tête tranchée d'Erik les regardait, les yeux mi-clos.

— Ne bouge pas, dit Hannu.

Il sortit son mobile de la poche et appela des renforts.

— Eh oui, maintenant qu'Irene est rentrée, les gens commencent à mourir comme des mouches, ici à Göteborg, commenta Jonny.

Il rit tout haut pour montrer qu'il s'agissait d'une plaisanterie, mais personne n'apprécia son humour. Andersson lui lança un regard noir qui découragea d'autres commentaires du même genre. Puis il se tourna vers Irene :

— Est-ce que tu pourrais refaire le point sur ce qui s'est passé hier et aujourd'hui ?

Irene raconta sa visite au studio de Bolin, elle leur décrivit la photo *Manpower*, puisque ni Fredrik Stridh ni Birgitta Moberg ne l'avaient vue, puis relata sa conversation avec Sara Bolin ce matin même. Elle mentionna aussi la visite que Hannu et elle avaient faite chez elle à Bjørnekulla pour lui annoncer la mort de son mari.

— Elle s'est complètement effondrée. Le pasteur et des parents sont avec elle en ce moment. Il faudra attendre quelques jours avant de l'interroger davantage.

Irene se tut pour rassembler un peu de forces avant de poursuivre. Elle était encore sous le choc de la scène dans l'atelier.

Prudemment, ils s'étaient avancés jusqu'à la porte fermée. Hannu l'avait poussée du bout du pied. Derrière se trouvait une grande salle de bains.

Dans la baignoire, gisait le corps nu décapité d'Erik Bolin. De là où elle se trouvait, Irene put voir que le corps était dans le même état que celui d'Emil, si ce n'est que la tête manquait. Hannu fit quelques pas dans la pièce en prenant garde où il posait les pieds. Le sol était couvert de sang.

— Éventration. Violences contre les parties génitales. Ablation des organes sexuels et des muscles thoraciques, constata-t-il.

— Tu peux voir si les muscles fessiers ont aussi été enlevés ? demanda Irene.

— Non. Il y a beaucoup de sang et...

Il s'interrompit et se contenta de secouer la tête. Lentement il recula.

Irene lui était reconnaissante de ne pas avoir à examiner le corps mutilé. Cette vue lui était comme une accusation contre elle-même. Elle aurait dû comprendre qu'Erik Bolin était en danger. C'était lui qui avait photographié Basta, et cette photo avait failli coûter la vie à Tom. *Manpower* était le maillon reliant Tom Tanaka et Erik Bolin.

Dans l'atelier, tout était comme la veille, à part le vide laissé par le cadre brisé en mille morceaux dans l'entrée. Sur ces entrefaites, la patrouille de police arriva, et peu après, les techniciens de la police scientifique.

Hannu resta longtemps à regarder le cliché de Markus, le corps mouillé par les embruns. Enfin, il se tourna vers Irene et déclara :

— Tu as raison. Bolin était amoureux de Markus.

Ils entendirent soudain un brouhaha provenant de la porte d'entrée. Irene et Hannu se retournèrent d'un même mouvement et virent le professeur Yvonne Stridner en personne surgir de toute sa hauteur dans l'entrée. Qu'elle se déplace elle-même sur le lieu du crime était tout à fait inhabituel.

— Où est le corps ? lança-t-elle à la cantonade.

Elle s'attendait à ce qu'une personne de son service lui réponde. Svante Halm, l'un des membres de la police scientifique, se contenta de lui indiquer la porte de la salle de bains et continua de relever les traces de sang sous l'étagère à chapeaux. Stridner s'était tellement ruée dans l'entrée qu'elle n'avait pas vu la tête sur l'étagère, mais chacun se garda bien de le lui faire remarquer.

Après une minute à peine, le professeur passa la tête par la porte de la salle de bains et demanda :

— Vous avez retrouvé la tête ?

Sans lever les yeux de ce qu'il était en train de faire, Svante Halm montra du doigt la banale étagère en bois avec sa décoration macabre. Même Stridner en resta sans voix.

– Selon Stridner, Bolin aurait aussi été étranglé, mais elle ne peut l'affirmer. Elle nous en dira plus dès qu'elle aura examiné davantage le corps, résuma Irene.

Personne ne l'avait interrompue pendant son exposé, mais le commissaire prit à présent la parole :

— Décapiter ! Il faut vraiment être frappadingue pour avoir une idée pareille !

— Une autre étape, dit Hannu.

– C'était le truc d'Emil, ça, trancher la tête et les membres. On l'a bien vu sur les films. Et le meurtrier n'a pas jugé bon de le faire lors de l'assassinat d'Emil et d'Isabell, ajouta Irene.

— Pourquoi se met-il à faire ça maintenant ? demanda Andersson.

Irene se souvint de ce qu'avait dit Yvonne Stridner le jour où elle lui avait rendu visite au service de médecine légale. Mal assurée, elle essaya de leur expliquer ce qu'elle avait cru comprendre.

— Ce sont ses images intérieures qui se sont transformées. Il voit des choses en lui qu'il doit extérioriser. D'après Stridner, c'est une pulsion d'une force inouïe. Apparemment, il a ajouté cet élément de la tête à son image intérieure.

Andersson hocha la tête et fit semblant de suivre le raisonnement.

Jonny prit la parole :

— À propos d'images, un des films de Markus n'a vraiment rien à voir avec les autres. Il aurait plutôt dû appartenir à Emil. Des flots de sang, un vrai carnage. Curieusement, c'étaient des jeunes filles et non un tas de pédés. Un vrai truc de psychopathe.

— Comment s'intitule le film ? demanda Hannu.

— Je ne m'en souviens pas, répondit Jonny.

— Va le chercher, commanda Andersson.

À contrecœur, Jonny se leva et alla dans son bureau. Un instant plus tard, il revint en tenant le boîtier d'une vidéo. Hannu tendit la main pour le regarder.

— Il n'est rien écrit dessus, constata-t-il.

— C'est une copie. Le titre apparaît au début du film, expliqua Jonny.

Hannu se leva pour se rendre dans une pièce équipée d'un magnétoscope. Pendant ce temps, Birgitta annonça d'un ton triomphal qu'elle avait trouvé le mot de passe de Markus.

— Il l'avait enregistré dans ses signets Netscape. Devinez ce que c'était ?

Elle laissa planer le suspense en savourant la curiosité qu'exprimaient tous les visages dans la pièce. Lentement, elle retourna le bloc-notes posé sur les genoux. Il était écrit au feutre noir : *69 Hotnights.*

— *Hotnights* ? Nuits torrides ? C'est nul ! s'exclama Irene.

— J'ai eu accès à son carnet d'adresses et à son fichier de clients, à ses différents chantiers, etc. J'ai noté ce qui m'a paru intéressant, poursuivit Birgitta.

— As-tu trouvé des noms que nous connaissons déjà ? demanda Irene.

— Pas un seul, à première vue. Mais j'ai à peine eu le temps de regarder.

Hannu revint, la vidéo à la main. Il avait rangé la cassette dans son boîtier.

— C'est *The New York Ripper*, déclara-t-il.

Comme tout le monde le regardait avec des yeux ronds, il comprit qu'il devait s'expliquer.

— C'est un film interdit. Il s'agit de vrais meurtres.

— Un *snuff movie* ? hasarda Fredrik.

— Oui.

— Mais... ce n'est pas seulement une mise en scène ? J'ai toujours cru qu'on ne pouvait pas prouver si c'étaient de vrais meurtres dans les films, dit Birgitta

— Il en existe trois dont je connais les titres. L'un d'eux est *The New York Ripper*, précisa Hannu d'un ton placide.

Irene se tourna vers Jonny.

— C'était le seul film avec ce genre de contenu ? demanda-t-elle.

Jonny se contenta d'acquiescer, la mine boudeuse.

— Il y avait des scènes sexuelles sadiques dans les autres films ?

— Oui. Des malades se faisant fouetter avec des cravaches en cuir, plusieurs types sur un seul, enfin ce genre de choses. Des trucs dégoûtants !

— Bref, rien qui les distingue des vidéos pornos pour hétérosexuels, dit Irene sobrement.

— On dirait que tu en connais un rayon sur le sujet, persifla Jonny.

— Oui. J'ai, comme tu sais, pas mal traîné du côté de Vesterbro. On n'a pas besoin de voir des vidéos. Il suffit de regarder les vitrines, répliqua-t-elle froidement.

Jonny ricana mais en resta là.

— Je vais donner ça aux spécialistes de la police scientifique, dit Hannu, et il sortit de la pièce en tenant soigneusement la cassette vidéo à la main.

— Et si j'appelais Copenhague ? Il serait intéressant de savoir si *The New York Ripper* se trouve parmi les films vidéo d'Emil, dit Irene.

Le commissaire approuva.

— Fais-le. Et informe-les du dernier meurtre.

Puis, se tournant vers Fredrik Stridh, il ajouta :

— Prends quelques hommes avec toi et commence à frapper à toutes les portes. Ce dingue a eu jusqu'ici une veine incroyable de nous échapper, mais il faut que ça cesse. Et cette fois-ci, les traces sont fraîches. On devrait pouvoir le coincer.

Irene hocha la tête en confirmant :

— Il a effectivement laissé des traces derrières lui. Il a dû perdre le contrôle de lui-même quand il a massacré la photo de la famille de Bolin. Pourquoi ? Parce que la photo qu'il cherchait n'était pas dans le studio. En effet, elle se trouve ici.

Et, ce disant, elle montra du doigt le cliché intitulé *Manpower*, appuyé contre le mur près de la porte.

— Crois-tu vraiment que cette photo est si importante qu'il est prêt à tuer pour elle ? objecta Andersson, sceptique.

— Oui. Pense à ce qui est arrivé à Tom Tanaka. Il semblerait qu'il y ait deux tirages seulement de *Manpower*. Markus en avait un, qu'il a laissé en dépôt avec son propre portrait chez Tom Tanaka, avant de partir pour ce qu'il croyait être des vacances. Pour je ne sais quelle raison, il a laissé sur place, dans l'appartement d'Emil, l'autre photo de lui, où il est appuyé sur des coussins. À moins qu'Emil l'ait reçue en cadeau ou l'ait prise après la mort de Markus. Mais Basta a su où se trouvait *Manpower,* sans doute par Emil. Et il savait qu'Erik Bolin possédait l'autre tirage plus quelques petites photos ainsi que les négatifs. Mais ça ne pressait pas, avec Bolin. Basta ne pensait pas qu'on retrouverait aussi vite la trace du photographe.

— D'après les premiers examens pratiqués par Stridner, la mort de Bolin remonte à plus de douze heures. Ça signifie que le meurtrier est venu assez tôt dans la soirée. Quelqu'un a dû le voir franchir la porte, dit Birgitta.

Irene en était moins sûre. Kastellgatan est une rue assez calme, sans histoires. Mais on pouvait toujours espérer.

Bien qu'il fût plus de 6 heures du soir, Peter Møller répondit aussitôt. Irene ne perçut aucune fatigue dans sa voix, au contraire, il semblait heureux qu'elle appelle. Elle lui demanda tout d'abord si *The New York Ripper* se trouvait parmi les vidéos d'Emil. Peter promit de vérifier. Après qu'elle lui eut fait part de la découverte du dernier crime, il devint très grave.

— Il te suit, dit-il.

Ce n'était pas ce qu'Irene voulait entendre. Ses cheveux courts se hérissèrent sur sa nuque, et malgré la chaleur estivale de la pièce, elle fut parcourue de frissons. Peter n'était pas le premier à faire cette remarque. Et elle s'était fait la même réflexion plusieurs fois ces derniers temps. Le meurtrier se trouvait tout près d'elle.

— Comment va Tom ? demanda-t-elle pour changer de sujet.

— Il est conscient, mais très fatigué. Le médecin a dû lui faire plus d'une centaine de points de suture. Ton ami Tom est joliment couturé de partout.

Irene sentit son cœur se serrer de compassion. Pauvre Tom, lui qui faisait tant attention à son apparence ! Elle revoyait les fils d'argent dont il avait entouré son chignon et son vernis à ongles bleu.

— S'il te plaît, dis-lui que je pense très fort à lui. D'ailleurs, est-ce que tu ne pourrais pas lui acheter un bouquet de fleurs de ma part ? Je t'enverrai l'argent.

— Lui acheter des fleurs ! Je n'arrive pas à comprendre ce que toi et ce type-là... Mais d'accord, je le ferai.

Il y eut un silence, et Irene pensait clore la conversation, quand Peter dit :

— Jens m'a raconté que tu lui avais parlé de mon voyage en Afrique du Sud et que tu m'avais trouvé contrarié et bizarre quand tu m'avais interrogé à ce sujet.

— Oui... C'est parce que Markus avait parlé d'un policier de Vesterbro et qu'il était rentré à Göteborg, attiré par la perspective d'un voyage en Thaïlande... et tu étais si bronzé, bredouilla-t-elle pour se justifier.

Encore heureux que la police de Göteborg n'ait pas de téléphones à visiophonie ! Le rouge lui était monté aux joues. La réponse de Peter acheva de la conforter dans l'idée que les téléphones à visiophonie ne devaient jamais devenir la norme.

— Le voyage en Afrique du Sud, c'était pour essayer de sauver mon mariage. Il n'en a rien été. Ce voyage a été une catastrophe du début à la fin.

Peter marqua une pause avant d'ajouter :

— C'est dommage que tu aies abordé ce sujet. Ça m'a... déboussolé. Sinon, cela aurait pu être une soirée... et une nuit très agréables pour nous deux.

Irene n'en crut pas ses oreilles. En même temps, elle était parfaitement consciente qu'une douce excitation répandait sa chaleur entre ses cuisses. Peter était un bel homme. Des yeux bleus, un corps souple et musclé. Il sentait bon, et ses mouvements dégageaient quelque chose d'érotique. Elle perçut à quel point sa propre respiration devenait saccadée. Mon Dieu ! Ils étaient là, deux policiers à deux doigts de faire l'amour au téléphone, alors qu'ils parlaient d'un meurtrier bestial !

Irene ne put s'empêcher de rire et, à moitié pour plaisanter, elle dit :

— Je devrais peut-être faire un petit tour à Copenhague pour saluer mon copain Tom ?

— Bonne idée. Je promets de bien m'occuper de toi.

Ils convinrent de se rappeler bientôt et raccrochèrent.

Irene dut s'attarder un peu dans son bureau pour laisser s'apaiser les battements de son propre sexe.

– On dirait que la première partie de sa liste d'adresses, ce sont des clients, mais à la fin on trouve plusieurs pages avec des noms et des adresses d'hommes. C'est là que j'ai retrouvé Anders Gunnarsson et Hans Pahliss. Ils étaient inscrits ensemble. Ensuite, il y avait Erik Bolin et une foule d'autres noms que je ne connaissais pas, puisque je ne me suis pas occupée de cette enquête, dit Birgitta.

Sur ce, elle jeta une liasse de feuillets sur le bureau d'Irene.

— Merci. J'emporte ça, je le lirai à la maison ce soir. Krister travaille, et les filles ne seront pas là non plus. Ce sera parfait pour travailler au calme, dit Irene.

Mais elle savait que sa concentration serait troublée par les pensées qui la submergeraient quant à ce qui aurait pu se passer cette nuit-là, à Copenhague.

16

Svante Malm frappa avant d'entrer par la porte laissée ouverte. Irene leva les yeux de la pile de documents imprimés à partir de l'ordinateur de Markus. Prudemment, elle posa sur le sol sa tasse de café pour éviter de tacher les papiers. C'était sa quatrième tasse de la matinée, et elle commençait enfin à se réveiller.

— Salut, dit-elle.

— Salut. Je viens juste te faire un petit coucou et t'apporter des informations qui pourraient te servir.

Svante s'assit dans la chaise pour les visiteurs et déclina son offre d'une tasse de café. Irene prit un bloc-notes et un stylo pour montrer qu'elle était prête à prendre des notes.

— Mon collègue à Copenhague et moi avons échangé pas mal d'informations, ces dernières semaines. Ils ont là-bas plus de moyens que nous, et obtiennent plus rapidement les résultats. Nous pensons avoir enfin assez de traces laissées par l'assassin pour pouvoir établir son profil ADN. Et nous avons aussi relevé des empreintes digitales.

— Fantastique ! Mais quel genre de traces a-t-il laissées ? Et où y avait-il des empreintes digitales ? Il porte toujours des gants.

— La plupart du temps. Mais il a commis quelques erreurs.

Svante leva sa main droite et commença à les énumérer en comptant sur ses doigts :

— Un : une tache de sperme relevée à Copenhague sous le lit du type assassiné. Deux : la salive sur le timbre collé sur la carte postale que tu as reçue. Là, c'était vraiment cadeau. Trois : au beau milieu du timbre, l'empreinte d'un pouce ! On appuie souvent avec le pouce quand on colle un timbre. Pour on ne sait quelle raison, il ne portait pas de gants à ce moment-là. Bien sûr, il y a toujours le risque que ce soit l'empreinte digitale du facteur, mais nous détenons maintenant une autre carte maîtresse...

Il fit durer le suspense, et Irene se rendit compte que, assise tout au bord de la chaise, elle était penchée en avant comme pour mieux entendre.

— La cassette vidéo que Hannu a apportée hier. Évidemment, nous avons écarté les empreintes de Jonny et de Hannu. Sur le boîtier, nous avons relevé celles de Markus et d'Emil. Mais sur le film lui-même, il n'y avait que deux empreintes : celles d'Emil et d'un inconnu. Nous avons comparé avec l'empreinte du pouce sur le timbre. Et elle correspond parfaitement !

Irene regarda fixement Svante et s'écria :

— Enfin ce que j'attendais ! Il a été malin et il a eu une chance incroyable, mais il ne s'est pas rendu compte de ce que donnent des traces mises bout à bout...

— Il est devenu trop arrogant et sûr de lui. Il commence à être négligent. Si vous l'attrapez, on arrivera à l'épingler et à faire en sorte qu'il en prenne un max. Même s'il nie, dit Svante qui ne dissimulait pas sa satisfaction.

— Les relevés chez Erik Bolin n'ont encore rien donné ?

— Non. Certains résultats de l'autopsie sont arrivés aujourd'hui. La personne qui assiste Stridner a téléphoné. Cette jeune femme, comment s'appelle-t-elle ? Britt ! Britt Nilsson a appelé du service de médecine légale pour dire qu'ils avaient trouvé des bouts de peau sous les ongles de Bolin. Le corps porte apparemment des lésions qui témoignent d'une vraie lutte.

Quelque chose fit tilt dans la tête d'Irene, mais elle n'arriva pas à préciser ce qui lui avait traversé l'esprit. Elle demanda seulement :

— Est-ce qu'Erik Bolin s'est battu avec son meurtrier ?

— Tout porte à le croire. Mais vous aurez sans doute un rapport détaillé dans la journée.

— Probablement.

— Les taches de sang sur l'uniforme de policier à Copenhague proviennent de Markus Tosscander, mais le sang sur la matraque est plus ancien. C'est celui de la prostituée assassinée deux ans auparavant.

— Carmen Østergaard ! Tu veux dire que le sang du meurtre se trouve encore sur la matraque deux ans après !

— Eh oui ! Il y avait des restes de sang dans le trou pour passer la lanière en cuir et sur le cuir lui-même. La plupart du sang avait séché et était parti, mais il en restait suffisamment pour assurer un relevé fiable. Il semblerait, d'après mes collègues à Copenhague, que la matraque n'ait pas été utilisée depuis.

— Il n'y avait pas de matraque allant avec l'autre uniforme ?

— Non.

— Et aucune trace de sang sur l'autre uniforme ?

— Non.

— Est-ce que tu sais si c'était le vrai ou celui qu'Emil avait acheté dans la boutique gay qui portait les taches de sang ?

— Celui qu'il avait acheté dans la boutique.

Emil n'avait sans doute pas osé se servir de l'uniforme de sa mère pour procéder au démembrement des corps, peut-être par crainte qu'elle ne vienne à le réclamer. Une pensée frappa Irene.

— Y avait-il du sang de Carmen sur l'uniforme ?

— Non. Il n'a d'ailleurs jamais été lavé.

— Irene réfléchit intensément.

— Sur le film, Emil portait l'uniforme quand il a découpé Carmen. Ça signifie qu'à cette occasion il portait un autre uniforme, constata-t-elle.

— Fort possible.

Svante se leva, et il était déjà dans le couloir quand Irene l'entendit lancer :

— Salut. Je te ferai signe dès qu'on en saura plus sur Bolin.

Pourquoi l'uniforme revêtu lors du démembrement de Carmen ne portait-il pas de taches de sang ? Ce mystère n'avait qu'une explication : Emil avait eu un autre uniforme. Où était-il ? L'avait-il brûlé parce qu'il était couvert de sang et en avait-il acheté un autre pour découper Markus ?

Irene frissonna jusqu'à la moelle. Cela signifiait que le meurtre de Markus avait été planifié longtemps à l'avance. Comme l'avait été aussi le meurtre de Carmen. Les étranges agressions subies par les deux prostituées de Copenhague, peu avant le meurtre de Carmen, représentaient-elles des tentatives avortées pour se procurer des victimes à découper ? En tout cas, la troisième tentative avait été la bonne.

Le signalement du policier correspondait parfaitement à Emil, et celui du prétendu médecin à Basta. Irene tenta de se rappeler ce qui lui était venu à l'esprit lorsque Svante Malm avait commencé à parler de Stridner. Était-ce à propos de quelque chose que Stridner avait dit ? De quelque chose que son assistante avait dit ? Irene n'avait guère rencontré cette Britt Nilsson, et cela faisait déjà un bail. Non, ça ne donnait rien. Elle dut, malgré elle, laisser tomber. Pourtant, elle sentait qu'il y avait une piste de ce côté-là.

Elle passa en revue, un par un, les noms figurant dans le carnet d'adresses de l'ordinateur de Markus. Elle nota chacun des noms, même ceux liés à une commande de travail. Il fallait tout vérifier. Ça promettait d'être laborieux, mais elle était persuadée que Basta se cachait derrière un de ces noms. Il pouvait être un maillon entre la victime et le meurtrier, mais elle en avait de plus en plus la certitude : il était l'assassin qu'ils recherchaient.

— Je crois qu'on le tient !

Tommy se précipita dans le bureau qu'ils partageaient. Il était dans un état d'excitation tout à fait inhabituel. En principe, Tommy était le calme personnifié.

— Je sors de chez le procureur. On n'a plus qu'à le cueillir. Il est à son travail à l'heure qu'il est.

— Qui ? demanda Irene, étonnée.

— *Jack the Ripper*, pardi !

— *The New York Ripper* et *Jack the Ripper*... ça fait un peu beaucoup, dit Irene en tâchant de faire oublier sa question idiote.

Tommy lui adressa un regard sévère avant d'ajouter :

— J'ai épluché toutes les listes des employés de restaurants à Vasastan et dans les environs, et j'ai contrôlé tous les hommes entre vingt et quarante ans. J'en ai bavé ! Mais ça a payé. Hier, j'ai trouvé un certain Rikard, dit « Zorro » Karlsson. Trente-deux ans, travaille comme plongeur dans une pizzeria de Molinsgatan.

Irene fit mine d'émettre un sifflement. Un plongeur dans une pizzeria, à un jet de pierres du restaurant où son mari était chef cuisinier.

— Le surnom de « Zorro » lui a été donné par ses codétenus, du temps où il était en prison. Il avait violé une serveuse qui travaillait dans le même restaurant que lui. Après le viol, il avait tailladé assez profondément, avec un couteau de cuisine, deux Z dans la cuisse de la jeune femme. Il n'a jamais pu expliquer la raison de ce geste. Le juge a qualifié son crime de viol aggravé, et « Zorro » en a pris pour sept ans.

— Alors, ça veut dire – laisse-moi deviner – qu'il est sorti au bout de quatre ans, fit Irene d'un ton ironique.

— Bien vu. Après quatre ans et demi. Le viol avait eu lieu à Gävle. Après sa détention, il a déménagé à Göteborg. Son frère travaille comme cuisinier dans un autre restaurant, ici en ville, mais c'est dans une pizzeria, et non dans ce restaurant, que Rikard a trouvé à faire la plonge.

— Quand a-t-il commencé ?

— En février.

Et fin mars, *Jack the Ripper* a commencé à faire des victimes, constata Irene.

— Correct. J'ai comparé ses horaires de travail avec l'heure où les viols ont été commis. Tous ont eu lieu quand Zorro était de corvée pour le dernier service.

— Et le procureur t'a donné le feu vert pour l'interpeller sur-le-champ ?

— Oui. Fredrik vient avec moi. On se voit plus tard !

Ces derniers mots lui furent lancés du couloir. C'était fou comme tout le monde autour d'elle était pressé aujourd'hui.

Irene resta face à tous ces noms. Elle n'eut aucune intuition en passant en revue les listes, mais elle sentait que le nom du meurtrier était là, quelque part.

Deux noms liés à Markus Tosscander manquaient sur le carnet d'adresses de l'ordinateur : Pontus Zander et Tom Tanaka. Connaissant ces noms, Irene ne put s'empêcher de remarquer leur absence. Cela signifiait que les noms d'autres personnes gravitant autour de Markus n'apparaissaient pas dans son ordinateur. Que Pontus n'y soit pas n'avait rien de surprenant, mais que le nom de Tom n'y figure pas, voilà qui était étrange. Selon Pontus, lui et Markus n'avaient jamais vraiment été proches. Mais Tom et Markus, eux, l'avaient été.

Irene poussa un soupir. *À quoi bon ?* pensa-t-elle, découragée, alors qu'elle s'apprêtait à téléphoner à tous ces hommes. Elle tendait la main vers le combiné quand le téléphone sonna. Irene décrocha aussitôt.

Il y eut d'abord un silence, puis le son d'une respiration nerveuse.

— Ici Angelica Hendersen, dit une frêle voix de femme.

Ce nom ne disait rien à Irene. Dans l'expectative, d'un ton amical, elle répondit :

— Oui. En quoi puis-je vous être utile ?

— Markus... je connaissais Markus Tosscander. Avez-vous pu arrêter l'assassin ?

— Non. Pas encore.

— C'est si effroyable. Je n'arrive pas à y croire... Markus !

Au grand dam d'Irene, la jeune femme éclata en sanglots. C'eût été peine perdue que d'essayer de la consoler. Irene attendit patiemment que ses pleurs cessent. Cela prit du temps, mais la jeune femme finit par se calmer. Tout en reniflant, elle dit :

— Pardon. Mais c'est un tel choc pour moi.

Elle se tut à nouveau, et Irene l'entendit se moucher discrètement. Sa voix était plus assurée quand elle reprit :

— J'habite à Los Angeles. Je suis rentrée hier pour rendre visite à mes parents. Ils m'ont raconté ce qui est arrivé à Markus. C'est... monstrueux ! Ils ont préféré attendre que je vienne ici pour m'en parler, car ils savaient à quel point je serais bouleversée.

— Comment connaissiez-vous Markus ?

— On a grandi ensemble.

— À Hovås ?

— Oui. Je m'appelais Sandberg à l'époque.

Ça y est, Irene avait fait le lien. C'était la jeune fille que le père de Markus avait évoquée en désespoir de cause pour prouver l'hétérosexualité de son fils. Irene avait envisagé de prendre contact avec elle, mais il n'y avait pas eu d'autres femmes dans l'entourage de Markus, rien que des hommes... alors, elle avait fini par oublier Angelica.

— Je suis allée voir Emanuel Tosscander aujourd'hui, mais il n'a pas voulu me parler du meurtre. Il m'a dit que je devais contacter l'inspecteur Huss à la brigade criminelle si je voulais en savoir plus. S'il vous plaît, dites-moi ce que vous savez, supplia Angelica Hendersen.

— Bon, mais à condition que je puisse vous poser quelques questions après.

— Pas de problème.

— Même si les questions se révèlent un peu délicates ?

— Oui. J'y répondrai, je vous le promets, dit Angelica d'une voix ferme, après une courte pause.

Irene lui raconta l'enquête depuis le début, mais sans entrer dans les détails. Elle souligna le lien qui existait entre les meurtres de Carmen Østergaard, Markus, Isabell Lind, Emil Bentsen et Erik Bolin.

Pas une fois, Angelica n'interrompit son exposé. Il y eut un long silence. Sa réaction n'en surprit que davantage Irene :

— Au fond, ce qui est arrivé à Markus, je m'y attendais un peu. Toutes ces violences et les autres victimes, oui, ça correspond à ce que je pensais.

La voix d'Angelica était précise, déterminée. Passé le premier moment de stupeur, Irene demanda :

— Comment ça, vous vous y attendiez ?

— Il aimait les sensations fortes et prendre des risques. Sexuellement parlant. Si vous comprenez ce que je veux dire.

D'autres personnes ayant déjà dit la même chose au sujet de Markus, Irene comprenait parfaitement, elle insista malgré tout :

— Je ne suis pas sûre de comprendre. Mais d'abord, vous pourriez me parler de votre relation, à Markus et à vous, en commençant par le début ?

— Oui, c'est peut-être le plus simple. Nous nous sommes toujours connus. Il avait un an de plus que moi. Nos parents étaient voisins et se fréquentaient beaucoup. Nous étions les meilleurs amis du monde, on jouait, on était toujours ensemble. À l'adolescence, notre relation a – comment dire – un peu changé de nature. Par la suite, je me suis rendu compte que c'était toujours moi qui prenais l'initiative. Mais je n'avais aucune expérience des garçons, alors je croyais que Markus et moi étions amoureux l'un de l'autre. Je l'aimais vraiment. Durant toute mon enfance et ma jeunesse, il n'y a jamais eu personne d'autre. Il aimait bien faire des câlins, mais on n'allait jamais au-delà. J'étais naïve, romantique, et je pensais qu'il voulait garder sa virginité pour la nuit de noces.

Angelica marqua une pause.

— L'idée ne vous est jamais venue que Markus était homosexuel ? demanda Irene.

— Non. Jamais. J'étais, comme je l'ai dit, très naïve et j'ai eu une enfance très protégée. C'est pourquoi cette prise de conscience a été aussi traumatisante.

Irene l'entendit se moucher encore une fois.

— L'été de mes dix-huit ans, Markus m'a demandé si je voulais aller avec lui en Crète. J'étais folle de joie. J'ai, en quelque sorte, repris espoir. Le soleil et la chaleur de la Grèce réveilleraient les hormones de Markus, et nous ferions enfin l'amour. Je me sentais assez mûre pour franchir cette étape. On a atterri à l'aéroport de Chania en fin d'après-midi. Le temps d'aller à l'hôtel et de s'installer dans la chambre, il était déjà l'heure de dîner. Notre hôtel se trouvait à Platanias, au bord de la plage, c'était follement romantique. Je n'oublierai jamais cette soirée. Nous étions attablés dans une taverne sur la plage et regardions le soleil disparaître dans la Méditerranée. La nourriture était délicieuse, nous avions déjà bu une bouteille de vin, et aussi un peu de whisky dans la chambre d'hôtel. Je n'avais pas l'habitude, alors je me sentais gagnée par une légère ivresse. Soudain, Markus s'est levé de table en me priant de l'excuser. J'ai pensé qu'il allait aux toilettes. Mais il n'est pas revenu. Je l'ai attendu pendant plus d'une heure, en vain. Quand le personnel s'est mis à me regarder bizarrement, j'ai payé et je suis retournée à la chambre d'hôtel. Markus n'est pas rentré de la nuit.

Angelica se tut pour reprendre son souffle.

— N'avez-vous pas signalé son absence au personnel de l'hôtel ? Ou à la police ? demanda Irene.

— Plus tard seulement. J'ai fini par sombrer au petit matin dans un sommeil inquiet et j'ai dormi jusqu'à 9 heures. À mon réveil, une image de la veille s'est imposée à moi. Juste au moment où Markus s'était levé pour s'éclipser, un homme avec un uniforme militaire avait fait la même chose, et j'avais eu l'impression qu'ils s'étaient adressé un léger signe de tête. Comme s'ils se connaissaient. Mais c'était impossible. Markus n'était jamais allé en Crète. J'ai essayé de me convaincre que j'avais rêvé, et qu'il fallait que je fasse quelque chose. Mais quoi ? Il lui était peut-être arrivé malheur ? Je suis sortie et j'ai passé toute la journée à traîner dans la rue, complètement désemparée. Et puis j'ai vu la Jeep.

Angelica inspira profondément.

— Dans la rue principale de Platanias, j'ai vu une Jeep arriver à vive allure. Elle a dû freiner à cause d'une voiture qui tournait à quelques mètres de moi. Un militaire conduisait. À l'arrière, Markus était assis à côté de l'homme que j'avais vu au restaurant, la veille au soir. Cet homme portait toujours un uniforme militaire. Après un redémarrage en trombe, la Jeep a disparu. Alors, j'ai réellement été prise de panique. Je me suis précipitée à la poste la plus proche – à quelques centaines de mètres de là – et j'ai demandé à être mise en communication avec mes parents. Quand mon père a répondu, je lui ai expliqué, affolée, que Markus avait été arrêté par des militaires et qu'en ce moment même il devait être en route vers une affreuse geôle grecque. Comme mon père avait de bons contacts à l'étranger, il m'a promis de faire immédiatement le nécessaire pour savoir ce qui était arrivé à Markus. Il a appelé le consulat à Athènes qui, à son tour, a contacté Heraklion en Crète, et ainsi de suite. Mon père m'avait priée d'être dans ma chambre d'hôtel deux heures plus tard pour qu'il puisse me joindre. Comme promis, il m'a appelée, mais il n'avait encore reçu aucune nouvelle. Je me souviens vaguement qu'il m'a dit d'aller me baigner et qu'il rappellerait vers 4 heures de l'après-midi. Bien entendu, je n'ai réussi ni à manger ni à me mettre au soleil, je suis restée près de l'appareil dans l'attente de son coup de fil. À 16 heures, mon père a rappelé, et j'ai compris à sa voix qu'il avait du mal à m'expliquer ce qui était arrivé. J'ai quand même fini par comprendre ce qu'il me disait. Markus avait été localisé. Il se trouvait en compagnie d'un haut gradé près de la base militaire de Malerne. Ils ne se trouvaient pas à la base elle-même, mais chez le militaire, et Markus était là de son plein gré. Je me souviens encore du ton compatissant de mon père : il me demanda si je préférais rentrer tout de suite à la maison ou si je préférais rester toute la semaine comme prévu. Vous ne me croirez peut-être pas, mais j'ai préféré rester. Quelque chose en moi ne voulait pas entendre ce que mon père m'avait dit, et je tenais à être là quand Markus reviendrait. Ce devait être un malentendu. Même là, j'ai refusé d'admettre que Markus était gay. Même là, je ne pouvais pas accepter la vérité.

Angelica marqua de nouveau une pause, et cette fois, son silence fut plus long.

— Quand avez-vous compris que Markus était homosexuel ? demanda Irene.

— Quand il est revenu au bout de trois jours. Aussi solaire et heureux que d'habitude. Moi, j'étais décomposée. Aussi pâle qu'à mon arrivée sur l'île. Je n'avais aucune envie de passer mes journées toute seule sur la plage, je n'avais vraiment pas la tête à ça. Mais Markus, lui, était entièrement bronzé. Il n'avait pas la moindre marque de maillot de bain ! En revanche, quand je lui ai demandé pourquoi il portait des traces autour des poignets et du cou, il s'est contenté de rire et m'a serrée dans ses bras. Mais c'étaient des marques affreuses, car la peau était entaillée et à vif. Même moi, j'ai compris qu'il avait été attaché. Tout l'après-midi, il s'est montré adorable envers moi et d'excellente humeur. Le soir, il a mis de beaux vêtements et m'a invitée à dîner. Après le repas, nous sommes allés dans une discothèque. Un quart d'heure plus tard, il avait déjà disparu. Mais cette fois, j'avais vu ce qui s'était passé. Il avait de nouveau rencontré un homme.

— Quand est-il rentré ?

— Dans la matinée du lendemain, mais là j'avais ma dose. Comme deux Norvégiens habitaient au même étage que nous, je suis partie m'installer plus ou moins dans leur chambre...

En disant ces derniers mots, Angelica eut un petit rire. Elle n'avait visiblement pas que de mauvais souvenirs de son voyage en Crète.

— Avez-vous eu l'occasion de parler à Markus de ce qui s'était passé ?

— Non. C'est ça qui était bizarre. Dans l'avion du retour, nous n'avons pas dit un mot sur ses fugues. Nous avons ri et chahuté comme d'habitude. Ceux qui nous voyaient ont dû croire qu'on était un jeune couple amoureux qui rentrait après des vacances réussies. Nous n'en avons jamais reparlé par la suite, mais notre relation n'était plus la même. Les gestes tendres ont cessé, mais curieusement, nous sommes restés de très bons amis et nous avons toujours gardé le contact. Je lui écrivais plusieurs fois par an, et lui m'appelait. Les dernières années, on s'envoyait des e-mails.

— Vous n'avez pas été surprise de ne pas avoir de ses nouvelles ces derniers mois ?

— Si. À Pâques. D'habitude, il m'envoie toujours un petit mot ou il me passe un coup de fil. Je ne lui en ai pas vraiment voulu, c'est comme ça avec Markus. Parfois il restait longtemps sans répondre, mais dès qu'il donnait de ses nouvelles, c'était comme si on s'était parlé la veille.

— À quand remonte votre dernier contact avec Markus ?

Angelica prit le temps de réfléchir avant de répondre :

— Il a envoyé un mail pour les quarante ans de Stan. Stan est mon mari. Son anniversaire, c'est le 3 février. Je l'avais dit à Markus quand on s'était parlé au nouvel an, mais je ne pensais vraiment pas qu'il s'en souviendrait.

Une pensée vint soudain à Irene. Elle regarda la liste des noms posée sur son bureau et demanda :

— Savez-vous si Markus utilisait un autre ordinateur à Copenhague ?

— Oui, bien sûr. Il ne pouvait pas travailler sans ordinateur. Avant de déménager à Copenhague, il s'est acheté un portable. Je ne me souviens pas de quelle marque, mais il en était très satisfait.

Voilà qui expliquait pourquoi Tom Tanaka ne se trouvait pas dans son carnet d'adresses ! Tous les noms récents et les nouveaux chantiers d'aménagement intérieur après son déménagement se trouvaient dans le nouvel ordinateur... qui avait disparu ainsi que toutes ses autres affaires à Copenhague.

Irene donna à Angelica sa ligne directe et nota le numéro de téléphone de ses parents. Angelica allait rester deux semaines en Suède. Irene la remercia pour son aide.

Après avoir raccroché, elle passa un moment à réfléchir. Des nuages sombres s'étaient amassés sur la ville et promettaient une belle averse, mais Irene était trop plongée dans ses pensées pour y prêter attention.

Les vêtements de Markus, son ordinateur, ses crayons et carnets d'esquisses, ses affaires de toilette : tout s'était volatilisé. À part la voiture et les trois photographies encadrées dues à Erik Bolin.

Une victime avait pris des photos d'une autre victime. Un des clichés avait été accroché au-dessus du lit – et partant du lieu du crime – d'une troisième victime. Cette dernière ayant participé, preuves vidéo à l'appui, à démembrer encore une autre victime ! Tout était lié d'une façon à la fois étrange et maladive.

Les photographies. Si Bolin avait été assassiné, et Tanaka gravement blessé par le meurtrier qui voulait mettre la main sur *Manpower*, autant dire que cette photographie était d'une extrême importance. Pour Irene, il ne faisait aucun doute que l'homme photographié était le meurtrier.

La voiture. Pourquoi ne pas s'être débarrassé d'un modèle aussi voyant ? Et quel genre de voiture possédait Emil ?

Irene résolut d'appeler Peter Møller pour le lui demander. Son pouls s'emballa tandis qu'elle composait son numéro.

À sa déception, ce fut Jens Metz qui répondit. Il paraissait moins irrité que lors de leur dernier entretien. Irene lui posa ses questions.

— L'examen de la voiture de Tosscander n'a rien donné, répondit Jens. Elle est restée tout le temps dans le garage depuis la disparition de son propriétaire.

— Quel genre de voiture avait Emil ?

— Quelle marque, vous voulez dire ? Une Range Rover, une vraie.

— Une Range Rover. Une Jeep. Erik Bolin a dit que Basta était venu en Jeep lorsqu'il avait pris des photos de lui. Cela veut-il dire que Basta avait emprunté la Jeep d'Emil ?

— Où se trouve-t-elle maintenant ?

— Elle est dehors, dans la cour. Nous l'avons emmenée pour l'examiner. L'enquête sur votre copain Tanaka est par ailleurs au point mort. Un témoin a vu un homme de grande taille, habillé en noir, sauter dans une voiture garée juste derrière la porte d'entrée de l'arrière-cour. Il avait relevé la capuche de son sweat. Avant de démarrer, il a balancé un grand cadre sur la banquette arrière. Selon ce témoin, il était seul dans la voiture. Le témoin ne se rappelle pas la marque du véhicule. Apparemment, une vieille Jetta ou quelque chose dans le genre. Mais nous avons eu des informations intéressantes de la part des voisins d'Emil. Selon eux, un homme grand avec une queue-de-cheval a habité de temps en temps chez Emil. La voisine de l'appartement du dessous a dit qu'il était suédois. Elle les a entendus parler entre eux. L'autre voisin a seulement croisé l'homme quelquefois dans l'ascenseur.

— Ont-ils pu donner un signalement plus précis ?

— Rien que nous ne sachions déjà. Grand, le corps musclé, environ vingt-cinq ans, des cheveux châtain clair mi-longs attachés en une queue-de-cheval. L'homme qui s'est trouvé avec lui dans l'ascenseur pense qu'il s'agit d'un artiste, parce qu'il avait des couleurs sur les mains et un gros carnet sous le bras.

Un artiste ? Alors, cette histoire de médecin et la phrase de Markus sur son « docteur personnel » tombaient à l'eau. Le signalement correspondait bien à Basta. Mais, même avec la meilleure volonté du monde, comment Markus pouvait-il transformer un artiste en médecin ?

Jens Metz demanda des nouvelles du dernier meurtre à Göteborg. Irene lui raconta le peu qu'elle savait. Oui, ils étaient bien décidés à tout faire pour arrêter ce fou dangereux. Il fallait éviter d'autres meurtres.

— C'est calme par ici, c'est à Göteborg qu'il sévit à présent. Mais quelque chose me dit qu'il sera bientôt de retour chez nous, conclut Jens, pessimiste.

Dès qu'il eut raccroché, Irene pensa à ce que venait de dire Jens. Pourquoi précisément Göteborg et Copenhague ? Pouvait-on trouver un lien entre ces deux villes chez quelqu'un de la liste ? Le risque était que son nom soit dans l'ordinateur de Markus qu'on n'avait pas retrouvé, mais il restait une seule chose à faire : vérifier tous les noms de la liste et espérer avoir un peu de chance.

Comme un ange tombé du ciel, Birgitta Moberg apparut soudain à la porte :

— Salut ! Tu as trouvé quelqu'un qu'on connaît ? Non ? Je peux t'aider à passer des coups de fil. On va se partager la liste.

— Ça, c'est vraiment sympa ! Je te revaudrai ça.

— Eh bien... disons que tu viendras faire la baby-sitter chez nous dans quelques années.

Quand Irene rentra chez elle, ses filles s'affairaient dans la cuisine. Krister travaillait tard et rentrerait bien après minuit.

Jenny versait un bouillon de légumes brûlant sur des légumes émincés. Irene reconnut des tomates, des carottes, de l'aubergine et de l'oignon. Une légère odeur d'ail flottait dans l'air, le parfait condiment pour relever l'ensemble du plat.

Katarina assaisonnait de larges tranches de steak avec beaucoup de poivre blanc, noir et vert. Quand elles auraient pris une belle couleur dans la poêle, elles resteraient à cuire doucement dans la crème avec un peu de soja. Toute personne ayant un bon estomac pourrait ajouter encore un peu de poivre. Irene était l'une d'elles.

Jenny ouvrit la porte du four et poussa un peu le plat avec les pommes de terre pour faire de la place pour ses légumes. Irene savait ce qu'on attendait d'elle. Elle sortit les ingrédients pour la salade. C'était plutôt ennuyeux de préparer la salade, mais de l'avis de tous, c'est encore ce qu'elle savait faire de mieux.

— Nous ne devons pas être à Borås avant 11 heures ce soir. Mattias et Tobbe y vont plus tôt et installent le matériel pour que tout soit prêt à notre arrivée, expliqua Jenny.

— Tu vas à Borås ? demanda Irene.

Jenny soupira bruyamment en levant les yeux au ciel.

— Tu es encore plus gâteuse que mamie ! Si on te dit quelque chose en début de semaine, tu ne t'en souviens même plus à la fin.

Irene commençait à se rappeler vaguement une conversation avec Jenny, quelques jours plus tôt. Son groupe devait se produire à Borås, avait raconté sa fille. Mais est-ce qu'on était déjà le week-end ?

— On nous a demandé si on pouvait remplacer au pied levé les Wawa Boys. Un groupe connu. C'est la chance de notre vie ! En plus, on est super bien payés.

La couleur de ses joues n'était pas rose pâle. Ses yeux brillaient d'excitation et de bonheur. C'était ce dont Jenny avait rêvé ces dernières années. Irene éprouva une tendresse mêlée d'inquiétude. De la tristesse aussi, à voir le temps passer si vite. Ses filles seraient bientôt adultes. La phrase suivante de Jenny acheva de la ramener sur terre, et elle comprit qu'elle n'était pas prête à accepter que sa fille soit déjà adulte.

— Et on a tout arrangé avec l'hôtel. Ça va être génial !

— L'hôtel ? Vous allez habiter à l'hôtel ?

— Évidemment. La soirée ne se terminera pas avant 1 heure du matin. Et le temps de tout ranger, la nuit sera déjà bien avancée. Les chambres des Wawa Boys sont déjà payées et nous attendent.

Irene fixa sa fille. Certes, elle allait sur ses dix-sept ans, mais elle n'était pas encore majeure. Et voilà qu'elle allait passer la nuit à l'hôtel avec une bande de garçons dont Irene ne savait rien. En prenant sur elle-même, elle essaya de maîtriser sa voix mal assurée pour demander :

— Tu auras une chambre à toi ?

Jenny haussa les épaules, la question ne l'intéressait visiblement pas :

— Je ne sais pas. Je crois.

Des pensées contradictoires s'agitaient dans l'esprit d'Irene, mais avant qu'elle ait pu prendre une décision, Katarina s'écria :

— Polo est en train de devenir vachement célèbre ! Il faut que tu comprennes ça, maman. Jenny va peut-être devenir la prochaine Nina du groupe The Cardigans !

Le compliment de sa sœur fit rougir Jenny de plaisir. Cela faisait longtemps qu'Irene ne l'avait pas vue aussi heureuse. Le rêve de sa fille était en passe de se réaliser.

Il fallait se faire une raison : Irene n'avait d'autre choix que de laisser Jenny partir à Borås.

Portée par son enthousiasme, Katarina poursuivit :

— Micke et moi, on va aller là-bas les écouter. Puis on rentrera chez Micke et on dormira chez lui. C'est ce qu'il y a de plus près.

Irene aurait pu lui expliquer que la distance entre la maison des parents de Micke à Ønnered et la sienne à Bratthammar était à peine d'un kilomètre à vol d'oiseau, et guère plus longue par la route, mais elle n'avait vraiment pas le courage de discuter. Elle sentait qu'elle avait perdu. Et elle savait ce qu'elle avait perdu : l'enfance de ses filles s'était envolée à jamais.

Pour dire quelque chose, elle demanda :

— Micke va bien maintenant ? Et comment va ta nuque ?

— On va beaucoup mieux, tous les deux. J'aurai le droit de reprendre un peu l'entraînement dans le courant de l'été. Un véritable entraînement, je veux dire. Pas ces mouvements de gymnastique pour malades que je fais en ce moment. Tu vas voir comme je vais rattraper le temps perdu ! Que cette Ida Bäck n'aille pas s'imaginer qu'elle va conserver sa médaille d'or et son titre de championne de Suède l'année prochaine !

Irene se sentit soudain très fière de ses deux filles. Chacune à sa façon, elles étaient de vraies battantes.

Un bon fumet sortait du four. Katarina finissait de dorer les steaks. Irene se rendit compte qu'elle mourait de faim. Elle mit rapidement le couvert et posa sur la table un broc d'eau glacée.

Un léger coup à hauteur de genou lui rappela que c'était aussi l'heure du dîner de Sammy. Deux tasses de croquettes plus les restes du plat de viande de la veille composaient, selon lui, un plat gastronomique. Avec un frisson, Irene regarda les croquettes brunes desséchées qui ressemblaient étrangement à des crottes de lapin. Même si elle détestait cuisiner, elle ne succomberait jamais à la tentation de manger la nourriture sèche du chien. Même en la réhydratant avec de l'eau chaude.

Il était un peu plus de minuit lorsque le film policier se termina. Irene éteignit la télévision et s'étira en bâillant. Mon Dieu, quel bazar dans les commissariats aux États-Unis ! De grands espaces ouverts avec les bureaux les uns à côté des autres, où il était vain d'espérer avoir la moindre intimité. Entre les bureaux se croisaient les prostituées interpellées, les dealers et les meurtriers. Au beau milieu de tout ça, les policiers se débattaient avec des histoires entre eux. Et tout ce petit monde se baladait armé à l'intérieur. Il paraissait invraisemblable qu'un suspect ne puisse se saisir d'une arme dans son étui.

Était-ce vraiment ainsi dans la réalité ? Dans ce cas, Irene plaignait vraiment ses collègues d'outre-Atlantique.

Elle rapporta sa tasse de café, et comme elle s'y attendait, Sammy la suivit dans la cuisine. Il était grand temps de le sortir une dernière fois.

La pluie s'était calmée, il bruinait seulement. L'air était comme lavé, il faisait encore doux, et une bonne odeur montait de la terre qui avait emmagasiné la chaleur de la journée. Le feuillage tout vert en ce début d'été était magnifique, et tout respirait le bonheur d'aller vers le plein été.

Quelques maisons plus loin, il y avait, selon toute apparence, une fête d'étudiants. Deux maigres branches ornées de ballons se dressaient de chaque côté de la porte d'entrée. Un jeune homme en chemise blanche et pantalon sombre trébucha en sortant sur le seuil de la porte laissée ouverte. Irene et Sammy l'entendirent avoir des renvois. Le jeune homme chancela jusqu'à la première branche où il retrouva son équilibre, avec pour conséquence que l'arbre et lui-même reçurent un flot de vomi.

L'avenir est à nous, se dit Irene avec ironie.

Sammy s'agita et aboya quand il vit le garçon s'en prendre à la branche. Les choses empirèrent quand il se redressa en pestant et arracha la branche pour la jeter sous l'arbre. Sammy se mit alors à aboyer de toutes ses forces. De toutes les conduites bizarres, celle-ci remportait la palme ! Sammy, lui, adorait les arbres et ne se battait jamais contre eux ! Lui au moins en faisait bon usage. Et il le prouva en levant sa patte contre un lilas.

Irene dut tirer fortement sur la laisse pour entraîner son chien qui ne cessait pas d'aboyer. Une balade autour du stade de football devrait suffire. Avoir un chien trempé dans son lit n'était pas particulièrement agréable, et Irene savait que Sammy la rejoindrait dès qu'elle serait endormie. Ils auraient dû le dresser quand il était encore un chiot, mais Krister et elle avaient trouvé trop adorable cette boule de poils qui montait se blottir contre eux.

Arrivée de l'autre côté du terrain de football qui jouxtait la forêt, Irene eut soudain l'impression qu'on l'observait. Elle regarda alentour mais ne vit personne. La sensation, elle, perdura.

Sammy ne remarqua rien d'insolite et renifla le sol à son habitude. Les mouvements frénétiques de sa queue laissaient à penser qu'une femelle était passée par là peu auparavant.

La nervosité d'Irene allait grandissant. Sur le chemin du retour, le chien marqua un temps d'arrêt. Quelqu'un, tapi derrière les arbres, l'observait.

Une sueur froide parcourut tout le corps d'Irene sous sa veste imperméable en Nylon. La peur lui fit crier à Sammy :

— Allez, viens, espèce de chien débile !

Il fut si perplexe qu'il la suivit sans protester. Elle ne s'était pas trompée : elle entendit nettement une branche craquer. Quelqu'un avait marché sur du bois sec. La forêt de bouleaux était particulièrement dense à cet endroit, et il était impossible de distinguer quelqu'un dans la pénombre des arbres. Irene prit rapidement une décision. D'une voix faussement enjouée, elle lança à Sammy :

— Maintenant on court retrouver son maître !

Décontenancé par le rapide changement d'humeur de sa maîtresse, le chien se mit à trotter, hésitant, avant de courir. Il prit de la vitesse, sa laisse tendue comme un câble derrière lui.

Tout en courant, Irene tâtonna dans ses poches pour trouver la clé de la maison. Elle la tenait déjà fermement en main dans sa poche. Par chance, elle avait allumé la lumière à l'extérieur avant de sortir. Malgré le tremblement de sa main, elle réussit à mettre la clé dans la serrure et à ouvrir la porte. Elle tira le chien à l'intérieur, referma la porte derrière elle et la verrouilla.

Sans prendre la peine d'enlever ses chaussures, elle fit le tour de la maison, vérifia que la porte de la véranda était fermée et alluma les lumières dehors, côté jardin. Puis elle éteignit toutes les lampes du rez-de-chaussée. Par mesure de sécurité, elle contrôla toutes les fenêtres, même si elle les savait fermées. Sans bruit, elle se faufila sous chacune d'elles pour ne pas être vue de l'extérieur. Elle jeta prudemment un coup d'œil au-dehors, mais ne vit pas âme qui vive. Seuls la bruine et le vent faisaient bouger le feuillage des arbres.

Soudain, elle pensa : *le premier étage*. Si jamais les filles avaient laissé une fenêtre entrouverte ! Le cœur battant, elle grimpa les marches quatre à quatre. Mais elle s'était inquiétée pour rien : toutes les fenêtres étaient bien fermées, même celle du toit, dans la pièce où on regardait la télévision.

De la chambre de Jenny, Irene pouvait regarder la façade arrière éclairée de la maison. Aucun des voisins n'avait allumé dehors. Il était facile de voir si quelqu'un essayait d'entrer par là, car le jardin était minuscule et déjà bien éclairé par les lumières de la véranda et l'éclairage public, sur le trottoir d'en face.

Son cœur commença à retrouver son rythme normal. Irene réfléchit. Quelqu'un l'avait-il vraiment épiée derrière les arbres ? Elle avait bien entendu une branche craquer, mais cela aurait pu être un daim ou un autre animal caché dans la forêt.

Irene s'était toujours fiée à son instinct, qui ne lui avait jamais fait défaut. Elle n'avait absolument pas peur du noir, mais peut-être son imagination lui avait-elle cette fois joué un tour ? Toutes ces discussions à propos du meurtrier qui devait se trouver près d'elle avaient dû la marquer. Le meurtre d'Isabell et la carte postale qu'elle avait reçue peu après la visaient directement. Cela avait été un crime absurde, mais pas aux yeux de l'assassin. Il avait dû juger qu'Irene était trop près de résoudre le meurtre de Markus Tosscander. Voilà pourquoi l'assassinat d'Isabell était un avertissement, mais aussi une façon de perturber et compliquer l'enquête sur les meurtres de Carmen Østergaard et de Markus Tosscander.

Mais pourquoi avait-il tué Emil Bentsen ? Ils étaient complices et avaient participé aux deux meurtres. Basta avait tué Isabell seul. Est-ce qu'Emil avait pris peur en écoutant Basta lui raconter le meurtre ? Ils avaient dû se voir aussitôt après.

La mère d'Emil l'avait interrogé pour savoir s'il connaissait une certaine Isabell ou s'il avait entendu parler de Scandinavian Models. Une heure plus tard seulement, Isabell se faisait attirer vers l'hôtel Aurora. Par qui ? Pas par Emil : il se trouvait alors dans la boutique de Tom. Irene l'avait vu de ses propres yeux. Bell avait été assassinée par la personne à qui Emil avait parlé aussitôt après sa conversation avec Beate Bentsen. Et cette personne ne pouvait être que Basta.

La photographie au-dessus du lit d'Emil avait peut-être rappelé à Basta les autres photos qu'Erik Bolin avait prises l'été précédent. *Manpower* était la preuve du lien entre Markus et Basta. Il lui avait fallu du temps pour s'emparer de l'exemplaire de Tom, mais il avait réussi à l'obtenir. Si Tom n'était pas entré à ce moment-là dans la chambre, il n'aurait pas été blessé. Le but n'avait pas été de tuer Tom, mais de récupérer la photo.

Mais il avait tué intentionnellement Emil Bentsen et Erik Bolin. Tous deux avaient fait l'objet de mutilations et de rituels. Pourquoi ne s'était-il pas contenté de s'introduire dans le studio de Bolin et de lui dérober les clichés ? Pourquoi avait-il jugé nécessaire de l'assassiner ?

La réponse glaça le sang d'Irene : parce qu'il aimait tuer. Il n'hésiterait pas à recommencer. Au contraire : c'était un instinct, une obsession. Et il ne verrait aucun inconvénient à ce que sa prochaine victime soit une certaine femme, inspecteur à la brigade criminelle. Ce serait faire d'une pierre deux coups.

Son pouls s'emballa à cette idée, même s'il n'y avait pas eu le moindre mouvement suspect à l'extérieur. Cela faisait presque une demi-heure qu'elle s'était enfermée dans la maison. Krister allait rentrer d'une minute à l'autre. À peine avait-elle formulé cette pensée qu'elle reconnut le pas familier de Krister qui avançait sur le perron en ciment jusqu'à la porte d'entrée.

Brusquement, elle comprit la stratégie de Basta. Elle sauta hors du lit et se précipita dans l'escalier. Elle vit la porte d'entrée s'ouvrir et le halo de la lumière extérieure pénétrer largement dans l'entrée sombre. La silhouette massive de Krister se découpa en ombre chinoise dans l'embrasure de la porte. Il tendit la main pour allumer la lampe dans l'entrée.

En poussant un cri terrible, Irene se jeta au bas de l'escalier. Krister sursauta et il esquiva, sans le savoir, le coup de matraque qui visait sa tête. Le coup porta sur le côté de la nuque et il tomba sur le sol en poussant un grondement sourd.

Irene, qui avait pris de la vitesse, se jeta de tout son poids contre l'homme massif, vêtu de noir, qui s'était faufilé derrière Krister. Tête baissée, l'épaule droite en avant, tel un rugbyman aguerri, elle lui donna un coup en pleine poitrine. L'homme n'avait pas récupéré son équilibre après avoir attaqué Krister, il tituba en reculant et tomba sur le perron, à moitié assis. Dans sa chute, il avait laissé tomber sa matraque, qui heurta violemment le ciment.

Irene s'arrêta sur sa lancée en s'agrippant au cadre de la porte. L'homme s'était relevé, et sa main droite pointait déjà sous sa veste. Sous la lumière du dehors, Irene vit luire une lame de couteau. Elle fit la seule chose qu'elle pût faire dans pareille situation : elle claqua la porte. Et les doigts tremblants, elle poussa le verrou.

17

— La capuche de son sweat était bien enfoncée, alors je n'ai pas pu bien voir son visage, mais je suis absolument sûre que je l'ai déjà vu, dit Irene.

Andersson la regarda, pensif. Il finit par hocher la tête et dit :

— J'ai regardé je ne sais combien de fois ces foutues photos pornos, et je ne sais pas si c'est le fruit de mon imagination, mais quelque chose me dit que je le connais aussi.

— Moi aussi, renchérit Hannu.

Les autres présents à la réunion du lundi matin secouèrent la tête, dubitatifs.

L'agression dans la maison d'Irene avait eu lieu dans la nuit de vendredi à samedi. Les collègues et la police scientifique avaient été à l'œuvre tout le week-end dans la maison et alentour pour retrouver des traces éventuelles. Il avait plu pendant la nuit, ce qui rendait les recherches plus difficiles. La seule empreinte déterminante était celle d'une chaussure de sport Nike, de pointure quarante-cinq, dans une plate-bande située le long de la cabane à outils qui séparait la maison des Huss de celle des voisins. Basta avait dû se cacher derrière le cabanon en attendant que Krister rentre chez lui.

Krister avait été un peu sonné après le choc, mais il n'était pas mort. Une voiture de police l'avait emmené à l'hôpital Sahlgren pour l'examiner, les médecins avaient constaté une ecchymose grave avec hématome. Il aurait quelques jours d'arrêt de travail, le temps pour son corps de récupérer un peu.

En maugréant, Krister écouta le diagnostic. Irene l'entendit dire qu'être assommé par derrière par un vrai psychopathe, ce n'était rien comparé au choc qu'il avait eu en ouvrant la porte de sa maison, ce havre de paix, et qu'un démon s'était précipité sur lui en hurlant ! Jamais encore il n'avait frôlé l'infarctus.

Irene était infiniment soulagée de réchapper ainsi de la rencontre avec Basta. Elle ne savait que trop ce qui était arrivé à ceux ayant eu le malheur de croiser sa route.

— Il n'avait pas une simple matraque. Elle était marron foncé ou noire. Et elle n'était pas en caoutchouc. On aurait dit le bruit d'une batte de baseball quand elle a heurté le ciment. Et elle paraissait aussi plus longue que nos matraques, avait expliqué Irene.

— Apparemment en noisetier ou en acajou. La police américaine et certains corps de police, en Asie et en Afrique, utilisent ce genre de matraque, ajouta Hannu.

— Est-ce que la matraque retrouvée dans la penderie d'Emil est une banale matraque en caoutchouc ? demanda Andersson.

— Oui, répondit Irene.

— Et il y avait encore des traces de sang dessus, rappela le commissaire.

— Oui, celui de Carmen Østergaard. Le meurtre avait été commis deux ans auparavant. Il faut donc en déduire que la matraque qui a servi aux meurtres ultérieurs était cette fameuse matraque en bois, dit Irene.

Celle-là même qui avait assommé son mari. Irene en eut encore des frissons dans le dos. C'est pourquoi elle avait accueilli avec joie la proposition du commissaire de mettre un policier en faction devant leur maison pendant le week-end, et elle espérait bien qu'on continuerait à faire surveiller sa maison jusqu'à l'arrrestation de Basta. Comme s'il avait lu dans les pensées d'Irene, Andersson dit :

— Nous allons monter la garde devant chez toi. Il est clair que cet imbécile veut ta peau. Donc, tu ne vas plus nulle part sans être accompagnée ! Tes initiatives personnelles, tu es priée de les laisser de côté pour l'instant ! Il attend son heure, à l'affût du moindre faux pas de ta part.

Irene n'en menait pas large, non pas à cause de ses démarches personnelles à Copenhague, mais parce qu'elle se rendait compte qu'il avait raison. Basta avait été on ne peut plus explicite dans ses intentions. Il n'avait pas peur de s'attaquer à sa famille. Ses filles avaient reçu l'ordre formel de ne pas ouvrir à des étrangers, de ne pas sortir seules le soir ou la nuit, et de prendre une kyrielle d'autres précautions.

— T'as vraiment un job merdique ! avait soupiré Jenny.

Pour la première fois de sa vie, Irene n'était pas loin de partager son avis.

— Est-ce qu'on en sait un peu plus sur l'identité de cet homme ? demanda Andersson.

Birgitta prit la parole :

— J'ai contacté toutes les personnes dont le nom était répertorié dans l'ordinateur de Markus. J'ai écarté d'office la plupart d'entre elles, car c'étaient seulement des relations de travail. Mais j'ai relevé le nom de certaines personnes que je n'ai pas réussi à joindre. Beaucoup de ceux à qui j'ai déjà parlé ont eu des réactions intéressantes. Certains ont dit « Ah bon, je suis dans son carnet d'adresses ? On s'est juste rencontrés une fois », et d'autres « Je suis encore dans son carnet d'adresses ? Cela fait des années qu'on ne s'est pas vus ». Selon moi, cela revient à dire que Markus gardait précieusement les coordonnées de tous ses partenaires, même ceux d'une nuit. Voilà pourquoi il y a de fortes chances pour que Basta figure sur cette liste.

Irene avait été heureuse de se décharger sur Birgitta de cette vérification fastidieuse, mais elle comprenait à présent toute l'importance de ce travail. Birgitta avait raison. Basta était forcément là, quelque part. *Il faut oser prononcer à haute voix son nom pour lui enlever sa charge émotionnelle,* pensa Irene. Elle lança :

— Basta, c'est le diminutif de quoi ?

— S'il est sévère, « Basta » pour « ça suffit », pourrait se référer à ça, suggéra Birgitta.

— Ce n'est pas idiot, reconnut Irene. Markus était, selon toute évidence, un masochiste. « Basta » pourrait signifier un maître sévère.

Hannu fit signe qu'il voulait la parole :

— J'ai réfléchi à l'endroit où ils ont démembré Markus. Sur la vidéo, on voit une fenêtre tout en haut du mur. À deux reprises, on aperçoit des lumières clignotantes en mouvement. Il fait sombre dehors. On voit très bien ces lumières. J'ai contacté un copain qui est contrôleur aérien. Il dit que la première lumière qu'on voit est celle d'un hélicoptère au décollage, et l'autre celle d'un avion qui atterrit.

— Voilà une piste. Mais de quel terrain d'aviation s'agit-il ? Landevetter ? interrogea Andersson.

— Non. L'avion est petit. Ce doit être Säve. C'est le seul terrain d'aviation avec assez de circulation pour qu'il y ait deux signaux lumineux en l'espace de dix minutes. J'ai l'intention d'aller faire un tour là-bas, histoire de voir si je trouve des locaux de ce genre dans le coin, ajouta Hannu.

Irene trouva que le raisonnement se tenait. Il fallait essayer de trouver cet endroit, c'était un bon début. Tout le monde avait eu les yeux rivés sur la scène macabre qui se déroulait devant eux. À son habitude, seul Hannu avait gardé son indépendance d'esprit.

— Quant à nous, il ne nous reste plus qu'à éplucher les autres noms du carnet d'adresses, constata Irene en faisant un signe de tête à Birgitta.

— C'est encore le plus sage. Je préfère te savoir ici chez nous, marmonna le commissaire.

Irene fit une marque rouge en face du nom des personnes qu'elle ne parvenait pas à joindre et qu'elle jugeait mériter un tête-à-tête. Jusqu'ici, elle avait passé en revue plus d'une vingtaine de noms et tracé des traits rouges en face de cinq d'entre eux. Si Basta ne se trouvait pas parmi eux, elle devrait continuer la liste et vérifier les noms suivants. C'était fastidieux et cela prenait un temps fou. Rien à voir avec le côté action, suspense et glamour de l'inspecteur de police tel qu'on se l'imagine. Mais c'est ainsi qu'on résout un crime. On étudie chaque piste à fond et on ne laisse rien de côté avant d'avoir épuisé le sujet.

Alors qu'elle allait passer son vingt-cinquième appel, son téléphone sonna.

— Inspecteur Irene Huss à l'appareil, dit-elle rapidement.

— Mon nom est Hen... Henning Oppdal, dit une voix d'homme assez claire.

Impossible de déterminer si l'homme bégayait par défaut ou par nervosité. Elle crut reconnaître un léger accent norvégien. Ce nom ne lui disait rien.

— En quoi puis-je vous être utile ? demanda-t-elle sur un ton amical.

— Je connais Pontus. Il a dit que je dev... devais vous appeler.

Pontus ? Irene réfléchit un instant pour se remémorer de qui il s'agissait.

— Ah, vous connaissez Pontus Zander. Vous travaillez aussi avec lui aux urgences ?

— Oui. Je suis radiologue.

Il y eut un silence, chacun attendait que l'autre prenne la parole.

— Pourquoi Pontus vous a dit-il demandé de prendre contact avec moi ? demanda Irene pour relancer la conversation.

— Je lui ai raconté une affaire. Une drôle d'histoire qui m'est arrivée cet hiver. Pontus vous avait parlé, je crois, du meur... meurtre de Markus Tosscander. Et vous lui aviez parlé de trucs de malades. De nécro... nécrophilie et autres choses de ce genre.

— C'est juste. Nous savons que l'assassin de Markus a des pratiques de ce genre. Est-ce que vous connaissiez Markus ?

— Non. Je ne l'ai jamais rencontré.

— Mais, si j'ai bien compris, vous avez vécu quelque chose relevant de la nécrophilie ?

— Oui. Fin janvier, j'ai rencontré un type dans un pub près de la gare centrale. On s'est un peu parlé, et puis au bout d'un moment il a dit qu'on pouvait aller ailleurs ens... ensemble. On a remonté Stampgatan. Je pensais qu'on allait chez lui, mais je me trompais complètement.

— Excuse-moi de vous interrompre, mais comment était-il ? A-t-il dit son nom ?

— Il était grand, le corps musclé. Les cheveux mi-longs attachés en queue-de-cheval. Je ne sais pas son vrai nom. Il m'a juste dit qu'il s'appelait B... Basta.

Irene sentit son pouls s'emballer, mais se garda de rien dire pour laisser Henning poursuivre son récit.

— Arrivés à hauteur du cimetière qui se trouve tout près de Sta...Stampgatan, il m'a dit : « Viens, on entre. J'ai un petit coin secret. » J'ai trouvé ça bizarre, surtout que la température était descendue au-dessous de zéro, cette nuit-là. Mais je l'ai quand même suivi. Il faisait sombre, c'était terrifiant ! Il s'est dirigé tout droit vers un grand mausolée avec une porte en fer. Puis il a sorti une clé de sa poche et a ouvert la porte. J'étais mort de trouille. J'ai tourné les talons et j'ai couru comme un fou vers les gr...grilles du cimetière. Par chance, il les avait laissées ouvertes.

— Est-ce qu'il a couru après vous ?

— Aucune idée. Je fais du marathon, je cours plu... plusieurs dizaines de kilomètres par semaine. Il n'avait aucune chance, quand bien même il aurait essayé de me rattraper.

Tu peux remercier ta bonne étoile, pensa Irene. *Jamais, de toute ta vie, tu n'auras frôlé la mort d'aussi près...*

— Où se trouvait ce mausolée ? demanda-t-elle. Je veux dire, dans le cimetière lui-même.

— Tout droit. Peut-être à une centaine de mètres de l'entrée.

Il y avait toutes les raisons du monde d'inspecter ce mausolée. Le vieux cimetière de Stampen était connu pour les décorations de ses tombes et de ses mausolées. Au dernier moment, Irene se rappela qu'elle n'avait pas le droit d'y aller seule. Il valait mieux qu'un collègue l'accompagne.

— Est-ce que vous pourriez passer me voir au commissariat ? J'ai une photo que j'aimerais bien vous montrer, dit-elle.

— Ce de... devrait être possible. Je ne travaille pas demain.

— Vous pouvez venir vers 9 heures ?

— Ça me va.

Irene le remercia de son appel et raccrocha.

Mon Dieu ! Basta s'était déjà mis à chasser pour son compte, sans Emil, dès janvier. À moins qu'il n'ait pas voulu tuer Henning ? Le cimetière était-il simplement un endroit morbide qui plaisait à Basta pour des relations sexuelles ? Heureusement, ils ne le sauraient jamais, puisque Henning s'en était sorti sain et sauf. Mais peut-être trouverait-on là-bas des traces de quelqu'un qui n'en aurait pas réchappé ?

Irene résolut d'aller examiner le mausolée aussitôt après le déjeuner.

Birgitta et Irene avaient bien mangé au restaurant de la gare centrale. L'agitation du monde à l'extérieur contrastait agréablement avec l'atmosphère fin de siècle dans la salle. Les boiseries sombres contribuaient à donner une impression de calme, même si le restaurant était comble. Leur plat du jour, *pasta marinara*, était réputé à juste titre. Pendant le repas, Irene raconta le coup de téléphone de Henning. Birgitta l'écouta sans l'interrompre. Quand Irene eut terminé, elle dit :

— Il faut absolument entrer dans le mausolée. Encore faut-il que ce soit la bonne tombe. On sera sans doute obligées d'en examiner plusieurs.

Irene acquiesça. Birgitta avait raison.

— Alors, qu'est-ce qu'on fait ? demanda-t-elle.

D'un geste résolu, Birgitta sortit son téléphone mobile et dit :

— On appelle Hannu. Lui saura.

Elle appela son numéro préenregistré et n'eut pas à attendre plusieurs sonneries avant qu'il réponde.

— Salut, mon amour. T'es où ?

Cela fit un drôle d'effet à Irene d'entendre Birgitta appeler Hannu « mon amour ». *C'est peut-être une question d'habitude,* se dit-elle.

Birgitta hocha la tête et dit en regardant Irene :

— D'accord. Je te passe Irene. Mais il faut d'abord que tu nous aides pour une chose bien précise : on a besoin d'examiner quelques tombes dans le vieux cimetière de Stampen. Non, il ne s'agit pas de les fouiller. Je te parle de mausolées avec des portes. Une piste qu'Irene a eue aujourd'hui. Concernant Basta. Est-ce que tu sais à qui il faut s'adresser pour se faire ouvrir des portes de mausolées ?

Elle écouta sa réponse et dit :

— Bon, alors tu m'appelles quand c'est arrangé.

Birgitta passa le téléphone à Irene.

— Salut, Irene. J'ai prié Birgitta de te demander si tu peux venir m'assister quand j'irai interroger Sara Bolin. Mais le temps presse. C'est possible pour toi demain dans la matinée ?

— Pas vraiment. Je vais rencontrer le témoin qui m'a donné la piste du mausolée. Cela dit, après 11 heures, ça devrait aller, dit Irene.

— Alors je contacte Sara Bolin, et on convient de se voir après 11 heures.

Irene raccrocha et repassa le téléphone à Birgitta, qui le fourra de nouveau dans son sac.

— Hannu connaît quelqu'un qui travaille dans l'administration des cimetières. Il va d'abord se renseigner là-bas. Il nous appelle dès qu'il sait quelque chose, l'informa Birgitta.

S'il y avait quelqu'un, dans l'entourage d'Irene, capable d'ouvrir des tombes, c'était Hannu et lui seul. Effectivement, elle ne fut pas surprise qu'Hannu appelle vingt minutes plus tard pour leur annoncer qu'un administrateur les attendrait près des grilles du cimetière à 15 heures.

Le ciel continuait à être nuageux après la pluie du week-end, mais une douce brise traversait la ville et achevait de sécher les rues. Birgitta et Irene marchèrent jusqu'au vieux cimetière de Stampen.

— C'est exactement le chemin qu'ont emprunté Henning Oppdal et Basta, tard un soir de janvier, vers minuit. Le radiologue pensait tirer un bon coup, mais, au lieu de cela, Basta l'avait attiré dans le cimetière puis avait ouvert la porte d'un mausolée. Pas étonnant que ce type ait eu la peur de sa vie, dit Irene.

— Encore une chance pour lui, répondit Birgitta.

C'était le moins qu'on puisse dire, en effet. Par une douce après-midi de juin, le vieux cimetière aux allures de parc paraissait engageant. Le lieu idéal pour une promenade contemplative. Et le dernier endroit au monde où l'on aurait imaginé voir pratiquer des rituels nécrophiles macabres.

Devant les grilles se tenait un homme corpulent, d'un certain âge. Vêtu d'un costume marron en tweed élimé, il était en sueur, bien qu'il ne fît pas si chaud que cela. Il n'arrêtait pas de s'essuyer le front et le visage avec un grand mouchoir en coton bleu à carreaux.

Les deux femmes allèrent vers lui et présentèrent leur carte de police, en déclinant leur identité.

Pour les saluer, il leur tendit une petite main toute molle et moite.

— Gösta Olsson, de l'administration des cimetières. Ce que je fais n'est pas très régulier, mais mon chef a jugé que ce n'était pas, à proprement parler, une ouverture de tombe, ce qui aurait nécessité l'autorisation d'un juge. On va juste jeter un coup d'œil sur ce que ces affreux satanistes ont fait. C'est incroyable qu'ils aient pu se procurer une clef. Ce doit être un double, puisque nous avons les clefs de toutes les anciennes tombes. Certaines familles n'ont plus de descendance, mais les tombes sont protégées comme faisant partie des monuments historiques. Elles présentent en effet un caractère unique parce que...

L'homme replet ne cessa de parler en faisant de grands gestes, jusqu'à ce qu'ils arrivent près des grands mausolées, regroupés au centre du cimetière. Il y avait deux mausolées d'un côté de l'allée en gravier, et trois de l'autre côté. Ils se dressaient comme un Manhattan des morts au-dessus des autres tombes du cimetière.

Les mausolées étaient imposants, leur taille dépassait celle de petites cabanes. Deux d'entre eux avaient un revêtement de marbre blanc, l'un était en ardoise et deux autres en granit rouge. Les portes étaient condamnées par de grosses serrures en fer ou en cuivre.

— Savez-vous desquels ils ont les clefs ? demanda Gösta Olsson.

— Non, malheureusement. Notre témoin était si effrayé qu'il ne se souvient plus exactement, répondit Irene en esquissant un sourire d'excuse.

Apparemment, Hannu avait mis l'incident sur le compte de pratiques sataniques. Du point de vue d'Irene, il n'y avait pas lieu de mettre l'administrateur au courant.

Olsson poussa un profond soupir et s'essuya le visage avec son mouchoir.

— On n'a qu'à entrer dans les cinq mausolées. Ah, si vous saviez les dégâts que font ces adorateurs de Satan ! Ils renversent les pierres tombales et les recouvrent de cire et de stéarine. Une fois, ils ont même essayé de fouiller une vieille tombe ! Elle contenait l'étoffe d'un évêque mort à la fin du XIXe siècle, mais les gens qui habitent dans la maison de l'autre côté de la rue ont vu qu'il se passait des choses bizarres et ils ont prévenu la police.

Il fut obligé de reprendre son souffle, et Irene en profita pour glisser :

— Et si nous commencions par le plus proche ? fit-elle en montrant du doigt la porte en cuivre d'un des mausolées en marbre.

— Oui, oui, bien sûr, répondit l'administrateur nerveux.

Il dut s'escrimer un long moment avant que la serrure ne cède. La porte s'ouvrit difficilement, avec un grincement sonore. Cela devait faire des années qu'elle n'avait pas été ouverte, conclut Irene.

Cela sentait comme dans une cave humide et renfermée. Irene alluma sa lampe torche et examina les cercueils empilés les uns au-dessus des autres le long des murs. Elle en compta dix-neuf. L'espace était si rempli qu'on n'aurait pas pu mettre un seul cercueil de plus. La poussière sur le sol paraissait intacte. Elle secoua la tête et se tourna vers l'administrateur :

— Non. Personne n'est entré ici depuis des années.

— Je m'en doutais, cette famille s'est éteinte depuis les années quarante. Mais nous avons eu deux enterrements, ces dernières années. Très tragique. Un père et son fils, je crois que l'épouse du fils était enceinte, de sorte qu'il y a encore un descendant, mais la femme était plus ou moins impliquée dans le meurtre du père...

Irene n'entendit pas le reste de la litanie d'Olsson. Comme ensorcelée, elle fixait la vieille plaque de cuivre vert-de-gris, où ressortaient deux noms récemment gravés : Richard von Knecht et Henrik von Knecht, morts respectivement en novembre et décembre 1996.

Cela avait été un des cas les plus compliqués que la police ait eu à affronter. La brigade criminelle avait fini par résoudre l'affaire, mais au prix de nombreux morts. À l'origine de tous ces meurtres, il y avait la trahison, la haine, la jalousie et l'avidité.

La pulsion à l'origine des meurtres qu'ils tentaient de résoudre en ce moment n'avait rien à voir avec la vie affective de gens normaux.

Irene frissonna malgré la chaleur ambiante relative.

Gösta Olsson enfonça la clef dans la serrure et ouvrit sans difficulté la porte, qui pivota sur ses gonds bien huilés. À côté de l'entrée veillait un ange en marbre recouvert de mousse, presque de la taille d'un homme. Irene regarda les yeux froids en pierre, elle aurait aimé que la sculpture puisse parler ; elle aurait certainement eu des choses intéressantes à dire.

L'administrateur se rangea sur le côté et laissa Irene entrer la première dans le mausolée. Elle descendit les marches glissantes, alluma sa lampe torche et balaya la pièce d'un faisceau lumineux. Avant d'avancer, elle éclaira soigneusement le sol. On voyait distinctement des traces de pas sur le sol en pierre couvert de poussière.

— Des empreintes de pas récentes. Ce pourrait bien sûr être celles des enterrements, il y a deux ans et demi, mais ces traces me semblent trop fraîches pour remonter aussi loin, dit Irene.

Une dizaine de cercueils en bois et en métal s'alignaient le long des murs. Les deux plus proches de la porte brillaient davantage que les autres, et Irene put lire les noms sur les plaques de métal. Richard von Knecht reposait dans le cercueil du bas, et son fils, Henrik, dans celui du haut. Irene s'approcha doucement et examina le cercueil de Henrik von Knecht. Elle vit aussitôt une première entaille dans le métal, récente et luisant comme une cicatrice, juste sous le couvercle. En regardant d'un peu plus près, elle vit plusieurs autres marques dans le métal. Il n'était pas difficile de comprendre ce que cela signifiait : le couvercle étant lourd, celui qui avait ouvert le cercueil avait eu besoin de bloquer quelque chose pour le maintenir soulevé.

Une foule de pensées assaillit le cerveau d'Irene. Mais à quoi bon en informer l'administrateur ? Elle réfléchit un instant et prit sa décision. Lentement, elle ressortit à la lumière du jour.

— Il y a clairement des traces d'activités sataniques à l'intérieur. Si on entre, on risque d'effacer les preuves. La police scientifique arrivera le plus tôt possible. Est-ce que nous pouvons garder la clef ? demanda-t-elle.

Gösta Olsson fut troublé. D'un geste nerveux, il essuya son visage où perlait la sueur avec son mouchoir. D'un ton hésitant, il répondit :

— C'est-à-dire que... enfin... je ne sais pas si j'ai le droit, mais vous êtes de la police et vous enquêtez sur ces adorateurs de Satan qui nous posent problème... Alors, vous devriez pouvoir garder la clef, même si le règlement ne nous autorise pas à...

D'une voix aussi calme et professionnelle que possible, Irene l'interrompit :

— Nous allons emprunter votre clef pour laisser entrer les techniciens de la police. Pendant ce temps, vous pouvez en référer à votre supérieur. S'il veut récupérer la clef tout de suite, vous n'avez qu'à m'appeler sur mon mobile et nous vous rapporterons la clef directement à votre bureau. En cas de problème, la police sera tenue pour seule responsable.

Irene lui tendit sa carte et lui donna une tape sur l'épaule pour lui faire comprendre qu'il pouvait partir. À contrecœur, l'administrateur se dirigea d'un pas lent vers les grilles.

Dès qu'il eut disparu, Irene se tourna vers Birgitta en disant :

— C'est bien là. Quelqu'un est venu ici et a ouvert le cercueil de Henrik von Knecht. On va être obligées de soulever le couvercle pour voir ce qui s'est passé.

Birgitta fit la grimace mais ne dit rien. Elle avait vu pire qu'un cadavre mis en bière depuis deux ans et demi.

Elles entrèrent toutes les deux dans le mausolée. Irene posa la lampe torche sur le couvercle du cercueil voisin.

— Regarde les marques. Elles sont récentes, fit-elle remarquer.

Birgitta les regarda de plus près et approuva de la tête. Se plaçant sur le côté, chacune à une extrémité, elles saisirent fermement le bord du couvercle.

— Un, deux et...trois ! compta Irene.

À trois, elles poussèrent de toutes leurs forces vers le haut et réussirent à soulever le couvercle.

Le corps de Henrik von Knecht dans son linceul reposait à l'intérieur. Mais ce n'est pas cela qui fit frémir Irene et Birgitta. À côté du cadavre, il y avait une tête dans un état avancé de décomposition.

– Nous avons donc retrouvé la tête de Markus Tosscander. En revanche, aucune trace des bras ni des jambes dans la crypte, ou comment ça s'appelle..., dit le commissaire Andersson.

— ... le mausolée, rectifia Irene.

Andersson fit semblant de n'avoir rien entendu et poursuivit :

— La presse ne doit en aucun cas avoir accès à cette information. Sinon, Basta saura que nous sommes sur sa piste.

— On fait surveiller le mausolée ? suggéra Fredrik Stridh.

— J'ai déjà posté quelqu'un là-bas, répondit Andersson.

Les techniciens avaient travaillé toute la soirée pour terminer leurs relevés. Svante Malm était venu à la réunion du matin. C'était à son tour de parler :

— Le professeur Stridner a promis de vous contacter dès que l'identification de la tête sera achevée à l'aide des empreintes dentaires et des radiographies. Un odontologue légiste doit passer dans la matinée. Mais avec les éléments dont nous disposons, Irene et Birgitta ont établi qu'il s'agit, très vraisemblablement, de la tête de Markus Tosscander.

L'image de la tête décomposée flotta une seconde devant les yeux d'Irene. Les jolis traits fins de Markus s'étaient enfuis à jamais. Elle songea un instant au caractère éphémère de la beauté, mais ce n'était pas le moment d'avoir des pensées philosophiques. Elle devait rester concentrée sur ce que Svante Malm disait :

— Nous n'avons trouvé aucune preuve pour étayer la théorie selon laquelle un crime aurait été commis à l'intérieur du mausolée. Cela dit, nous avons relevé des empreintes. Une fois écartées celles d'Irene et de Birgitta, nous en avons relevé deux autres. Une paire de grosses bottes, pointure quarante-cinq, et une paire de chaussures de sport, elles aussi de pointure quarante-cinq. Nous sommes en train de comparer ces empreintes avec celle relevée dans la plate-bande chez Irene, ce week-end. Nous avons aussi envoyé les empreintes et les photos à Copenhague au cas où ils auraient pu relever des traces sur un des lieux des crimes.

Où avaient-ils vu une empreinte de pas ? Irene fit un effort pour se rappeler... Ah oui, au bord de la mare de sang dans la chambre d'hôtel où Isabell avait été retrouvée. Irene avait tout d'abord cru qu'un des policiers avait, par inadvertance, marché dans le sang. Mais si ce n'était pas le cas et que l'empreinte se révélait être celle d'une chaussure de sport Nike pointure quarante-cinq ! Ce serait alors la première preuve sérieuse pour incriminer Basta du meurtre d'Isabell.

— Nous avons aussi retrouvé de longs cheveux blonds, mais ils sont très clairs et ne correspondent pas au signalement de Basta, ajouta Svante Malm.

Une pensée frappa Irene.

— Il pourrait s'agir des cheveux de la vieille Mme von Knecht. Elle est très blonde, précisa Irene.

— Possible. Ils étaient dans le cercueil où se trouvait la tête.

Svante Malm se pencha pour chercher quelque chose dans son grand sac bleu foncé. Il se releva en agitant un papier dans la main.

— Un fax de Copenhague. Ils croient avoir localisé l'endroit où a eu lieu le premier démembrement. Il semblerait que l'intérieur corresponde à la vidéo. Il s'agit d'un petit chantier naval, au nord de Copenhague, désaffecté depuis quelques années et qui devrait être démoli cet été. Nos collègues de Copenhague ont demandé à avoir les empreintes digitales que nous possédons. Il sera intéressant de voir si celles que nous pensons appartenir à Basta sont les mêmes que celles relevées sur les lieux des crimes, conclut-il.

Irene avait des doutes, mais, d'un autre côté, Basta avait déjà commis des erreurs. Des petites, certes, mais ajoutées les unes aux autres, elles resserraient l'étau autour de lui. Il s'agissait maintenant de l'identifier et de l'arrêter.

Irene jeta un coup d'œil à la dérobée sur sa montre et vit qu'il était presque 9 heures. Henning Oppdal allait arriver d'un moment à l'autre. Elle pria qu'on veuille bien l'excuser.

Elle ne s'attendait pas du tout à ce qu'il ait cette apparence. Le propriétaire de la voix fluette se révéla être un homme fort et musclé, sans le moindre embonpoint. Il était de taille moyenne, dans les vingt-cinq ans, avec des cheveux noirs et épais en brosse. Un regard bleu tendre se posa sur Irene, à travers des verres épais dans une monture ronde en acier.

Irene avait tourné *Manpower* contre le mur. Elle ne voulait pas que la photographie puisse distraire le témoin.

— C'est bien que vous ayez pu venir, Henning. Il y a là une photo, j'aimerais que vous la regardiez tout à l'heure, mais d'abord je vais vous poser quelques questions. Je peux ?

— Bien sûr, dit Henning.

— Avez-vous déjà rencontré Basta lors de vos réunions entre homos aux urgences ?

— Non, jamais, répondit-il d'un ton ferme.

— L'avez-vous déjà rencontré avant de le croiser à la gare centrale en janvier ?

— Non.

— Vous ne l'aviez donc jamais vu dans un club gay ou ailleurs ?

— Non.

— Est-ce que vous fréquentez souvent des bars homos ou ce genre d'endroit ?

— Oui. Quand je sors, je vais sou... souvent dans ce genre d'endroits.

— Et vous n'y avez jamais vu Basta ?

— Non.

— Vous avez une idée de qui il est et où on peut le trouver ?

Henning secoua la tête vigoureusement.

— Non. Et je ne cherche pas non plus à le re... revoir.

— Avez-vous entendu quelqu'un d'autre parler d'une aventure similaire à celle que vous avez vécue ?

— Non. Mais je ne pense pas qu'on raconte facilement ce genre de choses. Je ne l'ai confié qu'à Pontus et à vous. Et c'est uniquement parce que Pontus a parlé de votre conversation au sujet de la nécro... nécrophilie et ce genre de choses, que je me suis décidé à en parler.

Irene fit signe de la tête qu'elle comprenait. Elle se leva et se dirigea vers la photographie. Lentement, elle la retourna et fit un pas de côté pour qu'il puisse mieux voir.

— Vous reconnaissez cet homme ? demanda-t-elle.

Henning considéra *Manpower* un bon moment.

— On ne voit pas bien son visage, mais ce pou... pourrait très bien être Basta, finit-il par dire.

Il eut un sourire désarmant et ajouta :

— On peut acheter cette affiche quelque part ?

— Non, on ne peut pas. C'est une photo d'exposition.

— Basta est mannequin ? demanda Henning devenu soudain curieux.

Irene décida de ne pas révéler le nom du photographe. Les journaux n'avaient plus rien à écrire sur le meurtre d'Erik Bolin. Personne, en dehors du commissariat, ne connaissait l'existence de la photo de Basta. Et Basta ne devait pas savoir que la police avait déjà fait la relation entre l'agression de Tom et le meurtre du photographe. Il ignorait également où se trouvait *Manpower* à cet instant, à moins qu'Erik Bolin le lui ait révélé avant d'être assassiné.

— Nous ne savons rien de Basta. Nous ne sommes même pas sûrs que ce soit lui sur la photo. Ce n'est pour l'instant qu'un soupçon. Une piste parmi tant d'autres. Je vous serais reconnaissante de ne pas parler de cette photo à vos amis. Cela peut être un indice très important, comme cela peut aussi être une fausse piste, dit Irene.

Henning réussit enfin à détacher son regard de *Manpower* et tourna les yeux vers Irene. Quand il cligna des yeux derrière ses épaisses lunettes, il lui évoqua un gentil hibou aux yeux bleus.

— O.K. Je ne dirai rien. Mais quelle pho... photo !

Irene comprit sa réaction, mais sa propre attitude était plus ambivalente. Il se dégageait de la silhouette sombre à contre-jour une menace et une cruauté de plus en plus perceptibles.

Irene en était à sa cinquième tasse de café de la matinée et avait presque fini de rédiger son rapport après l'interrogatoire de Henning Oppdal, quand Hannu passa la tête par la porte et demanda si elle était prête à l'accompagner chez Sara Bolin. Irene se hâta de terminer et éteignit l'ordinateur. Avant de se lever, elle avala la dernière gorgée de café qui restait au fond de sa tasse.

Hannu conduisit et Irene appuya sa tête contre le repose-tête. Elle essaya de se décontracter.

— Est-ce que le témoin a demandé si nous avions trouvé quelque chose dans le mausolée ? demanda Hannu.

— Non. Il était complètement fasciné par *Manpower.*

Hannu rit et hocha la tête.

— Je comprends tout à fait. Il a reconnu Basta ?

— Il a dit que cela pouvait très bien être Basta. Mais c'est difficile de l'affirmer, parce que le visage est à contre-jour.

— Justement, dit Hannu. Pourquoi Basta tient-il tant à mettre la main sur ce cliché ? Nous n'avons retrouvé aucune des autres photos que Bolin a prises de lui. Basta a dû réussir à se les procurer.

— Il y a un lien entre Markus et lui à travers les clichés de Bolin. Mais je ne pense pas qu'il fonctionne comme nous. *Manpower* est peut-être devenu une obsession chez lui ?

— C'est possible. Mais je pencherais plutôt pour ta première théorie. Il est froid. Polaire.

Malgré la chaleur extérieure, Irene sentit soudain un air glacial entrer dans la voiture.

Sara Bolin avait dû les attendre dans l'entrée, car Irene eut à peine le temps de retirer son doigt de la sonnette que la porte s'ouvrit en grand. Ils virent alors en chair et en os la femme sur le cliché qu'Erik Bolin avait si fièrement montré à Irene, moins d'une semaine auparavant. Habillée tout en noir, elle était encore plus belle que sur la photo. Ses épais cheveux d'un beau brun sombre lui retombaient doucement en cascade dans le dos et encadraient son visage aux traits fins. Elle avait de grands yeux légèrement en amande et un petit nez bien droit. Sa bouche était pulpeuse, avec des lèvres sensuelles. Il paraissait difficile de croire qu'un corps aussi frêle ait porté deux enfants. Irene se rendit compte que la femme dans l'embrasure de la porte lui arrivait à peine à la poitrine.

Irene et Hannu se présentèrent, et Sara Bolin les fit entrer dans sa maison mitoyenne, peinte en rose – on eût dit une boîte à chaussures. Elle tenait ses bras serrés contre elle, comme si elle avait froid. Elle paraissait gracile dans sa chemise de coton noir à manches longues et son pantalon noir.

— Kristian dort, et Johannes joue avec les enfants des voisins. Il n'a que trois ans et ne comprend pas ce qui est arrivé. Il réclame parfois son papa, mais il sait qu'il travaille beaucoup et qu'il est souvent absent.

À ces mots, la voix de Sara se brisa, et des larmes brillèrent dans ses yeux sombres. Elle se détourna et leur dit d'une voix troublée :

— Entrez, je vous en prie.

Elle leur indiqua de la main les portes vitrées au bout du couloir. Les policiers entrèrent dans le petit salon et s'assirent dans le confortable canapé en cuir marron clair. Le tapis sous la table basse était d'un joli beige. Tout était impeccable, pas une tache, pas un grain de poussière. Irene en déduisit que les deux petits garçons ne devaient pas avoir le droit d'entrer dans cette pièce.

— Je vais peut-être faire un peu de café ? dit Sara Bolin.

Avant qu'Irene n'ait eu le temps d'accepter, Hannu répondit :

— Non merci, nous n'allons pas rester longtemps.

Sara n'insista pas et se laissa tomber dans un des fauteuils faisant face à Irene et à Hannu. Ses mains posées sur les genoux étaient si serrées qu'Irene pouvait en voir les jointures blanchir.

— Est-ce que vous l'avez arrêté ? murmura-t-elle dans un souffle.

Calmement, Hannu demanda :

— Qui ?

Elle tressaillit et lança à Hannu un regard désapprobateur.

— Celui qui a fait... ça... à Erik.

— Non. Nous suivons plusieurs pistes. Est-ce que vous suspectez quelqu'un ?

Sara posa ses jolis yeux sur Irene et secoua la tête.

— Non. Je ne vois pas qui aurait voulu... Pourquoi ?

— Est-ce qu'Erik a subi des menaces ou se sentait menacé ?

— Non. Jamais ! C'était l'homme le plus gentil du monde. Aimé de tous, dit Sara d'un ton ferme.

Irene la regarda et hocha la tête d'un air pensif.

— À propos, Erik m'a dit que vous étiez au courant de sa bisexualité quand vous vous êtes mariés. C'est vrai ?

Le corps frêle s'effondra. Puis Sara se redressa et répondit avec une pointe de défi dans la voix :

— Oui. J'étais au courant. Mais c'est moi qu'il aimait. Aucune femme au monde ne peut désirer avoir un homme meilleur qu'Erik. Pourquoi me posez-vous cette question ?

— Nous avons tout lieu de penser, d'après certains signes, qu'il y a eu un acte sexuel avant le meurtre, dit Irene.

Il fallut prendre sur soi pour expliquer à la veuve ce point particulièrement sensible, mais le fait est que le professeur Stridner avait trouvé des traces de sperme sur le corps d'Erik Bolin. Ou plus exactement dans ses cheveux. Elle n'avait rien trouvé dans l'anus ou ailleurs. Les analyses n'étant pas terminées, on ne pouvait pas encore déterminer l'origine de ce sperme.

S'il se révélait provenir de quelqu'un d'autre qu'Erik Bolin, les techniciens en identification criminelle enverraient l'analyse d'ADN à Copenhague pour voir si elle correspondait à celle de la tache de sperme retrouvée sous le lit d'Emil.

La voix de Sara était un peu tendue quand elle répondit :

— On est tombés amoureux dès notre première rencontre, un vrai coup de foudre ! Au début, c'était la passion, on se sentait faits l'un pour l'autre. Puis il m'a parlé de sa bisexualité quand on a emménagé ensemble. Je ne peux pas dire qu'il m'ait trompée, car il a toujours été franc envers moi. Mais je n'avais pas le choix, puisque je l'aimais à la folie. Soit j'acceptais son orientation sexuelle, soit je devais le quitter. Et cette dernière option était tout simplement inenvisageable pour moi.

— Vous étiez donc prête à le partager avec un homme ? s'étonna Irene.

Sara tortilla une mèche de ses cheveux et hésita un instant avant de répondre :

— Non. Il n'a jamais été question de le partager avec un autre. Je croyais que son amour pour moi était si fort que ça lui passerait.

Elle se tut et, l'air absent, rassembla ses cheveux en un chignon.

Pour la faire parler, Irene poursuivit :

— D'après ce que je comprends, ça ne lui était pas passé.

Sara sursauta comme si Irene l'avait piquée avec une épingle.

— Non, admit-elle résignée. J'étais enceinte de Johannes quand j'ai compris qu'il voyait quelqu'un.

Cette personne se révéla être Markus Tosscander. Nous avons eu une terrible dispute. Erik m'a alors avoué qu'il avait parfois l'impression de n'être que la moitié de lui-même. Il lui manquait quelque chose quand il était avec moi. C'était... affreux.

— Comment avez-vous réagi ?

— Je l'ai quitté. J'ai déménagé. Mais je n'arrivais pas à vivre sans lui. Peu avant la naissance de Johannes, je suis revenue habiter avec lui. Erik m'a juré de tout faire pour ne plus succomber à... ces pulsions-là. Je savais qu'il n'arrivait pas toujours à résister, mais ses aventures n'ont plus jamais mis en danger notre couple. Aussi étrange que cela puisse vous paraître, c'était un père et un mari merveilleux.

— Est-ce que vous auriez remarqué, ces derniers temps, quelque chose de particulier qui pourrait laisser penser qu'Erik avait une nouvelle aventure ?

— Non. Quelquefois...

Elle s'arrêta et se mordit la lèvre. Avec un geste de défi, elle rejeta la tête en arrière, leva le menton et regarda Irene droit dans les yeux.

— Quelquefois, il rentrait tard du travail. Et il lui arrivait aussi de travailler loin de la maison. Je ne pouvais pas contrôler à tout instant ce qu'il faisait. Il fallait bien que je lui fasse confiance.

Il revint à l'esprit d'Irene cette vieille maxime selon laquelle on voit seulement ce que l'on veut bien voir. Elle décida de prendre un autre angle d'approche et mit la main dans la poche de sa veste. Ses doigts saisirent l'enveloppe avec les photos qu'avait envoyées Tom Tanaka. Sans un mot, elle déposa les clichés de Markus et de Basta sur la table basse. Sara Bolin se pencha en avant pour voir de plus près les deux photos. En découvrant la photo de Markus, elle marqua un mouvement de recul.

Elle se rendit compte qu'ils avaient vu sa réaction et elle leur dit d'une voix tremblante :

— La photo de Markus n'était pas comme ça. Je veux dire, celle qui était à l'exposition.

— Comment ça ? Ce n'est pas la bonne photo ? demanda Hannu sur un ton innocent.

— Si, c'est la bonne photo, mais elle n'était pas comme... ça !

L'index tremblant, Sara montra du doigt la magnifique érection de Markus. Sur la photo de l'exposition, la main de Markus pendait nonchalamment pour dissimuler son sexe. Mais Irene comprenait la détresse de Sara. Il se dégageait de la photographie sur la table un tel désir... C'était Markus vu à travers le regard d'un amant.

Comme envoûtée, Sara fixait la photo. Elle murmura enfin :

— Il m'avait juré que c'était terminé. Il avait juré !

Irene vit qu'elle était sur le point d'éclater en sanglots. Pour la détourner de ses pensées, elle posa la photo *Manpower* sur celle de Markus.

— Et cet homme, est-ce que vous le reconnaissez ? demanda-t-elle.

Sara Bolin eut l'air désemparée. Avec hésitation, elle prit la photo de Basta pour la regarder plus attentivement. Puis elle la reposa et regarda Irene.

— Je reconnais la photographie proprement dite, bien sûr. Elle faisait partie de l'exposition, et elle était exactement comme ça. Mais je ne sais pas du tout qui est cet homme.

— Erik ne vous a jamais parlé de lui, il n'a jamais mentionné son nom ?

— Non.

Irene vit plusieurs belles photos accrochées aux murs. Elle eut soudain une idée. En montrant les photos posées sur la table, elle déclara :

— J'aperçois de nombreuses photographies d'Erik sur les murs. Y aurait-il un agrandissement d'une de ces deux photos-ci accroché quelque part dans la maison ?

La voix de Sara était dure quand elle répondit :

— Non, c'est moi qui décide ce qu'on met au mur !

Elle fut interrompue par un cri d'enfant. Vite, elle se leva et pria qu'on l'excuse.

— Kristian est réveillé. Il crie pour que je vienne changer sa couche. Il fait toujours pipi quand il dort et...

La fin de sa phrase se perdit dans le couloir. Irene se tourna vers Hannu et le taquina :

— Les parents de petits enfants ont toujours des sujets de conversation passionnants...

Hannu haussa les sourcils d'un millimètre et dit :

— Ah, vraiment ?

Elle faillit ajouter « Tu verras bientôt ce que c'est », mais se retint. Hannu ne parlerait jamais à personne de l'état des couches de son enfant.

Ils se levèrent en même temps et se dirigèrent vers les portes vitrées. Sara Bolin sortit d'une porte un peu plus loin dans le couloir. Elle tenait dans ses bras un bébé d'un an, tout chaud et encore à moitié endormi, ses bras potelés autour du cou de sa mère et sa tête brune blottie contre son menton.

— Merci de nous avoir accordé quelques minutes, dit Irene.

Sara Bolin essaya de sourire vaillamment.

— Je veux que le meurtre de mon mari soit élucidé. Naturellement, je suis à votre disposition si je peux vous aider en quoi que ce soit.

Le petit enfant dans ses bras s'aperçut de la présence d'étrangers dans la maison. Doucement, il tourna la tête et regarda Irene. Cette dernière sentit sa gorge se serrer en retrouvant les yeux d'ambre d'Erik Bolin.

Hannu appela Birgitta sur son mobile, et ils convinrent de se retrouver devant le commissariat. Un quart d'heure plus tard, la voiture de service banalisée stoppait devant l'entrée pour la chercher. Durant le trajet, Irene et Hannu avaient décidé de déjeuner au musée municipal de Göteborg. Birgitta avait plusieurs fois parlé avec enthousiasme de ce restaurant en vogue, installé au rez-de-chaussée, mais Irene n'avait pas encore eu l'occasion d'y aller. C'était le jour où jamais.

Après avoir tourné un moment, ils trouvèrent à se garer à Packhuskajen. Cela faisait une petite trotte, mais par ce temps radieux, c'était finalement aussi bien.

Hannu tint la porte pour laisser passer les dames et les pria d'entrer en plein XVIIe siècle. Les yeux d'Irene eurent du mal à s'habituer à la pénombre du restaurant avec ses voûtes en pierre. Les vêtements du personnel – jupes en chanvre et tabliers blancs empesés – évoquaient les costumes d'antan.

— Je ne serais pas surprise si nous avions aujourd'hui au menu du hareng froid avec de l'aneth et des oignons, ainsi qu'une purée de rutabaga, murmura Irene à l'oreille de Birgitta.

Ils réussirent à obtenir une table. Au menu du déjeuner, il y avait trois propositions. Irene prit une brochette créole avec des quartiers de pommes de terres au four et une bière light. Hannu et Birgitta choisirent tous deux le haddock dans une sauce au vin blanc avec des pommes de terre écrasées. *Choisir la même chose, c'est bien un truc de jeunes mariés*, sourit Irene.

La nourriture était délicieuse, et Irene se rendit compte qu'elle avait très faim. Certes, ce n'était pas donné, mais on en avait vraiment pour son argent.

Pendant le repas, ils bavardèrent de choses et d'autres, de tout sauf de l'enquête qu'ils menaient. La grande nouvelle – et ni Irene ni personne d'autre à la brigade criminelle ne la connaissait – était que Birgitta et Hannu restauraient une vieille bâtisse à Västra Bodarna. La maison était en réalité située à quelques kilomètres au sud-ouest d'Alingsås, et non pas à Dalsland, ce qu'Irene, avec son sens défaillant de la géographie, avait cru tout d'abord.

— Nous emménagerons là-bas début août, dit gaiement Birgitta.

Son bonheur éclatait aux yeux de tous. Elle rayonnait.

Irene avait-elle ressenti cette même joie quand elle et Krister avaient emménagé dans leur maison mitoyenne douze ans plus tôt ? Peut-être un peu, mais rien de comparable. Les jumelles venaient d'avoir quatre ans et se montraient particulièrement turbulentes. Irene avait été heureuse qu'ils n'aient plus à vivre entassés dans un deux-pièces-cuisine à Smörslottsgatan. Là-bas, à Fiskebäck, les jumelles pouvaient courir dans l'herbe et dans les squares, même s'il fallait les surveiller, bien sûr. Ces jeunes demoiselles Huss avaient toujours été du genre casse-cou, et elles n'hésitaient pas à partir à l'aventure dès qu'on avait le dos tourné.

— Et le terrain est de trois mille mètres carrés, babilla Birgitta avec enthousiasme.

Irene leva les sourcils et se tourna vers Hannu.

— Tu vas passer la tondeuse à gazon ? demanda-t-elle.

Il esquissa un sourire et se contenta de hausser les épaules. Ça pouvait signifier aussi bien « Je pense que oui » qu'« En quoi ça te regarde ? »

Au moment du café, Birgitta changea de sujet de conversation :

— Svante Malm est en relation avec des techniciens à Copenhague pour échanger leurs données et les comparer avec leurs propres résultats d'analyse. Cela évite de faire le travail en double. Svante a donc envoyé certains échantillons pour qu'ils soient analysés directement là-bas à Copenhague. L'étau commence à se resserrer autour de Basta.

— Il faut l'espérer. Nous finirons bien, tôt ou tard, par découvrir son identité, soupira Irene.

— Il a tué trop de fois et a laissé trop de traces. On l'aura, dit Hannu.

Quand Irene ouvrit la porte de sa maison vers 6 heures du soir, elle ne sentit pas la moindre odeur de nourriture. Pourtant, toute la famille semblait être à la maison, et réunie à la cuisine. Elle perçut des éclats de rire et des sons comme ceux d'un bébé. Irene se tint dans l'embrasure de la porte, mais aucun membre de sa famille ne fit attention à elle. Pas même Sammy. L'attention de chacun portait sur une petite boule de poils qui courait après Sammy en jappant et en essayant de mordiller sa patte arrière ou ses fières moustaches. Irene comprit que le fruit de ses amours avec la caniche de concours était arrivé.

Papa Sammy était très irrité. Un homme d'un âge respectable n'aurait pas dû être confronté à ce genre de situations. De plus, il n'avait jamais aimé les petits ! Très énervé par le comportement ostentatoire de son rejeton, il poussa un vague grognement et donna un coup de patte au chiot, qui s'écrasa à terre. La petite boule de poils poussa un son plaintif et présenta aussitôt son ventre rond presque sans poils.

— Oooh, ce qu'il est mignon ! s'écria Katarina.

— Ça fait combien de temps qu'il est là ? demanda Irene.

La famille se rendit soudain compte de sa présence.

— La bonne femme nous l'a apporté dès que Jenny et moi sommes rentrées de l'école. Elle devait faire le guet dehors, dit Katarina.

— Elle nous a même donné une laisse, renchérit Jenny pour essayer de détendre l'atmosphère.

— Et il a eu tous les vaccins qu'il faut, ajouta Krister, agitant énergiquement un certificat du vétérinaire pour étayer ses dires.

— Alors comme ça, vous pensez que ça va marcher avec Sammy, lui qui a l'habitude des câlins et d'être le centre du monde ? Je crois qu'il est trop vieux pour s'entendre avec un chiot, soupira Irene.

Krister écarta ses protestations d'un revers de la main et dit, tout en brandissant toujours le certificat de vaccination :

— Toi alors ! ce que tu peux être pessimiste ! Il va s'y faire. Il sera content de ne pas être seul quand nous ne sommes pas à la maison.

— Comment on va l'appeler ? demanda Katarina.

Irene regarda la petite créature et dit d'un ton aigre :

— Que diriez-vous de Pisseur ? Regardez ce qu'il est en train de faire sous la table !

18

Après la première nuit, la famille Huss comprit que ce n'était pas demain la veille que Pisseur allait être propre et s'habituer à son nouvel environnement. Sammy avait clairement montré son dédain vis-à-vis du petit voyou aux mauvaises manières. Pisseur, lui, adorait son père, même s'il est difficile de savoir dans quelle mesure les chiens ont conscience de leurs liens familiaux. Le résultat fut que Sammy avait désespérément essayé de ramper sous les lits et de se cacher dans les fauteuils, poursuivi par Pisseur, qui trouvait le jeu très amusant. Quand Sammy commença à en avoir assez et se mit à aboyer contre le chiot, celui-ci en fut effrayé et devint tout triste. Il couina et se mit à pleurer quand il fit noir. Personne dans la famille Huss ne dormit beaucoup cette nuit-là.

— C'est demain que commencent les grandes vacances. Nous allons pouvoir nous occuper de lui, dit Jenny.

— Tu ne devais pas travailler chez Domus ? demanda Irene, fatiguée.

— Je ne commence pas avant lundi.

Irene se tourna vers Katarina.

— C'est quand, le début des séances de natation ?

— Le 15. Et c'est arrangé : j'aurai le droit de participer aux deux sessions, répondit Katarina.

— Combien de temps en tout ?

— Six semaines.

— Ça signifie que nous devons nous occuper de Pisseur jusqu'au 15 juin inclus. Votre père et moi on prend nos vacances trois semaines et demi plus tard. Qu'est-ce qu'on va faire de lui entre le 15 juin et le 8 juillet ? demanda Irene, mettant ses filles au pied du mur.

— La baby-sitter de Sammy..., commença Katarina.

— Pas question ! Elle ne peut pas s'occuper d'un chiot en plus ! Estimons-nous déjà heureux qu'elle accepte de s'occuper de Sammy. Et elle part en congé après la Saint-Jean et ne reprendra que le 1er août.

Sur ces entrefaites, celui qui posait tant de problèmes arriva et réclama leur attention. Katarina le prit dans ses bras et fourra son nez dans sa douce fourrure. Pisseur s'agita dans tous les sens et tenta de goûter à la tartine de pâté de foie de Katarina. De sa patte arrière, il renversa une tasse de thé remplie à ras bord, dont le contenu se répandit sur toute la table.

— Mes vêtements pour la fête de fin d'année ! cria Katarina.

Elle bondit de sa chaise et, d'un mouvement brusque, laissa tomber le chiot par terre. Peut-être se fit-il un peu mal, ou eut-il simplement très peur, mais il se mit à pousser des gémissements plaintifs. Katarina contemplait, les larmes aux yeux, son pantalon et son débardeur blancs qui arboraient à présent de grandes taches de thé.

— Quel imbécile, ce chien ! s'écria-t-elle.

Le tumulte réveilla Krister qui, à moitié endormi, descendit dans la cuisine. Quand il eut pris la mesure du problème, il versa de l'huile sur le feu en décidant de faire quelques heures supplémentaires ce jour-là.

– Comment ça va avec le chiot ? demanda Irene en regardant Tommy par-dessus sa tasse de café fumante.

— Oh, très bien. C'est vraiment un amour. Agneta est restée à la maison avec la petite chienne depuis que nous l'avons eue dimanche. Mais les enfants vont être en vacances et pourront s'en occuper, dit-il.

— Comment s'appelle-t-elle ?

— Nelly.

Irene but la dernière gorgée de café. Curieusement, il ne lui faisait aucun effet. Aurait-il été mélangé avec du déca ?

— Nous avons perquisitionné la maison de Zorro Carlsson, hier. Nous le tenons ! Il a gardé des trophées. Trois petites culottes et une chaussure ont été retrouvées dans un carton au fond de sa penderie. Ces objets ont été identifiés par les victimes.

Tommy semblait très heureux, et il avait toutes les raisons de l'être. Un seul vague indice l'avait mis sur la piste, l'odeur de nourriture. Mais cela avait suffi pour le conduire à l'agresseur.

Irene eut un goût amer dans la bouche à la pensée des trophées que Basta avait pris. Où avait-il bien pu garder... Irene n'eut pas la force d'aller au bout de sa pensée.

Svante Malm passa la tête par la porte et dit :

— Salut ! Je vais faire un petit topo lors du tour de table de ce matin. Ce n'est pas l'heure ?

À la vue de son visage chevalin, tout souriant avec ses taches de rousseur et ses cheveux roux parsemés de mèches grises, Irene ne put s'empêcher de penser à un bon jus de carottes bio. *Ah, en voilà un qui peut dormir huit heures par nuit et se mettre en forme le matin avec du jus de carottes !* se dit-elle avec envie. Elle s'en voulut aussitôt, car elle savait que Svante Malm avait bossé comme un fou pendant les investigations, en multipliant les heures supplémentaires. C'était grâce au travail des techniciens de l'identification criminelle qu'on pourrait prouver le lien entre Basta et les différents lieux des crimes.

– Fait étrange, on dirait que les cheveux d'Erik Bolin ont été comme frottés avec le liquide séminal. Lorsque le meurtrier a tranché la tête et l'a portée jusqu'à l'étagère à chapeaux, il aurait oublié – c'est une théorie – qu'il avait du sperme sur les mains. Il a dû porter la tête en la tenant par les cheveux et sous le menton, car nous en avons aussi retrouvé beaucoup à cet endroit. Et ce sperme n'est pas celui de Bolin. Nous avons fait une fiche ADN et l'avons envoyée à Copenhague. Cela correspond parfaitement au sperme retrouvé sur un des lieux du crime. Sous le lit d'un homme qui s'appelait...

Svante parcourut les documents qu'il avait apportés. Pour gagner du temps, Irene compléta :

— Emil Bentsen.

— C'est ça, merci. Au fait, Irene, l'empreinte de la chaussure retrouvée dans ta plate-bande correspond parfaitement à l'empreinte relevée dans la flaque de sang à l'intérieur de la chambre d'hôtel où a été retrouvée Isabell Lind. Ce sont très précisément les mêmes empreintes, et aussi, très vraisemblablement, les mêmes que celles trouvées dans le mausolée à Stampen. Nous ne pouvons pas encore l'affirmer à cent pour cent, puisque ces empreintes sont dans la poussière. Les empreintes digitales n'ont rien donné. Ça veut dire que Basta n'a pas de casier judiciaire.

Svante marqua une pause et regarda Irene.

— Avez-vous pu trouver l'identité du type ? demanda-t-il.

— Non. Nous savons à quoi il ressemble et qu'il se fait appeler Basta. Il passe son temps entre Göteborg et Copenhague. Et selon les divers témoignages dont nous disposons, il peut être médecin ou artiste, soupira Irene.

— Pourquoi ne lancez-vous pas un mandat d'arrêt contre lui ? s'étonna Malm.

— C'est une décision difficile à prendre. D'un côté, nous n'allons pas tarder à découvrir son identité. De l'autre, nous ne voulons pas qu'il sache que l'étau se resserre autour de lui. Nous espérons qu'il s'imagine jouer au plus fin et que son sentiment d'invulnérabilité finira par le perdre. Mais je ne sais pas... peut-être qu'on devrait lancer un mandat d'arrêt à la fois au Danemark et en Suède, et cela le plus vite possible. Toute la difficulté consiste à savoir à quel moment le faire. Si nous le faisons trop tôt, il peut se mettre à l'ombre, et si on le fait trop tard, il a le temps de commettre un autre crime, expliqua Irene.

Svante Malm hocha la tête pour montrer qu'il était conscient du dilemme. Il regarda de nouveau ses papiers et poursuivit :

— Nous avons agrandi le bout de l'index qui apparaissait sur la vidéo du démembrement de Markus Tosscander. C'est l'index d'une main gauche avec un ongle très déformé. Voilà cinq agrandissements.

Il sortit les photographies d'une enveloppe en papier kraft et les fit circuler autour de la table. Chacun en prit une : le commissaire, Irene, Hannu et Jonny. Le bout du doigt n'était pas arrondi mais aplati, comme décapité. L'ongle recouvrait seulement sa racine, et la surface en paraissait accidentée. Pendant que les policiers observaient les agrandissements, Svante poursuivit :

— Sur le sol de la crypte, nous avons trouvé des taches qui peuvent très bien être du liquide séminal. Elles ont malheureusement commencé à se dégrader et sont trop desséchées pour être utilisées. Mais sur le linceul à l'intérieur du cercueil, où se trouvait la tête de Tosscander, nous avons pu relever des taches en meilleur état. Nous sommes en train de les analyser.

Si le sperme est le même que celui trouvé sur le sol chez Emil et dans les cheveux de Bolin, alors Basta sera fait comme un rat, pensa Irene en reprenant espoir.

— Mais, bon sang, qu'est-ce qu'il cherche, ce malade ? s'exclama le commissaire Andersson.

« Tu ne veux pas vraiment le savoir », allait dire Irene, mais elle se retint au dernier moment.

D'un œil indifférent, Irene fixait *Manpower*. Elle sentait monter la colère et la haine envers la silhouette noire photographiée. En même temps, elle essayait de comprendre comment on pouvait devenir nécrophile.

Ouvrant avec fracas la porte qui heurta le mur, le professeur Stridner fit son entrée. Haut perchée sur ses talons, elle portait un tailleur vert pâle taillé dans un tissu brillant, et il émanait d'elle une forte odeur de Joy de Patou. Elle avait beau n'être ni grande ni élancée, elle portait la toilette avec une prestance souveraine. Irene se sentit soudain assez minable dans son vieux jean et sa chemise denim à manches courtes. Au moins, ses sandales étaient-elles toutes neuves, se dit-elle pour se consoler.

Stridner s'arrêta net devant le bureau d'Irene.

— Où sont tous les autres ? Il n'y a que toi en service ? demanda-t-elle.

— Le commissaire est allé à une réunion, quant aux autres..., commença Irene.

— Je suis juste venue parce que j'étais dans le coin. Je m'envole cet après-midi pour New York, mais avant je veux vous laisser le rapport préliminaire d'autopsie d'Erik Bolin. Les odontologues légaux ont confirmé que la tête dans le mausolée appartient à Markus Tosscander.

Tandis qu'elle parlait, elle tira quelques papiers de son élégant porte-documents en cuir.

— Voilà pour Erik Bolin, fit-elle d'un ton sec en les jetant sur le bureau.

Sans les regarder, Irene demanda :

— Est-ce que les mutilations sont les mêmes que chez les précédentes victimes ?

— Oui. Les muscles de la cage thoracique, une fesse et le pénis. Aucun des organes internes de Bolin n'a été enlevé, mais la tête, oui. Elle a été tranchée avec un couteau extrêmement résistant et affûté. Je dirais un couteau comme ceux que nous utilisons pour pratiquer nos autopsies.

— Pourquoi les nécrophiles font-ils ce genre de choses ? demanda Irene.

Stridner fronça les sourcils et dit :

— La question est mal posée. Les nécrophiles ne font pas ce genre de choses. Les nécrophiles adorent littéralement les morts, mais ils ne les tuent pas eux-mêmes. Les nécrophiles qui pratiquent le nécrosadisme sont heureusement une infime minorité. Comme je te l'ai déjà dit, le type de meurtrier que nous recherchons est extrêmement rare. Mais parfois ils surgissent, et nous sommes confrontés à ce qui nous paraît relever d'une cruauté inhumaine. En réalité, un sadonécrophile n'est pas pire qu'un autre meurtrier. Le résultat est le même : un mort et une vie anéantie à jamais. Ce qui nous terrifie, c'est la profanation du corps mort après le meurtre. Pour nous, ça relève de la perversité absolue.

Pendant son exposé, Stridner allait et venait dans la pièce en faisant claquer les talons de ses escarpins. Elle s'arrêta soudain devant *Manpower* et scruta la photo. Même après avoir fini de parler, elle resta là, les yeux fixés dessus.

— J'ai cru un court instant reconnaître cet homme... Mais je ne sais pas. Je ne connais personne qui pose pour des photos pornos, dit-elle enfin.

Irene se leva de sa chaise et alla ver Stridner.

— Tiens donc... Hannu Rauhala et moi on a aussi tous les deux l'impression de connaître cet homme. Les autres ne sont pas sûrs.

Le professeur se pencha en avant pour examiner la photo d'encore plus près. Soudain, elle se redressa en s'écriant :

— Ça y est ! Je sais qui c'est : il travaille avec nous.

Irene avait retenu son souffle. Lentement, elle expira et demanda :

— Il travaille à la médecine légale ?

— Oui, mais il n'a pas de poste fixe, c'est un étudiant.

Suivait-il des études de médecine ? Il arrivait fréquemment que des étudiants en médecine travaillent en plus comme techniciens pour des autopsies.

La voix d'Irene tremblait quand elle demanda :

— Quel est son nom et qu'est-ce qu'il étudie ?

Stridner plissa le front en réfléchissant tout en continuant à examiner *Manpower*.

— Je ne me souviens pas de son nom. Mais il étudie l'art. C'est lui qui a réalisé la copie du tatouage de Markus Tosscander.

Basta avait passé plusieurs heures, assis à côté du tronc mutilé de sa victime, à recopier fidèlement le tatouage avec le dragon. Cette pensée était à vomir.

— Erik Bolin a pris cette photo. L'homme sur l'image se fait appeler Basta, et il est, selon toute vraisemblance, son meurtrier ainsi que celui de Markus Tosscander. Sans oublier les trois meurtres qu'il a commis à Copenhague, déclara Irene.

Stridner n'avait toujours pas bougé.

— J'ai du mal à croire que quelqu'un de la médecine légale ait pu faire des choses pareilles. Mais montons ensemble pour retrouver son nom, dit-elle. Il n'a peut-être rien à voir avec l'affaire.

Stridner était connue pour mettre aussitôt à exécution ce qu'elle disait : son tailleur vert était déjà dans le couloir.

Yvonne Stridner se précipita dans la salle du personnel, Irene sur ses talons, tel un esquif dans son sillage. À l'intérieur se trouvaient seulement deux personnes. L'homme avait la peau mate et les cheveux très foncés. Irene devina qu'il était indien. Quant à la femme, Irene la reconnut : il s'agissait de Britt Nilsson, une pathologiste nouvellement en poste. Ce n'était pas son nom qui avait fait tilt dans la tête d'Irene lorsque Svante Malm avait parlé d'elle, mais le fait qu'il l'ait mentionnée comme « la personne qui assiste Stridner ». C'était le lien avec Stridner et la médecine légale qui avait fait réagir Irene.

Une autre personne dans l'entourage de Stridner ne travaillait pas comme son assistant, mais bien comme gardien ; on l'appelait Basta, et c'est dans le service de la médecine légale qu'Irene l'avait vu la première fois.

Elle se rappelait bien à présent dans quelles circonstances elle avait croisé Basta. C'était quand elle avait demandé à parler à Stridner et qu'il s'était contenté de pointer un doigt en direction de la salle d'autopsie où le professeur pratiquait l'examen *post mortem* des morceaux du corps de Markus. Quand il avait étendu le bras en montrant du doigt la salle d'autopsie, Irene avait eu le temps de remarquer, sous la peau mate, les muscles saillants de ses bras.

Basta s'était montré très efficace, il avait réalisé une habile copie du tatouage de Markus. Avait-il pensé que jamais ils ne pourraient retrouver l'origine du tatouage ? Ou n'avait-il pas trouvé le moyen de décliner l'offre quand Stridner lui avait demandé s'il voulait bien se charger de ce travail ? C'était seulement quelques-unes des questions qu'Irene lui poserait quand ils l'auraient arrêté...

Stridner fit une rapide description du signalement de Basta aux deux personnes dans la salle. Avant même qu'elle ait terminé, l'homme à la peau mate hocha la tête et murmura :

— Je connais son nom... euh... Sebastian. Mais s'appelle aussi Basta... euh... se fait appeler Basta. Mais je ne connais pas le nom de famille.

Il écarta ses paumes en un geste d'impuissance et esquissa un sourire de regret.

Britt Nilsson parut incertaine :

— Il y a un gardien qui vient travailler de temps en temps qui correspond à ce signalement. Mais je ne sais pas comment il s'appelle, dit-elle.

Stridner tourna les talons et dit :

— J'ai la liste des employés dans mon bureau. Nous connaissons déjà son prénom.

Irene sentit un appel d'air quand le professeur passa devant elle.

Yvonne Stridner ouvrit ses classeurs au dos jaune. Elle examina avec attention le classeur « Personnel 1998-1999 ». Son index parcourut rapidement la liste. Elle s'arrêta sur un nom en s'écriant :

— C'est lui ! Sebastian Martinsson. Né le 7 mars 1970. Habite à Gamla Björlandavägen. Le numéro de téléphone est aussi écrit.

Elle tendit triomphalement le classeur à Irene pour qu'elle puisse voir par elle-même. Irene nota toutes les coordonnées sur son bloc-notes et remercia infiniment Stridner pour son aide.

— De rien, fit cette dernière avec un geste de la main. Essayez de l'arrêter le plus vite possible. Il va continuer à tuer. Tôt ou tard, il recommencera. Il attend juste son heure.

Elle leva vite son bras pour regarder sa montre élégante. Quelque chose disait à Irene que cette Rolex-là n'avait pas été achetée dans quelque ruelle louche de Bangkok. Si elle ornait le poignet d'Yvonne Stridner, on pouvait affirmer avec certitude qu'elle était authentique, tout comme le diamant sur le cadran, d'ailleurs.

— Il faut vraiment que je me sauve. L'avion pour New York n'attendra pas, même pour moi !

Irene contacta Hannu et Birgitta sur leurs mobiles. Jonny ne répondit pas au sien. Une voix mécanique lui dit que son correspondant n'était pas joignable pour l'instant et la pria de laisser un message après le bip, il avait donc éteint son mobile. C'était Jonny tout craché de se rendre inaccessible, mais au fond, cela valait peut-être mieux. Hannu, Birgitta et elle-même voulaient lancer les recherches et, si possible, procéder à l'interpellation. Hannu et elle s'étaient mis d'accord pour que le procureur intervienne immédiatement. Comme Hannu se trouvait à Säve, à la recherche du lieu où avait été démembré le corps, ce serait plus rapide si Birgitta, déjà sur place, joignait le procureur.

Ils convinrent de se retrouver dans le bureau du commissaire Andersson à 15 heures. Il devait alors faire le point sur toutes les informations qu'il détenait avant de s'engager plus avant.

Irene décida de vérifier si Basta se trouvait en ce moment dans le service de médecine légale. Sa feuille de présence n'avait pas été remplie depuis le 4 juin. Allait-il rester absent le reste de l'été ? Irene éplucha ses dernières feuilles de présence. Basta avait travaillé du 4 au 12 mars. Il s'était donc trouvé à Göteborg juste après le moment où ils avaient établi que Markus avait été démembré. Il avait aussi travaillé du 31 mai au 4 juin. Ainsi, il se trouvait aussi à Göteborg quand Erik Bolin avait été assassiné. Il y avait de grandes plages de temps où il n'avait pas travaillé. Était-il alors à Copenhague ? Irene vérifia avec les dates des meurtres d'Isabell Lind et d'Emil Bentsen. Il y avait un grand trou. Il était de congé ces jours-là, de même pour le moment où Tom Tanaka avait été attaqué.

Irene sortit dans le couloir vide. Il n'y avait pas âme qui vive pour demander des renseignements sur Basta. D'un pas lourd, elle descendit les marches. Elle s'arrêta, hésitante, devant la porte de la salle d'autopsie. On entendait à l'intérieur le son strident d'une scie circulaire qui découpait un os. Elle prit son courage à deux mains et ouvrit la porte.

Deux autopsies étaient en cours. À l'une des tables, Britt Nilsson était en passe de retirer les organes d'une cage thoracique. On entendit le souffle des gaz qui s'échappaient de la trachée quand elle souleva la masse du cœur.

Les autopsies peuvent sembler répugnantes, mais Irene, plus que personne, avait conscience de leur importance. Un corps, même mort, peut révéler la vérité sur ce qui s'est réellement passé. Le témoignage muet du cadavre exige des techniciens habiles et compétents pour interpréter ce que le corps leur raconte et rendre enfin justice au mort.

Un jeune technicien de salle d'autopsie était à l'œuvre sur l'autre table, il sciait un crâne. Irene porta son attention sur cet homme. Quand il se rendit compte de sa présence, il leva les yeux, éteignit sa scie et la regarda droit dans les yeux.

— Qui êtes-vous ? lui demanda-t-il sèchement.

— Inspecteur Irene Huss. Je cherche Sebastian Martinsson.

— Ah, je vous reconnais... Sébastian est en congé tout l'été. Je crois qu'il étudie à l'étranger. Qu'est-ce que vous lui voulez ?

Son ton s'était radouci dès qu'il l'avait reconnue, et il n'avait pas cherché à cacher sa curiosité. Irene fit comme si de rien n'était.

— Merci beaucoup. Je l'appellerai chez lui pour voir s'il est encore en ville.

Elle lui adressa un sourire amical et quitta calmement la salle. Même si elle était pressée, elle ne tenait pas à ce que cela se voie.

— J'ai croisé Sven dans le couloir, et nous sommes allés ensemble chez le procureur. C'est Inez Collin qui s'occupe de cette affaire, commença Birgitta.

Sven Andersson émit un grognement, mais Irene fut contente. L'affaire était entre de bonnes mains.

Inez Collin était intelligente et savait toujours prendre les bonnes décisions.

— Voilà pourquoi Sven est déjà au courant de tout, ce qui nous permet de gagner du temps, poursuivit Birgitta.

Hannu, Birgitta, Sven Andersson et Irene se trouvaient tous les quatre dans le bureau du commissaire. Devant eux étaient posées des tasses de café fumant et un paquet de petits gâteaux Mazarin.

— Collin prépare un mandat de perquisition, précisa Andersson.

— Bon. Il ne nous reste plus qu'à aller à Björlanda pour le cueillir, dit Birgitta.

— S'il y est encore. Le garçon de la médecine légale a dit que Basta avait pris tout son été pour aller étudier à l'étranger, dit Irene.

— À l'étranger ? Il ne va quand même pas nous filer entre les doigts juste au moment où on va l'arrêter ! s'écria le commissaire, contrarié.

— Espérons que non. Mais le risque existe. Je propose que nous y allions avec un serrurier pour gagner du temps.

— Je m'en occupe, dit Hannu.

— Je viens avec vous, grommela Andersson.

Irene comprit qu'il n'avait pas le courage de rester seul au bureau à attendre leur retour, avec ou sans Basta.

L'immeuble de béton gris à trois étages datait des premières maisons créées dans le cadre d'un vaste programme de HLM. Dans une tentative d'adoucir cette façade lugubre, les balcons avaient été peints en rouge dans les années quatre-vingt. Au fil du temps, les gaz d'échappements en provenance de la circulation intense sur Björlandavägen avaient assombri la couleur qui avait viré au brun rougeâtre. Les graffitis sur les murs égayaient davantage ces bâtiments, mais la qualité artistique étant inégale, l'impression d'ensemble était assez mitigée.

La serrure de la porte était cassée, on entrait comme dans un moulin dans le hall crasseux. Là aussi, les murs étaient recouverts d'inscriptions en tout genre, surtout des gros mots et des insultes à caractère sexuel, et peu de dessins.

Au deuxième étage habitait un certain S. Martinsson, comme la plaque l'attestait. Les quatre officiers de police prirent position de chaque côté de la porte, et Irene appuya sur la sonnerie. Elle sentit son pouls s'emballer. Enfin, elle allait voir Basta face à face.

Après cinq essais, elle comprit qu'il n'était pas à la maison. Et s'il y était, il n'avait de toute façon pas l'intention d'ouvrir. Irene risqua un coup d'œil par la fente pour le courrier. Elle vit un tract publicitaire sur le sol et le coin d'une carpette jaune. L'appartement semblait silencieux et vide. Irene entendit derrière elle la voix de Hannu :

— Oui, tu peux venir.

Quand elle se retourna, elle le vit éteindre son mobile et le fourrer dans la poche intérieure de sa veste. Cinq minutes plus tard, le serrurier était déjà là. C'était un Finlandais de haute taille, très gai, qui entreprit d'ouvrir la porte, tout en bavardant dans le suédois chantant si caractéristique des Finlandais vivant de ce côté-ci de la frontière. C'était comme s'il n'avait cure de l'impatience du commissaire, qui piétinait devant la porte.

Quand le verrou sauta, il ouvrit la porte en grand et fit un geste d'invite :

— Si vous voulez bien vous donner la peine...

Andersson entra le premier. Avant de commencer la perquisition proprement dite, il fallait d'abord s'assurer que Basta ne se cachait pas quelque part. Ce fut vite fait. L'appartement ne comportait qu'une pièce avec une petite entrée étroite, dotée de deux placards. L'un abritait des casiers de rangement en fer, et l'autre des ustensiles et produits d'entretien. Les casiers étaient quasiment vides, à part une paire de gants de ski, deux pulls chauds et une écharpe tricotée en grosse laine bleu clair. Sur le sol se trouvait une paire de bottes couleur beige, parfaitement cirées, de pointure quarante-cinq.

Dans l'autre placard, il y avait un vieil aspirateur, une tapette verte en plastique pour frapper les tapis et une planche à repasser.

La porte sur le mur d'en face ouvrait sur une petite salle de bains. Elle était si minuscule que les toilettes jouxtaient la baignoire. Quant au lavabo, il était coincé sous la fenêtre sur le mur côté cour. Les murs étaient peints en vert tilleul. Le sol était recouvert de carreaux gris dont plusieurs étaient fendus. Irene ouvrit l'armoire et constata qu'elle était vide, à l'exception d'une brosse à cheveux et d'un tube de dentifrice complètement usagé. Tout était net, d'une propreté méticuleuse.

Sur le sol de l'entrée, il y avait une petite carpette jaune d'or. La lampe dans l'entrée était cassée, mais la lumière pénétrait malgré tout par la porte ouverte ainsi que par une haute fenêtre. Irene ne s'était jamais intéressée à la manière dont les gens entretenaient leur intérieur, mais elle dut admettre qu'elle avait rarement vu des fenêtres aussi bien nettoyées. Des rideaux blancs tissés avec un motif de mouettes en vol pendaient de chaque côté. En les examinant de plus près, Irene vit que les rideaux avaient été soigneusement amidonnés.

Tout à gauche de la porte d'entrée se trouvait un coin cuisine de quelques mètres carrés, avec minifour, réfrigérateur, un congélateur et quelques placards beige. L'évier brillait comme dans les publicités pour les produits nettoyants miracle.

La chambre donnait une impression d'espace, parce qu'il n'y avait presque pas de meubles. Les murs étaient peints à l'éponge dans une couleur abricot pâle. Au centre de la pièce, se trouvait un vieux tapis à longs poils d'une propreté irréprochable, dans des tons vert et jaune. Un lit avec un simple dessus-de-lit en coton vert à bordures blanches longeait l'un des murs. Une petite table usée en pin avec deux chaises de cuisine dépareillées faisait face à la fenêtre. Des étagères de chez Ikea couvraient le mur opposé au lit. Sur l'étagère du milieu, était posé un petit téléviseur avec un magnétoscope. On ne voyait aucun livre sur les étagères, en revanche des films vidéo à la pelle et des carnets de croquis de différentes tailles, tous soigneusement rangés selon la taille et la couleur. Sur les étagères du bas, des cadres en bois attendaient d'être tendus de toile.

— Waouh ! Je n'ai jamais vu un type nettoyer et entretenir sa maison comme ça ! fit Birgitta, impressionnée.

Deux tableaux accrochés au-dessus du lit composaient l'unique décoration du mur. Quand Irene posa les yeux dessus, elle en perdit la voix. Elle eut tout juste la force de pincer le bras de Birgitta en montrant les peintures du doigt.

— Mais tu me fais mal ! s'écria Birgitta.

Elle suivit la direction de l'index d'Irene et se tut sur-le-champ.

Les tableaux étaient deux portraits, l'un d'un homme et l'autre d'une femme. Leurs têtes flottaient librement dans l'air, puisque les cous n'étaient rattachés à aucun thorax.

— Carmen Østergaard et Markus Tosscander, balbutia Irene.

Andersson s'approcha des tableaux et les examina très attentivement.

— Tu es sûre ? Je parle de la femme. Tosscander, lui, je le reconnais, dit-il.

— J'en suis certaine. C'est Carmen.

L'arrière-fond de Carmen était couleur lilas. Ses cheveux bouclés d'un brun virant au rouge encadraient un visage pâle et gris. Ses yeux grands ouverts paraissaient las et sans expression.

L'arrière-fond du portrait de Markus était ocre, ce qui faisait ressortir ses beaux cheveux noirs. Cette couleur chaude contrastait avec la pâleur verdâtre de la peau. Ses yeux à lui aussi étaient écarquillés et éteints.

— Oh, mon Dieu ! Il a peint leurs têtes décapitées ! s'exclama Irene.

Andersson recula d'un pas pour regarder les peintures sous un autre angle.

— Tu crois ? dit-il.

— J'en suis sûre. Tu vois bien que les têtes sont séparées du corps.

— On dirait que c'est le cas, en effet, reconnut le commissaire.

Debout près de l'étagère, Hannu feuilletait les carnets de croquis.

— Venez voir par ici, dit-il.

Les trois autres le rejoignirent. Sans un mot, il leur tendit un grand carnet en leur montrant les esquisses sur la première page. Elles représentaient la tête de Carmen que Basta avait dessinée sous des angles différents. Sur certaines d'entre elles, on voyait la coupe en dessous du cou. Il n'y avait aucun doute sur le fait que la tête avait été tranchée.

— Tournez la page, ordonna Hannu.

Irene tourna la page et découvrit les études préliminaires du tableau accroché au mur.

Les cinq pages suivantes contenaient des esquisses des organes internes. Irene reconnut un cœur et des intestins de différentes grosseurs. Elle se doutait de ce qu'il allait y avoir sur les pages suivantes, mais elle eut quand même un haut-le-cœur en voyant surgir le reste. D'abord le dessin d'une poitrine découpée, puis quelques études d'un vagin de femme.

Irene commençait à se sentir mal. Ses mains tremblaient tandis qu'elle tournait les pages.

Venaient ensuite les dessins concernant Markus, à commencer par des croquis de la tête sous différents angles. Sur la page suivante, on pouvait voir les études préliminaires au tableau. Mais quand Irene tourna encore la page, elle reçut un véritable choc. Ce n'était pas une nature morte avec les organes internes. Elle aurait préféré cela à ce qu'elle découvrit sur les pages suivantes : sur chacune apparaissait la tête de Markus dans la même position et sous le même angle exactement, mais chaque fois à un stade de décomposition différent.

— Ma parole, ce type est complètement cinglé ! s'exclama Andersson.

— Ça explique pourquoi il a gardé la tête dans le mausolée, dit Birgitta.

Hannu sortit du coin cuisine en disant :

— Le frigo et le congélateur sont vides. Tout a été nettoyé. Il ne pense pas revenir pendant l'été.

Il agita un porte-clefs et ajouta :

— J'ai trouvé ça, alors je vais faire un tour au grenier.

La porte d'entrée se refermait déjà derrière lui, et ils l'entendirent monter l'escalier.

— Si Basta est à l'étranger, on peut imaginer sans trop se tromper qu'il doit être à Copenhague, dit Irene.

— Ce n'est pas vraiment l'étranger, corrigea Birgitta.

— Non, mais il a un point de chute là-bas.

— Pourquoi n'a-t-il pas dit à son collègue de travail qu'il allait à Copenhague ?

— Il ne veut peut-être pas qu'on sache qu'il passe du temps là-bas, suggéra Irene.

— Tu penses qu'il s'est rendu pendant plusieurs années régulièrement à Copenhague sans que ses collègues le sachent ?

— Ce n'est pas impossible, s'il ne les fréquente pas en dehors du travail. Il est seulement vacataire dans le service de médecine légale.

— Combien de temps a-t-il travaillé là-bas ?

— Selon Stridner, à peu près cinq ans, par périodes.

Elles furent interrompues par la voix d'Andersson :

— Venez voir ce que j'ai trouvé !

Il se tenait devant les deux placards au pied du lit. Irene et Birgitta accoururent. Une grosse veste en cuir avec un col en fourrure, un costume noir, une chemise blanche et une cravate noire étaient suspendus dans une des penderies. En bas, il y avait une belle paire de chaussures noires à lacets. Dans l'autre se trouvaient une blouse blanche de docteur, une chemise à manches courtes verte et un pantalon de coton vert à larges revers. En bas, on voyait une paire de sabots en bois verts, avec « Op 1 » inscrit au feutre noir sur le talon. Un sac avec des masques opératoires et un autre avec des gants chirurgicaux étaient posés à côté des chaussures.

— Je n'arrive pas à y croire ! « Mon docteur personnel ! », s'écria Irene.

— Qu'est-ce que tu racontes encore comme bêtises ? lança le commissaire, irrité.

— Il y a un an, Markus a dit à ses amis quelque chose à propos d'un homme. Il l'a appelé « mon docteur personnel ». Et voilà qu'on a la panoplie du parfait médecin sous nos yeux ! Exactement comme Emil, que Markus appelait « mon petit flic », alors que ce n'était qu'un déguisement.

La porte d'entrée s'ouvrit et laissa passer Hannu qui tenait, dans chaque main, un sac plastique de chez Domus. Il avait aussi mis un sac noir en cuir brillant en bandoulière. Sans dire un mot, il alla vers eux et déposa ses sacs.

Irene vit qu'ils étaient remplis de vêtements. Elle crut distinguer un jean blanc et un caleçon de bain rouge.

— Pourquoi a-t-il emporté ses affaires au grenier ? demanda Andersson.

Hannu posa par terre le sac de cuir et plongea la main dedans.

— Ce ne sont pas ses affaires, mais celles de Markus. Il y a en d'autres là-haut, dit-il.

Il sortit un passeport neuf de l'Union européenne à couverture rouge et l'ouvrit. Markus Tosscander adressa son plus beau sourire aux trois policiers.

— Il y a aussi de l'argent, poursuivit Hannu.

Il prit une longue enveloppe en plastique bleue. À l'intérieur se trouvait une liasse de billets.

— Des bahts thaïlandais, constata Hannu.

La gorge d'Irene se serra. Jusqu'au bout, Markus avait cru partir en Thaïlande.

Soudain, le commissaire claqua ses mains l'une contre l'autre et dit d'un ton énergique :

— On va l'avoir ! Il faut essayer de localiser sa famille proche. Il doit bien y avoir quelqu'un qui sait où il est, bon sang ! Toi, vérifie s'il a fait suivre son courrier... bref, tout ce que tu sais si bien faire, Hannu.

Hannu acquiesça. Si Basta avait de la famille, c'est comme si elle était déjà trouvée. Et si Sebastian avait laissé une adresse derrière lui, Hannu aurait tôt fait de la découvrir. Mais que feraient-ils s'il avait réussi à effacer toutes les traces derrière lui ? Une bonne idée était de contacter les collègues à Copenhague, mais il faudrait attendre le lendemain, car il était déjà plus de 17 heures.

Il était presque 20 heures quand ils se retrouvèrent dans la salle de conférences avec leurs pizzas qu'ils venaient de se faire livrer. Le commissaire Andersson, Tommy, Irene, Birgitta et Jonny étaient attablés. Irene se demanda par quel miracle Andersson avait pu joindre Jonny. Le dernier à venir les rejoindre fut Hannu.

Le commissaire commença par faire le point sur les événements de l'après-midi. Pour finir, il se tourna vers Jonny en disant :

— Comme tu t'es déjà familiarisé avec l'univers des films vidéo, je te demande de jeter un coup d'œil aux films de Sebastian Martinsson.

Malgré les vives protestations de Jonny, il fut assigné à cette tâche. Puis Andersson se tourna vers Hannu et demanda :

— Tu as trouvé quelque chose ?

Hannu fit signe que oui et regarda ses papiers.

— Sebastian Martinsson est né à Trolhättan, il y a vingt-neuf ans. Son père était professeur. Les parents ont divorcé peu après la naissance de l'enfant. Le père est mort d'un cancer quand

Sebastian avait treize ans. Sa mère habite toujours à Trollhättan. Il semblerait qu'elle soit artiste.

— Tu as pris contact avec elle ? demanda Andersson.

— Non. Personne ne répond à ce numéro.

Andersson fit une grimace, mais son visage s'éclaira après un moment.

— Il faut contacter nos collègues de Trollhättan pour qu'ils la retrouvent. Ou qu'ils nous disent au moins où elle est.

Trollhättan est à une petite vingtaine de kilomètres de Vänersborg. Irene pensa soudain à Monika Lind et décida de l'appeler pour prendre de ses nouvelles. Elle pourrait toujours lui dire qu'ils étaient bien sur la piste du meurtrier. Ce serait sûrement une consolation pour elle.

Monika Lind parut d'abord étonnée en entendant la voix d'Irene au téléphone. Puis elle se détendit quand elle comprit qu'Irene se faisait du souci pour elle.

— C'est comme si je vivais dans un grand trou noir. Dieu merci, le trimestre est terminé, mais, au fond, ce n'est pas vraiment une bonne chose que d'avoir le temps de penser. Je m'en veux à moi-même de ce qui est arrivé à Bell. Comment ai-je pu la laisser partir à Copenhague ? Il faut dire que rien ne l'arrêtait. Je n'ai jamais compris qu'elle... Comment ai-je pu être aussi naïve ! s'exclama-t-elle.

— Comment va le reste de la famille ? demanda Irene.

— Janne a bien encaissé le choc. Presque trop bien, à mon avis. Mais il a été un soutien formidable pour moi et Elin. Elle est encore trop petite pour que sa grande sœur lui manque vraiment, elle a surtout envie d'avoir un chien en ce moment.

Janne aussi en veut un. Au fond, ça nous aiderait peut-être à penser à autre chose... Qu'est-ce que tu en dis ? Vous avez toujours eu des chiens, vous. Est-ce qu'Elin est trop petite ?

— Pas si vous êtes conscients que c'est Janne et toi qui en aurez toute la responsabilité. Mais un chien, c'est sûr, c'est une distraction pour tout le monde, et ça rassemble aussi la famille. Un chiot réclame beaucoup de surveillance et de soins : il faut l'élever, lui donner des cours de dressage et...

Irene s'interrompit et réfléchit.

— Le fait est, hasarda-t-elle, que Sammy est devenu papa. Nous avons un des chiots à la maison. Il aura bientôt dix semaines et il est adorable. Mais il est difficile pour nous d'avoir un chiot en ce moment. Sammy est trop âgé et accepte mal d'avoir un rival. La dame qui s'occupe de lui dans la journée a soixante-dix ans, et nous ne savons pas combien de temps elle pourra continuer. Le reste de la famille est rarement à la maison. Nous sommes soit au travail, soit à l'école, soit dehors à pratiquer toutes sortes d'activités... tu sais comment c'est. Le chiot est un croisement de caniche noir avec un terrier irlandais à poils doux. Si vous voulez, vous pouvez l'avoir. Il est très mignon.

Il y eut un moment de silence, puis Monika dit :

— Oui, au fond, c'est peut-être l'occasion ou jamais, puisque je suis en vacances tout l'été. Combien coûte-t-il ?

— Elin peut l'avoir en cadeau. C'est un soulagement pour nous de savoir qu'il aura un bon foyer.

— Mais c'est trop ! Comment s'appelle-t-il ?

Irene faillit lui dire la vérité, mais elle se retint. « Pisseur » n'était pas un nom propre à inspirer confiance. Aussi se borna-t-elle à dire :

— Nous n'avons pas encore décidé. Pour l'instant, on dit juste « le Petit ».

— J'en parlerai à Janne. Nous te rappellerons demain.

Irene trouva que la voix de Monika était plus gaie quand elle raccrocha. Elle espéra du fond du cœur que la famille Lind prendrait Pisseur.

Mais le plus difficile restait à faire : convaincre sa propre famille du bien-fondé de cette action.

19

Comme Irene s'y était attendue, ce fut difficile de convaincre la famille. Après moult tergiversations, les trois autres membres durent admettre que les besoins du jeune Pisseur s'accordaient mal avec leurs emplois du temps respectifs. L'argument décisif fut le rejet manifeste de Sammy. Il avait l'habitude d'une vie calme, avec de longues promenades, et de manger en paix. Son fils sabotait tout ce petit confort. Sammy traînait, la queue basse, comme une âme en peine.

— J'irai probablement à Trollhättan demain. Si les Lind veulent bien le prendre, j'emmènerai Pisseur avec moi et je ferai un détour par Vänersborg, dit Irene d'un ton résolu.

Sa famille hocha tristement la tête. Jenny avait les larmes aux yeux quand elle prit l'adorable boule de poils sur les genoux. Pisseur était fou de joie qu'elle veuille jouer avec lui, et il n'arrêta pas de sortir et rentrer la langue en essayant frénétiquement de lui lécher le visage.

Couché sous la chaise d'Irene, Sammy poussa un gros soupir.

Monika Lind appela au moment où Irene s'apprêtait à se rendre à son travail.

— Nous voulons bien prendre le Petit ! lança-t-elle joyeusement.

Il fallut quelques secondes au cerveau encore embrumé d'Irene pour se rappeler que c'était le nom qu'elle-même avait donné à Pisseur la veille. Elle se ressaisit rapidement et parla de son éventuel voyage à Trollhättan dans le courant de la journée. Au cas où elle n'irait pas, la famille Lind devrait passer prendre le chiot le lendemain.

— La mère de Sebastian Martinsson a été localisée. Elle s'appelle Sabine Martinsson et elle est née en 1950. Elle vient de sortir de l'hôpital où elle a été admise pour *delirium tremens*. Elle a, semble-t-il, un gros problème avec l'alcool, commença Birgitta.

Andersson hocha la tête et l'interrompit :

— J'ai parlé avec les collègues à Trollhättan. Ils pensent qu'il vaut mieux que nous allions nous-mêmes là-bas lui parler. Hannu et Irene peuvent partir sur-le-champ. Voici l'adresse.

Il tendit le papier à Hannu. Irene était contente : Pisseur allait prendre la voiture pour la première fois de sa vie et faire connaissance avec sa nouvelle famille.

Le commissaire poursuivit :

— Svante Malm n'avait pas le temps de venir en personne ce matin, mais il m'a appelé tout à l'heure. Apparemment, ils peuvent procéder à des tests ADN sur les cheveux retrouvés sur la brosse dans l'armoire de la salle de bains de Martinsson. Il dit qu'il y avait des follicules de cheveux sur certains d'entre eux. Ils vont les comparer avec l'ADN du sperme retrouvé sur les lieux du crime. Il m'a chargé de te passer le bonjour, Irene, et de te dire qu'à première vue l'écriture de la carte postale que tu as reçue présente de grandes similitudes avec celle de Martinsson. Il a écrit pas mal de choses dans ses carnets.

— T'a-t-il dit s'il avait retrouvé l'ordinateur portable de Markus ? intervint Birgitta.

— Non. Il n'y avait au grenier que des vêtements, des crèmes solaires, bref ce que les gens emportent quand ils partent en vacances. Bizarrement, ils n'ont pas retrouvé de sac de voyage, dit Andersson.

Birgitta eut l'air déçue. L'ordinateur de Markus aurait permis d'éclairer pas mal de zones d'ombre.

— Irene, avant de partir, je voudrais que tu appelles à Copenhague pour informer nos collègues. Tu es la seule à comprendre le danois. Dis-leur ce que nous savons de Martinsson et qu'il semble suivre des cours de peinture dans une école à Copenhague, dit Andersson.

C'était une hypothèse qu'Irene avait posée lors du repas de la veille. Selon elle, Sebastian travaillait à Göteborg et étudiait la peinture à Copenhague. Quand Andersson, sceptique, avait demandé pourquoi, dans ce cas, Sebastian n'avait pas déménagé à Copenhague et cherché un petit boulot sur place au lieu de faire la navette, Hannu s'était contenté de répondre d'un ton sec : « Ici, à Göteborg, il a le travail de ses rêves. »

Irene fit comprendre d'un signe de tête qu'elle transmettrait les informations à Copenhague.

Ce fut Jens Metz qui répondit au commissariat de Vesterbro. Irene lui fit un rapport sur tous les renseignements qu'ils détenaient sur Sebastian Martinsson. Quand elle eut terminé, Metz se montra admiratif.

— Vous avez fait du bon boulot. Il est donc lié à tous les meurtres. Vous avez pu visionner ses vidéos ? Je ne serais pas étonné si vous trouviez des séquences où il aura le premier rôle, ricana Jens.

Irene eut la nausée à la seule pensée des scènes auxquelles il faisait allusion.

Avant de raccrocher, elle demanda des nouvelles de Beate Bentsen. Jens, redevenu sérieux, répondit :

— Elle a obtenu de prolonger son congé maladie. L'assassinat d'Emil l'a profondément traumatisée. Mais qu'il ait tué et ensuite démembré le corps, ça l'a vraiment achevée. Elle ne reviendra pas avant la fin de l'été.

Irene éprouva une profonde compassion envers la commissaire danoise. Elle lui avait donné l'impression d'être une femme intelligente et humaine. La pensée qu'elle pût être la mère d'un meurtrier paraissait inconcevable. Comment Emil était-il devenu ainsi ? Irene revit les affiches, les films vidéo et les boîtiers de CD qu'ils avaient retrouvés dans l'appartement d'Emil. Elle avait le sentiment que les films qu'Emil consommaient en grande quantité portaient une grande part de responsabilité : les images dont se nourrissait son imaginaire avaient fini par se confondre avec sa vraie vie.

Jens et Irene convinrent de se rappeler au cours de la journée dès qu'il y aurait du nouveau.

— J'ai déjà votre numéro de mobile, dit Jens avec un rire malicieux.

L'appel terminé, Irene réfléchit à la dernière phrase de Jens. Il avait trouvé son numéro de téléphone dans le répertoire du Nokia à la coque dorée de Tanaka. Elle n'avait pas osé demander à Jens comment allait Tom. Cela restait un point trop sensible.

L'autre coup de fil était pour la maison, pour Katarina. Irene pria sa fille, encore mal réveillée, de mettre les quelques possessions terrestres de Pisseur dans un sac : le sachet avec la nourriture pour chiots, les deux écuelles en acier inoxydable, la laisse et l'os en caoutchouc. Le canard qui couinait lui faisait une peur bleue, alors autant le laisser. En revanche, ce serait bien si Katarina pouvait trouver un livre sur l'éducation des chiens. Comme les Lind n'avaient jamais eu de chiots, cela pourrait leur être utile. Pisseur étant le fils de Sammy, Irene savait qu'ils en auraient grand besoin.

Ces détails réglés, elle alla trouver Hannu. Ils sortirent ensemble et prirent une voiture de service passe-partout, une Saab 900 bleu foncé.

Pisseur était reposé et en pleine forme. Il semblait tout excité de monter dans une voiture. Avant même que celle-ci n'ait démarré, il se tenait debout sur les genoux d'Irene, les pattes avant sur la fenêtre, pour regarder au-dehors. En voyant Katarina avec Sammy en laisse qui, près des rangées de garages, leur faisait au revoir de la main, il aboya en direction de son vieux père qui n'avait pas le droit de les accompagner. En tous points, il était bien le fils de son père, à part son poil qui était plus foncé.

Après une petite demi-heure, étourdi par un trop-plein d'impressions, le chiot se laissa tomber, épuisé, sur les genoux d'Irene où il ne tarda pas à s'endormir.

La remise de Pisseur à une Elin débordante de joie se déroula sans encombre. Irene parvint à l'empêcher de coucher le chiot dans son landau de poupée. Elin avait cru que le chien qu'ils allaient avoir n'était, au fond, qu'une sorte de bébé.

— Appelez-moi si vous avez le moindre problème, leur dit Irene en prenant congé de la famille Lind.

Une fois hors de leur champ de vision, elle prit une profonde inspiration puis souffla.

— Voilà une bonne chose de faite, dit-elle.

— Les chiots, c'est du boulot, constata Hannu.

— C'est autant de boulot que des enfants en bas âge, répliqua Irene du tac au tac.

Hannu esquissa un vague sourire.

Le quartier où vivait Sabine Martinsson se trouvait un peu excentré par rapport à Trollhättan. Ils mirent du temps à le trouver, mais après avoir tourné en rond, ils finirent par le dénicher.

L'immeuble avait été construit dans les années cinquante, mais rien, ou presque, n'avait été fait depuis. Tout le quartier semblait dans le même état d'abandon. Les fenêtres du hall d'entrée, cassées, avaient été remplacées par des panneaux de fibres de bois cloués à la va-vite. Quelqu'un avait peint une croix gammée en noir sur la plaque. Irene poussa la lourde porte et pénétra dans la cage d'escalier couverte de graffitis et puant l'urine. Hannu et elle marquèrent un temps d'arrêt, et la porte se referma derrière eux.

On entendait nettement le bruit de la fête dans tout l'escalier. Irene regarda l'heure, 11 h 45. À l'évidence, certains préféraient boire que déjeuner. Se laissant guider par les rires et les éclats de voix, ils se retrouvèrent au deuxième étage. Sur la porte pendait une plaque en céramique affichant « Bienvenue chez Sabine et Sebastian ». Sous la plaque, quelqu'un avait gravé le mot « con » avec un objet pointu.

La sonnette était cassée. Hannu frappa lourdement à la porte. Le niveau sonore de l'autre côté était bien trop élevé pour que quiconque entende les coups. Puisque personne ne venait leur ouvrir, Hannu tourna résolument la poignée et entra.

Un homme était étendu dans l'entrée, à même le sol crasseux. Comme il ronflait bruyamment, ils en déduisirent qu'il était vivant et l'enjambèrent sans cérémonie.

La fête avait lieu dans la cuisine. L'air était saturé de fumée de cigarettes, dont l'odeur ne parvenait pas à dissimuler la puanteur des détritus et des corps humains qui ne se lavaient jamais. Une femme et deux hommes étaient assis devant une table croulant sous le désordre. Sous la fenêtre, un gros radio-cassette avec le volume poussé à fond hurlait la question enjôleuse d'Elvis « *Are you lonesome tonight ?* ». Sur la table se bousculaient des verres sales, des restes de pain, des peaux de saucisson, un paquet entamé de cookies et des sachets de chips vides. Un bidon de cinq litres, rempli d'un alcool fait maison, trônait au centre de la table. Il avait dû être plein au début, mais les quatre personnes en avaient déjà bu presque la moitié. Tout dans leur attitude venait corroborer cette hypothèse.

— Tu crois qu'on pourra tirer d'elle une parole sensée ? s'inquiéta Irene.

— On va bien voir, maintenant qu'on y est.

Au même instant, un des hommes se rendit compte de la présence d'invités indésirables. Il était trapu, avec une épaisse tignasse blonde qui n'avait jamais vu de peigne. Ses iris bleu clair flottaient dans ses yeux injectés de sang. Il fit une tentative maladroite pour se lever, mais retomba lourdement sur la chaise de la cuisine. Il se mit alors à hurler :

— Mais p'tain... c'est qui, ces gens ?

Malgré ses monosyllabes, on reconnaissait bien un fort accent finlandais. Hannu prononça vite quelques mots en finnois qui lui clouèrent le bec. Irene comprit à l'expression figée de son visage qu'il n'ouvrirait pas la bouche de sitôt. Elle prit la peine de prendre une voix douce pour dire :

— Nous sommes de la police de Göteborg. Nous cherchons Sabine Martinsson.

La femme tourna vers elle son visage émacié et regarda Irene pour la première fois. Ses cheveux fins teints au henné étaient ramassés en queue-de-cheval sur le haut du crâne. Le visage, marqué par une vie d'excès en tout genre, était creusé de rides profondes autour des yeux et de la bouche, mais les pommettes et les grands yeux verts attestaient de sa beauté passée. Sebastian avait hérité de ces pommettes hautes. Irene les avait remarquées sur la photo en contre-jour et les avait reconnues sans pouvoir mettre un nom dessus.

Sabine Martinsson se leva lentement en prenant appui sur le rebord de la table. Sebastian avait aussi hérité de sa mère sa haute taille. Elle était presque aussi grande qu'Irene. Toutefois, elle n'était pas élancée, mais amaigrie, sous-alimentée. Seul le ventre était rond et tendu. Sabine Martinsson paraissait très malade. Son tee-shirt jaune flottait sur ses épaules osseuses. Le fin tissu laissait deviner les deux grosses aréoles de sa poitrine décharnée et pendante. Son caleçon noir déchiré aurait dû être moulant, mais lui aussi flottait lamentablement autour de ses jambes maigres.

— Des flics... de Göteborg, bredouilla-t-elle.

Il lui manquait une incisive en haut et plusieurs dents du bas.

— Nous aimerions vous parler. C'est à propos de Sebastian.

En entendant prononcer le nom de son fils, une lueur traversa les yeux éteints de Sabine. Elle se redressa et lança d'une voix étonnamment claire :

— Il est arrivé quelque chose à Seb ?

Irene fit un pas vers la silhouette chancelante et posa doucement sa main sur le bras de Sabine, qui n'avait que la peau et les os.

— Nous ne savons pas. Il a disparu de son travail. Est-ce que vous savez où il est ?

C'est le moment que choisit l'homme plus âgé pour reprendre ses esprits. Le regard vide, il était resté assis à fixer les policiers, tandis que ses mâchoires édentées remuaient toutes seules. Soudain, il cria :

— Dis rien à ces flics de merde ! Ces enfoirés...

D'un mouvement mal assuré, il voulut se lever, mais le Finlandais le fit se rasseoir aussitôt. Irene ne connaissait pas un traître mot de finnois, mais les paroles de Hannu avaient visiblement fait leur effet.

— Tout va bien. On veut juste retrouver son fils qui a disparu, expliqua Irene avec un sourire.

L'homme fut déboussolé. Il devait se demander si les policiers devant lui étaient venus en amis ou en ennemis.

— Seb ? Seb... disparu ? répéta Sabine.

Elle avait du mal à parler, on voyait que cela lui coûtait pour articuler chaque mot.

— Oui. Ça fait un moment qu'on ne l'a pas vu à son travail, et il n'est pas chez lui. Savez-vous où il peut être ?

Sabine enleva la main d'Irene de son bras et se dirigea d'un pas chancelant vers la porte de la cuisine. S'appuyant sur le chambranle, elle inspira bruyamment avant de tousser. Puis elle décida d'aller aux toilettes situées de l'autre côté du couloir. Comme il fallait s'y attendre, elle trébucha sur l'homme qui ronflait par terre et tomba la tête la première sur lui, sa chute fut donc amortie. Ce dernier toussa sous le choc avant de se remettre à ronfler, un ton plus haut.

— Vous ne vous êtes pas fait mal ? demanda Irene.

Elle s'était précipitée vers elle pour l'aider à se relever. Comme elle était légère pour sa taille ! Sabine marmonna quelque chose et s'arracha des bras bienveillants d'Irene. Vacillante, elle fit les derniers pas vers les toilettes et claqua la porte derrière elle. Un instant plus tard, ils entendirent, de l'autre côté de la fine cloison, des bruits inattendus.

— Je crois qu'elle essaie de se faire vomir, chuchota Irene à Hannu.

— Oui. Pour avoir les idées plus claires.

Quand Sabine ressortit, ils perçurent l'odeur aigre du vomi. Elle secoua la tête sans regarder les policiers et leur dit :

— Venez... dans la salle à manger.

Elle les précéda de son pas mal assuré. Un canapé crasseux qui, en son temps, avait dû être bleu pâle, ainsi qu'un fauteuil en rotin en piteux état constituaient le seul mobilier de la pièce. Dans un coin traînait un chevalet vide, et sur le sol, au milieu, trônait un petit téléviseur couleur flambant neuf. Mais ce qui attirait le regard quand on entrait, ce n'était pas les meubles.

Il ne restait pas un centimètre carré visible du papier peint aux murs, tant ceux-là étaient couverts des tableaux de Sabine. De grand format, ils affichaient tous la même palette de couleurs, à savoir violet pâle, rose et blanc, avec parfois une touche de bleu très clair. Pas la moindre trace d'une teinte plus chaude.

Ces peintures, ou plus exactement ces portraits, présentaient toute une série de visages grotesques sortis tout droit des pires cauchemars. Des démons tordus et grimaçants vous dévisageaient sur les murs. Pendant un court instant, Irene trouva qu'un homme grassouillet, aux allures de Bouddha et au large sourire, était le seul personnage sympathique, mais elle se rendit compte que ses yeux étaient noirs et vides. L'homme que Sabine avait saisi avec ses pinceaux était cynique et méprisant. Les couleurs froides renforçaient la sensation de malaise qui émanait de ces toiles. Jamais Irene n'aurait pu avoir un de ces tableaux chez elle, même si l'artiste connaissait très évidemment son métier.

Sabine s'affala dans le canapé avec un bruit étouffé. Sa cage thoracique se soulevait quand elle respirait en poussant des sons rauques, et elle toussait tellement qu'Irene fut vraiment inquiète. Sabine aurait-elle une pneumonie, elle qui venait de sortir de l'hôpital ? Comme si elle avait lu dans ses pensées, Sabine balbutia :

— La toux... la toux du fumeur. Je devrais pas fumer.

Irene prit place dans le fauteuil en osier qui protesta en craquant. Elle pria pour qu'il ne se brise pas en mille morceaux. Hannu préféra rester debout.

— Qu'est-ce que vous lui voulez à Seb ? parvint-elle à dire avec difficulté.

Irene se pencha doucement en avant et lui dit :

— Les collègues de travail de Sebastian se demandent s'il lui est arrivé quelque chose. Cela fait plusieurs jours qu'il ne vient pas au travail. Est-ce que vous savez où il est ?

Sabine secoua la tête.

— Non... C'est gentil de la part... de... de ses collègues de bureau.

— De bureau ? répéta Irene surprise.

— Un bon bureau. Le meilleur de Göt... teborg. Chez Cyhrén.

Elle se tut et posa un regard malicieux sur une sorte de créature violette qui sortait de l'abîme, la bouche béante fixée dans un éternel cri d'angoisse.

— Qu'est-ce que vous entendez par là quand vous dites qu'il travaille dans un bureau ? demanda à nouveau Irene.

Sabine lui jeta un regard irrité.

— Un bureau de pompes funèbres. Un bon boulot. Il a besoin de sous... C'est cher, les études à Copenhague.

Irene saisit la balle au bond :

— Depuis combien de temps il étudie à Copenhague ? demanda-t-elle.

Sabine plissa le front. Puis elle eut comme une illumination et s'écria d'un ton triomphal :

— Plusieurs années !

— Qu'est-ce qu'il étudie à Copenhague ? fit Irene, s'efforçant d'adopter un ton amical à la fois pour cacher sa nervosité et pour garder la confiance de cette femme.

Sabine se redressa dans le canapé sale et rejeta sa tête en arrière d'un air crâne :

— La peinture. L'art. C'est que moi, je suis une art... tiste.

En disant ce mot, elle se pencha en avant et cracha sur le sol un filet de bile jaunâtre. Hannu sortit de sa poche un paquet de mouchoirs en papier et en posa plusieurs sur le crachat pour l'éponger. Puis il emporta le tout aux toilettes et Irene entendit le bruit de la chasse d'eau.

Dans le sofa, la femme maigre pressait les mains sur son ventre. De fines gouttes de sueur perlaient à son front.

Irene s'inquiéta.

— Vous êtes sûre que vous ne voulez pas retourner à l'hôpital ? On peut vous y conduire si vous voulez.

Sabine, effrayée, eut un mouvement de recul :

— Non ! À quoi bon ? De toutes façons, ils me renvoient chez moi. Le foie et le pancréas sont morts. C'est ma faute... qu'ils disent.

Irene se rendit compte combien il en coûtait à Sabine de répondre à leurs questions. Elle luttait contre l'emprise de l'alcool et ses propres souffrances. C'était bien la preuve que son fils comptait beaucoup pour elle.

— Quand avez-vous vu Basta pour la dernière fois ? demanda Irene.

Sabine lui lança un regard haineux : Irene avait dû faire une gaffe, mais laquelle ? Qu'avait-elle dit de mal ?

— L'appelez jamais Basta ! Comment vous pouvez savoir ?... Pas Basta ! Seb, vous entendez ! Seb !

Hannu, qui était revenu, adressa à Irene un regard étonné, mais elle eut seulement un geste d'incompréhension. D'une voix douce, elle se risqua à demander :

— Vous n'aimez pas qu'on l'appelle Basta ?

— Non ! Non ! martela Sabine.

— Je vous demande pardon, mais c'est sous ce surnom qu'il s'est présenté à diverses personnes. Même ses collègues de travail l'appellent Basta. Sebastian ne doit rien avoir contre, poursuivit Irene.

Sabine jeta un regard soupçonneux à Irene.

— Il se fait appeler... comme ça ?

— Oui. Basta.

Les frêles épaules et la nuque de Sabine se courbèrent encore plus. *À ce rythme, elle ne sera bientôt plus qu'un petit tas d'os,* se dit Irene.

— Son... ordure de père l'appelait toujours... comme ça, murmura Sabine.

Sebastian Martinsson avait donc choisi le surnom que lui avait donné son père de son vivant. Il était mort quand Sebastian avait treize ans. Les psychologues seraient mieux à même de comprendre le sens de ce choix quand ils étudieraient son cas. Dommage qu'il n'ait pas préféré s'appeler Seb, cela aurait aidé à trouver son prénom plus tôt.

Irene revint à la charge :

— Quand avez-vous parlé avec Sebastian pour la dernière fois ?

Sabine s'appuya contre le dossier, tout en gardant ses mains fortement serrées contre son ventre.

— Je sais plus. À Noël, peut-être, bredouilla-t-elle.

La mère et le fils n'étaient donc pas si proches, constata Irene qui soudain se rappela qu'elle voulait lui demander quelque chose.

— Est-ce que Sebastian s'est blessé le bout de l'index gauche ?

Sabine essaya de lui adresser un regard méfiant :

— Pourquoi... vous me demandez ça ?

— Un de ses collègues a parlé d'un bout de doigt blessé. C'est bien de le savoir si jamais on devait lancer un avis de recherche, expliqua Irene d'un ton faussement innocent.

Avec un soupir, Sabine fit signe que oui.

— Il s'est coincé le doigt... dans la porte de l'école du temps où... il habitait ici... avec moi.

Sa poitrine se souleva violemment après l'effort fourni pour arriver au bout cette longue phrase, et elle avait du mal à respirer.

— Savez-vous où il habite à Copenhague ? demanda Irene dans l'espoir de le localiser enfin.

— Non. Il a habité... différents endroits.

Elle ferma les yeux et appuya sa tête sur le dossier du canapé. Irene craignit qu'elle ne s'endorme, aussi se hâta-t-elle de lui poser une autre question :

— Vous connaissez le nom de l'école où il suit des cours ?

Sabine souleva ses lourdes paupières et se redressa avec difficulté.

— Pas une école... Krüger... une académie, enfin un truc dans le genre.

Krüger ? N'était-il pas suédois, le roi de l'allumette ? Cela dit, rien ne l'empêchait de fonder une académie d'art à Copenhague. Irene devait appeler ses collègues danois le plus vite possible.

Pour la première fois, Hannu intervint dans l'interrogatoire pour demander :

— Sabine, y a-t-il un endroit à Säve dont Sebastian a la clef ?

— Säve ? Ma petite maison... héritée de mes parents. Impossible de vivre là. Elle a brûlé...

— Vous possédez encore la maison ?

Sabine fit signe que oui et resta là, la tête basse, laissant de temps à autre échapper un gémissement.

Sabine venait de sortir de l'hôpital, il ne servait donc à rien de la faire hospitaliser à nouveau. Il faut dire que personne n'avait envie de la toucher, même avec des pincettes. Personne, sauf ses chevaliers servants, là-bas, dans l'entrée et la cuisine.

Quand Irene se leva pour partir, la main de Sabine, telle une serre, agrippa un bout de sa veste.

— Retrouvez-le... s'il vous plaît, supplia-t-elle dans un râle.

Ce fut avec la plus grande sincérité qu'Irene put affirmer :

— Nous mettons tout en œuvre pour le retrouver. Puis elle libéra sa veste de la main de Sabine.

Hannu et Irene enjambèrent l'homme dans l'entrée, qui continuait de ronfler paisiblement.

– Qu'est-ce qu'elle voulait dire en parlant d'un travail dans un bureau de pompes funèbres ? Basta travaille à la médecine légale ! dit Irene.

Elle conduisait, et ils filaient à toute allure vers Göteborg, dépassant légèrement la vitesse autorisée. Hannu resta silencieux un instant avant de répondre :

— Le costume.

Cet homme avait vraiment le don d'être irritant, mais Irene le savait : il avait le plus souvent raison, et ses conclusions étaient justes. Ce qui l'irritait tant, c'était qu'il était le seul à comprendre ce qu'il jugeait être une évidence. Il menait son raisonnement tout seul et soudain lâchait un mot, un seul, censé être clair comme de l'eau de roche. Tout le monde autour de lui le regardait alors avec de grands yeux, l'air idiot. Même si aujourd'hui Irene était seule avec lui, elle ne faisait pas exception à la règle.

— C'est quoi encore, cette histoire de costume ?

Elle n'avait pas voulu prendre ce ton, mais c'était sorti tout seul. Comme d'habitude, Hannu ne releva pas.

— Le costume dans la penderie, dit-il avec calme. Dans la penderie de Basta, il y avait un costume strict, noir, avec une chemise blanche et une cravate noire, et sur le sol, une paire de souliers noirs à lacets. L'ensemble constitue la tenue réglementaire du parfait croque-mort.

— Tu as raison. Je l'avais oublié. La panoplie du médecin m'intéressait davantage. L'uniforme de policier et les vêtements de salle d'opération... Mon Dieu ! Dire qu'ils se déguisent pour s'amuser.

— Emil et Basta savaient tous deux pertinemment ce qu'ils faisaient. Il n'a jamais été question d'un jeu. Les meurtres de Carmen et de Markus ont été soigneusement planifiés, rectifia Hannu.

Irene se rappela avec un frisson les scènes dans les vidéos qu'ils avaient retrouvées chez Emil. Les deux hommes avaient dû se procurer une caméra vidéo et une scie circulaire avant de tuer Carmen.

— Je vais localiser la maison de Sabine, poursuivit Hannu.

Il sortit son mobile et appela un numéro de son répertoire. Irene entendit quelqu'un répondre, et une conversation en finnois s'engagea. Le seul mot qu'Irene crut reconnaître, c'était le mot suédois *lagfart*, signifiant « l'accession à la propriété individuelle », mais elle n'était pas sûre d'avoir bien entendu.

Hannu raccrocha et dit brièvement :

— Il rappellera.

Toute autre personne aurait demandé : « Qui ? ». Mais Irene commençait à connaître Hannu et ne posa aucune question. Elle ne doutait pas une seconde que le mobile de Hannu sonnerait d'une minute à l'autre, et qu'ils auraient ainsi l'adresse de la maison de Sabine à Säve.

— As-tu entendu parler d'une académie Krüger à Copenhague ? demanda-t-elle en attendant.

— Non.

— J'appellerai Copenhague dès notre retour.

Irene aurait bien aimé prendre une douche après la visite chez Sabine. L'odeur caractéristique de crasse, de dégradation humaine, de pauvreté et de misère a une fâcheuse tendance à vous coller au corps. Ce n'était pas la première fois qu'elle fréquentait ce genre de milieu, ni la dernière, d'ailleurs. Comme un chien mouillé qui se secoue pour se sécher, elle se secoua elle aussi et décida de se mettre au travail.

Avant qu'elle ait eu le temps de composer le numéro de ses collègues à Vesterbro, son mobile sonna.

— Irene Huss à l'appareil.

— C'est Tom.

Le cœur d'Irene bondit de joie.

— Tom ! Oh, ça me fait plaisir de t'entendre ! Ça veut dire que tu es de retour chez toi. Comment tu vas ?

— Je suis effectivement rentré chez moi. On peut dire, étant donné les circonstances, que je vais bien. Mais je pourrais aller mieux. Je dois sans doute me montrer reconnaissant d'être encore en vie. Mais je ne te téléphone pas pour me plaindre. Je voulais te remercier pour les fleurs. Ton ami Peter Møller me les a apportées. De superbes orchidées qui se trouvent être mes fleurs préférées. Merci.

Une pensée frappa Irene. Et si Basta était à Copenhague et entreprenait de finir ce qu'il n'avait pas pu achever ? Tom était la seule victime à avoir survécu. Devait-elle le mettre en garde ? D'une voix hésitante, elle dit :

— Tom, nous sommes sur une piste. Nous sommes à peu près sûrs de connaître l'identité du meurtrier. Est-ce qu'Emil ou Markus ont jamais fait allusion à un certain Basta ?

Il y eut un lourd silence. Finalement, Tom dit :

— Non.

— Tu connais une école d'art qui s'appelle l'académie Krüger ?

— Pas Krü... non.

Irene l'entendit s'interrompre, mais comme il ne disait rien d'autre, elle demanda :

— Est-ce qu'Emil ou Markus ont parlé d'une de leurs connaissances qui suivait des cours d'art ?

— Oui. Emil a loué une fois à un type qui suivait une formation artistique. Je crois qu'il s'appelait Sebastian. C'est lui qui se fait appeler Basta ?

— Oui.

Il y eut de nouveau un silence chargé.

— Et ce Basta est, selon vous, le meutrier ? demanda enfin Tom.

— Beaucoup d'indices vont dans ce sens. Il se peut qu'il soit à Copenhague en ce moment. Fais attention. Nous ne savons pas ce qu'il a en tête. Tu es peut-être un échec qu'il veut réparer. Tu as survécu.

— Quel imbécile ! Il n'en avait pas après moi, mais après la photo au mur. Pourquoi voulait-il l'avoir ?

— C'est lui, dessus.

— Ah...

Ils mirent fin à la conversation en se souhaitant un bon week-end, en promettant de se rappeler bientôt et d'essayer de se voir. Irene éprouva un profond et sincère soulagement de savoir que Tom avait eu la vie sauve.

Après deux tasses de café, elle appela ses collègues de Vesterbro. Comme elle s'y attendait, ce fut Jens Metz qui répondit. Il remplaçait Beate Bentsen pendant son congé maladie.

— Salut, Jens, c'est Irene Huss. Nous venons de parler avec la mère de Sebastian Martinsson il y a une heure. Nous avons de bonnes raisons de croire que Sebastian se trouve actuellement à Copenhague. Sa mère affirme qu'il étudie l'art à l'académie Krüger.

— L'académie Krüger ? Ça ne me dit rien, mais on va vérifier tout de suite. Autre chose ?

— Nous allons voir une ancienne maison qui appartient à la mère de Martinsson. Mon collègue pense que c'est là que Markus Tosscander a été démembré.

— Quant à nous, nous en sommes quasiment sûrs, c'est dans l'ancien chantier naval qu'ils ont découpé Carmen. Nous sommes en train de vérifier avec le film vidéo, et tout semble correspondre ou presque. Vous avez une adresse où on pourrait trouver Sebastian ?

— Non. Sa mère est alcoolique au dernier degré, elle était complètement ivre quand on l'a interrogée. Elle n'avait pas la moindre idée de son adresse à Copenhague.

— On cherchera à partir de l'académie. Mais il n'y a sans doute personne dans les bureaux en ce moment, il est presque 16 heures, on est vendredi après-midi, en juin... L'école d'art est certainement fermée pendant l'été.

— Je le crains, en effet. Bon week-end quand même. On se rappelle.

Hannu était penché sur une carte quand Irene entra dans son bureau. Il posa l'index sur un point de la carte en disant :

— Ici.

Irene se pencha à son tour et vit qu'il avait sorti la carte détaillée des parties nord et ouest de l'île de Hisingen. Son doigt se trouvait tout près de la côte.

— Il faudra passer devant le champ de tir de Björlanda. Après, il suffira de prendre plusieurs sentiers forestiers. On emporte la carte, conclut Irene.

Hannu fit signe que oui et la fourra dans sa poche.

C'était une belle journée ensoleillée, mais il soufflait un vent froid de la mer, si on peut encore parler de mer, si près de l'embouchure du fleuve. Irene trouva que l'eau avait une couleur plus marron, mais ce n'était peut-être qu'une impression.

Pour la dernière partie du trajet, ils furent cahotés sur un chemin de graviers à peine visible. Les deux seules maisons qu'on apercevait de la route ressemblaient davantage à de vieux cabanons de jardins, abandonnés et en piteux état. La maison de Sabine Martinsson – ou ce qu'il en restait – était située plus loin en direction de la mer, à quelque cinquante mètres des falaises. Elle avait dû servir de maison de vacances, mais il n'en restait presque plus rien. Une colonne de briques rouges à moitié effondrée pointait son doigt accusateur vers le ciel.

— La maison a brûlé il a vingt ans. Pas d'assurance, dit Hannu.

Ils se garèrent devant les ruines et descendirent de voiture.

— Là ! dit Hannu.

Il montra du doigt un garage abandonné situé un peu plus loin sur le terrain. Il était assez petit mais solidement construit, en béton avec un toit en tôle ondulée. La rouille avait gagné le toit, et par un trou entrait et sortait un petit oiseau.

La porte en bois paraissait tenir par miracle, mais la serrure était toute neuve. Hannu retourna à la voiture chercher un pied de biche. Il le glissa au niveau de la serrure, qui céda dans un craquement et tomba sur le sol. Les gonds crissèrent quand il poussa les deux demi-battants de la porte.

En face de l'entrée, une fenêtre assez haute dans le mur. Des vieux objets mis au rebut s'entassaient au-dessous. Près de la porte, Irene aperçut deux tréteaux placés contre le mur ainsi qu'un grand plateau en contreplaqué.

Hannu regardait, comme Irene, sans bouger, sur le pas de la porte. Soudain il tendit le bras et montra la fenêtre.

— Regarde !

Malgré le ciel de juin si clair, Irene aperçut à travers la vitre sale les lumières clignotantes d'un avion qui s'apprêtait à atterrir.

20

Monika Lind appela une fois au cours du weekend pour demander pourquoi le chiot ne voulait pas dormir le soir dans son panier tout neuf. Il avait passé une bonne partie de la nuit à se promener en poussant des cris plaintifs. Il ne s'était pas calmé avant qu'ils le prennent dans leur lit et s'endorme, épuisé. Irene connaissait ça par cœur. Elle rassura Monika en lui disant que Sammy non plus n'avait jamais utilisé son panier, qu'ils avaient fini par vendre au bout d'un an. Monika la remercia et lui annonça qu'ils avaient baptisé le chiot « Frasse ».

Irene profita de son dimanche après-midi pour consulter les Pages Jaunes. À la rubrique « Pompes funèbre », elle trouva l'entreprise Cyhrén.

Sebastian avait-il vraiment travaillé aussi aux pompes funèbres ? Comment pouvait-il combiner deux boulots à Göteborg et des études à Copenhague ? Ou bien était-il seulement vacataire et travaillait-il de manière très sporadique chez Cyhrén ? Elle contacterait l'entreprise de pompes funèbres dès le lundi matin.

Plus tard ce même soir, Jonny Blom appela. Cela ne lui était encore jamais arrivé, même s'ils travaillaient ensemble depuis douze ans. C'est Katarina qui décrocha, et quand elle cria « Maman ! C'est Jonny ! », Irene mit un temps à comprendre de qui il s'agissait.

— Irene Huss à l'appareil, répondit-elle, surprise.

— Salut, c'est Jonny. J'ai regardé les films. Ce psychopathe charcute à tout-va dans ses cadavres. Et il est habillé en médecin. Tu sais, un de ceux qui op... pèrent.

Irene avait tout de suite su ce que recouvrait sa difficulté d'élocution : il était ivre. Complètement ivre, même. À la pensée des précédentes séquences qu'elle avait visionnées, elle pouvait comprendre que mieux valait être un peu imbibé pour supporter de voir de tels films, mais cela voulait aussi dire que son jugement était faussé. Dans son état, il risquait aussi d'endommager un des films. Prudemment, Irene demanda :

— Où visionnes-tu les films ?

Il s'emporta aussitôt :

— Parce que tu t'imagines que je suis chez moi à montrer ça à ma femme et aux gosses ? Je suis au commissariat, merde !

Cette dernière phrase avait fait sourire Irene, mais il aurait mal supporté qu'elle fasse une remarque.

— Bon. Tu veux que je vienne ? demanda Irene.

— Puisqu'il n'y a personne d'autre... Hannu n'est pas chez lui, je viens d'appeler.

— O.K. Tu es dans la salle d'interrogatoire numéro 4 ?

C'est là que se trouvait le meilleur matériel vidéo.

— Oui.

— Prends-toi un café en attendant. Je serai là dans vingt minutes.

— « Un café », t'as que ce mot à la bouche ! Toi et ton café ! grogna Jonny.

— J'arrive. À tout à l'heure !

Irene se précipita vers sa voiture. Elle était contente de ne pas sortir de table. Quelque chose lui disait que ce qu'elle allait voir lui couperait l'appétit pendant un bon moment.

La salle d'interrogatoire numéro 4 était vide. Sur la table se trouvaient deux films vidéos non marqués et un pain à la cannelle à moitié mangé. À la lumière du plafonnier, Irene distingua sur la table plusieurs marques de cercles, laissées par des verres et des bouteilles. Elle jeta un coup d'œil à la corbeille à papier, mais elle était vide. Jonny avait pris soin de la vider avant l'arrivée d'Irene.

Elle entendit des pas dans le couloir, et la porte s'ouvrit d'un coup. Jonny s'était passé un coup de peigne, et littéralement aspergé de lotion après-rasage. L'effet était un peu comique, car il ne s'était visiblement pas rasé depuis deux jours.

— J'étais aux toilettes. Tu peux regarder les films toute seule. Moi, j'en ai ma claque.

Avant qu'Irene ait eu le temps de répondre, il ferma la porte, et elle entendit ses pas s'éloigner dans le couloir.

Ce ne fut pas de gaieté de cœur qu'Irene contempla les cassettes de plastique noir. Elles avaient soudain quelque chose de menaçant. Irene savait ce qu'elles contenaient. Elle se posa soudain une question : étaient-ce les cassettes originales, ou Jonny en avait-il fait des copies ? Après avoir jeté un rapide coup d'œil dans la pièce, elle en déduisit que c'était les originaux. Comme elle avait le matériel sous la main, elle décida de faire elle-même les copies. C'était important qu'il n'y ait pas trop d'empreintes digitales dessus, aussi enfila-t-elle des gants en coton qu'elle alla chercher dans son bureau. Avec précausion, elle glissa les films dans l'appareil et les copia. Quand ce fut terminé, Irene plaça les cassettes originales dans des pochettes en plastique pour les remettre à la police scientifique.

Les films étaient aussi épouvantables qu'elle se l'était imaginé. Et surtout affreusement longs, plus d'une heure, parfois deux. Sur la cassette montrant le dépeçage de Carmen Østergaard, Sebastian ne portait ni masque ni rien sur la tête, alors qu'il avait porté un épais masque vert et un bonnet d'opération pour le démembrement de Markus Tosscander. Sinon, il avait la même tenue dans les deux films : une blouse de docteur boutonnée jusqu'en haut, une surblouse verte et des pantalons verts d'opération.

Irene réfléchit à la tenue de Sebastian. Sur le costume de docteur retrouvé dans sa penderie, il n'y avait pas la moindre trace de sang. En fait, c'était même tout le contraire : on aurait dit que les vêtements venaient d'être lavés. On devait en déduire qu'après ses dissections, Sebastian déposait discrètement ses vêtements tachés avec le linge sale au travail. Qu'il y ait une tenue propre dans sa penderie ne pouvait signifier qu'une chose : il était prêt à tout moment pour découper une nouvelle victime. C'était par manque de temps et de lieu approprié pour procéder au démembrement que Sebastian n'avait pu ôter les organes d'Isabell Lind, d'Emil Bentsen et d'Erik Bolin, comme il avait mutilé Markus Tosscander et Carmen Østergaard.

Avec beaucoup de soin, Sebastian avait ouvert les deux corps et retiré les organes et les intestins. C'était affreux de voir l'attention extrême qu'il portait à chaque partie du corps qu'il découpait. Mais le pire, c'étaient les gros plans d'Emil qui n'arrêtait pas de zoomer sur son visage.

Ses yeux, grands ouverts, brillaient fiévreusement. Penché au-dessus du corps, il n'adressait pas le moindre clin d'œil à la caméra, profondément concentré sur son travail, les lèvres serrées. Quelquefois son visage tendu se relâchait et offrait un des plus beaux sourires qu'Irene ait jamais vus. Il était infiniment séduisant quand il souriait.

Irene remarqua qu'il jetait les organes internes dans un grand seau en plastique posé sur le sol à côté de la table de dissection. Ce n'était pas chaque fois le même seau, l'un était jaune et l'autre rouge.

Il plaçait les parties génitales et les muscles dans des sacs plastique transparents. Avec effroi, Irene comprit qu'il s'agissait de sacs de congélation. La pensée de ce qu'il avait fait de ces parties du corps était si insupportable qu'elle la rejeta de toutes ses forces.

Quand le dernier film fut terminé, Irene rassembla les originaux et les copies, et les emporta dans son bureau. Sans se faire trop d'illusions, elle appela les services de la police scientifique, où, à sa grande surprise et joie, une voix lui répondit :

— Ici Åhlén, de la police scientifique.

— Salut, c'est Irene Huss. Est-ce que je peux descendre t'apporter deux vidéos pour des relevés d'empreintes ?

— Bien sûr.

— Cela concerne les meurtres avec mutilation.

— O.K. Ce sera fait en priorité.

— Merci.

Elle descendit lui remettre les vidéos et prévint qu'il y aurait malheureusement pas mal de traces de doigts de Jonny Blom.

— Nous ne savions pas au juste ce que nous avions trouvé, dit-elle évasive.

Pas de problème, répondit Åhlén, peu intéressé par ce détail.

De retour dans son bureau, elle contempla longtemps le crépuscule d'été qui descendait sur la ville. Sa fenêtre donnait plein est, elle ne pouvait voir le soleil couchant, mais elle aurait pu admirer le rouge violacé des nuages contre le ciel bleu saphir, puis la lumière qui s'atténuait et les nuages qui prenaient une nuance violette plus douce. Mais Irene, trop profondément plongée dans ses pensées, profita peu du magnifique spectacle céleste.

Le commissaire commença sa réunion matinale en rapportant qu'ils avaient retrouvé les vidéos. Andersson loua Jonny, qui avait passé tout son week-end à visionner la collection de films de Sebastian. Jonny lui-même, le teint fort pâle, ne dit mot. Irene savait que cette pâleur n'était pas dû à une surcharge de travail.

— Nous avons lancé un avis de recherche international via Interpol. Nous ignorons en effet où se trouve Sebastian Martinsson. Hannu a identifié sa voiture dans le registre. Il s'agit d'une Volkswagen Jetta, modèle 1989. Nous leur avons communiqué le numéro de la plaque d'immatriculation. Hannu est allé vérifier samedi que la voiture n'est pas garée sur le parking de Martinsson. Selon toute probabilité, il est parti avec sa voiture. Beaucoup de choses laissent à penser qu'il se trouve à Copenhague, mais nous ne savons pas si ce salaud se doute qu'on est sur ses talons. Il peut très bien avoir mis les voiles et déjà gagné le sud de l'Europe.

Une Jetta. Les témoins qui avaient vu l'agresseur de Tom Tanaka avaient affirmé qu'avant de s'enfuir cet homme avait jeté un cadre dans une voiture qui semblait être une Jetta.

Tout de suite après la réunion, Irene alla dans son bureau et appela l'entreprise de pompes funèbres Cyhrén. Une douce voix de femme lui répondit presque sur-le-champ.

— Pompes funèbres Cyhrén, à votre service.

— Bonjour. Je me présente, inspecteur de police criminelle Irene Huss. Nous recherchons un certain Sebastian Martinsson et nous avons appris qu'il travaille parfois chez vous.

— Un instant, je vous mets en relation avec M. Danielsson, répondit la femme.

Après quelques grésillements sur la ligne, une voix énergique d'homme lança :

— Bo Danielsson. Que puis-je faire pour vous ?

Une pensée fugitive traversa l'esprit d'Irene : un directeur de pompes funèbres ne devait-il pas avoir un ton réservé et compatissant, plutôt que la voix d'un commentateur sportif à la télévision ? Mais peut-être cela aidait-il la famille endeuillée à se ressaisir et à préciser ce qu'elle souhaitait pour l'enterrement ? Elle interrompit le cours de ses pensées, déclina son identité et la raison de son appel.

— Sebastian Martinsson ? Ce nom me dit quelque chose. Un instant, s'il vous plaît !

Il posa le téléphone sur la table, et Irene l'entendit ouvrir des tiroirs. Puis la voix forte retentit à nouveau à l'autre bout du fil :

— Voilà, c'est lui ! Il nous donne un coup de main pour porter des cercueils. Un type costaud !

— Et vous faites souvent appel à lui ? demanda Irene.

— Non. Seulement quand on manque de bras.

— Quand a-t-il commencé à travailler chez vous ?

— Laissez-moi voir... en 1994. Il travaillait alors chez nous un peu plus souvent que les deux dernières années. Mais il a commencé à étudier à Copenhague. Avant cela, il suivait des cours, ici, à Göteborg, et c'était bien entendu plus facile pour lui de venir au pied levé.

Irene ne put masquer sa surprise quand elle demanda :

— Il vous a dit qu'il avait étudié à Göteborg ?

— Oui. Pour être médecin. Et maintenant il fait une spécialisation à Copenhague. Je note toujours ce genre de renseignements personnels sur nos employés intérimaires, car il vaut mieux savoir à qui on a affaire.

Des études de médecine inspiraient confiance. Tellement confiance qu'on n'hésitait pas à lui confier les clefs de chambres funéraires très particulières. Était-ce pour cette raison qu'il avait prétendu étudier la médecine ? Ou était-ce son rêve secret ? Encore un élément intéressant pour les réducteurs de tête que sont les psychiatres judiciaires, quand ils analyseraient son cerveau. Irene décida de ne pas commenter les études de Sebastian et de changer rapidement de sujet.

— Puis-je vous poser une tout autre question ?

— Bien sûr, je vous en prie !

— Est-ce que Cyhrén a les clefs des mausolées dans l'ancien cimetière de Stampen ?

— Non. C'est l'administration des cimetières qui les détient. Nous les contactons quand nous avons besoin d'ouvrir l'une des cryptes.

— Est-ce vous qui avez organisé les deux derniers enterrements de la famille von Knecht ?

— Oui. Pourquoi cette question ?

— Malheureusement, je ne peux encore rien vous dire.

— Bien sûr ! Je comprends.

Naturellement, il ne comprenait rien, mais rien ne rend les gens plus loquaces que de s'imaginer être dans les petits papiers de la police.

— On vous prête donc les clefs seulement quand un nouveau membre doit être déposé dans le caveau familial ?

— Exactement !

— Cela signifie-t-il que l'un des porteurs est en charge de la clef ?

Pour la première fois durant leur conversation, il sembla hésiter.

— Oui, cela arrive parfois.

— Pouvez-vous regarder dans vos documents si Sebastian Martinsson était l'un des porteurs pour les funérailles de Richard et Henrik von Knecht en novembre et décembre 1996 ?

— Mais très certainement !

Le téléphone tomba de nouveau lourdement sur la table. Cette fois, il n'ouvrit pas des tiroirs mais marcha dans la pièce, et un instant plus tard, Irene entendit le bruit de grands cartons qu'il tirait puis de pas vigoureux en direction du téléphone, avant que la voix de stentor du directeur ne retentisse à son oreille.

— Il est noté comme porteur lors des deux enterrements. Il s'agissait de cercueils métalliques qui pèsent très lourd. On a vraiment besoin d'un homme fort, dans ces cas-là !

Irene chercha à mieux formuler sa question suivante, mais finit par la poser de but en blanc :

— Est-il possible que Sebastian Martinsson ait été en possession de la clef du mausolée ?

Il y eut un bref silence.

— C'est possible. Mais seulement pour un court moment. Nous exigeons toujours que le porteur responsable nous rende la clef. Et nous vérifions toujours qu'elle a effectivement été rendue. La confiance du client est en jeu ! insista Danielsson.

— Combien de temps peut-il avoir eu la clef ?

— Une journée tout au plus ! Nous devons la rendre le lendemain à l'administration du cimetière. Nous sommes un grand bureau avec beaucoup d'employés, et nous avons fort à faire. Parfois même un peu trop. D'habitude, mon bras droit ou moi-même, nous nous occupons d'ouvrir les vieux caveaux de famille. Mais cette journée-là, il y avait tellement d'enterrements en même temps qu'il a fallu confier la clef de la crypte à l'un des porteurs.

Une journée, c'était plus que suffisant pour faire un double de la clef.

— Merci infiniment d'avoir bien voulu répondre à mes questions, conclut Irene.

— Pas de problème ! N'hésitez pas à nous contacter au besoin, dit Danielsson.

Irene consacra quelques heures à la rédaction de son rapport sur l'interrogatoire de Sabine Martinsson et sur la découverte du lieu probable du démembrement de Markus Tosscander, à Säve. À la fin, elle retranscrit aussi sa conversation avec le directeur de l'entreprise de pompes funèbres, pendant que c'était encore frais dans sa mémoire. De nos jours, les inspecteurs passent des heures devant leur ordinateur à taper des comptes rendus, tandis qu'autrefois des fonctionnaires se chargeaient de ce travail et laissaient les inspecteurs se consacrer à leurs enquêtes criminelles.

Le travail de bureau la mettait toujours de mauvaise humeur. Hannu passa la tête dans l'entrebâillement de la porte pour lui annoncer que les techniciens avaient retrouvé des traces de tissu humain dans les canalisations de l'ancien garage, là-bas à Säve. Des échantillons avaient été envoyés à Copenhague pour être comparés au profil ADN de Markus Tosscander, avec le risque que le matériau fût en trop mauvais état pour en extraire l'ADN.

— C'est incroyable ce que les Danois sont capables de réaliser comme tests et analyses en l'espace de quelques jours. En Suède, les mêmes tests demandent plusieurs semaines ! s'exclama Irene.

— L'adresse de réexpédition du courrier est une boîte postale à Copenhague. Tu as eu des nouvelles de tes collègues, là-bas ? demanda Hannu.

— Non. Ils devaient contacter l'académie Krüger aujourd'hui et essayer de trouver l'adresse de Sebastian.

— Il paraît qu'il est difficile de se loger à Copenhague.

— Effectivement. C'est pourquoi il a d'abord loué chez Emil Bentsen. Ma théorie est qu'il n'a pas supporté la saleté d'Emil. C'était presque aussi crasseux là-bas que chez Sabine Martinsson.

— J'ai parlé avec les services sociaux de Trollhättan. Sabine Martinsson est alcoolique depuis que Sebastian est tout petit.

Les services sociaux sont tenus au secret professionnel, même dans le cadre d'une enquête criminelle, tant que des poursuites judiciaires n'ont pas été engagées. Et ils ne communiquent leurs informations qu'en cas de crime sévère, c'est-à-dire quand la peine encourue dépasse deux années d'emprisonnement, Hannu devait donc avoir un informateur au sein même des services sociaux de Trollhättan. Cela n'étonnait pas Irene outre mesure.

— Ce ne devait pas être drôle tous les jours de grandir avec une mère qui boit. Sa propreté obsessionnelle est peut-être une réaction contre le laisser-aller de sa mère. Je dis ça en pensant à son appartement tellement nickel.

Hannu acquiesça.

Ils passèrent prendre Birgitta et traversèrent ensemble la rue. La cantine de la caisse d'assurance d'en face servait du poisson pané avec une mayonnaise au concombre et des pommes de terre. Rien à redire.

– Un témoin vient de se manifester. Il dit que le soir même de l'assassinat d'Erik Bolin, il a vu un homme grand et musclé entrer dans le studio du photographe aux alentours de 18 heures. Ce témoin est un homme assez âgé qui habite quelques immeubles plus loin. Il sortait son chien quand il a vu l'homme ouvrir la porte. Il a remarqué en particulier la queue-de-cheval. Apparemment, il déteste que les hommes se coiffent ainsi, dit Birgitta.

— Est-ce qu'il se rappelle comment l'homme était habillé ? demanda Irene.

Ils parlaient à mi-voix, puisque les autres personnes qui déjeunaient ne faisaient pas toutes partie de la police.

— Une veste noire, un jean noir et un petit sac à l'épaule. J'ai demandé très précisément la taille du sac. Nous sommes tombés d'accord qu'il était de format type A4 ou un peu plus grand, répondit Birgitta.

— Autant dire suffisamment grand pour dissimuler un bon couteau et quelques muscles qu'il aura prélevés, mais trop petit pour une tête, résuma Hannu.

— C'est pour ça, à ton avis, qu'il l'a laissée sur l'étagère à chapeaux ? continua Irene.

— Oui.

Irene essaya de chasser l'image des yeux éteints de Bolin derrière les paupières mi-closes.

— Le témoin a vu avec quelle voiture l'homme en noir est arrivé ? demanda encore Irene.

— Non. J'ai tout tenté pour lui rafraîchir la mémoire, mais il ne se souvient pas avoir vu une voiture. Il se rappelle seulement un homme qui entre dans l'immeuble à cet instant-là. La description correspond bien au signalement de Sebastian Martinsson, dit Birgitta.

— Il est probablement venu en voiture et a dû partir quelques heures plus tard sans se faire remarquer, dit Irene.

— Nous avons trouvé un lien entre lui et les cinq meurtres. Le seul élément qui nous manque, c'est Basta lui-même, constata Birgitta.

— Parfois, je me dis qu'il se cache peut-être quelque part en ville pour mieux nous narguer. Et à d'autres moments, je me dis qu'il ignore que nous sommes si près de lui et qu'il se promène en toute insouciance dans les rues de Copenhague ou ailleurs, soupira Irene.

— Le tout, c'est de l'arrêter avant qu'il ne commette un autre meurtre, conclut Birgitta.

Jens Metz avait cherché à la joindre pendant sa pause du déjeuner. Les yeux d'Irene se mirent à briller d'espoir à la vue du petit mot qui la priait de le rappeler. Avaient-ils pu mettre la main sur Sebastian ? Elle se laissa tomber sur sa chaise et appela la ligne directe de Jens.

— Inspecteur Metz à l'appareil.

— Salut, Jens. C'est Irene Huss. Vous avez cherché à me joindre ?

— Oui. Nous avons trouvé l'adresse de Martinsson. Malheureusement, nous n'avons pas encore réussi à nous emparer de lui, mais nous venons de mettre son appartement sous surveillance.

— Formidable ! Et vous savez s'il est à Copenhague ?

— Probablement. L'école d'art s'appelle l'academie Krøyer et non pas Krüger. C'était fermé, mais nous avons réussi à joindre la secrétaire du directeur. Elle a bien trouvé son nom sur ses listes. Elle a dit que l'école s'apprêtait à ouvrir ses portes et qu'il faisait partie de l'encadrement d'un stage d'été qui commence aujourd'hui et doit durer trois semaines.

— Dans ce cas, vous pouvez le coincer à l'école, non ?

Metz tarda un peu à répondre :

— C'est ça qui est bizarre. Il ne s'est pas présenté aujourd'hui pour le début des cours. Tous les professeurs sont supposés rencontrer leurs élèves pour leur premier cours du matin. Mais Martinsson n'est pas venu. La secrétaire était très en colère et très embarrassée. Martinsson avait été si heureux d'obtenir ce travail. Et voilà qu'il manque le premier jour des cours !

— Il a dû quitter la ville. Il a peut-être compris que ça sentait le roussi, et préféré prendre le large.

— Il y a ce risque. Mais nous avons mis son appartement sous surveillance et nous avons aussi dépêché des inspecteurs sur place. Son appartement se trouve ici, à Istedgade. Quelque chose me dit qu'il est là dans le coin. Si c'est le cas, nous finirons par l'avoir.

– Vous êtes entrés dans son appartement ?

— Pas encore. Il vaut mieux qu'il tombe dans le piège sans se douter de quoi que ce soit. Mais s'il n'est pas de retour ce soir, nous entrerons chez lui.

— Cela me paraît judicieux. J'espère que vous allez l'avoir.

— S'il est ici, on l'aura. Je vous rappelle demain.

— Merci.

Irene avait les tempes qui battaient. Enfin, ils étaient à deux doigts de tenir ce Sebastian !

21

Irene dormit mal, cette nuit-là. Dans son rêve, elle courait après une ombre qui s'enfuyait dans des ruelles obscures et des allées désertes. Elle s'en rapprochait tout le temps, avec l'impression qu'elle allait pouvoir rattraper la silhouette en noir. Mais quand elle tourna au coin de la maison, elle tomba sur une masse molle et informe. Le temps d'apercevoir la lame d'un couteau briller, elle comprit qu'elle allait mourir. Ses bras étaient lourds comme du plomb, et elle n'avait pas la force de les lever pour se protéger. Le couteau lui passa au ras du visage, et soudain, décrivant un arc de cercle, plongea, rapide comme l'éclair, en direction de son cœur.

Krister la réveilla et lui demanda pourquoi elle avait crié. Irene préféra se lever et descendit dans la cuisine. Un verre de lait réchauffé au micro-ondes et une tartine craquante avec du fromage la remirent d'aplomb. L'horloge indiquait 4 h 10 quand elle revint se glisser dans son lit, mais il lui fut impossible de se rendormir.

— Irene ! Copenhague au bout du fil ! cria Tommy.

Irene, qui allait sortir de son bureau pour remplir sa tasse de café, retourna illico à sa chaise et prit le combiné, le cœur battant.

— Ici Irene. Vous l'avez trouvé ?

— Oui. Mais je dois d'abord vous poser quelques questions.

Jens Metz avait pris un ton neutre, officiel. Irene comprit aussitôt que quelque chose clochait. « Oh non, pas Tom ! », lui dit une voix intérieure. Comme pour répondre à ses inquiétudes, Jens Metz demanda :

— Avez-vous eu des contacts récemment avec Tom Tanaka ?

Quelque chose dans son intonation et dans sa manière de poser la question fit qu'Irene flaira le danger. Difficile de savoir exactement lequel, mais elle résolut de faire attention à ce qu'elle allait dire.

— Tom m'a appelée vendredi et m'a remerciée pour les fleurs que je lui avais fait porter par Peter Møller, dit-elle.

Irene le savait, il était facile de retrouver la trace d'une conversation sur un téléphone mobile.

La voix de Metz trahit une réelle surprise quand il s'exclama :

— Quoi ? Peter a apporté des fleurs à ce ?...

Il laissa sa phrase en suspens, mais Irene savait ce qu'il pensait de Tom.

— Oui. C'est moi qui le lui ai demandé, répondit-elle calmement.

— Il vous a seulement remerciée pour les fleurs ?

Pourquoi Metz lui demandait-il ça ? Tous les signaux d'alerte chez Irene étaient au rouge. Avec une désinvolture feinte, elle répondit :

— Oui. Apparemment, il adore les orchidées. Il m'a dit qu'il venait de rentrer chez lui et que ça n'allait pas très fort, ça aurait pu aller mieux.

Il y eut un silence. Irene sentit l'incrédulité de Jens jusqu'à l'autre bout de fil.

— Vous n'avez pas mentionné le nom de Sebastian Martinsson ou le fait qu'il se trouve à Copenhague ?

— Non.

Irene fit semblant d'être surprise, mais son cœur battait si fort que ça devait se voir à travers le fin tissu de sa chemise en coton. Tommy paraissait ne rien remarquer, penché sur son ordinateur.

— Vous en êtes sûre ? Vous n'avez pas dit un mot de Sebastian Martinsson ?

Irene s'efforça d'avoir la voix la plus assurée possible quand elle répondit :

— Non. Je n'ai jamais parlé à Tom de Sebastian Martinsson.

Elle savait que s'ils essayaient de faire parler Tom sur ce point, ils n'obtiendraient aucune réponse exacte. Si elle savait mentir, Tom, lui, était un maître dans l'art de se taire. Mais pourquoi Metz lui faisait-il subir cet interrogatoire ?

— Nous avons retrouvé Sebastian Martinsson. Mort.

— Mort ? répéta Irene stupéfaite.

— Oui. Nous sommes allés dans son appartement hier soir sur le coup de 21 heures. Il était allongé sur son lit, mort, une muselière sur la bouche, pieds et mains liés. L'abdomen était éventré et ses intestins reposaient sur sa cage thoracique. Selon le médecin légiste, Martinsson a eu le temps de contempler ses propres intestins pendant quelques bonnes minutes avant de mourir.

Les pensées se bousculaient dans la tête d'Irene. Elle crut défaillir. Elle avait la bouche sèche et put tout juste articuler :

— Mon Dieu !

— C'était une des choses les plus horribles que j'aie jamais vues, dit Metz.

En prenant un ton pédagogique un peu appuyé, il poursuivit :

— Et maintenant, vous allez entendre quelque chose de très bizarre. Le médecin légiste a établi l'heure de sa mort à dimanche matin, entre 2 et 4 heures. Un témoin qui rentrait chez lui en titubant vers les 3 heures du matin, dimanche, après une fête un peu arrosée, s'est arrêté pour pisser sous le porche de l'immeuble voisin. Soudain, une Mercedes noire s'est arrêtée devant chez Martinsson, et un Chinois colossal est sorti de la voiture ! C'est en tout cas ce que soutient le témoin qui, il est vrai, n'était pas sobre, mais il a décrit la drôle de coiffure du Chinois comme étant des petits chignons ramassés sur la tête. Il affirme aussi que le Chinois avait le visage couvert de cicatrices !

Sur ce, Metz se tut, et Irene perçut dans ce silence une pointe de triomphe. Irene ne trouva rien d'autre à dire que :

— Mon Dieu !

Elle avait bien conscience que c'était insuffisant et répétitif, mais il ne lui venait rien d'autre à l'esprit.

— Oui, vous pouvez le dire. Mais Tanaka a six témoins qui peuvent jurer sous serment qu'il avait organisé une fête pour eux dans son appartement. Aucun d'eux ne l'aurait quitté avant 5 heures du matin. Ils n'en démordront pas. Bref, il sera difficile de prouver qu'il s'agit de lui. Tanaka lui-même prétend que le témoin a dû passer devant son magasin et voir son visage couvert de cicatrices. Ensuite, sous l'effet de l'alcool, il l'a confondu avec un autre homme qui devait lui ressembler par la taille.

Irene sentit un frisson lui parcourir le corps malgré la belle journée d'été qui s'annonçait dehors.

— Martinsson habitait à quelques centaines de mètres de Tanaka, ajouta Metz.

De nouveau, il marqua une pause avant de dire :

— Reste à savoir comment Tanaka a appris l'identité et l'adresse de Sebastian Martinsson...

Les amis de Tom. Son réseau social. Elle lui avait donné le nom de Sebastian et de Basta, et lui avait dit qu'il étudiait dans une école d'art, l'académie Krüger. « Pas Krü... non », avait répondu Tom, et il s'était tu aussitôt. Il devait bien connaître l'académie Krøyer et avoir un contact à l'intérieur qui pouvait se renseigner sur un certain Sebastian qui se faisait appeler Basta et obtenir son adresse. Tom avait déjà fait comprendre à Irene que cet homme méritait la mort.

En essayant d'être la plus convaincante possible, Irene dit :

— Je n'ai communiqué à Tom Tanaka aucun renseignement sur Martinsson et je ne lui ai pas dit que nous le soupçonnions de se trouver à Copenhague. Tanaka est simplement un homme qui a des relations.

— Comme si on ne le savait pas ! Même au sein de la police, répliqua Metz d'un ton pernicieux.

Heureusement que Tommy avait quitté la pièce pour chercher quelque chose. Irene était seule au bureau. D'une main, elle tenait son Nokia jaune flashy. Lentement, elle fit défiler le répertoire. Quand elle arriva au nom et au numéro de Tom, elle se mit à les effacer.

Elle n'appellerait plus jamais Tom Tanaka.

Et elle attendrait plusieurs années avant de retourner à Copenhague.

Épilogue

Jonny était fier comme un coq. Avant la réunion du matin, il avait affiché un joli texte sur le mur :

« Ce lieu de travail pratique le harcèlement sexuel comme un avantage en nature dont bénéficient toutes les femmes de plus de quarante ans. »

— Elle n'est pas belle, ma prose ? J'ai trouvé cette phrase en danois dans les chiottes de Vesterbro. Je l'ai recopiée, et ma fille aînée m'a aidé à la traduire en suédois. Elle suit des cours de calligraphie, dit-il crânement.

Irene sentit une vague d'indignation monter en elle. Un violent halètement lui fit tourner la tête vers la porte.

Birgitta Moberg était livide. Son regard était fixé sur l'affiche. Elle poussa un cri étouffé, tourna les talons et disparut dans le couloir.

— Mais qu'est-ce qui lui prend ? demanda Jonny d'un air innocent.

Il savait pertinemment que Birgitta avait été harcelée, quelques années auparavant, par un collègue qui lui envoyait des photos pornos par la voie du courrier interne. De forts soupçons s'étaient même portés sur Jonny. Pendant toutes les années qu'avaient duré ces persécutions, Birgitta en avait été très affectée.

Et voilà que, malgré cela, Jonny placardait ce texte au mur ! L'indignation d'Irene se transforma en colère. D'une voix très maîtrisée, elle répondit avec ironie :

— On peut dire ce qu'on veut, mais personne ne te reproche de mettre les pieds dans le plat. Le problème, c'est que tu ne sais faire que ça !

9926

Composition
PCA à Rezé

Achevé d'imprimer en Slovaquie
par NOVOPRINT SLK
le 14 mai 2013.

Dépôt légal mai 2012.
EAN 9782290039595

ÉDITIONS J'AI LU
87, quai Panhard-et-Levassor, 75013 Paris

Diffusion France et étranger : Flammarion